Susan Anne Mason

HEIMAT AUF UMWEGEN

Deutsch von Evelyn Schneider

BRUNNEN
Verlag GmbH · Giessen

MIX
Papier | Fördert gute Waldnutzung
FSC® C014496

Lektorat: Carolin Kotthaus
Umschlagfoto: © Shelley Richmond / Trevillion Images
Umschlaggestaltung: Daniela Sprenger
Satz: Brunnen Verlag GmbH
Druck: GGP Media GmbH, Pößneck
ISBN Buch: 978-3-7655-3644-1
ISBN E-Book: 978-3-7655-7676-8
www.brunnen-verlag.de

Für meinen Vater, Stan Moneypenny,
der 2007 vor meiner Erstveröffentlichung verstorben ist.
Als Buchliebhaber wäre er sicher sehr stolz auf mich gewesen.

Glückselig ist der Mann, der die Anfechtung erduldet;
denn nachdem er sich bewährt hat,
wird er die Krone des Lebens empfangen,
welche der Herr denen verheißen hat,
die ihn lieben.
Jakobus 1,12

Kapitel 1

Januar 1944

„Ich muss dringend mit Dr. Henshaw sprechen. Es ist ein Notfall“, brachte Isabelle Wardrop vor, als sie auf den Eingangsstufen des Mütterheims Bennington Place stand. Die klirrende Kälte, in der ihre schweren Atemzüge weiße Wölkchen hinterließen, spürte sie gar nicht, so eingenommen war sie von Sorge.

Pures Adrenalin schoss durch ihren Körper, ihr dringendes Anliegen ließ sie den starken, unaufhörlichen Schneefall völlig ignorieren. Würde dieser Sturm nicht bald ein Ende finden, drohte die Stadt unter einer dichten Schneedecke zu verschwinden.

Doch das Wetter war Isabelles kleinste Sorge.

„Der Arzt hilft gerade bei einer Geburt und darf leider nicht gestört werden“, erklang die Stimme einer schüchternen Schwangeren, die Hilfe suchend über die Schulter in den Flur blickte. Doch im Haus war es unnatürlich still.

Unaufgefordert trat Isabelle in den Eingangsbereich. Dieses ungewöhnlich dreiste Verhalten zeigte das Ausmaß ihrer Verzweiflung. „Es tut mir leid, aber das Leben meiner Mutter steht auf dem Spiel. Bestimmt kann die Hebamme die Geburt auch ohne den Arzt abwickeln.“ Wenngleich Isabelle nicht viel über Dr. Henshaw wusste, erinnerte sie sich, dass er im Mütterheim, einem Ort für Frauen in Not, immer mit einer Hebamme zusammenarbeitete. Gewiss würde diese die Kinder auch ohne seine Hilfe auf die Welt holen können. Zumindest heute Nacht.

Unsicher verschränkte die junge Frau die Hände über dem großen Bauch. „Ich hole am besten Mrs Reed oder Mrs Bennington. Die beiden können Ihnen sicher besser weiterhelfen als ich.”

Widerwillig atmete Isabelle langsam aus. „Vielen Dank. Das wäre sehr freundlich.“

Sobald die junge Frau außer Sicht war, stieg Isabelle die Treppe empor bis in den ersten Stock. Auf keinen Fall würde sie auf eine der beiden Direktorinnen des Mütterheims warten. Zweifelsohne würden sie nur versuchen, sie zu besänftigen und wieder fortschicken. Isabelle suchte lieber selbst nach dem Arzt, um die Dringlichkeit ihres Anliegens klarzumachen. Dr. Henshaw war der Hausarzt ihrer Mutter und kannte Moniques kritischen Gesundheitszustand. Er musste mitkommen, und zwar sofort!

Nur keine Sorge, Mama. Ich lasse dich nicht im Stich. Versprochen.

Laut hallten Isabelles Schritte durch den oberen Flur. Als sie ein leises Stöhnen wahrnahm, hielt sie kurz inne.

„Weiter so, Miss O'Reilly. Das machen Sie sehr gut", hörte Isabelle Dr. Henshaws Stimme.

Augenblicklich ließ der Druck auf ihrer Brust nach. Das klang nach einer Routinegeburt. Sobald der Arzt von ihrem Notfall erfuhr, würde er die Schwangere sicher der Hebamme überlassen und mitkommen. Mit einem tiefen Atemzug öffnete Isabelle die Tür und betrat das Zimmer.

Sofort schlug ihr ein beißender Körpergeruch entgegen. Mit einer Hand vor Nase und Mund sah sie sich um.

Auf dem Bett lag eine Frau, ein Laken bedeckte ihre untere Körperhälfte. Dr. Henshaw und eine kleine füllige Frau standen am Fußende, die Köpfe dicht beieinander.

„Das sieht ganz nach einer Steißlage aus, Mrs Dinglemire", sagte Dr. Henshaw angespannt. „Ich werde Ihre Hilfe benötigen, um das Kind zu drehen."

„O nein", erwiderte die ältere Frau mit grauem Haar. „Das halte ich für keine gute Idee."

„Wir haben keine Wahl. Wir müssen es versuchen, sonst verlieren wir sie beide."

Sofort beschleunigte sich Isabelles Herzschlag wieder. Das klang nun doch alles andere als vielversprechend. Aber jeder Moment zählte! Ihre Mutter würde sterben, wenn der Arzt nicht bald nach ihr sah.

„Dr. Henshaw."

Ihre Worte waren kaum lauter als ein Flüstern gewesen, und doch der Arzt hob überrascht den Kopf. „Miss Wardrop? Was machen Sie denn hier?“

„Sie müssen unbedingt mit mir kommen, sofort. Meine Mutter liegt im Sterben.“

Eine Vielzahl von Emotionen huschte über sein Gesicht. Ein mitfühlender Ausdruck lag in seinen haselnussbraunen Augen, als er näher an sie herantrat. „Wir stecken mitten in einer komplizierten Entbindung, ich kann hier jetzt nicht weg. Aber sobald das Kind da ist –“

„Dann wird es zu spät sein“, unterbrach Isabelle ihn. „Schafft die Hebamme das nicht allein?“

„Nein, in diesem Fall leider nicht.“

Mrs Dinglemire stellte sich zu ihnen. „Diese Mutter und ihr Kind schweben in Lebensgefahr“, erklärte sie. „Es braucht ein Wunder, um sie zu retten.“

Dr. Henshaw stellte sich ein Stück vor die Hebamme, den Blick weiterhin auf Isabelle gerichtet. „Wenn der Zustand Ihrer Mutter tatsächlich so kritisch ist, rate ich Ihnen, einen Ambulanzwagen zu rufen und sie ins Krankenhaus bringen zu lassen. Ich komme nach, sobald ich kann.“

„Sie wissen genau, dass meine Mutter das niemals mitmachen würde. Sie sind der Einzige, dem sie vertraut, Dr. Henshaw.“

Leise seufzte er und schloss kurz die Augen. Einen Augenblick lang schien es, als … betete er.

Ein gequälter Schrei riss den Arzt aus seinen Gedanken.

„Es tut mir schrecklich leid, Miss Wardrop“, sagte er mit einem Kopfschütteln. „Aber bitte, rufen Sie einen Ambulanzwagen für Ihre Mutter. Ich muss mich jetzt weiter um meine Patientin hier kümmern.“ Nach einem letzten entschuldigenden Blick trat er zurück ans Bett.

Reglos stand Isabelle da, obwohl alles in ihr danach verlangte, etwas zu unternehmen, ihn irgendwie umzustimmen. Nur fiel ihr nichts ein, außer …

Sie machte einen Schritt auf ihn zu. „Ich zahle Ihnen eintausend

Dollar!“ Die Verzweiflung in ihrer Stimme ließ sie selbst kurz erschaudern.

Als sein Kopf sich in ihre Richtung drehte, erkannte sie, dass sie einen groben Fehler begangen hatte.

Dr. Henshaw versteifte sich und sein Gesicht wurde hart. „Sie sind es vermutlich gewöhnt, dass man Ihren Anweisungen immer Folge leistet, Miss Wardrop, aber ich habe meine Prinzipien“, sagte er und wandte sich in Richtung Tür. „Olivia, wärst du so freundlich, Miss Wardrop nach draußen zu begleiten?“

Erneut schrie die Gebärende so schmerzerfüllt auf, dass es Isabelle eiskalt den Rücken herunterlief. Im nächsten Augenblick spürte sie eine zarte Hand an ihrem Ellbogen, die sie in den Flur führte.

Isabelles Schritte gerieten ins Stocken. Nicht eine Sekunde lang hatte sie daran gedacht, dass sie vielleicht ohne Hilfe zurückkehren würde. Was sollte sie jetzt nur tun? Ob es ihr gefiel oder nicht, ihr blieb nichts anderes übrig, als Dr. Henshaws Rat zu befolgen.

Entschieden straffte Isabelle die Schultern und wandte sich an die Frau neben sich. „Wären Sie so freundlich, einen Ambulanzwagen in die Chestnut Hill Road 124 zu bestellen? Meine Mutter braucht dringend einen Arzt.“

„Aber natürlich, sofort“, erwiderte die hübsche Italienerin, die Stirn in Falten gelegt. „Und wie kommen Sie nach Hause, Miss Wardrop?“

„Mein Fahrer wartet draußen auf mich, danke“, erklärte Isabelle, die Handtasche so fest an sich gedrückt, dass die Finger schmerzten. „Ich muss jetzt gehen.“

„Ich werde für Ihre Mutter beten.“

„Danke“, brachte Isabelle gerade noch hervor, bevor ihr unerwartet die Tränen in die Augen stiegen.

Gebet war vielleicht das Einzige, das ihre Mutter jetzt noch retten konnte.

Als Mark das Mütterheim verließ, war die Sonne gerade aufgegangen – wunderschön. Gott sei Dank hatte es gegen Mitternacht aufgehört zu schneien, sodass die Straßen befahrbar waren. Müde fuhr er sich über die Augen, als könnte er die Erschöpfung einfach wegreiben.

Er hatte noch mitbekommen, wie Isabelle schließlich doch einen Ambulanzwagen zum Anwesen der Wardrops hatte rufen lassen, von einer der Krankenschwestern hatte er jedoch erfahren, dass dieser leer zurückgekommen war. Wie von Isabelle befürchtet, hatte Mrs Wardrop sich geweigert, ihr Zuhause zu verlassen.

Auf dem Weg in das wohlhabende Stadtviertel Rosedale hoffte Mark, dass es nicht so schlimm um sie stand, wie Isabelle es dargestellt hatte. Seit über sechs Monaten war Mrs Wardrop wegen Bauchkrebs bei ihm in Behandlung und schon mehrmals hatte man ihn wegen eines Notfalls dorthin bestellt. Meistens war es ihm gelungen, sie zu beruhigen und ihre Schmerzen zu lindern. Doch nach Isabelles verzweifeltem Auftritt gestern Abend befürchtete er, dass die schreckliche Krankheit ihrer Mutter zu viel abverlangt hatte.

Die einzige frohe Botschaft dieser fürchterlichen Nacht war, dass es Mark mithilfe von Mrs Dinglemire tatsächlich gelungen war, das Kind zu drehen und es sicher auf die Welt zu holen. Trotz der qualvollen Geburt waren Mutter und Kind nun wohlauf.

Inständig betete er, dass dies auch auf Mrs Wardrop zutraf.

Mark stellte den Wagen in der kreisförmigen Einfahrt ab, stapfte durch den schneebedeckten Weg bis zur Eingangstür des Familienanwesens und betätigte den kupfernen Türklopfer. Kurz darauf öffnete die Haushälterin.

„Guten Morgen, Mrs Barton. Ich möchte nach Mrs Wardrop sehen."

Mrs Barton setzte an, um etwas zu sagen, presste die Lippen aber wieder aufeinander und das Kinn der sonst so unerschütterlichen Frau begann zu zittern.

Zögerlich blieb Mark in der Tür stehen, ein Frösteln durchfuhr seine ohnehin schon ausgekühlten Glieder.

„Ich fürchte, Sie kommen zu spät, Dr. Henshaw", sagte sie

schließlich und schluchzte in ein Taschentuch. „Mrs Wardrop ist … Sie ist von uns gegangen. Kurz nach Mitternacht."

Mit einem Mal schien alle Luft aus seinen Lungen gepresst zu werden. Das Adrenalin, das ihn durch die lange Nacht gebracht hatte, löste sich binnen Sekunden auf und seine Beine versagten. Haltsuchend stützte er sich am Türrahmen ab. „Aber ich habe sie doch erst vor zwei Tagen untersucht. Da ging es ihr den Umständen entsprechend gut", stammelte er, als ihn Schuldgefühle überkamen. Er hätte doch die Anzeichen bemerkt, wenn sie sich ihren letzten Stunden genähert hätte, oder?

Aus dem Salon drang ein leises Schluchzen.

Isabelle!

Schmerzhaft zog sich seine Brust zusammen. Über den Verlust ihrer Mutter waren Isabelle und ihre Schwester sicher am Boden zerstört. Er musste sich vergewissern, ob er etwas für die beiden tun konnte.

„Bitte entschuldigen Sie mich", sagte er und durchquerte das geflieste Foyer bis zum Salon.

Dort saß Isabelle auf dem gepolsterten Sofa, einen Arm um ihre jüngere Schwester Marissa gelegt. Blonde Strähnen hingen ihr unfrisiert ins Gesicht und ihre rot geränderten Augen waren geschwollen.

Zögernd hielt Mark inne. Es war ein sehr persönlicher Moment der Trauer und im Grunde hatte er kein recht, sich einzumischen. Und doch war Isabelle nach den zahlreichen Hausbesuchen in den letzten sechs Monaten für ihn keine Fremde mehr – als Freund hatte er das dringende Bedürfnis, sie zu trösten oder ihr zumindest sein aufrichtiges Beileid auszudrücken.

„Isab- Miss Wardrop. Ich bedauere Ihren Verlust zutiefst." Langsam machte er einige Schritte auf sie zu, bis ihr kühler Blick ihn innehalten ließ. Vorsichtig löste sie sich von Marissa und stand auf. „Wie können Sie es wagen, sich jetzt hier blicken zu lassen."

Ihre vorwurfsvollen Worte trafen ihn mit voller Wucht. „Aber ich habe doch gesagt, ich komme, sobald das Kind …", setzte er an, verstummte dann jedoch, als ihm aufging, wie wenig hilfreich dieser Kommentar war.

Isabelles blaue Augen verdunkelten sich. „Nun, offensichtlich sind Sie zu spät", erwiderte sie scharf, ihre Lippen bebten. „Wenn Sie gleich mitgekommen wären, wäre meine Mutter jetzt sicher noch am Leben. Das ist Ihnen hoffentlich bewusst."

Die Wahrheit in diesen Worten setzte ihm schwer zu. Womöglich wäre es ihm gelungen, Mrs Wardrop zu stabilisieren, wenngleich er das Unvermeidliche damit nur ein wenig hinausgezögert hätte. Gleichzeitig wäre seine Patientin in *Bennington Place* samt ihrem Kind unweigerlich gestorben. Angestrengt rieb Mark sich die Augen. Dieser Moment zählte zu den schwierigsten seines Berufs – als Arzt traf er Entscheidungen über Leben und Tod, bei denen es kein Richtig oder Falsch gab.

Entschlossen marschierte Isabelle an ihm vorbei ins Foyer. „Mrs Barton, seien Sie so gut und weisen Sie Dr. Henshaw die Tür. Und geben Sie ihm zu verstehen, dass er hier nicht länger willkommen ist."

Mit Mühe rang Mark um einen klaren Gedanken. „Wo ist denn Ihr Vater?", fragte er schließlich. Sollte dieser Mann nicht hier bei seinen Töchtern sein, sie trösten? Himmel, Marissa war doch erst siebzehn!

„Er ist beim Bestatter. Nicht, dass Sie das etwas anginge – Mama ist nun nicht mehr Ihre Patientin."

Marks Blick wanderte von der steif dastehenden Isabelle zu Mrs Barton, die sich wie eine Wache neben der Eingangstür postiert hatte. Erst jetzt bemerkte er, dass er nicht einmal seinen Hut abgenommen oder seine wetterfesten Überschuhe ausgezogen hatte. Mit einem bedeutungsschweren Blick öffnete die Hausdame die Tür.

Sein Herz wurde nur noch schwerer. Da ihm keine andere Wahl blieb, ging er zur Tür, drehte sich aber noch ein letztes Mal zu Isabelle um. „Wenn ich irgendetwas für Sie tun kann, Miss Wardrop … Ich stehe stets zu Diensten."

Sie hob das Kinn und musterte ihn hart. „Nach den Ereignissen der letzten Nacht werden Sie hier ganz bestimmt nie wieder gebraucht."

Kapitel 2

Durch das offene Fenster drang der herrliche Duft von Frühlingsregen und frischem Grün zu Isabelle hinein, die am Sekretär ihrer Mutter saß. Auch drei Monate nach ihrem Tod war Isabelle noch damit beschäftigt, Dankes-Karten an die Geschäftspartner ihres Vaters zu schreiben. Viele von ihnen hatten im Gedenken an Monique großzügige Spenden an ihre Wohltätigkeitsorganisationen veranlasst. Mit einem Seufzen legte Isabelle den Stift nieder.

Oh, Mama. Wie sehr ich dich vermisse. Ich gebe mir große Mühe, deine Arbeit fortzuführen, aber ohne dich ist es einfach nicht dasselbe.

Als extravagante Frankokanadierin mit einem Hang zur Theatralik hatte Monique Wardrop die Bewunderung der Vorstandsvorsitzenden von verschiedensten Wohltätigkeitsorganisationen genossen, deren Schirmherrin sie gewesen war. Isabelle jedoch ließ man deutlich spüren, dass man sie für zu jung erachtete, um in diese verantwortungsvolle Rolle zu schlüpfen. Nichtsdestotrotz hatte Isabelle fest vor, diese Arbeit fortzuführen.

„Entschuldigen Sie bitte, Miss. Aber da ist Besuch für Sie", erklang Mrs Bartons Stimme von der Tür aus.

„Wer ist es diesmal?" Isabelle war die unzähligen Besucher leid, die noch immer unangekündigt hier auftauchten. Potenzielle Verehrer mitinbegriffen. Merkten sie denn nicht, wie erschöpft Isabelle war? Wie sehr es sie anstrengte, in ihrer Trauer allen beweisen zu müssen, wie „gut sie sich schlug"?

„Mr Noland. Soll ich ihm sagen, Sie seien unpässlich?"

„Nein, ist schon in Ordnung", erwiderte Isabelle und stand auf. Mit einer Hand strich sie sich den Rock glatt, überprüfte, dass die Nähte ihrer Nylonstrumpfhose gerade saßen, und machte sich auf ins Foyer.

Seit Mutters Tod hatte Vater sich umso emsiger darum bemüht, Isabelle so vielen heiratswürdigen Männern vorzustellen wie möglich. *„Deine Mutter hat stets davon geträumt, dich glücklich verheira-*

tet zu wissen", sagte er ihr eins ums andere Mal. *„Ihr letzter Wunsch ist mir ein großes Anliegen."*

Immer wenn die beiden miteinander sprachen, setzte sein besorgtes Gesicht Isabelle schwer zu, und sie brachte es nicht übers Herz, seinen Bemühungen ein Ende zu setzen. Stattdessen nahm sie tapfer Mutters Rolle an seiner Seite ein und begleitete ihn nicht nur zu den zahlreichen gesellschaftlichen Anlässen, sondern billigte auch die Avancen der Junggesellen, denen ihr Vater sie vorstellte. Die meisten erschienen ihr eintönig und fad, nicht aber Roger Noland. Mit seiner freundlichen Art hatte er schnell ihre Gunst gewonnen.

„Hallo, Roger", grüßte sie ihn, entschieden, die fröhliche Fassade aufrechtzuerhalten. „Das ist aber eine nette Überraschung."

„Isabelle. Wie schön, Sie zu sehen", sagte der hochgewachsene Mann mit einem Lächeln auf den Lippen.

Wenngleich er nicht dem klassischen Schönheitsideal entsprach, hatte Roger sehr markante Züge. Die lange Nase, die eleganten Brauen und das kantige Kinn fielen sofort ins Auge und mit seiner selbstbewussten Haltung erregte er überall Aufsehen.

Sie trat auf ihn zu. „Was führt Sie her?"

Er beugte sich vor, um ihr einen schnellen Kuss auf die Wange zu geben. „Braucht es denn einen anderen Grund als Ihr schönes Gesicht?" Hitze breitete sich auf Isabelles Wangen aus. Unter anderen Umständen hätte sie einen ebenso koketten Kommentar erwidert, doch für solch einen Schlagabtausch war sie heute nicht in Stimmung. „Darf ich Ihnen etwas zu trinken anbieten?"

„Nein, vielen Dank. Ich muss gleich wieder weiter. Im Grunde bin ich nur hier, um Sie für morgen Abend zum Essen einzuladen."

„Und da hätten Sie nicht einfach anrufen können?", fragte Isabelle mit einem Stirnrunzeln.

„Und Ihnen die Chance geben, mich abzuweisen? Nein, nein. Am Telefon ist es viel einfacher, eine Einladung auszuschlagen, als wenn man sich gegenübersteht." Ein zaghaftes Lächeln erschien auf ihren Lippen. „Nun, da haben Sie wohl recht."

„Es hat also funktioniert?", hakte er mit hochgezogener Braue nach. „Beehren Sie mich morgen Abend mit Ihrer Anwesenheit?"

Isabelle spürte ein leichtes Kribbeln in der Magengegend. Die letzten Monate hatte sie sich voll und ganz dem Gram hingegeben. Vielleicht war es Zeit für ein paar vergnügliche Momente – mit einem wahren Gentleman, der auch in den Augen ihres Vaters eine sehr gute Partie abgab.

Von all den Männern, die ihre Eltern ihr über die letzten Jahre angepriesen hatten, waren nur drei von ihnen für Isabelle infrage gekommen: Adam Templeton, Elias Weatherby und Roger Noland. Tatsächlich mochte sie Roger, ein Immobilienmakler aus Vaters Firma, am liebsten. Mit seinem Scharfsinn und für ihn so typischen Humor war er in den Tagen nach Mutters Tod der einzige gewesen, der sie aufzumuntern vermochte.

Auch in den Wochen und Monaten danach hatte er den Kontakt aufrechterhalten und sie hatte seine Besuche immer willkommen geheißen. Nie hatte er sie zu einer Verabredung gedrängt, sie aber immer wissen lassen, dass er für sie da war. Adam Templeton hatte seine Beileidsbekundungen zusammen mit einem Blumenstrauß geschickt und sich beim Leichenschmaus sehr besorgt um sie und ihre Schwester gezeigt. Elias Weatherby hingegen hatte bloß eine unpersönliche Trauerkarte geschickt und abgesehen von einem kurzen Wortwechsel am Tag der Beerdigung hatte er seither nichts mehr von sich hören lassen.

Lächelnd hob Isabelle den Blick. „Ja, ich gehe sehr gern mit Ihnen essen, Roger." Vielleicht würde endlich wieder ein gewisser Grad von Normalität in ihr Leben zurückkehren. Das Dinner könnte zumindest ein Anfang sein.

„Hervorragend", sagte er mit einem breiten Strahlen, bei dem seine Grübchen zum Vorschein kamen. „Dann reserviere ich uns einen Tisch im *Le Beau Monde*. Das wird ein ganz besonderer Abend", verkündete er und hob ihre Hand überschwänglich für einen Handkuss an seinen Mund. „Bis morgen."

Das Funkeln in seinen Augen ließ Isabelles Herz höherschlagen. Und das *Le Beau Monde* war ein ausgesprochen romantisches Restaurant. Hatte er womöglich vor, um ihre Hand anzuhalten?

Und falls ja, wie würde ihre Antwort lauten?

Mark zog vor der Tür rasch seine schlammverkrusteten Schuhe aus. Er hatte nicht vorgehabt, vor seiner Schicht im Krankenhaus noch zu Hause vorbeizugehen, aber der anhaltende Regen hatte die unbefestigten Straßen in Torontos Armenviertel in einen Morast verwandelt. Mit seiner mit Schlamm besprenkelte Hose und den dreckigen Schuhen konnte er sich keineswegs im Krankenhaus blicken lassen. Er hing den Mantel an die Garderobe und wollte gerade die Treppe hocheilen, als er ein Scheppern aus der Küche hörte.

Verwundert runzelte er die Stirn. „Josh, bist du das?" Eigentlich sollte sein jüngerer Bruder noch in der Schule sein.

„Ja", lautete die einsilbige Antwort, die Mark keinerlei Informationen darüber lieferte, warum Josh hier und nicht im Unterricht war.

Mit einem Seufzen machte Mark sich auf in den hinteren Teil des Hauses.

Josh stand an der Küchenzeile und schenkte sich ein Glas Milch ein. In der Spüle stapelte sich das dreckige Geschirr, das er eigentlich heute Morgen vor der Schule hätte abspülen sollen.

„Warum bist du schon so früh zu Hause?", wollte Mark wissen und gab sich Mühe, möglichst neutral zu klingen und seinem Bruder einen Vertrauensvorschuss zu gönnen.

Der schlaksige Junge zuckte mit den Schultern, ohne sich zu Mark umzudrehen. „Chemie ist ausgefallen. Also bin ich kurz heimgekommen, um vor dem Chor noch eine Kleinigkeit zu essen."

Ärger machte sich in Mark breit. „Das ist schon das zweite Mal diesen Monat, dass dieser Kurs angeblich ausfällt. Was ist wirklich los, Josh?"

In letzter Zeit fiel es Mark immer schwerer zu unterscheiden, ob sein Bruder ihm die Wahrheit sagte oder nicht. Eine sehr beunruhigende Entwicklung. An Joshs Wut, die immer unter der Oberfläche zu brodeln schien und in den unverhofftesten Momenten ausbrach, hatte Mark sich bereits gewöhnt. Doch dass er nun auch noch log, war neu. An diesem entscheidenden Punkt in seiner schulischen Laufbahn durfte Mark auf keinen Fall zulassen, dass er sich mit seiner jugendlichen Aufsässigkeit die Zukunft verbaute.

„Nichts ist los“, erwiderte Josh gereizt und drehte sich mit zusammengezogenen Brauen zu ihm herum. „Was kann ich denn dafür, dass unser Lehrer so unzuverlässig ist.“

In letzter Zeit lehnte sich Josh immer mehr gegen seine Autorität auf und Mark hatte den Eindruck, die Kontrolle zu verlieren. Das musste er verhindern, zumindest bis Joshs Zukunftsbahnen geebnet waren – die Zukunft, die sich ihre Eltern für die beiden gewünscht hatten. „Vielleicht sollte ich mal mit deinem Lehrer sprechen. Schließlich stehen schon in zwei Monaten die Abschlussprüfungen an, das muss ihm doch klar sein.“

Ein Ausdruck von Unbehagen legte sich über Joshs Gesicht. „Ach, es ist doch nur der Zusatzkurs, Mark. Nichts Wichtiges.“

„Natürlich ist der wichtig, vor allem für dich. Du brauchst Bestnoten in Mathematik und allen Naturwissenschaften, um zum Medizinstudium zugelassen zu werden.“

Josh grummelte: „Bis zum Studium ist es noch lange hin.“

„Aber für die Aufnahme an der Uni sind gute Noten unabdingbar. Ich verstehe einfach nicht, warum –“

„War's das dann?“, sagte Josh genervt und schob sich mit aufgeblähten Nasenflügeln an Mark vorbei. „Und außerdem riechst du wie ein Plumpsklo. Warum arbeitest du eigentlich immer noch in diesem Armenviertel?“

Bei der Verachtung in seinen Worten zuckte Mark zusammen. „Auch diese Menschen brauchen einen Arzt, Josh. Und nur weil sie arm sind, heißt das nicht, dass sie nicht genauso unseren Respekt und unser Mitgefühl verdienen.“

Eine Philosophie, nach der auch ihr Vater gelebt hatte. *„Arme Menschen haben das gleiche recht auf medizinische Behandlung wie Reiche, mein Sohn. Vergiss das nie.“* Thaddeus Henshaw war der Inbegriff eines Landarztes gewesen. Selbst als sie in die Stadt gezogen waren, hatte er jedem das Gefühl gegeben, ein wichtiger Patient zu sein. Etwas, das auch Mark Tag für Tag vor Augen hatte.

„Aber du bist doch mit dem Krankenhaus und dem Mütterheim schon genug beschäftigt. Und dann noch all deine Privatpatienten. Warum musst du dort auch noch hin?"

Ohne den kleinen Anflug von Verletzlichkeit im Gesicht seines Bruders hätte Mark den wahren Grund für Joshs Beschwerde nicht erkannt – er nahm sich zu wenig Zeit für seinen Bruder.

„Ich bin nicht nur Arzt, um Geld zu verdienen. Für mich ist das nicht bloß ein Beruf, es ist meine Berufung. So wie bei Dad."

Als Mark an der Treppe ankam, stieg ihm der strenge Geruch in die Nase, wegen dem er ursprünglich nach Hause gekommen war. „Ich muss mich jetzt umziehen und dann ins Krankenhaus. Im Kühlschrank ist noch etwas Schinken, wenn du nachher vom Chor zurückkommst."

„Okay."

„Oh, und Josh – das Gespräch ist noch nicht zu Ende, über deine letzten Monate in der Schule reden wir noch mal."

Doch Josh verdrehte bloß die Augen und schlug die Tür zu.

Mark hielt ein Seufzen zurück. Irgendetwas hatte Josh – etwas, das er vor seinem älteren Bruder verbarg.

„Herr", flüsterte Mark, „bitte hilf mir, herauszufinden, was mit Josh los ist. Und hilf mir, ihn vor einem groben Fehler zu bewahren."

In letzter Zeit betete Mark immer öfter. Er konnte jede Hilfe brauchen, denn es war seine größte Herausforderung gewesen, sich allein um seinen jüngeren Bruder kümmern zu müssen.

Als ihre Eltern bei einem Autounfall ums Leben gekommen waren, hatte es Mark das letzte Bisschen seiner Kraft gekostet, sich zusammenzureißen und das Medizinstudium hinter sich zu bringen. Nach seinem Abschluss hätten Vater und Sohn in der Praxis Seite an Seite arbeiten sollen.

„Eine Gemeinschaftspraxis mit meinen zwei Söhnen", hatte Thaddäus oftmals gesagt, *„ich kann mir nichts Schöneres vorstellen."*

Zum ersten Mal nagten Zweifel an Mark, ob es ihm tatsächlich gelingen würde, den Traum seines Vaters wahr werden zu lassen.

Er würde sich einfach noch mehr Mühe geben müssen. Scheitern war keine Option.

Kapitel 3

„Du siehst bezaubernd aus, Belle. Wohin führt Roger dich aus?“, fragte Marissa, die auf Isabelles Himmelsbett saß und ihrer Schwester beim Fertigmachen zuschaute.

Über den Spiegel des Schminktischs sah Isabelle zu Marissa. „Ins *Le Beau Monde*. Und er hat angedeutet, dass es ein ganz besonderer Abend werden soll“, sagte sie mit einem kleinen Lächeln und errötete leicht.

„Denkst du, er macht dir einen Antrag?“, fragte Marissa neugierig.

Mit ihren siebzehn Jahren war sie eine hoffnungslose Romantikerin und es kribbelte ihr bereits in den Fingern, sich selbst mit Männern zu verabreden, obgleich ihr Vater dies noch verbot. Anscheinend konnte er kaum fassen, dass sein kleines Mädchen zu einer jungen Frau heranwuchs, und versuchte, sie so lange wie möglich zu beschützen.

Umso mehr interessierte sich Marissa für Isabelles Liebesleben.

„Ja, vielleicht.“ Sie legte ein Silberarmband um und steckte sich passende Ohrringe an.

„Und was wirst du antworten?“

Kurz dachte Isabelle nach, dann lächelte sie wieder. „Ich denke, ich werde Ja sagen.“ Schon bei dem Gedanken daran, wie Roger ihr seine Liebe gestand und sein Leben mit ihr teilen wollte, schnellte ihr Puls in die Höhe. Die Ehe ihrer Eltern war ihr ein gutes Vorbild gewesen und so fühlte Isabelle sich auf diese Rolle bestens vorbereitet. Sie hoffte bloß, eine ebenso gute Ehefrau abzugeben wie ihre Mutter.

Voller Vorfreude sprang Marissa vom Bett auf und warf sich Isabelle in die Arme. „Oh, Belle! Und ich werde deine Brautjungfer sein und dir bei den Hochzeitsvorbereitungen helfen. Ich kann es kaum erwarten!“ Isabelle lachte. „Ein Schritt nach dem anderen. Vielleicht irre ich mich ja auch.“

„Ganz bestimmt nicht. Mir ist nicht entgangen, wie er dich immer ansieht", erklärte Marissa verträumt. „Ich hoffe nur, dass man mich eines Tages auch mal so bewundert."

Nachdenklich studierte Isabelle ihre Schwester. „Hast du jemand Bestimmtes im Sinn?"

Sofort errötete Marissa. „Nein, eigentlich nicht."

„Wirklich? Da ist niemand, auch nicht von der Jungenschule zum Beispiel?", hakte Isabelle grinsend nach. „Oder vielleicht aus dem Kirchenchor?"

Marissa zuckte mit den Schultern. „Na gut, vielleicht gibt es da jemanden, den ich mag."

„Aha, dachte ich's mir doch. Und wie heißt er?"

„Das sage ich nicht", erwiderte Marissa schnell und warf ihr honigbraunes Haar über die Schulter. „Sonst blamierst du mich nur."

„Niemals."

Abwehrend verschränkte Marissa die Arme, an die Stelle ihres Lächelns trat ein herausfordernder Blick. „Ach ja? Du führst dich nämlich immer mehr auf wie Mum, seit ...", sie hielt inne und presste die Lippen aufeinander.

Ihre Worte trafen Isabelle. Es stimmte, sie hatte Marissa in den letzten Wochen etwas bemuttert. Aber doch nur, weil ihr Vater so wenig Zeit für sie hatte und Isabelle sich verantwortlich fühlte für ihre jüngere Schwester. „Ich möchte dich doch nur beschützen, Rissa. Bitte versprich mir, vorsichtig zu sein. Jungs in deinem Alter sind oft aufdringlich und ... können sehr überzeugend sein."

„So ein Unsinn. Mach dir keine unnötigen Sorgen."

„Also gut", sagte Isabelle und legte eine Hand auf Marissas Arm. „Bitte denk an deine Hausaufgaben, ja? Ich bin vermutlich erst zurück, wenn du schon schläfst." Sie nahm die dünne Jacke vom Bett und gab Marissa einen Kuss zum Abschied. „Und bitte sorg dafür, dass Papa etwas Vernünftiges isst." Bei diesen Worten zeichneten sich Sorgenfalten auf ihrer Stirn ab. „In letzter Zeit scheint er neben sich zu stehen. Und er arbeitet viel zu viel. Versuch doch mal, ob du ihn zu einem gemeinsamen Urlaub überreden kannst." Wenn das jemandem gelang, dann ihrer Schwester.

„Ich gebe mein Bestes“, sagte Marissa und folgte ihrer Schwester wie ein kleines Hündchen. „Und weck mich, wenn ich später tatsächlich schon schlafen sollte, ja?“

„Morgen ist Schule, Rissa … aber gut, wenn es einen Ring gibt, wecke ich dich.“ Gute Nachrichten würden Marissa guttun.

„Danke. Habt einen schönen Abend.“

Bevor Isabelle ging, wollte sie noch kurz bei ihrem Vater in der Bibliothek vorbeisehen. Wider Erwarten stellte sie fest, dass er gar nicht da war. Merkwürdig – ihn hatte es nämlich besonders gefreut, dass sie Rogers Einladung angenommen hatte.

„Fiona?“, rief Isabelle.

„Ja, Miss?“, erwiderte die rothaarige Bedienstete aus dem Foyer.

„Ist mein Vater schon zu Hause?“

„Nein, Miss. Nicht, dass ich wüsste“, sagte sie und senkte den Staubwedel. „Aber ich kann gern noch einmal Mrs Barton fragen.“

„Ja, bitte. Ich warte derweil im Salon auf Mr Noland.“

Leicht beugte Fiona sich zu Isabelle vor und flüsterte mit einem Zwinkern: „Ich wünsche Ihnen einen wunderbaren Abend.“ Ihre grünen Augen funkelten.

Auch Isabelle lächelte. „Danke sehr.“

Fiona, die bloß wenige Jahre älter war als Isabelle, war das persönliche Dienstmädchen ihrer Mutter gewesen. Nach Mutters Tod hatten Isabelle und Marissa darauf bestanden, dass Fiona ihre Anstellung nicht verlor. Die beiden waren mit ihr aufgewachsen und mit Fiona im Haus fühlte es sich an, als wäre ihnen wenigstens noch ein kleiner Teil ihrer Mutter erhalten geblieben.

Fünf Minuten später kehrte Fiona zurück. „Weder Mrs Barton noch die Köchin haben etwas von Mr Wardrop gehört, Miss. Sicherlich wurde er im Büro aufgehalten.“

„Ja, wahrscheinlich. Danke, Fiona.“

Mit einem Blick auf die Uhr sank Isabelle auf das Sofa. Auch Roger verspätete sich.

Fünfundzwanzig Minuten später wurde Isabelle allmählich ärgerlich. Wie unhöflich von Roger, nicht einmal anzurufen und sich für die Verspätung zu entschuldigen.

Er wagte es doch nicht, sie einfach sitzen zu lassen?

Gereizt marschierte Isabelle zum Telefon im Flur und ließ sich mit dem Büro ihres Vaters verbinden. Ob sie wohl noch jemand erreichen würden? Um diese Uhrzeit war der Empfang sicher nicht mehr besetzt.

„*Wardrop Realty*", antwortete eine unbekannte männliche Stimme.

„Oh, ja, hallo. Ich bin auf der Suche nach Roger Noland. Ist er vielleicht noch im Büro?"

Stille. „Ich fürchte, er ist gerade gegangen."

„Ah." Isabelle entspannte sich. Wahrscheinlich war er bereits auf dem Weg zu ihr. „Und mein Vater, ist er noch da?"

„Ihr Vater?"

„Ja, Mr Wardrop." Bei der erneuten Stille machte sich ein ungutes Gefühl in Isabelle breit. „Entschuldigung, mit wem spreche ich?"

„Constable Spencer."

Mit einem Mal versagten Isabelles Beine und sie sank auf den kleinen Stuhl neben dem Telefonbänkchen nieder. Was hatte ein Polizist in Vaters Immobilienfirma zu suchen? „W-wo ist mein Vater, geht es ihm gut?"

„Sind Sie allein zu Hause, Miss?"

„Nein, mit meiner jüngeren Schwester. Warum?"

„Am besten warten Sie auf Mr Noland. Er wird gleich bei Ihnen sein."

Woher wusste dieser Mann, dass sie und Roger verabredet waren?

Jetzt klingelte es, doch Isabelle ignorierte die Tür.

„War das die Türklingel?"

„Ja."

„Dann lege ich jetzt auf. Mr Noland wird Ihnen alles weitere erklären."

In der Zwischenzeit hatte Mrs Barton die Tür geöffnet und Roger hereingebeten. Mit dem Hut in der Hand blieb er im Foyer stehen und blickte über den langen Flur zu Isabelle.

Langsam hängte sie den Hörer ein und stand auf. „Roger, was ist passiert? Warum sind Sie so spät? Und was hat die Polizei im Büro zu suchen?"

Er streckte ihr die Hand entgegen. „Kommen Sie, Isabelle, wir gehen besser in den Salon und setzen uns." Sorge lag in seinem Blick und seine Augen waren gerötet. Irgendetwas war ganz und gar nicht in Ordnung.

Vor Schreck konnte sie sich kaum bewegen. Roger trat auf sie zu, legte sanft einen Arm um sie und führte sie ins Zimmer, wo sie mit rasendem Herzen auf dem Sofa Platz nahm.

Einfühlsam nahm Roger ihre Hand in die seine. „Ich fürchte, ich habe schlechte Neuigkeiten", begann er mit feuchten Augen. „Es tut mir so leid, meine Liebe. Aber Ihr Vater … Er ist tot."

Seine Worte ließen ihr das Blut in den Adern gefrieren. „Das kann nicht sein, er ist nur etwas länger auf der Arbeit. Sicher kommt er jeden Moment zur Tür herein."

„Ich wünschte, es wäre anders. Bitte glauben Sie mir, es ist die Wahrheit", bekräftigte Roger seine Worte mit aschfahlem Gesicht.

Isabelles Hände zitternden und ihr Kopf war wie leer gefegt. Ihr Vater war kerngesund gewesen – war er vor Kummer gestorben? Das schien die einzig logische Erklärung.

„Was ist geschehen?", fragte Isabelle schließlich. „Hatte er einen Herzstillstand?"

„Nein, das war es nicht." Tränen liefen über Rogers Wangen und er schluckte schwer, bevor er ein langes Seufzen von sich gab. „Als ich gerade gehen wollte, habe ich einen Schuss gehört."

Vor Schreck keuchte Isabelle auf und riss die Hände vor den Mund.

„Ich bin natürlich sofort in sein Büro gerannt, aber es war zu spät", erklärte Roger mit einem Kopfschütteln. „Ich konnte nichts mehr tun." Seine Stimme brach, er blinzelte mehrmals und wandte das Gesicht ab.

Das konnte nicht sein! Alles an ihr weigerte sich, diesen Worten zu glauben. Niemals würde ihr Vater –

„Auf dem Schreibtisch hat die Polizei eine kleine Notiz gefunden", sagte er und griff traurig in die Manteltasche. „Und der hier ist für Sie."

Mit zittrigen Händen nahm sie den Brief entgegen. Auf dem Umschlag stand Isabelles Name, eindeutig in der Handschrift ihres Vaters. Offensichtlich hatte er ihr wenigstens einen Abschiedsbrief geschrieben. Doch womit könnte er seine Tat erklären?

Plötzlich rebellierte ihr Magen und Isabelle sprang auf. „Entschuldigen Sie mich." Eilig stürmte sie aus dem Salon in das nächstgelegene Bad und übergab sich mehrmals. Ausgelaugt kniete sie anschließend auf dem kühlen Boden und spürte, wie ihr der Kopf schwirrte. Zu viele Gedanken auf einmal rangen um ihre Aufmerksamkeit.

Ihr Vater war tot. Ihre Mutter war tot. Was um Himmels willen sollte sie jetzt nur tun?

„Isabelle?" Roger klopfte an der Tür. „Kann ich etwas für Sie tun?"

„Nein, es geht schon", sagte sie und stand auf. Über das Waschbecken gebeugt spülte sie sich den Mund aus und spritzte sich etwas Wasser ins Gesicht.

Zittrig holte sie Luft und kehrte zu Roger zurück.

Mit besorgtem Gesicht sah er sie an. „Das alles muss ein fürchterlicher Schreck für Sie sein. Vielleicht sollte ich Ihren Arzt anrufen?"

„Nein. Er ist der Letzte, den ich jetzt sehen möchte", entgegnete Isabelle scharf. „Und außerdem ist er nicht länger unser Arzt." Hölzern schritt sie zurück in Richtung Salon. Ihrer Schwester zuliebe würde sie sich zusammennehmen müssen, für sie musste Isabelle stark sein. Doch bevor sie Marissa über die schrecklichen Neuigkeiten ins Bild setzte, wollte sie so viel wie möglich herausfinden.

Schweigend folgte Roger ihr. Im Salon schloss Isabelle die doppelflügelige Tür hinter sich und nahm Platz. Den Brief legte sie bewusst beiseite. Die letzten Worte ihres Vaters würde sie allein lesen.

Sie blickte zu Roger und holte tief Luft. „Bitte erzählen Sie mir alles, was Sie wissen."

Kapitel 4

Zwei Tage später saß Isabelle mit einer Tasse Kaffee in der Hand am Esstisch. Noch immer stand sie neben sich, die Realität war noch nicht bis zu ihr hindurchgedrungen. Immer wieder spielte sie im Kopf die Ereignisse der fürchterlichen Nacht durch, unfähig, Rogers Worte aus ihren Gedanken zu verbannen.

Ihm zufolge habe ihr Vater seit dem Tod ihrer Mutter mit Depressionen gekämpft und zu dieser drastischen Maßnahme gegriffen, um seinem Leiden ein Ende zu setzen. Rogers Erklärung spiegelte sich in dem letzten Brief wider, den ihr Vater an sie und Marissa geschrieben hatte. Darin hatte er sie um Vergebung gebeten, gleichzeitig aber auch gesagt, dass er diesem Chaos nicht anders habe entfliehen können. Und dass die Trauer um ihre Mutter ihn schier überwältigt habe.

Mit einem Stirnrunzeln dachte Isabelle noch einmal über den genauen Wortlaut nach. Was für ein Chaos meinte er?

Und wie war es möglich gewesen, dass sie den großen Kummer ihres Vaters derart unterschätzt hatte? Hätte sie mehr für ihn da sein müssen? Wäre er vielleicht besser mit seinen Gefühlen zurechtgekommen, wenn er sich in seiner Trauer nicht so allein gefühlt hätte?

Fiona betrat den Frühstückssalon, in den Händen ein Tablett mit Eiern, einer Kanne Orangensaft und der gefalteten Morgenzeitung. Sie stellte alles ab und schenkte Isabelle ungefragt ein Glas Saft ein. „Darf ich Ihnen auch etwas Ei und Toast servieren, Miss Isabelle?"

„Nein, vielen Dank. Ich bin nicht hungrig", erwiderte Isabelle, griff nach der Zeitung und betrachtete erstaunt die hässliche schwarze Schlagzeile.

Immobilienmogul begeht Selbstmord – das Ende für Wardrop Real Estate.

Mehrmals blinzelte Isabelle, doch die Worte blieben die gleichen. Widerwillig überflog sie den Artikel, der von dem Bankrott des millionenschweren Unternehmens von Hugh Wardrop berichtete und den endgültigen Firmenuntergang verkündete. Infolgedessen waren auch alle anderen Makler, die mit ihrem Vater zusammengearbeitet hatten, entlassen worden.

Bei dem Gedanken an all die arbeitslosen Menschen, Roger eingeschlossen, drohte Isabelles Magen erneut zu streiken.

Wie war das nur möglich?

Es wurde behauptet, dass ihr Vater Darlehen in Millionenhöhe aufgenommen hatte und nicht zahlungsfähig gewesen war, als die verschiedenen Banken die Rückzahlungen eingefordert hatten.

Wenn auch nicht explizit erwähnt, wurde klar angedeutet, dass er sich feige davongemacht hatte. Schlimm genug, wenn nur der engste Kreis Bescheid gewusst hätte – nun aber kannte alle Welt die Wahrheit.

Wut überkam Isabelle und mit einem lauten Poltern stellte sie die Tasse auf dem Tisch ab.

Wie konntest du nur, Papa? Wie konnten dir die Bedürfnisse deiner Töchter so egal sein? Was soll jetzt nur aus uns werden?

Im Gang ertönten Schritte und kurz darauf erschien Mrs Barton in der Tür. „Bitte entschuldigen Sie, Miss. Da ist ein Besucher für Sie."

Genervt seufzte Isabelle. „Wer ist es diesmal?" Sie war der vielen unangekündigten Besucher überdrüssig geworden, die nun wieder Tag um Tag vorbeikamen, um ihr Beileid zu bekunden. Natürlich meinten sie es nur gut, aber Isabelle war einfach noch nicht so weit.

Vielleicht war es ja Roger? Seit er ihr die Hiobsbotschaft überbracht hatte, hatte er sie nicht mehr besucht. Dabei war er der Einzige, den sie wirklich sehen wollte.

Mrs Barton zögerte. „Ein Mr Meade von der *Bank of Commerce.*"

Bei dem Wort Bank läuteten bei Isabelle die Alarmglocken. „Hat er gesagt, was er möchte?"

„Nein. Nur dass es um eine Privatangelegenheit gehe."

Beunruhigt fragte Isabelle sich, ob das ein Zufall sein konnte.

Sie straffte die Schultern. „Bitte sagen sie ihm, dass ich mit den letzten Vorbereitungen für die Beerdigung beschäftigt bin. Vielleicht finden wir nächste Woche einen Termin."

„Das habe ich schon versucht, Miss. Aber er ist sehr beharrlich. Es sei dringend, sagt er, und er werde nicht gehen, ehe er Sie gesprochen habe."

Isabelle seufzte. „Nun gut, wenn es denn sein muss ..."

„Ich komme mit", verkündete Marissa entschieden, die gerade das Frühstückszimmer betrat. „Und denk bloß nicht, du könntest die Wahrheit vor mir verbergen, Belle. Ich brauche Antworten, genau wie du."

Zuerst wollte Isabelle ablehnen, doch dann überlegte sie, dass sie ihm zu zweit wenigstens zahlenmäßig überlegen wären. „Also gut. Gehen wir gemeinsam."

Mrs Barton führte die beiden in den Salon, wo ein kräftiger Mann um die vierzig wartete.

„Guten Morgen, die Damen. Mein Name ist Samuel Meade und ich bin der leitende Bankdirektor der *Bank of Commerce*."

„Isabelle Wardrop und das ist meine Schwester Marissa." Isabelle wies zur Sofaecke und sie setzten sich. „Was kann ich für Sie tun, Mr Meade?"

Insgeheim hoffte sie, dass er vielleicht gute Nachrichten für sie hatte, so etwas wie ein geheimes Konto mit genug Geld, um die Schulden zu begleichen.

Sichtlich unbehaglich öffnete Mr Meade den obersten Knopf seines Jacketts, sah wenig dezent zu Marissa und räusperte sich. „Vielleicht sollten wir dieses Gespräch besser unter vier Augen führen."

Kurz blickte Isabelle zu Marissa, die kaum sichtbar den Kopf schüttelte. „Meine Schwester und ich haben keine Geheimnisse, Sir. Worum auch immer es geht, es betrifft uns beide."

„Wie Sie wünschen", erwiderte er knapp und holte einen Stapel Papier aus der Aktentasche neben seinen Füßen. „Zunächst einmal möchte ich Ihnen mein tiefes Beileid über Ihren Verlust ausdrücken." Seinen Worten mangelte es an jeglicher Aufrichtigkeit. „Ich weiß nicht, ob Ihnen bewusst ist, wie sehr das Unternehmen Ihres Vaters –"

„Wir sind uns dessen sehr bewusst“, unterbrach Isabelle ihn kühl. „Aber was hat das mit uns zu tun?“

„Erst kürzlich hat Mr Wardrop eine zweite Hypothek auf dieses Grundstück aufgenommen. Aufgrund der hohen finanziellen Schwierigkeiten seitens des Unternehmens sowie im Privaten sieht sich die Bank nun leider dazu verpflichtet, das Haus zu pfänden.“

Isabelle spürte, wie das Blut in ihren Adern brodelte. Auf keinen Fall würde sie sich ihr Zuhause wegnehmen lassen! Nicht, solange sie noch etwas zu sagen hatte. „Von welchem Betrag reden wir, Mr Meade?“ Sichtlich unbehaglich lockerte er seine Krawatte und nannte eine schwindelerregend hohe Zahl. Doch Isabelle ließ sich nichts anmerken.

„Ich hatte noch keine Gelegenheit, mich mit der Versicherung meines Vaters in Verbindung zu setzen“, begann sie kühn. „Sobald wir die Lebensversicherung ausgezahlt bekommen, können wir sicher einen Großteil davon zurückzahlen.“ Das hoffte sie zumindest. Doch wie sie ihren Vater kannte, hatte er nicht zu wenig für sich selbst zurückgelegt.

„Das glaube ich ehrlich gesagt nicht“, sagte der Mann mit einem Kopfschütteln. „Bei Selbstmord verweigern die meisten Versicherungen die Zahlungen. Tut mir leid.“

Ungläubig starrte Isabelle Mr Meades an. „In Anbetracht der Tatsache, dass mein Vater noch nicht einmal beerdigt wurde, halte ich diese Unterhaltung für äußerst unangemessen, Mr Meade. Sobald wir uns mit unserem Buchhalter besprochen haben, informieren wir Sie über unseren Rückzahlungsplan“, erklärte sie mit fester Stimme.

Mr Meade nickte und erhob sich. „Bitte verzeihen Sie die Störung, ich wollte Ihnen bloß genug Zeit zum Packen geben.“

„Zum Packen? Warum sollten wir packen, wenn in wenigen Wochen doch sicher alles geklärt sein wird?“

Eindringlich sah er Isabelle an. „Ich wünsche Ihnen viel Glück, Miss. Aber ich sage Ihnen jetzt schon, dass es schier unmöglich sein wird, die benötigte Summe binnen der nächsten vierzehn Tage aufzutreiben.“

„Vierzehn Tage?“

„So viel Zeit wird Ihnen für die Rückzahlung gewährt. Andernfalls geht das Grundstück in den Besitz der Bank über.“ Dann setzte er seinen Hut auf und nickte kurz. „Einen guten Tag noch, die Damen. Ich finde selbst hinaus.“

Mark machte sich ein paar Notizen zu seiner Patientin und sah zu der jungen Schwester neben sich. „Bitte stellen Sie sicher, dass Mrs Standish die passenden Schmerzmittel erhält. Die Dosis habe ich notiert.“

„Ja, Dr. Henshaw“, sagte sie und nahm lächelnd die Akte entgegen. Kurz ließ er den Blick zu ihrem Namensschild wandern. *Megan.* Wenngleich ihm nie ihr Name einfiel, erinnerte er sich wohl an ihre zarten Flirtversuche. Aber vielleicht war das genau der Grund, warum ihm ihr Name immer wieder entfiel. Sie war zwar eine fähige Krankenschwester und eine reizende Person, doch für alles Weitere – wie z.B. ein Date – hatte Mark keine Zeit. Und wenn doch, käme eine Arbeitskollegin für ihn nicht infrage.

Stattdessen wanderten seine Gedanken zu Isabelle Wardrop. Seine lang gehegte Hoffnung, sie eines Tages zum Essen einzuladen, war zusammen mit ihrer Mutter gestorben.

Mit einem Seufzen schüttelte er den Gedanken ab und verließ das Patientenzimmer. Ein langer Tag lag vor ihm, für unsinnige Tagträume war keine Zeit.

„Dr. Henshaw?“ Er drehte sich zu Schwester Peters um, die neben dem Empfangstresen stand. „Könnten Sie bitte noch die Papiere für Mr Maguires Entlassung unterzeichnen?“

„Natürlich“, erwiderte er und entspannte sich unmerklich, als er neben sie trat. Maisie Peters war die einzige Schwester, die ihm in dieser Hinsicht keine Sorgen bereitete. Sie war Mitte vierzig und eher der mütterliche Typ. „Ist seine Familie hier, um Mr Maguire abzuholen?“

„Ja, sein Sohn und die Schwiegertochter sind gekommen. Sie freuen sich schon, ihn bei sich zu Hause aufzunehmen."

„Wie schön. Ich bin froh, dass er sich so gut erholt hat." Vor zwei Wochen hatte man Mr Maguire nach einem leichten Herzinfarkt in die Notaufnahme gebracht, sein Herz hatte aber dankbarerweise keine größeren Schäden davongetragen.

Mit einem letzten Blick auf die Papiere setzte Mark seine Unterschrift ans Blattende und gab es Maisie mit einem Lächeln zurück. Dabei fiel ihm auf, dass sie heute nicht so heiter wirkte wie sonst. Sorge lag in ihrem Blick.

„Stimmt etwas nicht, Maisie?"

„Sind Sie nicht auch der Hausarzt der Wardrops?"

Sein Magen zog sich zusammen. Warum fiel nun ausgerechnet dieser Name? „Das war ich, zumindest bis zu Mrs Wardrops Tod", gab er ihr recht und studierte alarmiert ihr Gesicht. „Warum fragen Sie?"

Sie nahm die Zeitung vom Tisch und zeigte ihm die erste Seite. „Dann sollten Sie das hier besser gesehen haben."

Sofort erregte die große Schlagzeile Marks Aufmerksamkeit. *Immobilienmogul begeht Selbstmord.*

Er nahm die Zeitung entgegen und überflog den dazugehörigen Artikel, mit jedem Satz wurde sein Herz schwerer.

Arme Isabelle! Das hatten sie und Marissa nicht verdient. Und schon gar nicht jetzt, nur wenige Monate nach dem Tod ihrer Mutter.

Drei Monate, zwei Wochen und sechs Tage.

„Schrecklich, oder?", riss Maisies Stimme Mark aus seinen Gedanken. „Ich mag mir gar nicht vorstellen, wie grausam das für seine Töchter sein muss."

Mark konnte bloß nicken. Nun waren Isabelle und ihre Schwestern Vollwaisen. Wie sich das anfühlte, wusste er nur zu gut.

Eilig blätterte er weiter zu den Todesanzeigen. Mit großen Worten am Seitenende ehrte man den erfolgreichen Hugh Wardrop und gab Tag und Zeit der Bestattung bekannt.

Mark notierte sich Zeit und Ort der Beerdigung. Willkommen

oder nicht – hingehen und den Wardrops seinen Respekt zollen würde er auf jeden Fall. Und vielleicht fand er ja auch einen Weg, sich mit der Familie zu versöhnen.

Aber wem machte er eigentlich etwas vor? Es gab nur eine, auf deren Vergebung er inniglich hoffte: Isabelle – bereits vor Monaten war ihm diese wunderbare junge Frau aufgefallen, auch wenn sie ihn kaum eines Blickes gewürdigt hatte. Die wuterfüllten Worte bei ihrer letzten Begegnung hatten sich tief in sein Gedächtnis gebrannt.

„Wenn Sie gleich mitgekommen wären, wäre meine Mutter jetzt sicher noch am Leben. Das ist Ihnen hoffentlich klar."

Mit einem tiefen Seufzen nahm er sich vor, einen Weg zu finden, wie er die beiden Frauen unterstützen konnte. Dann würde er vielleicht zumindest die Schuldgefühle los.

Kapitel 5

Zum schwermütigen Läuten der Glocken schritten Isabelle und Marissa Hand in Hand aus der Kirche. Der Trauergottesdienst für ihren Vater war deutlich weniger besucht als der ihrer Mutter vor wenigen Monaten. Es ärgerte Isabelle, dass sich von den sogenannten Freunden und Kollegen ihres Vaters kaum jemand hatte blicken lassen. Bei all den gesellschaftlichen Anlässen hatten sie unerbittlich auf seine Anwesenheit bestanden, doch nun, in Anbetracht seines unwürdigen Endes, fehlten sie.

Erhobenen Hauptes führte Isabelle ihre Schwester über die Stufen auf den kleinen Weg, wo die Sargträger den Sarg in den Leichenwagen hoben. Wieder mussten sie das Grab aufsuchen, das kürzlich erst ausgehoben worden war. Dieses Mal um ihren Vater für seine ewige Ruhe an die Seite seiner Frau zu legen.

Ein Schatten fiel auf den Weg. „Guten Tag, Isabelle, Marissa", erklang eine vertraute Stimme. „Ich möchte Ihnen beiden mein aufrichtiges Beileid ausdrücken."

Isabelle erstarrte. Was machte ihr Arzt denn hier? Hatte sie ihm bei ihrer letzten Begegnung nicht ausdrücklich gesagt, dass sie ihn nie wieder sehen wollte?

„Danke, Dr. Henshaw", sagte Marissa kaum lauter als ein Flüstern. Im Gegensatz zu Isabelle schien sie ihn nicht für den Tod ihrer Mutter verantwortlich zu machen.

Mit einem kurzen Nicken ging Isabelle einfach weiter in Richtung des wartenden Wagens.

„Wenn ich irgendetwas für Sie tun kann", fuhr Dr. Henshaw fort, „zögern Sie nicht, mich darum zu bitten."

Auch dies ignorierte Isabelle beflissentlich.

Marissa hingegen löste sich aus ihrem Arm und drehte sich dem Arzt zu, offen für ein Gespräch. „Vielen Dank für Ihre Unterstützung, Dr. Henshaw. Sie können sich gar nicht vorstellen, wie … schwierig das alles ist. Unsere Freunde haben –"

„Marissa!“, zischte Isabelle durch die Zähne.

Mit Tränen in den Augen blickte Marissa sie an. „Isabelle, wir können es uns nicht leisten, auch noch die wenigen Menschen zu vergrämen, die zu uns stehen.“

„Wir schaffen das auch allein. Nun komm, alle warten auf uns.“

Wieder nickte Isabelle Dr. Henshaw nur kurz zu und schob ihre Schwester in Richtung des Leichenwagens. Sobald sie die Tür hinter sich geschlossen hatte, ließ sie sich verärgert in den kühlen Ledersitz fallen, ihr Herz kalt wie Eis.

Wie konntest du nur so ein Schlamassel anrichten, Vater? Uns ganz allein zurücklassen, mittellos und bald auch ohne ein Zuhause?

Nur mit großer Mühe gelang es ihr, die pochenden Kopfschmerzen auszublenden. All diese Probleme mussten warten. Jetzt ging es erst einmal darum, ihrem Vater ein Begräbnis zuteilwerden zu lassen.

„Und wohin hiermit, Miss?“, fragte Fiona einige Tage später, während sie zwei rosafarbene Laternen hochhielt.

„In die Kiste unter dem Fenster. Da sollte noch Platz sein“, erwiderte Isabelle und strich sich ein paar Haarsträhnen aus dem Gesicht. Ihr war gar nicht bewusst gewesen, wie viele Besitztümer ihre Familie über die Jahre angesammelt hatte. In jedem Zimmer häuften sich Kunstwerke, Schmuck und Zierrat. Ganz zu schweigen von der Vielzahl an Möbelstücken, die zweifelsohne auch fünf Wohnungen füllen könnten.

Isabelle war fest entschlossen, wenigstens ein paar Lieblinge ihrer Mutter vor der Bank zu retten, die sich alles andere zu eigen machen würde. Anfangs hatte Isabelle sich gesträubt, zu packen, aber Fiona hatte sie erkennen lassen, wie ungeschickt es wäre, bis zum letzten Moment auf eine Begnadigung zu hoffen. Die zweiwöchige Frist war beinahe abgelaufen und schon bald käme der nächste Bankbeamte, um ihnen die endgültige Entscheidung mitzuteilen. Wenn Isabelle wenigstens ein wenig Kontrolle darüber behalten wollte, was die Bank bekam und was nicht, musste sie ihr Hab und Gut schleunigst zusammenpacken.

Natürlich hatte Isabelle in der Zwischenzeit alles versucht, um an Geld zu kommen. Vergeblich. Keine der aufgesuchten Banken war gewillt, ihnen auch nur den kleinsten Kredit anzubieten.

So hatten Isabelle und Marissa angefangen, den Schmuck ihrer Mutter durchzusehen und ein paar Einzelstücke, an denen sie hingen, für sich zur Seite zu legen. Aus Angst vor Geldeintreibern hatten sie sie unauffällig zwischen ihrer Wäsche versteckt. Alle anderen Stücke, die Isabelle für wertvoll erachtete, brachten sie zu Mr Jenkins, dem Juwelier in der Stadt, bei dem ihr Vater oftmals Schmuck für ihre Mutter in Auftrag gegeben hatte. Nur ungern wollte er die Schmuckstücke zurücknehmen, hatte schließlich aber in Anbetracht der verzwickten Lage nachgegeben und Isabelle alle zusammen für einen Festpreis abgekauft. Wenngleich Isabelle wusste, dass sie viel weniger Geld erhalten hatte, als der Schmuck wert war, war sie dennoch dankbar dafür.

„Und die hier?", fragte Fiona und zeigte eine grüne Vase, ein scheußliches Ding, das Mama einst aus ihrem Elternhaus in Montreal mitgebracht hatte.

„Die versuchen wir zu verkaufen. Aber die mit den Rosen würde ich gern behalten. Am besten wickeln wir sie in eines der Leinentücher."

Fiona zögerte. „Bitte nehmen Sie mir die Frage nicht übel, Miss Isabelle", begann sie vorsichtig und in ihrem irischen Singsang schwang ein Hauch einer Entschuldigung mit. „Aber was haben Sie mit alledem vor? Sie wissen doch nicht einmal, wo Sie als Nächstes wohnen werden."

„Darüber habe ich noch nicht nachgedacht", sagte Isabelle, die gerade eine Schmuckschatulle aus Glas wegpackte. Schwermütig ließ sie sich auf die gepolsterte Ottomane sinken. „Ich will nur nicht, dass sich die Bank alles unter den Nagel reißt." Gedankenversunken griff sie nach einer zierlichen Frauenfigur mit einem Sonnenschirm und strich über das feine Porzellan. Ihre Mutter hatte es geliebt, schöne Dinge zu sammeln.

Vorsichtig packte Fiona die Vase in eine Kiste. „Aber es gibt sicher Hunderte solcher Schatullen im ganzen Haus verteilt. Alle können Sie nicht mitnehmen."

„Nein, natürlich nicht", gab Isabelle ihr mit einem kleinen Seufzen recht. Tränen stiegen ihr in die Augen, doch sie blinzelte sie weg. Geweint hatte sie schon genug. Jetzt war es an der Zeit, Hand anzulegen.

„Und wo wollen Sie unterkommen, wenn die Bank das Haus tatsächlich in Beschlag nimmt?", fragte Fiona sanft.

„Ich … ich weiß es nicht. Vielleicht gehen wir für eine Weile in ein Hotel, bis wir etwas anderes gefunden haben."

„Können Sie sich das denn leisten?"

„Eigentlich nicht." Insgeheim hatte Isabelle gehofft, dass sie und Marissa sich vorübergehend bei ihrer guten Freundin Candace Bingley einquartieren könnten, doch diese hatte sich damit rausgeredet, dass ihre Eltern bald Besuch erwarteten und die Gästezimmer brauchten.

Mit gerunzelter Stirn sah Isabelle zu Fiona. Von den eigenen Sorgen völlig eingenommen hatte sie noch gar nicht darüber nachgedacht, was aus Fiona werden würde. „Und was ist mit dir, Fiona? Weißt du schon, wo du hinkannst?"

Gleich nach ihrer Ankunft aus Irland, im zarten Alter von sechzehn, hatte Fiona vor zehn Jahren bei den Wardrops angefangen zu arbeiten. Der Gedanke daran, ihre heitere Freundin bald nicht mehr täglich um sich zu haben, machte Isabelle umso trauriger.

„Meine Tante hat eine kleine Wohnung auf der anderen Seite der Stadt und sie hat mir das Zimmer ihrer Tochter angeboten. Meine Cousine ist vor Kurzem ausgezogen."

„Oh, das freut mich sehr, Fiona. Bei der Tante, die du an deinen freien Tagen häufig besucht hast?"

„Ja, genau. Sie ist nun schon eine Weile verwitwet und hat sich allein um ihre Tochter gekümmert. Aber jetzt ist Noreen mit der Schule fertig, hat eine Arbeit gefunden und ist ausgezogen. Sicher freut sich meine Tante über die Gesellschaft", erklärte Fiona und dachte kurz nach. „Wenn Sie wollen, Miss, fänden wir sicher auch ein Plätzchen für Sie und Marissa. Tante Rosie hätte bestimmt nichts dagegen."

Isabelle lächelte. „Das ist ein großzügiges Angebot. Ich behalte es im Hinterkopf", bedankte sich Isabelle. „Aber zuerst kümmern wir uns darum, dass Mrs Barton und die anderen Angestellten irgendwo unterkommen."

„Das müssen Sie nicht, Miss. Auch wenn wir es sehr zu schätzen wissen, dass Sie sich so um uns sorgen."

„Aber natürlich. Sie gehören doch quasi zur Familie."

„Wir kommen schon zurecht. Sie beiden sind es, um die wir uns sorgen", sagte Fiona und legte sanft die Hand auf Isabelles Schulter. „Wie wird es ohne das Geld Ihrer Familie für Sie weitergehen?"

Nur zu gut konnte Isabelle sich vorstellen, wie ihrer Mutter bei einem so privaten Gespräch mit einer Bediensteten die Haare zu Berge gestanden hätten, doch Isabelle machte es nichts aus. „Ich muss mir wohl eine Arbeit suchen."

„Und woran denken Sie da, wenn ich fragen darf?"

„Ich habe nicht den leisesten Schimmer", gestand Isabelle mit einem verlegenen Lachen. „Ich habe gelernt Klavier zu spielen, kann ganz passabel singen, sticken und Teegesellschaften abhalten. Doch das sind keine Eigenschaften, die mich für eine Arbeitsstelle qualifizieren."

Fiona zog einen Stuhl hervor und setzte sich neben Isabelle. „Sie haben Ihrer Mutter bei der Wohltätigkeitsarbeit unterstützt, das kommt Ihnen sicher zugute."

Die gutherzige Fiona, so treu und zuversichtlich. „Hoffen wir es. Zunächst muss ich wohl daran arbeiten, einen guten Auftritt hinzulegen, wenn ich je irgendwo genommen werden möchte. Aber ehrlich gesagt weiß ich nicht einmal, wo ich es versuchen sollte."

Langsam wanderte Fionas Blick über Isabelle. „Sie sind eine wohlgekleidete Dame und haben einen ausgezeichneten Geschmack. Vielleicht könnten Sie im *Eaton's* oder im *Simpson's* in der Damenkonfektion anfangen."

Bei der Vorstellung zuckte Isabelle zusammen. Allein der Gedanke daran, in einem der Geschäfte zu arbeiten, in denen sie und Mutter einst selbst Kundinnen gewesen waren, war mehr als demütigend. „Lieber würde ich da arbeiten, wo mich niemand kennt. Es wird sicher schwer genug sein, sich an einen niederen Lebensstil zu gewöhnen, auch ohne …" Plötzlich hielt sie inne und erschrak über ihre Worte. „Oh, Fiona. Bitte verzeih mir, ich wollte damit nicht sagen –"

Doch Fiona unterbrach sie mit einem Kopfschütteln. „Das verstehe ich. Es muss sehr herausfordernd sein, seinen gewohnten Lebensstil hinter sich zu lassen."

Es klingelte an der Tür.

„Ich gehe schon", sagte das Mädchen und stand auf. „Mrs Barton ist gerade bei einem Vorstellungsgespräch." Eilig huschte Fiona in die Eingangshalle und nur einen kurzen Augenblick später hörte Isabelle sie sagen: „Guten Tag, Mr Noland. Kommen Sie doch herein."

Roger? Schnell stand Isabelle auf, zog sich die Schürze aus und zupfte ihr Haar zurecht. Als sie in einen der kleinen Spiegel sah, erschrak sie über die Staubstreifen auf ihrem Gesicht. Hätte er seinen Besuch nicht anmelden können?

„Hallo Isabelle. Fiona hat mich hereingelassen."

Überrascht drehte sie sich um. „Roger. Wie schön, dass Sie vorbeischauen."

Er sah sich im Raum um und legte die Stirn in Falten. „Sie packen? Haben Sie vor, umzuziehen?"

Nur mit Mühe gelang es Isabelle, ihr Lächeln aufrechtzuhalten und sich nichts anmerken zu lassen. „Es scheint mir der beste Weg. Für mich und Marissa wäre das Haus doch viel zu groß", antwortete sie. Vielleicht war sie zu stolz, aber auf keinen Fall sollte Roger erfahren, wie schlimm es um ihre finanzielle Situation stand. Noch immer hegte sie die Hoffnung, dass er um ihre Hand anhalten würde. Aber wie unerträglich wäre es, wenn er sie bloß aus Mitgefühl heiratete? Nein, er sollte sie zur Frau nehmen, weil er sie aufrichtig liebte.

Allein bei dem Gedanken beschleunigte sich ihr Puls wieder. Roger zu heiraten wäre die optimale Lösung für ihr Dilemma, dann hätten sie und Marissa wenigstens wieder ein Zuhause.

„Wahrscheinlich haben Sie recht. Aber ist es nicht noch etwas früh dafür?" Sein Blick zeigte Isabelle, dass er befürchtete, die Situation wüchse ihr über den Kopf.

„Es … es steht ja noch nicht offiziell zum Verkauf. Ich fange nur schon einmal mit dem Aussortieren an, um es … aufzuwerten“, sagte sie und winkte ab. „Aber was führt Sie her?“ Sie bemühte sich, heiter zu klingen, so als wären die zahlreichen Umzugskisten und die Einpackutensilien nichts Außergewöhnliches.

„Können wir uns kurz setzen?“

„Aber natürlich, bitte verzeihen Sie meine Manieren“, erwiderte sie und wies mit der Hand auf das glücklicherweise freie Sofa.

Sie nahmen Platz. Einen Moment lang blickte Roger stur geradeaus, die Hände auf den Oberschenkeln. Dann sah er zu ihr und seufzte. „Ich bin gekommen, um mich zu verabschieden, Isabelle.“

Das Lächeln auf ihren Lippen gefror. „W-was meinen Sie mit ‚verabschieden‘?“

Entschuldigend zuckte er mit den Schultern. „Ich werde bei einer anderen Immobilienfirma anfangen. In British Columbia.“

Nur mit Mühe unterdrückte Isabelle ein Keuchen. British Columbia lag auf der anderen Seite des Landes! Die Entfernung könnte kaum größer sein. „Wie kommt es, dass Sie sich so weitläufig umgesehen haben?“

„Das habe ich nicht, es war eher ein Zufall. Ein Freund der Familie lebt dort und hat mir angeboten, bei ihm in der Firma einzusteigen. Und eine Veränderung kommt jetzt sehr gelegen.“

Nachdenklich betrachtete Isabelle sein Gesicht. Erst jetzt fiel ihr auf, dass der Tod ihres Vaters auch Roger einiges gekostet hatte. „Das tut mir sehr leid, Roger. Auch für Sie muss das Ganze ziemlich schwierig sein.“

Wieder seufzte er. „Durchaus. Aber wem sage ich das …“

Sie nickte und wartete einen Moment, bevor sie weiterfragte. Es war sehr kühn, aber sie musste es einfach wissen: „Und was ist mit uns, Roger? Vielleicht habe ich mich geirrt, aber ich dachte, dass Sie vorhatten, um meine Hand anzuhalten. Oder etwa nicht?“

Mitgefühl lag in seinem Blick. „Nein, es stimmt“, sagte er und nahm Isabelles Hand in die seine.

„Aber warum gehen Sie dann fort? Warum suchen Sie nicht nach einer anderen Stelle hier in der Stadt?“

„Bitte glauben Sie mir, ich habe es schon überall versucht. Aber hier möchte mir niemand mehr eine Chance geben. Die Verbindung zu Ihrem Vater ist beinahe wie ein Schandfleck", sagte er und schloss die Augen. „Bitte entschuldigen Sie, das war taktlos."

Isabelle bemühte sich, das Gesicht nicht zu verziehen. „Und haben Sie je überlegt, mich zu fragen, ob ich mit Ihnen gehen würde?"

Roger zögerte und rieb sich die Stirn. „Das habe ich. Aber die traurige Wahrheit ist, Isabelle, dass ich Ihnen im Moment nicht viel bieten kann. Und ich weiß auch nicht, wie sich alles entwickelt. Auf keinen Fall kann ich Sie bitten, auf mich zu warten, das wäre viel zu egoistisch", erklärte er und streichelte ihre Hand. „Und so bleibt mir nur, mich höflich von Ihnen zu verabschieden und Ihnen alles Gute zu wünschen."

Ihr Kinn bebte vor Enttäuschung, doch betteln würde Isabelle nicht. Rasch stand sie auf. „Nun gut. Dann danke ich Ihnen für Ihre Freundschaft und die Verbundenheit zu meinem Vater. Und wünsche Ihnen nur das Beste."

Auch Roger stand auf. „Danke, Isabelle. Ich hoffe sehr, dass Sie glücklich werden. Nichts weniger haben Sie verdient", sagte er und küsste sie auf die Stirn. „Ich schreibe Ihnen, sobald ich mich etwas eingelebt habe."

Fast hätte sie ihm gesagt, das brauche er nicht, da sie gar nicht wüsste, wo sie dann wohnen würde, doch stattdessen lächelte sie bloß und nickte. „Gute Reise."

Nach einem letzten langen Blick verließ Roger den Raum.

Ungläubig sank Isabelle zurück aufs Sofa und starrte in das Chaos, das sie umgab. Offensichtlich war Roger doch nicht die Antwort auf ihre Probleme. Schnell presste sie die Lippen aufeinander, um nicht in Panik zu verfallen. Letzten Endes war doch auf niemanden Verlass.

Sogleich überzeugte sie eine innere Stimme vom Gegenteil. Natürlich stimmte das nicht. Sie hatte Gott – und der würde sie niemals im Stich lassen. Mit seiner Hilfe würde es ihr gelingen, sich um ihre Schwester zu kümmern und ihnen ein gutes Leben zu ermöglichen. Wenn sie doch nur wüsste, wie.

Kapitel 6

„Ehrlich gesagt halte ich es für das Beste, wenn du vorerst nicht mehr zum Chor gehen würdest. Zumindest bis zum Ende des Schuljahres, damit du dich besser aufs Lernen konzentrieren kannst“, sagte Mark beim Spülen mit einem Blick über die Schulter und ignorierte Joshs wütenden Gesichtsausdruck. „Alles, was nicht Schule ist, ist zurzeit nur Ablenkung.“

„Auf keinen Fall gebe ich den Chor auf!“, verkündete Josh mit verschränkten Armen. Mit Mühe gelang es Mark, nicht die Stimme zu erheben und Joshs Gehorsam einzufordern. Nein, er war es ihm schuldig, dem Ganzen auf den Grund zu gehen. Nach dem letzten Teller entfernte er den Stöpsel und ließ das Wasser ab. „Warum ist dir der Chor so wichtig?“

Da Mark sonntagvormittags meist arbeitete, hatte er Josh seit seinem Beitritt letzten Herbst noch nicht im Gottesdienst spielen gehört. Trotzdem konnte er sich sehr gut vorstellen, weshalb er so vernarrt in diesen Chor war. Aber das wollte er aus seinem Mund hören.

„Du weißt doch, wie gern ich Musik mache“, sagte Josh. „Das ist mir einfach wichtig.“

„Ja“, sagte Mark mit einem Grinsen. „So oft, wie du Gitarre spielst, ist das nicht zu überhören.“ Seit Josh vor zwei Jahren die alte Gibson-Gitarre ihres Vaters im Schrank entdeckt hatte, hatte er jedes Interesse am Klavierspielen verloren und war wie versessen auf das neue Instrument. Unermüdlich zupfte er an den Saiten und brachte sich das Spielen selbst bei. Eine Fähigkeit, die Mark, dem jeder Hauch von Musikalität fehlte, schwer beeindruckte. Wenn sein Bruder doch nur halb so viel Energie und Begeisterung für die Schule übrig hätte …

Einen Moment lang wartete Mark und hoffte, dass Josh vielleicht noch etwas anderes sagen würde, doch er schwieg nur stur. „Musik machen ist das eine. Aber warum unbedingt der Chor?“

Es war offensichtlich, dass Josh verärgert war, doch er zuckte bloß mit den Schultern.

Während Mark die Krümel von der Küchenzeile wischte, kam er schließlich auf den Punkt. „Ist da vielleicht ein Mädchen im Spiel?", fragte er so harmlos wie möglich, obgleich er innerlich unruhig wurde. Aus eigener Erfahrung wusste er, wie sehr die erste Schwärmerei einen Lernenden ablenken konnte. Vor allem dann, wenn solch eine junge Liebe ihr Ende fand.

Josh blähte die Nasenflügel auf, schwieg aber.

„Das interpretiere ich dann mal als Ja", erwiderte Mark und trocknete sich die Hände ab. Es war ein heikles Thema. Er erinnerte sich nur zu gut, wie mächtig Gefühle in jungen Jahren sein konnten. Wegen seiner ersten Beziehung wäre er beinahe von der Universität geflogen. „Und ihr ... geht miteinander aus?"

Gereizt seufzte Josh. „Nein, wir sind nur Freunde."

„Aber du wünschst dir mehr?"

„Das geht dich gar nichts an."

„Wenn sich das auf deine Zukunft auswirkt, tut es das sehr wohl", entgegnete Mark und zählte innerlich bis zehn, um nicht aus der Fassung zu geraten. „Bitte Josh, lass nicht zu, dass ein Mädchen deine Pläne durchkreuzt. Das kannst du dir im Moment nicht leisten."

„Du verstehst das nicht", sagte Josh und stand auf. „Sie hat es gerade nicht leicht und braucht die Unterstützung ihrer Freunde. Ich werde sie ganz sicher nicht hängen lassen."

Wieder unterdrückte Mark ein Seufzen. Natürlich hatte Josh größtes Verständnis für jemandem, der eine Krise durchmachte. Er selbst war damals dreizehn gewesen, als ihre Eltern ums Leben gekommen waren – ein schrecklicher Zeitpunkt, um die engsten Bezugspersonen zu verlieren und nur mit einem älteren Bruder zurückzubleiben, der mit dem Kopf ganz in seinem Medizinstudium steckte. „Ich verstehe ja, dass du ihr helfen möchtest, aber –"

„Sie hat gerade ihre beiden Eltern verloren. Genau wie ..." Joshs Kiefer zuckte und er sprach nicht weiter.

„Genau wie wir, vor viereinhalb Jahren." Gegen die aufkommende Trauer schloss Mark kurz die Augen. Wie sollte er seinem Bruder das Mitgefühl für ein Mädchen versagen, das eine ähnliche Tragödie erlitt? „Also gut, Josh. Hier mein Vorschlag: Wenn du mir versprichst, in diesem letzten Halbjahr noch einmal dein Bestes zu geben, dann darfst du auch weiter den Chor besuchen."

Joshs Gesicht hellte sich auf. „Wirklich?"

„Ja. Aber sobald du schlechte Noten nach Hause bringst, werden alle außerschulischen Aktivitäten gestrichen. Verstanden?"

Sichtlich erleichtert atmete Josh auf. „Verstanden."

„Und du gehst auch wieder zum Chemiekurs."

„In Ordnung", lenkte Josh ein und ließ den Kopf hängen.

Gerade wollte Mark die Küche verlassen, da drehte er sich noch einmal um. „Müssen wir …" Die Frage war ihm sehr unangenehm. „Müssen wir darüber reden, wie man richtig mit einem Mädchen umgeht?"

Sofort färbten sich Joshs Wangen tiefrot. „Nein, müssen wir nicht."

„Gut. Denn wenn sie dir wirklich wichtig ist, verhältst du dich hoffentlich wie ein Gentleman."

Josh verdrehte nur die Augen.

Mehr konnte Mark im Augenblick nicht erwarten, daher erklärte er das Gespräch für beendet und ging.

Mit einem tiefen Atemzug stellte Isabelle ihre Tasche neben den Koffer an die Tür und blieb noch einmal stehen. Bisher war es ihr gelungen, stets in Bewegung zu bleiben, um sich nicht von Angst und Sorge überwältigen zu lassen.

Jetzt hielt sie eine Hand an den Bauch, die Unruhe lag ihr schwer im Magen. Gleich würden sie und Marissa ihr Zuhause für immer verlassen, den Ort, an dem sie groß geworden waren. Allen Bemühungen zum Trotz hatte Isabelle keinen Weg gefunden, genug Geld aufzutreiben. Und schon morgen kam jemand von der

Bank, um ihr Haus zu beschlagnahmen. Sie waren hier nicht länger willkommen.

Sie schluckte schwer. Marissa war oben, packte noch die letzten Kleinigkeiten zusammen und wollte etwas Zeit für sich. Um sich auf ihre eigene Weise von alledem zu verabschieden. Das verstand Isabelle nur zu gut. So schmerzhaft es auch war, streifte Isabelle noch ein letztes Mal durch die einzelnen Räume hier unten. Der schmuckvoll verzierte Salon und das Esszimmer, in denen ihre Eltern immer gern Gäste willkommen geheißen hatten, waren ausgesprochen schön, doch beim Anblick des gemütlichen Zimmers ihrer Mutter traten Isabelle die Tränen in die Augen. Sie sah sie noch genau vor sich, wie sie am Sekretär saß und Einladungen verfasste oder Briefe schrieb. Mit den Fingern fuhr Isabelle über die kleinen Kratzer und Macken des Tisches. *Bitte vergib mir, Mama. Ich wünschte, ich könnte ihn mitnehmen, aber das geht einfach nicht.* Ein letztes Mal ließ sie den Blick durch das Zimmer wandern und atmete den vertrauten Geruch ein, dann ging sie seufzend weiter.

Als Nächstes betrat sie die Küche. Ein kleines Lächeln umspielte ihre Lippen, als Isabelle sich daran erinnerte, wie sie als Kind von ihrem Hausmädchen das Brot- und Plätzchenbacken gelernt hatte. Jetzt, wo sie und Marissa erstmalig ohne eine Köchin auskommen mussten, kam ihnen das zugute. Über den langen Korridor ging sie bis zur Bibliothek ihres Vaters. Noch immer kochte sie vor Wut bei dem Gedanken daran, wie er sich das Leben genommen hatte. Wie hatte er es nur übers Herz bringen können, sie allein und mittellos zurückzulassen?

In der Hoffnung, irgendein wichtiges Dokument zu finden, hatte sie alles in diesem Raum auf den Kopf gestellt. Irgendein geheimes Bankkonto in einer anderen Stadt. Oder einen Geldumschlag. Obgleich sie tatsächlich einen Umschlag mit Erspartem gefunden hatte, war es angesichts des riesigen Schuldenbergs bloß ein Tropfen auf den heißen Stein. Noch ein letztes Mal sog sie den verblassenden Duft nach Pfeifentabak ein, schluckte den Ärger und die Trauer hinunter und zog schließlich die Tür hinter sich zu. Im Foyer ließ sie die Finger über das Treppengeländer gleiten, während ihr Blick über die imposante zweiläufige Bogentreppe wanderte. Sie erinnerte sich, wie sie und Marissa als Kinder die Balustraden heruntergerutscht waren, und musste lächeln. Es war die Standpauke auf jeden Fall wert gewesen, wenngleich sie es anschließend nie wieder gewagt hatten.

„Sind Sie bereit, Miss Isabelle?", fragte Fiona, als sie sanft eine Hand auf ihre Schulter legte. „Tom fährt den Wagen vor."

Schnell blinzelte Isabelle die Tränen weg, bevor sie sich zu der Frau wandte, die ihr wie eine gute Freundin zur Seite stand. „So bereit wie man hierzu wohl sein kann."

Schritte wurden hörbar. Mit verweintem Gesicht kam Marissa die Treppe herunter, in der Hand eine letzte Tasche. Am Treppenende angekommen blieb sie stehen.

„Darum kümmere ich mich, Miss Marissa", entgegnete Fiona und nahm eine der größten Taschen an sich. „Wir warten draußen. Aber nehmen Sie sich alle Zeit, die Sie brauchen", sagte sie voller Mitgefühl. Und ihr Blick verriet, dass sie gut verstand, wie schwierig dieser Moment für die beiden sein musste.

„Danke sehr, Fiona", erwiderte Isabelle, bevor sie sich umdrehte und ihre Schwester Marissa umarmte. „Brauchst du noch einen Moment?"

Sie schüttelte den Kopf. „Hier unten war ich schon. Mich von meinem Zimmer zu verabschieden ist mir am schwersten gefallen."

„Das glaube ich", sagte sie und strich über Marissas honigblondes Haar. „Vieles wissen wir gar nicht zu schätzen, bis es plötzlich nicht mehr da ist", fuhr sie fort und musste schlucken. „Aber es wird alles wieder gut werden, Rissa. Hab nur ein bisschen Geduld mit mir, dann finde ich eine Lösung."

Neue Tränen stiegen ihr in die Augen. „Oh, Belle, ich bin so dankbar, dass es dich gibt. Ich wüsste nicht, was ich ohne dich tun würde."

„Das musst du auch nicht. Wir stehen das zusammen durch", erklärte sie und drückte ihr Mut machend die Hand.

Als die beiden schließlich aus dem Haus traten, sahen sie neben dem schwarzen Sedan den Chauffeur Tom, in voller Montur.

„Die Livree wäre doch nicht nötig gewesen, Tom. Wir fahren in einen eher schlichten Teil der Stadt."

„Das spielt keine Rolle. Ich mache das aus Respekt vor Mr Hugh. Für seine Töchter hat er immer nur das Beste gewollt", erklärte Tom und tippte sich an den Hut. „Ich hole noch die letzten Koffer und dann machen wir uns auf den Weg."

Isabelle nickte, überquerte die kreisrunde Einfahrt und ließ den Blick noch einmal über Haus und Grund schweifen, auf die eindrucksvolle Veranda mit dem Säulenvorbau, die herrschaftlichen Fenster, die nun ausdruckslos über den Hof zu blicken schienen, und die akkurat gestutzten Hecken und Büsche, die das Anwesen umgaben.

Schnell wischte sie sich einige Tränen fort und stieg in den Wagen, der sie aus ihrem gewohnten Leben in eine ungewisse Zukunft fahren würde.

Großer Gott, bitte begleite uns auf dieser Reise und hilf uns, unseren Weg zu finden.

Kapitel 7

Tom fuhr langsamer, als sie in einen Ortsteil einbogen, den man nicht anders als „das Armenviertel" nennen konnte. Nur mit Mühe gelang es Isabelle, sich nicht anmerken zu lassen, wie sehr sie bei dem Anblick erschrak. Heruntergekommene Hütten, überall Müll auf den Straßen, Wäsche, die auf improvisierten Leinen zwischen den Gebäuden hing, und Kinder, die mitten unter frei umherlaufenden Hühnern spielten.

Was war das hier nur für eine Welt? Wenn sie es nicht besser wüsste, würde sie meinen, Tom hätte sie in ein fremdes, verarmtes Land entführt. Unruhig griff Marissa nach Isabelles Hand und zeigte ihr damit, dass sie das Ganze genauso abschreckte.

Wo um alles in der Welt lebte Fionas Tante? Sie wusste zwar, dass Rosemary nicht viel Geld zur Verfügung hatte, weshalb Fiona ihr bei ihren Besuchen oftmals übrig gebliebenes Essen mitgenommen hatte. Aber so unverhohlener Armut wie hier war Isabelle noch nie zuvor begegnet.

„Tante Rosie lebt in den Ausläufen dieses Viertels", erklärte Fiona entschuldigend mit einem Blick über die Schulter. „Ihre Wohnung ist … nicht so baufällig wie diese hier."

Da Isabelle nicht wusste, wie sie darauf reagieren sollte, schwieg sie und hoffte, dass sie und Marissa sich gut an die neue Situation gewöhnen würden – wie auch immer diese aussehen mochte.

Vor beinahe jedem Hauseingang saß eine Familie auf dem Bürgersteig, die ganz Kleinen auf dem Schoß der Mütter und die krabbelnden Kinder um sie herum. Ungläubig starrten sie den schwarzen Wagen an, als hätten sie so einen noch nie zuvor gesehen. Unbehaglich rutschte Isabelle etwas tiefer auf dem Rücksitz. Sie hasste es, beobachtet zu werden und wollte auf keinen Fall wohlhabend wirken, denn das war nun Vergangenheit. Schließlich zeigte Fiona zu einem eher maroden Gebäude mit schiefen Fensterläden und abblätternder Fassade. „Das da vorne ist es, Tom. Danke schön."

Er brachte den Wagen zum Stehen und stieg aus, um die Taschen und Koffer aus dem Kofferraum zu holen. Fiona öffnete Isabelle und Marissa die Wagentür.

Mit zittrigen Händen sah Isabelle zu, wie Tom ihre Sachen auf der wackligen Holztreppe abstellte.

Anstandsgemäß nahm er seine Chauffeurmütze vom Kopf und stellte sich zu ihnen. Ein leichter Windzug fuhr durch sein graues Stirnhaar. „Das war dann wohl meine letzte Fahrt für Sie, Miss Isabelle“, sagte er mit feuchten Augen. „Es tut mir leid, Sie hier absetzen zu müssen, aber … bei Fiona sind Sie in guten Händen.“

Isabelle trat einen Schritt auf ihn zu und reichte Tom die Hand. „Vielen Dank für alles, Tom. Ich wünsche Ihnen und Ihrer Familie alles Gute.“

Kräftig schüttelte er die Hand und nickte. „Und ich Ihnen, Miss. Gott segne Sie beide“, sagte er mit einem kurzen Lächeln, bevor er zum Wagen zurückkehrte. Er würde das Fahrzeug nun zurück zum Anwesen bringen, schließlich gehörte er genau wie alles andere jetzt der Bank.

Wenigstens war es ein kleiner Trost, dass sowohl Mrs Barton als auch Tom neue Anstellungen gefunden hatten. Sie wären gut versorgt.

Wenn sie das doch auch über sich und Marissa sagen könnte …

Tapfer stand Isabelle neben ihrer Schwester und unterdrückte jede Träne, während die beiden dem fortfahrenden Wagen nachsahen. Abgesehen von Fiona war Tom die letzte Verbindung zu ihrem alten Leben gewesen. Als ihr das klar wurde, begann ihr Kinn zu beben und ihre Sicht verschwamm. Die Angst lag ihr so schwer im Magen, dass sie erneut die Hände an den Bauch legte. So mussten sich Waisenkinder vor ihrem unbekannten neuen Zuhause fühlen.

Isabelle holte tief Luft und hörte ihre Mutter sagen: *„Du bist eine starke Frau, Chéri. Du stehst das durch … hab nur Geduld.“*

Hoffentlich behältst du recht, Mama.

Mit gestrafften Schultern drehte Isabelle sich um und begutachtete ihre vorübergehende Unterkunft. Sie entschied sich, dankbar auf alles zu blicken, was sie hatten, und nicht weiter an das zu denken, was nun verloren war. Tante Rosie hatte nicht eine Sekunde gezögert, die beiden bei sich aufzunehmen, bis sie auf eigenen Beinen stehen würden. Obwohl auch dieses Haus recht baufällig schien, wirkte es deutlich sauberer als all die anderen. Die Fensterscheiben schienen frisch gewischt und der Treppenaufgang gekehrt. Von außen sah man, dass es drei Stockwerke mit je einer Wohnung über und unter der von Tante Rosie gab.

„Na los, kommen Sie", sagte Fiona am Treppenaufgang.

Arm in Arm stiegen Isabelle und Marissa die wenigen Treppen hoch bis zur geöffneten Tür. Mit einem Lächeln betrat Isabelle den Wohnbereich, der aus einer kleinen Küche und einer Sitzgarnitur bestand. In einer Ecke stand ein schwarzer Kanonenofen, nicht weit davon eine Küchenzeile mit Waschbecken. Gab es hier wohl fließend Wasser? Hoffentlich befand sich die Toilette nicht außerhalb der Wohnung. Bei diesem Gedanken erschauderte sie.

„Herzlich willkommen", erklang eine heitere Stimme. „Bitte fühlen Sie sich wie zu Hause." Eine Frau trat aus einem Zimmer, sicher ein Schlafzimmer. Das graue Haar hatte sie zu einem ordentlichen Dutt zusammengebunden und ansonsten trug sie ein einfaches, braunes Kleid und feste Schuhe. „Ich bin Rosemary, aber die meisten nennen mich Rosie oder Tante Rosie", sagte sie fröhlich und kam auf sie zu.

„Ich bin Isabelle und das ist meine Schwester Marissa", stellte Isabelle sich vor, als sie sich wieder an ihre Manieren erinnerte, und versuchte zu lächeln. „Vielen Dank, dass wir vorerst hier wohnen können."

„Aber nicht doch. Es ist mir eine Freude, mich so für Ihre Freundlichkeit über die letzten Jahren bedanken zu können."

Gerade wollte Isabelle widersprechen, da hob Rosie die Hand. „Ich weiß sehr wohl, dass Ihnen die guten Lebensmittel zu verdanken sind, die Fiona oft mitgebracht hat. Ich habe mich immer sehr gefreut. Aber jetzt mache ich uns erst mal eine Tasse Tee", erklärte sie mit der Teekanne in der Hand. „Die können wir alle gut vertragen."

„Nur keine Umstände, bitte."

Fiona lachte. „Das ist doch kein Umstand, Miss. Tee gibt es hier einfach immer“, erklärte sie Isabelle und wies in Richtung einer Tür. „Kommen Sie, wir bringen das Gepäck in das Zimmer meiner Cousine. Ich schlafe bei Tante Rosie, so können Sie beiden sich das alte Zimmer von Noreen teilen.“

Wie in Trance durchquerte Isabelle den Wohnbereich und steuerte eine der drei Türen an, die von einem kleinen Flur abgingen. Dahinter lag ein schlichtes Zimmer mit zwei Einzelbetten, einem Nachttischchen und einer Lampe. An der Decke begann sich die verblasste Blumentapete zu lösen und der hölzerne Fensterrahmen wies hier und da morsche Stellen auf. Die Betten hingegen wirkten sauber und einladend.

Nach allem, was sie auf dem Weg hierher in dem Elendsviertel gesehen hatte, dankte Isabelle Gott, dass sie hier doch so gut aufgehoben waren.

„Am Ende des Flurs gibt es ein kleines Bad“, fuhr Fiona fort. „Es ist nichts Besonderes, aber auf jeden Fall besser als eine Außentoilette.“ Und mit einem entschuldigenden Schulterzucken fügte sie hinzu: „Es tut mir leid, dass es so ganz anders ist als das, was Sie eigentlich gewöhnt sind.“

„O bitte, Fiona, du brauchst dich doch nicht zu entschuldigen. Es wird schon gehen, vielen Dank.“

Wenige Minuten später saßen alle zusammen am runden Küchentisch.

„Das mit Ihren Eltern tut mir schrecklich leid“, sagte Tante Rosie, nachdem sie ihnen Tee eingeschenkt hatte. „Ich kann mir gar nicht vorstellen, wie Sie sich fühlen müssen.“

„Danke sehr“, entgegnete Isabelle, die Hände um die warme Tasse geschlungen. „Es ist … nicht leicht gerade.“

„Nun, was auch immer ich für Sie tun kann, lassen Sie es mich wissen. Sie und Ihre Familie waren immer so gut zu Fiona“, sagte sie und reichte einen Teller mit Keksen herum.

Marissa hob den Blick. „Natürlich. Fiona ist wie eine Schwester für uns. Ich weiß gar nicht, was wir ohne sie tun würden“, sagte sie mit bebenden Lippen.

Einfühlsam drückte Tante Rosie ihre Hand. „Sie sind nicht allein, vergessen Sie das nicht. Unser guter Gott wacht über Sie. Und er wird Sie durchtragen“, sagte sie und der irische Tonfall machte ihre Stimme noch zarter.

„Morgen gehen Fiona und ich auf Arbeitssuche. Mit etwas Glück haben wir sicher schon bald etwas“, verkündete Isabelle möglichst zuversichtlich.

Neugierig stellte Tante Rosie die Tasse ab. „Und was für eine Art Arbeit haben Sie im Sinn, Miss Isabelle?“

„O bitte, einfach nur Isabelle. Wir alle sollten nun zum Du übergehen, nicht? Die alten Zeiten sind vorbei“, sagte sie.

Zustimmendes Nicken. Isabelle nahm sich einen Keks und überlegte kurz. „Ehrlich gesagt weiß ich noch nicht genau, wo ich arbeiten möchte. Ich bin gut mit Zahlen, vielleicht kann ich ja in einer Bank anfangen.“

„Das klingt wunderbar. Und was ist mit dir, Fiona Liebling?“

Mit einem verlegenen Lächeln hob diese eine Schulter.

„Was heißt das? Hast du etwa schon etwas in Aussicht?“

„Nun, zumindest ein Vorstellungsgespräch.“

„Tatsächlich?“ Isabelles Kopf schoss zu ihrer Freundin. „Das ist ja großartig. Und wo?“ Bei diesem Hoffnungsschimmer wurde ihr das Herz leichter.

„Ich hoffe, es stört dich nicht …“, begann Fiona vorsichtig und errötete. „Einer von Mr Wardrops Bekannten ist letzte Woche vorbeigekommen, als du außer Haus warst. Ich habe ihm nur mitgeteilt, dass du nicht da bist, aber als er die vielen Kisten gesehen hat, hat er mich gefragt, ob ich zufällig Arbeit suche. Offensichtlich braucht er ein neues Dienstmädchen.“

Ein Hauch von Ärger stieg in Isabelle auf. Wer von Vaters Freunden würde sich direkt an Fiona wenden, ohne sie zunächst um Erlaubnis zu bitten? „Und wer?“

„Mr Templeton.“

Adam? Das sah ihm gar nicht ähnlich, aber vermutlich hatte es sich einfach so ergeben. „Das hast du gar nicht erwähnt, Fiona.“

„Habe ich nicht?“, fragte sie zerknirscht. „Das tut mir leid. In all dem Chaos muss ich das vergessen haben. Er hat mich gefragt, ob ihr auszieht und als ich das bejaht habe, wollte er wissen, ob ich mit euch gehe“, erklärte sie und hielt kurz inne. „Ich fand es sehr freundlich, dass er überhaupt an mich gedacht hat.“

Mit einem Blick auf Fionas strahlend grüne Augen und das rote Haar wusste sie sofort, warum sie Adams Aufmerksamkeit erregt hatte. Doch soweit Isabelle ihn kannte, war er ein anständiger Mann. Sollte Fiona für ihn arbeiten, wäre das eine sichere Anstellung.

„Du hast doch nichts dagegen, oder?“, riss Fionas Frage Isabelle aus den Gedanken.

„Nein, ganz im Gegenteil.“

„Ganz sicher?“

„Natürlich“, bekräftigte Isabelle ihre Worte mit einem Lächeln.

Erleichterung überkam Fiona. „Gut. Ich würde dir auf keinen Fall noch mehr Unwohlsein bereiten wollen.“

Freundschaftlich drückte Isabelle ihr die Hand. „Mach dir nur keine Sorgen wegen mir. Du und deine Tante tun schon jetzt mehr für uns, als wir hätten erwarten können. Dank euch haben wir ein Dach über dem Kopf und sind erst einmal versorgt.“

„Aber natürlich. Es ist genau wie Marissa vorhin gesagt hat, für mich seid ihr wie Schwestern“, sagte sie und umarmte Isabelle.

Tante Rosie nickte. „Und ich bete, dass Gott euch beschützt und euch den Weg bereitet.“

Isabelle lächelte. Eine neue Entschlossenheit erfasste sie und sie wusste: Mit Gottes Hilfe würden sie diese Krise nicht bloß überstehen, sie würden gestärkt daraus hervorgehen – allen Widerständen zum Trotz!

Mark stellte den Wagen in der Einfahrt ab und stieg aus. Irgendwie wirkte das Anwesen heute ganz anders, beinahe trist. Als wäre ihm mit dem Tod von Mr und Mrs Wardrop auch ein Stück Lebensfreude verloren gegangen.

Schnell schüttelte er den makabren Gedanken wieder ab und wappnete sich für die Begegnung mit Isabelle. Ursprünglich hatte er sich an ihre Worte halten und ihr fernbleiben wollen, doch dass die beiden jungen Frauen nun ganz auf sich allein gestellt waren, missfiel ihm. Er hatte ein ungutes Gefühl, was die ganze Situation anging.

Nur eins schenkte Mark Trost: Hugh Wardrop war zweifelsohne vorausschauend genug gewesen, für den Fall seines Todes vorzusorgen. Sicherlich hatte er eine stolze Lebensversicherung abgeschlossen, mit der die beiden bis zur Ehe gut versorgt wären.

Die Vorstellung von Isabelles Heirat versetzte seinem Herzen einen Stich. Wie dem auch sei – die Hoffnung, dass sie ihn eines Tages vielleicht mit anderen Augen sah, war längst gestorben. Und natürlich verdiente Isabelle einen anständigen Mann, der ihr ein gutes und glückliches Leben versprach.

Auch, wenn dieser Jemand nicht er war.

Er nahm die wenigen Treppenstufen bis zur doppelflügeligen Eingangstür und wollte gerade anklopfen, da fiel sein Blick auf ein Stück Papier: *Zwangsvollstreckung. Bank-Eigentum* hieß es in großen roten Lettern.

Ungläubig blinzelte Mark. Natürlich hatte er von dem Niedergang von *Wardrop Realty* gelesen, aber dass die Schwestern Gefahr liefen, ihr Zuhause zu verlieren, hatte er nicht erwartet.

Lautstark klopfte er mehrmals an die Tür, doch vergeblich. Waren die Bediensteten auch schon fort? Enttäuscht seufzte er und drehte sich um. Gerade rechtzeitig, um den Chauffeur der Wardrops Richtung Garage fahren zu sehen. Vielleicht wusste ja Tom Genaueres.

Eilig stieg Mark die Treppen hinab und ging die lange Einfahrt entlang bis zur Garage.

Beim Aussteigen erblickte Tom ihn. „Dr. Henshaw. Was machen Sie denn hier?“

„Ich wollte gerade nach Isabelle und Marissa sehen, mich erkundigen, ob es ihnen gut geht. Aber es macht niemand auf und an der Tür klebt eine Notiz über eine Zwangsvollstreckung.“

Tom zog seine Mütze ab und kratzte sich am Kopf. „Aye. Eine Schande. Fast zwanzig Jahre habe ich für Mr Wardrop gearbeitet. Ich kann immer noch nicht glauben, dass es so weit gekommen ist."

Mark trat einen Schritt näher. „Aber ... wieso hat die Bank Anspruch auf das Haus? Sein berufliches Vermögen hat Mr Wardrop doch sicher von seinem Privatbesitz getrennt."

Langsam öffnete Tom das doppelflügelige Garagentor, eine Seite nach der anderen, bevor er sich wieder zu Mark drehte. „Wie es aussieht hat Mr Wardrop eine saftige Hypothek auf das Haus aufgenommen. Und als die beiden die Summe nicht zurückzahlen konnten, haben sie alles verloren."

Die Nachricht setzte Mark schwer zu. „Das ist ja fürchterlich. Hätte die Bank ihnen nicht wenigstens mehr Zeit geben können?"

„Sie wissen doch, wie unpersönlich Banken sind. Denen geht es immer nur ums Geld."

„Und was haben Marissa und Isabelle jetzt vor?"

Tom zuckte mit den Schultern und wich seinem Blick aus. „Erst einmal sind sie bei einer Freundin untergekommen, bis Isabelle eine Arbeit gefunden hat und sie sich etwas Eigenes leisten können."

Dass Isabelle eine Arbeit aufnahm, konnte Mark sich partout nicht vorstellen. Soweit er wusste, hatte sie in ihrem Leben noch nicht einen einzigen Tag arbeiten müssen. Zugegeben, sie hatte ihre Mutter bei der Wohltätigkeitsarbeit unterstützt – doch das war etwas völlig anderes gewesen, als täglich vor einen anspruchsvollen Arbeitgeber zu treten. Dieser würde das Verhalten einer leicht empfindlichen und etwas verhätschelten jungen Dame niemals dulden. Mark wusste nur zu gut, wie aufbrausend und stur Isabelle manchmal sein konnte. Trotzdem hatte sie ein großes Herz und war mehr als intelligent. Wenn man ihr eine Chance gäbe, wäre sie sicher eine vorbildliche Angestellte, daran hegte er keine Zweifel.

„Wissen Sie, wie ich sie erreichen kann? Ich würde ihnen gern meine Hilfe anbieten."

Entschuldigend schüttelte Tom den Kopf. „Miss Isabelle hat

mich vorerst gebeten, ihren neuen Wohnort für mich zu behalten. Ich weiß, dass Sie nur ihr Bestes wollen, aber – tut mir leid, Dr. Henshaw."

„Hm, ich verstehe", sagte er. Die Vorstellung, sie vielleicht nie wieder zu sehen, setzte ihm zu. Doch ihm waren die Hände gebunden. „Also gut. Sollten Sie etwas von ihr hören, richten Sie Isabelle doch bitte aus, dass sie mich im Krankenhaus findet, wenn etwas sein sollte."

„Sehr gern."

„Und Ihnen alles Gute, Tom", sagte Mark und reichte ihm die Hand.

„Danke, Sir. Für Sie auch."

Während Tom den Wagen in die Garage setzte, machte sich Mark auf den Heimweg. Unterwegs sann er darüber nach, wie schnell ein Leben aus den Fugen geraten konnte. Das hatten er und Josh vor einigen Jahren erfahren und nun erging es Isabelle und Marissa ähnlich. Er bereute es, nichts weiter für sie tun zu können.

Nichts, außer sie in seine abendlichen Gebete einzuschließen und Gott um Trost und Bewahrung für sie zu bitten.

Kapitel 8

Vier Tage später, als Isabelle mit Fiona und Marissa am Frühstückstisch saß, schien ihr Vorhaben, gestärkt aus diesem Schlamassel herauszukommen, sie zu verspotten. Auf der Suche nach einer Arbeit war sie die ganze Stadt auf- und abgelaufen und dem Ziel doch keinen Schritt näher gekommen.

Drei Banken, zwei Kaufhäuser, zwei Damenkonfektionen und vier Büros hatten ihre Anfrage sofort abgelehnt. Dass sie noch nie zuvor in einem entlohnten Arbeitsverhältnis gestanden hat, sprach gegen sie – ganz gleich, wie viel ehrenamtliche Erfahrung sie durch die Wohltätigkeitsarbeit mit ihrer Mutter gesammelt hatte.

Dankbarerweise hatte wenigstens Fiona mehr Glück gehabt. Ihr Vorstellungsgespräch bei Adam Templeton war gut verlaufen und sie hatte die Stelle als neues Dienstmädchen in seinem Haus angenommen. Das Anwesen, so erzählte Fiona, war sehr schön eingerichtet und in einem guten Zustand. Auch die anderen Bediensteten sprachen nur in den höchsten Tönen von ihrem Dienstherrn und Fiona war sich sicher, sie würde sich dort wohlfühlen.

Lediglich in einem waren sie sich uneins: Adam hätte gerne, dass sie genau wie die anderen Angestellten ein Zimmer im Bedienstetenflügel des Hauses bezog, Fiona hingegen bestand darauf, zumindest vorerst außerhalb des Anwesens wohnen zu bleiben. Wenigstens für die ersten Wochen, bis sie sich sicher war, dass die Arbeit ihr zusagte.

„Sobald ich mich etwas eingefunden habe, denke ich noch einmal über ein Zimmer dort nach“, erklärte sie Isabelle. „Aber im Moment ist es mir so lieber.“

Auch Isabelle kam es sehr gelegen, Fiona nicht schon jetzt verschmerzen zu müssen. Mit einem Brotteller trat Tante Rosie an den Tisch heran. „Gestern hat mir eine Freundin erzählt, dass sie im Krankenhaus nach Mitarbeitern suchen“, sagte sie erwartungsvoll und griff nach der Teekanne.

„Für welche Stelle denn?", hakte Isabelle nach, die sich eine Scheibe Brot nahm.

„In der Wäscherei", fuhr Rosie mit entschuldigendem Blick fort. „Ich habe Mildred schon gesagt, dass das nichts für dich wäre. Dass du lieber ... eine Schreibarbeit übernehmen würdest."

Widerwillig seufzte Isabelle. „Das stimmt ja, aber ... vermutlich kann ich es mir nicht leisten, so wählerisch zu sein."

Schockiert verzog Marissa das Gesicht. „Oh, nein, Belle. Auf keinen Fall kannst du eine so harte körperliche Arbeit annehmen."

„Es wäre ja nur vorübergehend, bis ich etwas Besseres finde."

„Aber das ist einfach nicht gerecht."

„Das Leben ist nun mal nicht gerecht, Liebes. Das solltest du inzwischen wissen", konterte Isabelle und unterdrückte tapfer die aufsteigenden Tränen. „So, und jetzt holst du besser schnell deine Bücher, wenn du die Straßenbahn nicht verpassen willst. Sonst kommst du noch zu spät zur Schule."

„Also gut", erwiderte Marissa, nahm in ihrer typisch jugendlich-dramatischen Art ihre Schultasche an sich, gab Isabelle zum Abschied einen Kuss auf die Wange und verließ das Haus.

Isabelle machte sich Sorgen um ihre Schwester. Sie hatte den Eindruck, als bedrückte Marissa noch etwas anderes. Ihre sonst so heitere, lebensbejahende Art war verschwunden. Vielleicht lag es aber auch bloß an dem Trubel der letzten Zeit, wer könnte es ihr verübeln.

Mit einem Zug leerte Isabelle ihren Tee und sah wieder zu Rosie. „Welches Krankenhaus meintest du denn?"

„Das Toronto General. Denkst du doch darüber nach?"

„Schaden kann es nicht. Überall sonst hatte ich ja bisher kein Glück."

Fiona stand auf. „Hm. Ich muss jetzt los. Die Hausdame der Templetons weist mich heute ein", sagte sie und hielt kurz inne. „Ich weiß nicht, ob ich dir Glück wünschen soll oder nicht – aber in jedem Fall wünsche ich dir einen guten Tag."

Dass dies ein guter Tag werden würde, wagte Isabelle jedoch zu bezweifeln.

Eilig lief Mark über den Bürgersteig zum Krankenhauseingang.

Schon wieder zu spät.

In letzter Zeit kam das immer häufiger vor, insbesondere weil Josh so oft verschlief. Eine Tatsache, die er überhaupt nicht ausstehen konnte und die ihn unendlich an seinem Bruder ärgerte.

Gedankenverloren schob Mark sich durch die Tür und marschierte durch die Eingangshalle in Richtung Aufzug, bis er mitten im Gemenge mit einer Frau zusammenstieß. Überrascht ließ er die Aktentasche fallen, deren Inhalt sich nun über dem ganzen Boden verteilte.

„O nein, das tut mir schrecklich leid", stotterte er schnell, während er insgeheim einen Fluch zurückhielt. Jetzt würde er erst recht zu spät kommen. „Alles in Ordnung?", erkundigte er sich, während er seine Unterlagen einsammelte.

„I-ich denke ja", sagte die Frau, die nun einen Schritt zurücktrat und mit einer Hand über ihr Kleid fuhr. „Aber Sie sollten nicht so kopflos durch die Gegend marschieren."

Die Stimme kam ihm erstaunlich bekannt vor und er schaute auf. „Isabelle?" Er musste schlucken. Warum ausgerechnet sie?

In ihrem blauen Pünktchenkleid und der Hochsteckfrisur unter einem kecken Hut mit Netzteil sah sie einfach bezaubernd aus. Während er sie betrachtete, begann sein Herz zu rasen und ihm fehlten die Worte.

Als sie ihn erkannte, kniff sie die Augen zusammen und blähte die Nasenflügel. „Dr. Henshaw. Warum überrascht mich das nicht? Nur ein Flegel rennt eine Dame um!"

Die Röte schoss ihm ins Gesicht. „Das war nicht meine Absicht, ehrlich nicht. Ich hatte es nur sehr eilig." Um dem wütenden Blick zu entgehen, fuhr er fort, seine Papiere zusammenzusammeln. „Was führt Sie ins Krankenhaus?"

„Arbeit", sagte Isabelle knapp und richtete ihren Ärmelumschlag.

„Ah, eine der Wohltätigkeitsanliegen Ihrer Mutter, nehme ich an", sagte er und zuckte sofort zusammen. Auf keinen Fall wollte er sie an ihre Mutter oder seine Rolle an ihrem Tod erinnern.

„Nein, darum geht es nicht", entgegnete sie und biss sich auf die Unterlippe. „Ich war für ein Vorstellungsgespräch hier."

Eine Arbeit hier im Krankenhaus? Sollte Mark ihr hier etwa noch öfter begegnen? Allein die Vorstellung heiterte ihn auf. „Das klingt ja wunderbar. Und wie ist es gelaufen?"

Sie hob den Kopf und sah ihm direkt in die Augen. Marks Kehle schien plötzlich wie ausgedörrt.

„Gut. Ich fange gleich am Montag an."

„Wie schön. In welchem Stockwerk?" Sicher half sie auf irgendeiner Station mit den Schreibarbeiten. Vielleicht ja sogar in der Notaufnahme – das wäre gleich neben seinem Arbeitsplatz.

„Im Untergeschoss", sagte sie und errötete.

Unverwandt sah er sie an und ging im Kopf durch, welche der Stationen im Untergeschoss gerade nach Mitarbeitern suchte. „Aber nicht in der Wäscherei, oder?", fragte er verwundert.

„Doch", erwiderte sie knapp.

Um nichts in der Welt konnte er sich vorstellen, wie sie sich über die großen Fässer mit kochend heißem Wasser beugte und die Bettwäsche rührte. „Das ist die reinste Knochenarbeit, Isabelle. Würden Sie nicht lieber anderen Aufgaben nachgehen, etwas, das mehr Ihren Fähigkeiten entspricht?"

Niedergeschlagen ließ sie die Schultern hängen. „Das habe ich ja versucht, glauben Sie mir. Doch wie es aussieht, kann ich ... nun ja, kann ich eigentlich nichts", gestand sie und blinzelte schnell.

„Das ist nicht wahr. Sie sind eine sehr begabte Frau."

Misstrauisch kniff sie die Augen zusammen.

„Ich habe gesehen, wie tatkräftig Sie Ihre Mutter bei der Sponsorensuche unterstützt haben. Und wie unermüdlich Sie sich während Ihrer Krankheit um sie gekümmert haben."

Trotzdem schüttelte sie den Kopf. „Bei der Arbeitssuche hilft mir das leider alles nichts. Ich habe es überall versucht – bei Banken, in Kaufhäusern und Büros. Nirgends gibt man mir eine Chance."

Sanft trat er einen Schritt auf sie zu und rückte ihren Hut zurecht. „Ich bin hier in der Stadt sehr gut vernetzt. Wenn Sie möchten, höre ich mich gern nach einer besseren Stelle für Sie um."

Für einen winzigen Augenblick flackerte die alte Feindseligkeit in ihrem Blick auf, doch dann senkte sie ergeben die Augenlider. „Wie es scheint, kann ich jede Hilfe brauchen. Danke."

Stumm nickte Mark und versuchte sich nicht daran zu stören, wie ungern sie seine Hilfe annahm.

„Dr. Henshaw, melden Sie sich bitte sofort im fünften Stock. Dr. Henshaw bitte", schallte es aus den Lautersprechern.

„Ich muss gehen. Wo kann ich Sie erreichen, wenn ich etwas in Erfahrung gebracht habe?", sagte er schnell und fragte sich, ob sie die leise Verzweiflung in seiner Stimme bemerkte.

Zögerlich biss sie sich auf die Unterlippe und seufzte. „Ich wohne zurzeit bei Rosemary O`Grady auf der Gerrard Street. Sie hat leider kein Telefon, aber Sie können bei Mr Sweeny in der Drogerie eine Nachricht für mich hinterlassen."

„Gut. Passen Sie gut auf sich auf, Isabelle."

„Sie auch."

Trotz seiner Verspätung sah Mark ihr noch nach, wie sie das Krankenhaus verließ. Mit Sorgenfalten auf der Stirn wartete er auf den Aufzug. Sweeny's Drogerie lag in einem sehr kümmerlichen Teil der Stadt, gleich hinter dem Armenviertel, wo viele seiner mittellosen Patienten lebten.

Wie um alles in der Welt war Isabelle bloß dort gelandet?

Dass sie ausgerechnet mit Dr. Henshaw zusammenstoßen musste – wie demütigend! Es war genauso seine wie ihre Schuld gewesen. Nachdem sie in der Waschküche um eine Anstellung gebettelt hatte, war sie durch das Krankenhausfoyer gestürmt, als wäre ein Rudel Wölfe hinter ihr her gewesen.

„Wie kann ich Sie erreichen, wenn ich etwas weiß?"

Als sie nun in der Straßenbahn saß, wunderte Isabelle sich über seine Frage. Offensichtlich wusste Dr. Henshaw, dass sie nicht mehr in der Chestnut Hill Road lebte. Hatte sich die Nachricht über ihren Niedergang schon in der Stadt verbreitet? Allein bei der Vorstellung erschauderte sie. Sie malte sich aus, was manche ihrer früheren Freundinnen wohl sagen würden und welche böswilligen Gerüchte bereits über sie kursierten. Sie wusste genau, wie gern und wie gnadenlos die feine Gesellschaft tratschte.

Niedergeschlagen stieg Isabelle aus der Straßenbahn und spazierte die letzten Meter bis zu Tante Rosies Wohnung. Mit jedem Schritt kämpfte sie gegen die wachsende Verzweiflung an. Eigentlich sollte sie sich über ihre neue Stelle freuen. Doch Marks Reaktion hatte sie nur in ihrem Unmut darüber bestärkt, an diesem kerkerähnlichen Ort voll Wasserdampf und dem beißenden Geruch von Bleiche und Waschmittel arbeiten zu müssen. Gewiss hatte er recht und es erwartete sie eine knochenharte Arbeit.

Müde betrat sie die Wohnung, erpicht auf ein kleines Nickerchen vor dem Abendessen. Als sie jedoch Marissa am runden Tisch sitzen sah, klopfte ihr Herz wie wild gegen die Rippen. „Marissa, geht es dir nicht gut? Wieso bist du schon so früh zu Hause?"

„Doch, doch. Aber die Direktorin hat mich nach Hause geschickt", sagte Marissa, als sie den Blick vom Schulbuch hob.

Isabelle stellte ihre Tasche ab. „Und warum? Hast du etwas angestellt?"

„Nein", erwiderte Marissa erneut und zwirbelte eine ihrer Locken um den Zeigefinger. Mit einem Seufzen zog sie einen Umschlag zwischen ihren Unterlagen hervor und reichte ihn Isabelle. „Den soll ich dir geben. Das sind aber wahrscheinlich keine guten Nachrichten."

Isabelle setzte sich und überflog die Zeilen. Das Pochen in ihren Schläfen wurde stärker, sodass sie kurz die Augen schloss. Offensichtlich hatte Vater Marissas letzte Schulgebühr nicht beglichen. Käme Isabelle nicht bis Ende der Woche dafür auf, würde Marissa nicht weiter am Unterricht teilnehmen dürfen. So eine Ungerechtigkeit! Wie konnten sie ihr die letzten Wochen vor der Abschlussprüfung verwehren? „Es geht um die Schulgebühren, nicht?“

Mit einem Nicken steckte Isabelle den Brief zurück in den Umschlag. „Das ist sicher nur eine Verwechslung“, sagte sie schnell. „Mach dir keine Sorgen, ich kümmere mich darum.“

„Aber wie? Wir haben kein Geld.“

„Das lass meine Sorge sein. Du konzentrierst dich auf deine Prüfungen“, sagte Isabelle und gab Marissa einen Kuss auf die Stirn.

Schnell ging sie in ihr gemeinsames Zimmer und schloss die Tür. Ihre Knie zitterten und sie musste mehrmals tief durchatmen, um sich selbst zu beruhigen. Sie brauchte unbedingt Geld, um diese Gebühren zu begleichen. Das Gehalt von der neuen Arbeitsstelle würde sie erst in ein paar Wochen bekommen – dann wäre es zu spät. Ihr Magen verkrampfte sich. Wie es aussah, blieb ihr nur der Notgroschen: der Geldumschlag, den sie in Vaters Geldschrank gefunden hatte. Nur so konnte Marissa das Schuljahr abschließen.

Insgeheim hatte Isabelle gehofft, mit diesem Geld durchzukommen, bis sie eine angemessene Arbeit und eine Wohnung gefunden hatte. Wenn sie die Ersparnisse nun ausgab, beraubte sie sich um das letzte bisschen Sicherheit und machte sie nur noch verwundbarer.

Aber hatte sie überhaupt eine Wahl?

Bevor sie sich umentschied, griff Isabelle unter die Matratze und holte den Umschlag hervor. Kurz überprüfte sie, dass die Tür weiterhin geschlossen war, und zählte die Scheine. Es reichte. Ein paar wenige Dollar würden übrig bleiben.

Mit finsterer Miene packte sie den Umschlag in ihre Handtasche.

Morgen würde sie Marissa zur Schule begleiten und die offene Summe begleichen. So wäre wenigstens Marissas direkte Zukunft geklärt.

Und sobald Isabelle in der Wäscherei arbeitete, könnte sie etwas Geld für eine eigene Unterkunft beiseitelegen. Das alles war nicht weiter schlimm, beruhigte sie sich – nur ein kleiner Rückschlag. Auf keinen Fall würde sie den Mut verlieren!

Kapitel 9

Mark nahm das Taschentuch von der Nase, als er die Wohnung seines letzten Patienten verließ. Eigentlich hatte er gedacht, sich bereits an den Geruch in diesen Gebäuden gewöhnt zu haben, aber eben, in Mrs Sheas Krankenzimmer, hatte er es kaum aushalten können.

Mit schnellen Schritten stürmte er nun durch das schmutzige Treppenhaus hinaus ins Freie und atmete tief die frische Luft ein.

Wenn er sich nicht irrte, hatte Mrs Shea nicht mehr lange zu leben, und doch ließ sie Mark keinen Ambulanzwagen für sie rufen. Warum hatten so viele Menschen, allen voran die weniger gut betuchten, solche Angst für Krankenhäusern? Es wirkte beinahe so, als wäre er der einzige Arzt, dem sie vertrauten – und das auch nur, weil er Hausbesuche machte und sie nicht in eine krankenhausähnliche Umgebung zwang. Trotzdem musste auch er immer wieder dafür kämpfen, dass er sie überhaupt behandeln durfte.

An der nächsten Kreuzung bog er in Richtung Sweeny's Drogerie ab und dachte an die guten Nachrichten, die er für Isabelle hatte. Zumindest hoffte er, dass sie sie auch gutheißen würde. Er musste sie nur noch ausfindig machen und sicherstellen, dass es ihr gut ging.

Vier Straßen weiter wechselte er die Bürgersteigseite und betrat das Geschäft. Schon ein paar Mal war er hier gewesen, als er dringend Medizin für seine Patienten aus der Gegend gebraucht hatte. Sweeny's war ein uriger kleiner Laden und sah genauso aus, wie Mark sich eine alte Apotheke vorstellte. Es roch nach Kräutern und Tabak und auf der Verkaufstheke standen Mörser und mit Pflanzen gefüllte Stößel, die nur darauf warteten, verarbeitet zu werden.

Er ging bis nach hinten durch, die Holzdielen unter ihm knarzten bei jedem Schritt. Mr Sweeny, der Besitzer, war ein freundlicher alter Mann mit krausem, grauem Haar, der Marks Wünschen immer mit größtem Bemühen nachkam.

„Dr. Henshaw. Wie schön, Sie wiederzusehen. Ihr letzter Besuch ist schon eine Weile her“, begrüßte Mr Sweeny ihn fröhlich hinter der Theke.

„Das stimmt, Mr Sweeny. Wie geht es Ihnen?”

„Sehr gut, danke. Die Geschäfte laufen gut, das ist ein wahrer Segen.“

„Da gebe ich Ihnen recht.“

„Nun, was ich kann für Sie tun, Doktor? Brauchen Sie wieder etwas für einen Patienten?“

„Nein, heute nicht. Ehrlich gesagt bin ich auf der Suche nach einer jungen Frau, die zurzeit bei Mrs Rosemary O`Grady in der Gerrard Street wohnt, soweit ich weiß.“

„Ah, ja richtig. Rosie hat kürzlich ihre Nichte und zwei Frauen bei sich aufgenommen. Wirklich reizende junge Damen. Vor allem Miss Isabelle ist eine wahre Schönheit.“

Bemüht, nicht zu erröten, räusperte Mark sich. „Ja, nun, ich habe eine wichtige Nachricht für sie.“ Ob Mr Sweeney wohl Mark die Adresse geben oder wenigstens seine Nachricht überbringen würde? Bei seinem letzten Gespräch mit Isabelle hatte Mark den Eindruck gewonnen, sie wolle ihren aktuellen Wohnort lieber nicht bekannt geben.

Nachdenklich zwirbelte der alte Mann seinen Schnurbart. „Sie kennen Miss Isabelle und Miss Marissa?“

„Ja, Sir. Bis zum Tod ihrer Mutter vor wenigen Monaten war ich der Hausarzt der Familie.“

Bis Isabelle meinen Anblick nicht mehr ertrug.

„Sie hat sicher nichts dagegen, wenn ich Ihnen die genaue Adresse gebe“, mutmaßte der Apotheker und zeigte aus dem Fenster. „Am schnellsten kommen Sie über die Bay Street zur Gerrard Street. Und dann die Hausnummer zweiundzwanzig, die Wohnung im ersten Stock.“

„Vielen Dank, Mr Sweeny.“

„Gern geschehen, und grüßen Sie die Damen von mir.“

„Natürlich.“

Leicht nervös machte sich Mark auf den Weg in die Richtung,

die ihm gezeigt worden war. Ob Isabelle zu Hause war? Und wenn ja, würde sie sich freuen, ihn zu sehen? Schließlich war er ein bekanntes Gesicht in dieser neuen Umgebung. Oder würde sie es bereuen, ihm den Straßennamen gesagt zu haben?

Kurz vor dem Gebäude angekommen, verlangsamte er seine Schritte. Wenngleich die Bauten hier bei Weitem nicht so heruntergekommen waren wie manche von denen, die er bei seinen Runden durch das Armenviertel sah, hatten auch sie ihre besten Zeiten bereits hinter sich. Eine wacklige Treppe führte hinauf zu Nummer zweiundzwanzig. Die Farbe der Haustür blätterte bereits ab, doch die schlichten Fenster waren sehr sauber. Vorsichtig stieg Mark die Stufen empor und klopfte an die Tür. Nur wenige Sekunden später öffnete ihm eine ältere Frau in einem verblichenen Kleid.

Etwas überrascht betrachtete sie ihn. „Kann ich Ihnen helfen, Sir?"

„Das hoffe ich. Mein Name ist Dr. Henshaw und ich bin auf der Suche nach Miss Isabelle Wardrop."

Sogleich erhellte sich ihr Gesicht. „Ah, Dr. Henshaw. Wie schön, Sie kennenzulernen. Ich habe schon viel Gutes über Sie gehört."

Irritiert runzelte Mark die Stirn und überlegte, ob er die Frau womöglich kannte. „Tut mir leid, aber ich kann Ihnen nicht ganz folgen, Madam."

„Oh, bitte verzeihen Sie. Ich bin Rosemary O`Grady. Bitte kommen Sie doch herein", sagte sie und wies ihm den Weg in den Wohnbereich im vorderen Teil der Wohnung. Ein Sofa und ein paar Sessel standen um einen Webteppich herum und alles sah sehr aufgeräumt und heimelig aus.

„Danke. Und woher kennen Sie mich, Madam?" Insgeheim hoffte er, dass er niemanden aus ihrer Familie schon mal behandelt und es einfach vergessen hatte. Aber eigentlich war er sehr gut darin, sich die Namen und Gesichter seiner Patienten zu merken.

„Ich kenne Sie nur vom Hörensagen, Doktor. Sie haben dem Sohn einer guten Freundin von mir geholfen, als er die Masern hatte. Sie hat Sie sehr für Ihren Umgang mit dem Jungen gelobt und gesagt, dass er sich dank Ihrer Medikamente schnell erholt hat."

„Ah, Sie sprechen sicher von Mrs Simpson und Ihrem Sohn Liam." Die Frau und ihre drei Kinder lebten leider unter ganz fürchterlichen Bedingungen nur ein paar Straßen westlich von hier.

„Genau. Alice ist mir sehr ans Herz gewachsen. Meine Tochter Noreen hat sich früher um ihre Kinder gekümmert, wenn sie einen Termin hatte", erklärte Mrs O'Grady mit einem Lächeln. „Aber Sie sind nicht gekommen, um sich mit mir über die Nachbarn zu unterhalten. Sie wollten zu Isabelle, richtig?"

„Genau", bejahte er ihre Frage und errötete fast unter ihrem neugierigen Blick. „Ich habe vielleicht eine Arbeit für Sie gefunden."

„Nun, setzen Sie sich doch und wir trinken eine Tasse Tee. Isabelle sollte jeden Moment wieder hier sein, sie holt Marissa von der Haltestelle ab."

„Das ist sehr freundlich von Ihnen, danke", sagte Mark, nahm den Hut ab und folgte ihr an den kleinen Küchentisch.

Mit einem Geschirrtuch hob Mrs O'Grady eine große Teekanne vom Herd und schenkte ihnen zwei Tassen ein. Nur wenig später öffnete sich die Wohnungstür.

Unbeholfen erhob sich Mark, als Isabelle lachend mit Marissa hereinkam. Ihr Anblick rührte ihn, doch sobald Isabelle ihn sah, verschwand ihr Lächeln.

„Hallo Isabelle, Marissa."

„Dr. Henshaw!" Ganz ungleich der eher steifen Reaktion ihrer Schwester trat Marissa froh auf ihn zu und umarmte ihn. „Wie schön, Sie wiederzusehen!"

Etwas unbehaglich legte er eine Hand auf ihre Schulter. „Ja, ich freue mich auch, Marissa."

„Warum sind Sie her? Ist jemand krank?"

Mit einem sanften Lächeln schüttelte er den Kopf. „Nein, es geht allen gut. Ich habe nur vielleicht eine Arbeitsstelle für Ihre Schwester gefunden", sagte er und hob den Blick zu Isabelle. „Etwas Angemesseneres als die Wäscherei."

Isabelles Gesicht entspannte sich und sie kam einen Schritt näher. „Tatsächlich?"

Mark nickte. Plötzlich wurde er sich der unverhohlenen Neugierde der anderen zwei Frauen bewusst und räusperte sich. „Sollen wir vielleicht kurz unter vier Augen darüber sprechen?"

„Ja, natürlich. Gehen wir doch ein paar Schritte", schlug Isabelle vor und öffnete die Tür.

„Vielen Dank für den Tee, Mrs O'Grady", bedankte sich Mark und nahm den Hut wieder an sich.

„Gern geschehen", erwiderte diese mit einem sanften Lächeln. „Sie sind hier immer willkommen."

Draußen atmete Mark tief durch. Isabelle stand mit dem Rücken zu ihm.

„Geht es Ihnen gut?", fragte Mark vorsichtig.

„Den Umständen entsprechend, denke ich", sagte sie und ließ die Schultern hängen, als sie sich zu ihm drehte. „Ich nehme an, dass Sie von der Zwangsvollstreckung unseres Hauses gehört haben?"

„Ja. Und es tut mir schrecklich leid, Isabelle. Das haben Sie nicht verdient."

„Niemand verdient so ein Unglück", erwiderte sie und zuckte die Schultern. „Aber wie dem auch sei. Sie haben gesagt, Sie hätten Neuigkeiten für mich?"

„Ja", sagte er und holte ein Stück Papier aus seiner Jackentasche. „Ich habe mit meinem Freund Mr Johnson gesprochen. Er ist Direktor des Royal York Hotel und ich habe nachgefragt, ob er zufällig freie Stellen hat. Tatsächlich suchen sie im Moment zwei neue Zimmermädchen und eine Telefonistin. Ich habe Sie weiterempfohlen und ihm gesagt, dass Sie sich bei ihm melden werden", sagte er und hielt ihr das Papier hin. „Das ist seine Nummer. Meine habe ich auch dazugeschrieben, falls Sie sie mal brauchen sollten."

„Danke", erwiderte Isabelle und trat einen Schritt näher, um den Zettel entgegenzunehmen. „Das ist sehr nett von Ihnen, Dr. Henshaw."

„Einfach Mark, bitte."

Verwirrt sah sie zu ihm auf. „Hm?"

„Mein Name. Nennen Sie mich gerne Mark."

Jetzt lächelte sie. „Ein schöner Name“, sagte sie und erwiderte seinen Blick einen Moment lang. Lange genug für Mark, um sich beinahe in ihren tiefblauen Augen zu verlieren. „Und danke noch mal“, sagte sie und verstaute den Zettel in ihrer Tasche. „Ich weiß Ihre Hilfe sehr zu schätzen.“

„Noch brauchen Sie mir nicht zu danken. Erst, wenn Sie die Stelle haben.“

Sie lachte. „Also gut. Aber wenn es klappt, lade ich Sie auf einen Kaffee ein.“

Ein Lächeln umspielte Marks Lippen. „Ich nehme Sie beim Wort“, versicherte er ihr und mit einem Nicken setzte er den Hut auf. „Viel Erfolg auf jeden Fall. Und lassen Sie mich wissen, wie es gelaufen ist.“

„Das werde ich. Bis bald, Mark.“

„Bis bald.“

Mit einem heimlichen Lächeln machte er sich auf den Weg. Wie schön es klang, wenn sie seinen Namen sagte.

„Vielen Dank, Mr Johnson“, sagte Isabelle und schüttelte dem Hoteldirektor die Hand. „Ich weiß es sehr zu schätzen, dass Sie mir eine Chance geben.“

„Nun, Dr. Henshaw ist niemand, der ohne Weiteres Empfehlungen ausspricht. Und von Ihnen hat er nur in den höchsten Tönen gesprochen.“

Röte stieg ihr in die Wangen. „Auf keinen Fall werde ich Sie enttäuschen, das verspreche ich Ihnen.“

„Hoffentlich. Und bitte entschuldigen Sie, dass ich Ihnen die Stelle als Telefonistin nicht anbieten kann. Bei den aufwendigen Einweisungen dafür muss ich einfach sicher sein, dass Sie für die Arbeit geeignet sind. Aber sollten Sie sich als Zimmermädchen bewähren, bin ich gern bereit, Sie zu einem späteren Zeitpunkt auch als Telefonistin in Betracht zu ziehen.“

Isabelle nickte. Vor ihrem Gespräch hatte sie angenommen, dass es deutlich einfacher wäre, den ganzen Tag Telefonanrufe entgegenzunehmen als Zimmer zu reinigen. Doch nachdem sie den riesigen Saal mit mehreren Dutzend Telefonistinnen gesehen hatte und darüber aufgeklärt worden war, dass die Einarbeitung fast ein ganzes Jahr dauerte, begriff sie, wie sehr sie die Arbeit unterschätzt hatte. „Das verstehe ich, Sir. Und ich bin einfach nur dankbar, bei Ihnen arbeiten zu dürfen."

„Sehr gut, Miss Wardrop. Melden Sie sich bitte am Montagmorgen um sieben Uhr zur Einweisung bei Mrs Herbert. Sie ist verantwortlich für die Zimmermädchen und wird Sie erwarten."

„Wunderbar. Und noch einmal vielen Dank, Mr Johnson."

Beschwingt schritt Isabelle durch die elegante Lobby nach draußen. Sie hatte es geschafft! Ab Montag erwartete sie etwas Besseres als die Krankenhauswäscherei. Zugegeben, Zimmer zu putzen war natürlich noch immer nicht die Arbeit, der sie eigentlich nachgehen wollte, aber sie lernte sicher schnell. Und hoffentlich war auch das nur eine vorübergehende Lösung, bis man sie in einem Büro oder bei der Bank anstellte. Vielleicht würde sie sich auch für Abendkurse einschreiben können, um sich dafür zu qualifizieren. Sie könnte zum Beispiel Maschinenschreiben lernen und später einmal als persönliche Sekretärin arbeiten. Das wäre eine anständige Arbeit. Etwas, auf das Marissa stolz sein konnte.

Und wenn sie sehr sparsam wäre, könnte sie Marissa vielleicht sogar ein Studium ermöglichen – falls noch nicht diesen Herbst, dann sicher im nächsten. Marissa würde eine gute Ausbildung genießen und könnte später jeden Beruf ergreifen, der ihr vorschwebte. Natürlich bedeutete das harte Arbeit, aber undenkbar war es nicht. Sie würden sich auch trotz der Fehler ihres Vaters eine gute Zukunft erarbeiten können.

Auf dem Weg zum Bus summte Isabelle heiter vor sich hin. Am besten hielte sie gleich bei Mr Sweeny, um im Krankenhaus anzurufen und zu kündigen.

Ihr fiel ein, dass sie Mark nun einen Kaffee schuldete, und dass sie das, ganz anders als noch vor wenigen Wochen, überhaupt nicht störte. Schließlich war er seinem Versprechen treu geblieben und hatte ihr geholfen, eine viel bessere Arbeit zu finden als die schreckliche Schufterei in der Waschküche. Und ohne seine Empfehlung hätte ihr diese Tür definitiv nicht offen gestanden.

„*Und von Ihnen hat er nur in den höchsten Tönen gesprochen*", kamen ihr Mr Johnsons Worte wieder in den Sinn. Was mochte Mark über sie erzählt haben? Im Grunde kannte er sie kaum und ehrlich gesagt war sie ihm meist sehr kühl, ja sogar abweisend begegnet. Er hingegen war stets hilfsbereit und freundlich geblieben. Viel freundlicher, als sie es verdient hatte. Und jetzt hatte sie ihm auch noch ihre Anstellung zu verdanken.

Einen Moment lang zögerte sie. Was, wenn sie es nicht schaffte? Wenn man ihr schon nach den ersten Tagen kündigte?

Wieder dachte Isabelle an Marks freundlichen Blick und wie sehr er sich für sie eingesetzt hatte, und schüttelte die Zweifel ab.

Sie würde ihr Bestes geben und ihm beweisen, dass er sich nicht in ihr getäuscht hatte.

Kapitel 10

Am nächsten Morgen kam Isabelle rund zwanzig Minuten vor Arbeitsbeginn am Hotel an. Sie hatte bewusst den früheren Bus genommen, um an ihrem ersten Tag auf jeden Fall pünktlich zu sein. Ohne Eile schritt sie über den samtenen Teppich der Hotellobby und bestaunte das elegante Foyer. Im *Royal York's Imperial Room*, dem hoteleigenen Restaurant, hatte sie in den letzten Jahren mehrmals mit ihrer Familie gegessen.

Beschämt erinnerte sie sich, wie ihr die Schönheit dieses Ortes gar nicht aufgefallen war und sie sich sogar bei ihren Eltern darüber beschwert hatte, wie voll und reizlos sie es hier fand. War sie tatsächlich so blind für ihre privilegierte Lebensweise gewesen?

Welche Ironie: Heute war sie hier nicht zu Gast, war keine feine Dame, die im Speisesaal dinierte, sondern ein Dienstmädchen, das die Zimmer der wohlhabenden Gäste putzte. Entschieden schüttelte sie jeden Anflug von Selbstmitleid ab und rief sich erneut ins Gedächtnis, wie glücklich sie sich schätzen durfte, ein Dach über dem Kopf und eine redliche Arbeit zu haben.

Sie trat an die Rezeption, wo ein Mann in schwarzem Anzug und weißer Fliege sie freundlich anlächelte. „Herzlich willkommen, Miss. Reisen Sie gerade an?"

„Nein. Ich fange heute meine neue Stelle an. Mrs Herbert erwartet mich."

Schlagartig verblasste sein Lächeln. „Mrs Herbert befindet sich sicherlich in ihrem Büro im Untergeschoss. Ein Stockwerk tiefer."

„Oh, ich verstehe", erwiderte Isabelle und zögerte, ob sie ihn nach den Treppen fragen sollte.

„Künftig kommen Sie bitte durch den Bediensteteneingang auf der Rückseite des Hotels und nutzen auch nur den Aufzug für die Angestellten. Lediglich die Hotelpagen haben Zutritt zur Lobby und zum Gästeaufzug. Aber heute können Sie ausnahmsweise durch das Treppenhaus nach unten gehen. Es ist gleich hinter der Ecke rechts."

„Danke", sagte sie und unterdrückte ihr Empören. Er hielt sich ja bloß an die Regeln.

Auf dem Weg zum Treppenhaus ließ Isabelle noch einmal die Schönheit der eleganten Möbel, die exotischen Palmen und die reich verzierte Uhr auf sich wirken. In diesen Genuss käme sie in nächster Zeit nicht noch einmal.

Die Treppen hatte Isabelle schnell gefunden und sie begab sich ein Stockwerk tiefer. Dort folgte sie einem langen, dunklen Korridor, bis sie Stimmen hörte. Ein paar Frauen in Dienstkleidung standen in einem halb offenen Bereich neben einem Tisch. An der Wand neben ihnen hing eine Stechuhr und auf dem Tisch darunter lag ein unordentlicher Haufen Karten, vermutlich Stechkarten. Als Isabelle sich den Frauen näherte, verstummten sie und sahen Isabelle unverwandt an.

„Guten Morgen. Ich suche nach Mrs Herbert", sagte sie mit holpriger Stimme.

Eine der Frauen stieß etwas Zigarettenrauch aus und gestikulierte in eine Richtung. „Am Ende des Gangs. Ihr Name steht an der Tür."

„Danke." Mit erhobenem Kopf ging Isabelle an ihnen vorbei. Je näher sie dem Büro kam, desto unruhiger wurde sie. Schließlich holte sie tief Luft und klopfte.

„Herein", erklang eine schroffe Stimme und Isabelle wurde umso nervöser.

Sie betrat den beengten Raum und sah eine recht groß gewachsene Frau hinter einem metallenen Schreibtisch sitzen.

„Guten Morgen. Ich bin Isabelle Wardrop, das neue Zimmermädchen."

Skeptisch sah die Frau mit der Zweistärkenbrille sie an, bevor sie die Brille von der Nase nahm und ihr Blick zur Wanduhr wanderte. „Sie sind pünktlich, das ist gut. Aber in Zukunft kommen Sie bitte fünfzehn Minuten vor Schichtbeginn. Damit sie sich umziehen, den Putzwagen überprüfen und in das entsprechende Stockwerk fahren können."

„J-ja, Ma'am."

Als die Frau aufstand, klingelte der große Schlüsselbund an ihrer Hüfte. „Erst bringe ich Sie zu den Spinden und dann stelle ich Ihnen Miss Eggerton vor, sie wird Sie einarbeiten. Die erste Woche über folgen Sie ihr, ab nächster Woche arbeiten Sie allein."

Mit einem wortlosen Nicken folgte Isabelle der Frau. Sofort unterbrach die Frauengruppe das Plaudern und die Zigaretten wurden im Aschenbecher auf dem Tisch ausgedrückt.

„Was stehen Sie hier so tatenlos herum?", bellte Mrs Herbert sie an. „Nehmen Sie sich Ihre Stechkarten und ab an die Arbeit."

„Jawohl, Ma'am", hieß es und sie eilten davon.

Mrs Herbert öffnete einen Raum direkt gegenüber von der Stechuhr. Eine Reihe von Metallspinden flankierte die beiden kurzen Wände und vor den langen standen Holzbänke. „Dieser hier ist für Sie. Sobald Sie sich umgezogen haben, verstauen Sie hier Ihre persönlichen Dinge. Aber verlieren Sie den Schlüssel nicht. Muss er ersetzt werden, zahlen Sie."

„Ja, Ma'am."

Eine Toilettenspülung erklang, gefolgt von ein paar Schritten und fließendem Wasser.

„Miss Eggerton, Sind Sie das?"

„Ja, Ma'am", hörte man die Stimme einer Frau, die kaum älter als Isabelle sein konnte und nun hinter den Spinden hervortrat. Sie trug eine schwarze Dienstmädchentracht mit weißer Schürze und einer weißen Haube über dem dunklen Haar.

„Das ist das neue Dienstmädchen, Miss Wardrop. Sie wird Sie diese Woche begleiten. Ich vertraue darauf, dass Sie sie ordnungsgemäß einarbeiten, Miss Eggerton."

„Natürlich, Mrs Herbert."

Wortlos betrachtete Isabelle das Gesicht der jungen Frau und versuchte herauszufinden, ob ihr diese Aufgabe missfiel. Das schien zum Glück nicht der Fall zu sein.

„Miss Eggerton wird Ihnen eine frische Tracht geben und sobald Sie sich umgezogen haben, beginnen Sie mit Ihrer Schicht. Ziehen Sie die fünfzehn Minuten, die Sie heute später anfangen, von Ihrer Mittagspause ab", erklärte Mrs Herbert. Bevor sie ging, hielt sie einen Moment inne und begutachtete Isabelles Aussehen. „Und auf diese außergewöhnliche Frisur können Sie künftig verzichten. Ein einfacher Haarknoten unter der Bedienstetenhaube ist absolut ausreichend.“ Isabelle nickte bloß, während Mrs Herbert ihr einen letzten Blick zuwarf und den Umkleideraum verließ. Sobald die Tür ins Schloss gefallen war, atmete Isabelle laut hörbar aus und wandte sich an Miss Eggerton.

„Hallo. Ich bin Isabelle Wardrop.“

„Ich heiße Mary, von mir aus können wir uns ruhig duzen“, erwiderte Miss Eggerton lächelnd. „Komm mit, ich such dir eine Uniform raus und dann legen wir los.“

Wie jeden Mittwoch war Mark zur Visite bei den Schwangeren in Bennington Place, doch heute fiel es ihm besonders schwer, sich zu konzentrieren. All seine Gedanken kreisten um den Streit mit seinem Bruder Josh von heute Morgen. Ganz gleich, was er ihm in letzter Zeit sagte oder wie zugewandt er sich zeigte: Josh schien einfach immer auf Streit aus zu sein!

Fröhlich war er einzig und allein vor der Chorprobe – wobei das Wort *fröhlich* in Bezug auf Josh seine ganz eigene Bedeutung bekam. Das allerdings bestärkte Mark in seiner Vermutung, dass es Josh weniger um den Chor als vielmehr um eine der Sängerinnen ging. Wie Mark damit umgehen sollte, wusste er nicht. Außer ihre Abmachung zu brechen und ihm doch den Chor zu verbieten, fiel ihm nichts ein.

Das laute Räuspern einer Frau riss ihn aus seinen Gedanken. „Dr. Henshaw?“

Kurz blinzelte er und gab sich größte Mühe, sich wieder auf seine Patientin zu konzentrieren. Er nahm das Stethoskop von ihrem Bauch, hängte es sich um den Hals und setzte ein Lächeln auf. „Dem Baby scheint es sehr gut zu gehen, Miss Southby. Ich denke, in etwa vier Wochen wird er oder sie sich zeigen lassen.“

„Das ist etwas früher, als ich gedacht hätte", erwiderte die Frau, während sie ihr Kleid wieder über den Bauch strich. Mit einem hoffnungsvollen Blick sah sie zu ihm auf. „Aber bei der Geburt werden Sie doch dabei sein, nicht?"

„Eigentlich übernimmt die Hebamme die meisten Geburten. Sollten keine Komplikationen auftreten, was ich bei Ihnen nicht erwarte, werden Sie bei Mrs Dinglemire in den besten Händen sein. Sie ist eine sehr erfahrene Hebamme."

Bei den regelmäßigen Visiten wechselten Mark und Mrs Dinglemire sich ab, sodass – egal wer von beiden die Entbindung überwachte – beide bestens informiert waren.

„Aber ich würde mich so viel besser fühlen, wenn *Sie* dabei wären", kokettierte Miss Southby mit einem gekonnten Augenaufschlag und Schmollmund.

Mark kroch die Hitze den Nacken hinauf. Schnell drehte er sich weg und packte seinen Arztkoffer zusammen. Das Problem mit den Frauen aus Bennington Place war, dass die meisten keine Ehemänner hatten und manche von ihnen Mark für den perfekten Kandidaten hielten. Immer wieder musste er sich große Mühe geben, den schmalen Grat zwischen Gutherzigkeit und professioneller Distanz nicht zu überschreiten. „Machen Sie sich da mal keine Sorgen, Miss Southby, es wird alles gut werden. Bis zum nächsten Termin."

Und noch bevor sie auch nur ein Wort erwidern konnte, hatte Mark ihr Zimmer verlassen und ging über die Treppe zurück ins Erdgeschoss.

Kaum war er unten angekommen, lief er Olivia Reed, eine der zwei Gründerinnen von Bennington Place, in die Arme. Fröhlich grüßte sie ihn. „Wie gut, dass ich dich noch erwische. In der Küche gibt es frischen Kaffee, falls du einen möchtest."

Wenngleich er noch einige weitere Patienten auf der Liste hatte, konnte er einer netten Unterhaltung mit einer Freundin nicht widerstehen. „O ja, gern. Vielen Dank."

Mark kannte Olivia nun schon viele Jahre. Nachdem er ihr von einer schweren Krankheit wieder auf die Beine geholfen hatte, waren sie gute Freunde geworden. Er bewunderte sie sehr dafür, wie tapfer sie allen Widerständen trotzte und sich hingebungsvoll für die unverheirateten Mütter einsetzte. Bei diesem Unterfangen unterstützte Mark Olivia und Ruth Bennington von Herzen gern.

Mit zwei gefüllten Tassen gingen die beiden aus der Küche in Olivias Büro hinüber, wo sie sich etwas ungestörter unterhalten konnten.

„Wie geht es dir, Mark?", fragte Olivia und setzte sich neben ihn auf einen der Besucherstühle. „Wir haben uns gefühlt schon seit Jahren nicht mehr richtig unterhalten."

„Ja, das stimmt. Mir geht es gut. Und dir?", stolperten die Worte wie automatisch aus ihm heraus.

Olivia legte den Kopf schief und sah ihn über den Rand ihrer Tasse hinweg prüfend an. „Dein Gesicht sagt aber etwas anderes. Du siehst müde aus, Mark, und irgendwie als wärst du nicht ganz bei der Sache. Arbeitest du zu viel?"

Schon öfter hatte Olivia ihn dafür gerügt, dass die langen Schichten im Krankenhaus, das Mütterheim, die Hausbesuche und die ehrenamtliche Arbeit im Armenviertel zu viel des Guten waren. Doch Mark konnte sich einfach nicht entscheiden, worauf er verzichten sollte.

„Ach, das ist es nicht", erwiderte er. „Josh bereitet mir Sorgen." Wenn es jemanden gab, der ihn verstand, dann Olivia. Sie wusste, dass er Joshs Vormund war. Denn wäre Josh nicht gewesen, wäre er vor ein paar Jahren beinahe eine Ehe mit Olivia eingegangen, damit sie ein verwaistes Kind adoptieren konnte. Letztlich war aber dann doch alles anders gekommen: Sie hatte Darius Reed geheiratet, die Liebe ihres Lebens, und mit ihm die kleine Abigail adoptiert. Inzwischen hatten sie neben Abi und Darius' Tochter Sofia auch einen gemeinsamen Sohn. Noch nie war Olivia Mark zufriedener vorgekommen.

„Warum? Was ist mit Josh?"

Mit wenigen Worten berichtete Mark ihr von Joshs Fehlstunden und wie vernarrt er in den Kirchenchor war. „Ich bin mir zu hundert Prozent sicher, dass er in eines der Mädchen verliebt ist.

Und ich mache mir große Sorgen, dass er sich damit die Zukunft verbaut."

Mitgefühl schimmerte in Olivias braunen Augen. „Das ist sicher nicht leicht für dich. Ich weiß, dass du nur sein Bestes willst."

Er nickte. „Ja. Aber im Moment weiß ich einfach nicht weiter. Jeder Wortwechsel endet in einem Streit."

„Darf ich dir einen Rat geben?", fragte sie vorsichtig.

„Natürlich. Ich kann jede Hilfe gebrauchen." Olivia war zwar ein paar Jahre jünger als er, dennoch hielt Mark sie für sehr weise.

„Josh ist ein junger Mann, der sich vermutlich zum ersten Mal in seinem Leben verliebt hat. Das ist eine große Sache für ihn! Vergiss das nicht. Es zu ignorieren oder herunterzuspielen, wäre nicht fair. Außerdem wird es auch nicht dafür sorgen, dass sich seine Gefühle für dieses Mädchen ändern."

„Und was schlägst du vor? Ich kann doch nicht einfach dabei zusehen, wie seine erste Jugendliebe ihm die Zukunft verbaut", erwiderte Mark und rieb sich nachdenklich über den Bart. „Vielleicht sollte ich darüber nachdenken, eine andere Stelle anzunehmen. Ganz woanders, möglichst weit weg von hier, von der Versuchung."

„Jetzt wirst du aber ein bisschen melodramatisch, meinst du nicht?"

Er zuckte mit den Schultern.

„Ich glaube nicht, dass ein Umzug in dieser Situation das Richtige wäre", fuhr Olivia fort. „Im Gegenteil, es könnte alles nur verschlimmern." Mitfühlend legte sie eine Hand auf seinen Arm. „Hab Geduld, Mark. Und tue nichts, was ihn am Ende womöglich noch weiter von dir wegtreiben könnte. Wenn du ihn dazu zwingst, sich zwischen dir und dem Mädchen zu entscheiden, könnte das verheerende Auswirkungen auf eure Beziehung haben. Bitte glaube mir, ich weiß, wie das ist." Mit bittendem Blick lehnte sie sich ein Stück zu ihm vor. „Versuch mit ihm ins Gespräch zu kommen. Hör ihm zu und finde heraus, was er gerade fühlt. Vielleicht hat er Angst vor der Universität? Oder vielleicht hat er auch ganz andere Zukunftspläne, fürchtet sich aber, dich zu enttäuschen?"

Unruhig stand Mark auf und begann im Zimmer umherzugehen. *Furcht davor, ihn zu enttäuschen? Genau das tat Josh doch gerade, auch wenn er es vielleicht gar nicht wollte.*

Olivia stellte sich zu ihm ans Fenster, wo er mit leerem Blick nach draußen starrte. „Du bist ein ganz wunderbarer Mensch, Mark, aber manchmal erinnerst du mich ein wenig an meinen Vater. Es ist nicht leicht, deinem Anspruch gerecht zu werden."

Er erstarrte. Stimmte das? Erwartete Mark tatsächlich zu viel von Josh?

„Bemüh dich um ein ehrliches Gespräch mit ihm und versuch, das Ganze mal aus seiner Perspektive zu sehen", riet Olivia ihm mit einem freundschaftlichen Armtätscheln. „Schaden kann es ja nicht, oder?"

Mark gab ein tiefes Seufzen von sich. „Wahrscheinlich nicht."

„Gut", sagte sie und gab ihm einen Kuss auf die Wange. „Und nur damit das klar ist: Ich hoffe, du ziehst niemals aus Toronto weg. Bennington Place würde einen wertvollen Mitarbeiter verlieren – und ich einen sehr guten Freund."

Als Isabelle an jenem Abend aus dem Bus stieg, schmerzte ihr ganzer Körper und Tante Rosies Wohnung lag eine gefühlte Ewigkeit entfernt.

Dort angekommen ließ sie sich müde auf einen Küchenstuhl fallen. Rosie betrachtete sie und musste lächeln. „Du Ärmste. Du bist ja völlig ausgelaugt. Komm, ich lasse dir ein heißes Bad ein, mit etwas Bittersalz."

„Das klingt himmlisch."

Nur wenige Sekunden später hörte Isabelle den knarrenden Wasserhahn und dann, wie Rosie die Badewanne mit den eisernen Klauenfüßen füllte. Als Rosie wiederkam, setzte sie den Teekessel auf. „Falls das heiße Wasser nicht reicht, können wir hiermit nachhelfen."

„Belle, bist du das?“, fragte Marissa, die gerade aus ihrem Zimmer kam.

„Ja“, erwiderte Isabelle mit einem Lächeln.

„Und, wie war dein erster Arbeitstag?“

„Anstrengend.“

„Oh, Belle, ich fühle mich schrecklich“, gestand Marissa und machte ein langes Gesicht. „Ich gehe in die Schule und sitze den ganzen Tag am Schreibtisch, während du echte Knochenarbeit leistest.“

„Mach dir keine Sorgen, Rissa. Ich werde mich sicher bald daran gewöhnen“, entgegnete Isabelle und tätschelte ihr den Arm.

Entschieden schob Marissa ihr Haar zur Seite. „Sobald ich mit der Schule fertig bin, werde ich auch arbeiten gehen.“

„Alles zu seiner Zeit. Wie es für dich nach dem Sommer weitergeht, sehen wir dann.“ Ein lautes Magenknurren folgte ihren Worten. Erst jetzt bemerkte Isabelle, wie hungrig sie war, weil sie auf der Arbeit keine Zeit für ein Mittagessen gehabt hatte. Morgen würde sie sich wenigstens ein Brot oder eine andere Kleinigkeit zur Stärkung für den Nachmittag mitnehmen.

„Du nimmst jetzt erst mal ein Bad“, sagte Rosie, „und ich mache derweil etwas von dem Eintopf für dich warm.“

„Vielen lieben Dank. Du bist ein Engel.“

Rosie lachte nur. „So hat mich noch nie jemand genannt. Aber jetzt los, bevor das Wasser wieder kalt wird.“

„Ist Fiona noch nicht wieder zurück?“, wollte Marissa wissen.

„Nein. Vermutlich ist es heute später geworden bei den Templetons“, sagte Rosie mit einem Seufzen. „Hach, was gäbe ich nur für eines dieser Fernsprecher.“

An der Tür zum Badezimmer blieb Isabelle noch einmal stehen. „Nach dem Essen wollte ich kurz zu Mr Sweenys, ich muss noch jemanden anrufen. Soll ich es auch bei den Templetons versuchen?“ Isabelle wusste, dass es Rosie nicht gefiel, wenn ihre Nichte so spät abends allein nach Hause ging. „Vielleicht kann ich Fiona ja von der Haltestelle abholen.“

„Oh, das wäre wunderbar.“

Der Gedanke, das Haus noch einmal verlassen zu müssen, gefiel Isabelle nicht besonders, vor allem nicht, als sie an ihrem gemütlichen Bett vorbeikam. Am liebsten würde sie sich sofort hineinlegen und zwölf Stunden durchschlafen. Doch das ging nicht, sie wollte sich noch bei Mark bedanken. Und wenn sie Rosie dabei auch noch einen Gefallen tat, machte sie das natürlich gern.

Ganz gleich, wie müde sie war.

Kapitel 11

„Das wäre nicht nötig gewesen“, sagte Mark mit einem amüsierten Blick über die Kaffeetasse. Nach seiner Schicht hatten er und Isabelle sich in einem kleinen Bistro in der Nähe des Krankenhauses getroffen. Es fühlte sich etwas komisch an, ihre Einladung trotz ihrer offensichtlichen finanziellen Schwierigkeiten anzunehmen, aber wiedersehen wollte er sie nur zu gern.

„Es ist doch das Mindeste, das ich tun konnte“, sagte sie mit einem Lächeln, das ihr warmes Gesicht zum Strahlen brachte. „Die Arbeit im Hotel habe ich schließlich allein Ihnen zu verdanken. Ohne Ihre Empfehlung hätte Mr Johnson mich sicher nicht eingestellt.“

Das goldene Haar hatte Isabelle heute unter einem kecken schwarzen Hut hochgesteckt, der zu dem Kragen ihres grünen Kleids passte. Sie sah wunderschön aus und so elegant. Als Dienstmädchen konnte Mark sie sich überhaupt nicht vorstellen.

Er bewunderte Isabelle dafür, dass sie nicht gleich nach der ersten Woche gekündigt hatte. „Es freut mich, dass er Sie eingestellt hat. Wie ist die Arbeit denn?“

Sie rümpfte die Nase. „Viel härter als gedacht, wenn ich ehrlich bin. Aber allmählich gewöhne ich mich daran.“

„Ich bin stolz auf Sie, Isabelle. Es braucht viel Mut, in einer so schwierigen Lebensphase nicht einfach den Kopf hängen zu lassen.“

„Nun ja, aufgeben stand außer Frage“, sagte sie ruhig, aber entschieden. „Ich werde tun, was nötig ist, um meiner Schwester eine gute Zukunft zu ermöglichen.“

Mark hielt inne. „Und Ihnen selbst auch, hoffe ich.“

„Ach, ich komme schon zurecht. Um Marissa mache ich mir mehr Sorgen. Ich möchte, dass sie wie geplant studieren und etwas aus sich machen kann.“

„Das verstehe ich nur zu gut“, sagte Mark und stellte seinen

Kaffee ab. „Mit meinem Bruder geht es mir genauso.“ Als er das Fragezeichen in Isabelles Gesicht sah, sprach er gleich weiter. „Vor fünf Jahren sind unsere Eltern bei einem Autounfall ums Leben gekommen. Seither kümmere ich mich um ihn.“

„Oh, Mark. Wie fürchterlich. Das tut mir leid.“

„Danke“, entgegnete er und senkte den Kopf. „Es war ein großer Schock. Ich war damals fast fertig mit meinem Medizinstudium und habe kurz darauf mit meinem Praxisjahr begonnen. Inzwischen fällt es mir sehr schwer, bei den langen Schichten im Krankenhaus und dann noch im Armenviertel genug Zeit für Josh für finden.“

„Das glaube ich. Haben Sie gleich nach dem Studium im Krankenhaus angefangen?“

„Ja. Der ursprüngliche Plan war, dass ich in die Praxis meines Vaters einsteige, aber nach dem Unfall kam alles anders.“

Isabelle nickte und betrachtete Mark genauer. „Deshalb können Sie so gut nachempfinden, wie es mir gerade geht, nicht wahr?“

„Ja, genau. Auch wenn Josh und ich wenigstens in einer Hinsicht mehr Glück hatten – wir mussten nicht umziehen.“

„Das heißt, Sie leben noch in Ihrem Elternhaus?“

„Richtig. Mein Bruder war damals ja erst dreizehn, da habe ich es für das Beste gehalten, ihn nicht aus der vertrauten Umgebung herauszurei…“, Mark brach ab und verzog das Gesicht. „Verzeihung, das war wirklich unbedacht.“

„Nein, ist schon in Ordnung“, sagte Isabelle kopfschüttelnd, wenngleich ihr Tränen in die Augen stiegen. „Wir hätten das Haus vermutlich ohnehin verkauft. Für uns beide wäre es viel zu groß gewesen.“

Vorsichtig legte Mark seine Hand auf die ihre. „Wenn Sie jemanden zum Reden brauchen: Ich bin immer für Sie da.“

Dankbar hob sie den Blick. „Das ist sehr freundlich, danke.“

Einige Augenblicke lang sahen sie sich an, dann schüttelte Isabelle den Kopf.

„Ich … ich muss mich noch bei Ihnen entschuldigen“, sagte sie leise, den Blick gesenkt. „Nach dem Tod meiner Mutter habe ich

Ihnen schreckliche Dinge an den Kopf geworfen. Das war furchtbar ungerecht", räumte sie ein und wagte es vorsichtig, den Blick wieder zu heben. „Können Sie mir verzeihen?"

Die Aufrichtigkeit in ihren Worten berührte ihn. Noch nie hatte sie sich so ehrlich, so verletzlich gezeigt.

Mark lächelte sanft. „Da gibt es nichts zu verzeihen. Sie haben ein Ventil für den Ärger und die Trauer gebraucht. Und ich stand gerade zur Verfügung."

Erleichterung legte sich auf ihr Gesicht. „Danke schön. Das bedeutet mir sehr viel."

„So etwas habe ich nicht zum ersten Mal erlebt. Und gewiss auch nicht zum letzten Mal." Übel nehmen konnte er es Isabelle erst recht nicht. Genauso wenig, wie er Josh seine Reaktion auf den Tod ihrer Eltern übel genommen hatte. „Trauer ist etwas sehr Merkwürdiges. Menschen in Trauer handeln ganz anders als sonst. Auch ich bin damals so manches Mal aus der Rolle gefallen."

„Es tut gut zu wissen, nicht allein damit zu sein. Solche Momente hatte ich auch schon."

„Und vermutlich werden auch noch einige folgen. Seien Sie nicht so hart mit sich. Und auch nicht mit Marissa. Wenn sie auch nur im Geringsten so reagiert wie mein Bruder, dann machen Sie sich auf viel Wut und Rebellion gefasst. Aber versuchen Sie es nicht persönlich zu nehmen", riet Mark ihr und musste etwas lachen. „Wahrscheinlich sollte ich mir das auch mal selbst sagen."

„Ich weiß genau, was Sie meinen. Marissa ist wie ausgewechselt seit … nun ja, seit alledem. Und doch werde ich das Gefühl nicht los, dass da noch etwas anderes im Argen liegt. Sie ist in letzter Zeit so verschlossen und furchtbar in sich gekehrt. Das sieht ihr gar nicht ähnlich. Normalerweise spricht sie immer mit mir", sagte Isabelle und Mark hörte, wie es sie verletzte.

„Vielleicht hat sie das Gefühl, dass Sie im Moment schon genug Sorgen haben, und hält sich deshalb zurück", mutmaßte Mark. So bedrückt, wie Isabelle nun dreinblickte, wünschte er sich, all ihre Probleme für sie lösen zu können. „Geben Sie ihr noch etwas Zeit. Sie wird sich sicher wieder öffnen."

Isabelle schenkte ihm ein kleines Lächeln. „Wie lange hat es gedauert, bis Ihr Bruder sich wieder einigermaßen erholt hatte?"

Mark trank den letzten Schluck Kaffee und stellte die Tasse ab. Natürlich sollte er ihr keine falschen Hoffnungen machen, gleichzeitig wollte er sie auch nicht weiter entmutigen. „Nun ja, das war ein langer Prozess und vermutlich steckt er noch immer mittendrin. Es gibt gute Tage und schlechte Tage. Aber im Großen und Ganzen geht es ihm heute deutlich besser."

„Das freut mich. Was macht Ihr Bruder gerade?", hakte sie nach und in ihren Augen flackerte ehrliches Interesse auf.

„Er steht kurz vor seinem Schulabschluss. Und dann kann er hoffentlich an die Universität, Medizin studieren."

„Oh, er will also in Ihre Fußstapfen treten?"

„Das ist zumindest der Plan. Und eines Tages können wir hoffentlich unsere eigene Praxis eröffnen. Das hatte sich schon mein Vater gewünscht", erzählte Mark und hielt kurz inne. „Obwohl sich Josh im Moment deutlich mehr für seine Gitarre interessiert als fürs Lernen."

Isabelle lachte. „Das klingt ganz nach Marissa. Zu ihren Lieblingsablenkungen gehört, sich in romantischen Tagträumen zu verlieren. Der Nachteil einer Mädchenschule."

Dass Josh zurzeit vermutlich auch romantische Träume hegte, behielt Mark für sich. Neugierig, wie es in dieser Hinsicht wohl um Isabelle stand, musterte er sie. „Haben Sie sich in Marissas Alter auch so viel aus Jungen gemacht?"

Laut lachte Isabelle. „Ach, die eine oder andere Geschichte könnte man da sicher auch erzählen. Aber alles in allem habe ich immer versucht, es meinen Eltern recht zu machen. Schließlich wollte ich nach der Schule auch in die Wohltätigkeitsarbeit einsteigen, wie meine Mutter."

Und jetzt legte sie ihr eigenes Leben aufs Eis, um für ihre Schwester aufzukommen. Mark hatte große Achtung vor Isabelles Mut und ihrer Aufopferungsbereitschaft.

„Es hat also nie einen ernsthaften Verehrer gegeben?" Bei einer so wunderschönen jungen Frau wie Isabelle? Das konnte Mark nicht glauben. Warum sie noch nicht verheiratet war, war ihm ohnehin ein Rätsel. Nicht, dass es ihn störte! Im Gegenteil, so bestand wenigstens die Hoffnung, dass sie ihn eines Tages vielleicht doch noch mit anderen Augen sehen würde …

„Einen schon“, gestand sie mit traurigem Gesicht. „Roger Noland. Er arbeitete für meinen Vater und wollte eigentlich um meine Hand anhalten, als …“ Sie hielt inne und legte die Stirn in Falten. Ein kurzes Räuspern. „Wie dem auch sei. Als Wardrop Real Estate bankrottgegangen ist, hat auch Roger seine Arbeit verloren. Und dann hat er eine neue Stelle in British Columbia angenommen.“

Jetzt runzelte Mark die Stirn. „Und er hat Sie nicht gebeten, mit ihm zu gehen?“

Achselzuckend spielte sie an dem Henkel ihrer Tasse. „Seine Worte waren, dass er mir jetzt nichts mehr zu bieten hätte und er mich unmöglich bitten könne, auf ihn zu warten. Das sei nicht fair.“

„Das tut mir leid, Isabelle. Das muss sehr hart gewesen sein.“ Noch eine Enttäuschung in dem ganzen Schlamassel.

„Je länger ich darüber nachdenke, desto mehr habe ich das Gefühl, dass es schon ganz gut so war“, sagte sie und hob den Kopf. „Ich hätte zwar Ja gesagt, aber tatsächlich habe ich im Nachhinein nun festgestellt, dass ich Roger gar nicht wirklich geliebt haben kann. Sonst hätte mich der Abschied viel mehr treffen müssen.“

Tief beeindruckt ruhte Marks Blick auf ihr, er verlor sich beinahe in Isabelles klarblauen Augen. In den letzten Wochen hatte sie so viel ertragen müssen und doch war sie nie ins Wanken geraten, hatte sich nicht in Selbstmitleid gebadet. „Also wäre ich an seiner Stelle gewesen“, entgegnete Mark heiser, „hätte ich Sie niemals allein zurückgelassen.“

Leicht öffnete sich Isabelles Mund, doch sie sagte nichts. Schnell senkte sie den Blick, um ihre Verwirrung über diesen Kommentar zu verbergen. „Das ist sehr nett von Ihnen. Vor allem, da Sie mich in meinen schlimmsten Momenten erlebt haben“, erwiderte sie und eine leichte Röte stieg ihr in die Wangen.

Errötete sie etwa wegen ihm? Sofort schnellte Marks Puls in die

Höhe. War es tatsächlich möglich, dass sich Isabelles Gefühle ihm gegenüber vielleicht geändert hatten? Doch selbst wenn dem so wäre, wollte Mark es auf keinen Fall überstürzen. Zunächst war er einfach dankbar, dass Isabelle jedwede Feindseligkeit ihm gegenüber abgelegt hatte.

Kurz blickte er auf seine Armbanduhr. Nur zu gern hätte er noch mehr Zeit mit ihr verbracht, doch die Pflicht rief. „Ich muss jetzt leider los. Aber vielen Dank noch mal für den Kaffee und die nette Gesellschaft."

„Sehr gern."

„Ich bete, dass es für Sie und Marissa aufwärtsgeht. Und bitte, melden Sie sich, wenn ich irgendwie behilflich sein kann."

„Das werde ich. Danke."

Der Anblick ihres zarten Lächelns begleitete Mark noch den ganzen restlichen Tag.

Isabelle bezahlte und warf einen Blick auf die Uhr. Marissas Schule lag nur unweit vom Bistro entfernt und gleich hatte sie Schulschluss. Kurzerhand entschied Isabelle, ihre Schwester zu überraschen und ihr auf dem Nachhauseweg Gesellschaft zu leisten.

Es war ihr erster freier Tag und es kam ihr sehr gelegen, dass Dr. Henshaw – bzw. Mark, wie sie ihn ja jetzt nannte – Zeit für einen Kaffee gehabt hatte. Sie war sehr froh, ihren Missmut ihm gegenüber abgelegt zu haben. Nachdem sie sich nun auch bei ihm entschuldigt hatte, konnte aus dieser Bekanntschaft ja vielleicht sogar eine Freundschaft werden. Es war ein gutes Gefühl, jemanden an seiner Seite zu wissen. Jemand, der genau wusste, was sie durchmachte, und sich für sie interessierte.

Immer mehr wurde Isabelle klar, dass man den wahren Wert eines Menschen daran erkannte, wie er anderen begegnete. Vor allem in schweren Zeiten. All jene, die einem ihre Unterstützung anboten oder ein freundliches Wort übrig hatten, waren von unschätzbarem Wert. Aber die, die sich von einem abwendeten, waren niemals echte Freunde gewesen.

Mark Henshaw hatte immer wieder bewiesen, dass er sich um seine Mitmenschen sorgte. Es schien ihm aufrichtig leidgetan zu haben, dass er ihrer Mutter nicht hatte helfen können. Rückblickend sah Isabelle ein, dass er den Tod selbst bei rechtzeitigem Erscheinen nicht hätte aufhalten können.

Entschieden schob Isabelle alle negativen Gedanken beiseite und genoss den Spaziergang. Das Wetter war ausgezeichnet, ein herrlicher Frühlingstag. Aus der Ferne hörte sie bereits die Schulklingel, dicht gefolgt von Stimmengewirr. Sie beschleunigte ihren Schritt, um Marissa nicht zu verpassen.

Schon ein kurzes Stück vor der Schule kam Isabelle ein ganzes Meer an uniformierten Mädchen über die Haupteinfahrt entgegen. Es war kaum möglich, ein Mädchen von dem anderen zu unterscheiden.

Auf dem Bürgersteig unweit der Backsteinmauer blieb Isabelle stehen und ließ den Blick über die immer kleiner werdende Menge wandern. Als bloß noch eine Handvoll Schülerinnen übrig waren, fürchtete Isabelle schon, Marissa doch verpasst zu haben. Vielleicht war sie aber auch noch im Schulgebäude und sprach mit einem der Lehrer? Isabelle entschied sich, drinnen nach ihr zu suchen.

Gerade ging sie über die Einfahrt in Richtung Schulgebäude, da entdeckte sie zwei Menschen dicht beieinanderstehen, halb verborgen hinter der Backsteinmauer. Als Isabelle näherkam, verlangsamte sie ihren Schritt, ihr Herz jedoch begann zu rasen. Das war Marissa! Aber wer war der Junge neben ihr? Und was hatte er hier zu suchen, auf dem Hof einer Mädchenschule?

Offensichtlich führten die beiden ein aufwühlendes Gespräch. Marissa gestikulierte eifrig mit den Händen und in ihrem Blick lag Enttäuschung. Isabelle zögerte, sie wollte sich nicht einmischen. Aber vielleicht erhielt sie ja durch ihre Beobachtung aus der Ferne einen Hinweis, was ihre Schwester bedrückte. Wenn sie doch bloß hören könnte, was die beiden sagten …

Resigniert ließ Marissa erst die Schultern hängen, dann den Kopf. Der junge Kerl zog sie daraufhin in eine sanfte Umarmung.

Isabelle wurde flau im Magen. Was ging hier vor sich?

Mit besorgtem Gesicht reichte der Junge Marissa ein Taschentuch. Sie nahm es, wischte sich über die Wangen und lauschte anscheinend seinen Worten. Mit einem Nicken gab sie ihm das Taschentuch zurück und er verabschiedete sich mit einem Kuss auf die Wange, bevor er in die entgegengesetzte Richtung ging.

Eilig lief Isabelle auf ihre Schwester zu, doch sie konnte nur noch die Rückseite der Jacke des jungen Mannes ausmachen.

„Marissa! Wer war das?"

Überrascht und mit vor Schreck geweiteten Augen sprang Marissa ein Stück zur Seite. „Isabelle. Ich … w-was machst du denn hier?"

„Ich war gerade zufällig in der Gegend und dachte, wir könnten ja gemeinsam nach Hause fahren. Aber zurück zu meiner Frage, wer war das?"

„Ach, ähm … niemand. Nur ein Freund aus dem Kirchenchor."

Ungläubig sah Isabelle sie an. „Und hat dieser Freund auch einen Namen?"

Unsicher sah Marissa ihm nach. „Das ist … Josh. Er ist nur kurz vorbeigekommen, um zu fragen, wann die nächste Probe ist. Er war letzte Woche nicht da."

Diese kleine Lüge durchschaute Isabelle sofort. Der Chor traf sich jeden Donnerstag zur gleichen Zeit. „Das hat aber ganz anders ausgesehen. Und warum hast du so rote Augen? Hast du geweint?"

Mit einem Stöhnen setzte Marissa sich in Bewegung. „Mir geht's gut."

Mit wenigen Schritten hatte Isabelle sie eingeholt. „Sind Jungs auf dem Schulgelände überhaupt erlaubt? Ich glaube nicht, dass die Direktorin erfreut darüber wäre."

Sofort schoss Marissas Kopf hoch. „Genau genommen hat er das Schulgelände überhaupt nicht betreten, Belle. Und jetzt hör endlich auf so zu tun, als hätte ich ein Verbrechen begangen", erwiderte sie wütend und ihre bernsteinfarbenen Augen verdunkelten sich.

Isabelle atmete tief ein und versuchte, sich nicht von ihrem aufsteigenden Ärger beherrschen zu lassen. Einige Momente gingen die beiden schweigend nebeneinanderher, bis Isabelle erneut in ruhigem Tonfall ansetzte: „Es sind nur noch wenige Wochen Schule. Bitte stell jetzt nichts an, womit du deinen Abschluss gefährdest, Marissa."

Abrupt blieb Marissa stehen. „Hast du schon mal jemanden so richtig gern gehabt?", wollte sie wissen. „Und gehofft, dass er dich auch mag?"

Aha! Sie mochte den Jungen also – wenigstens räumte sie das ein.

Einen Moment lang überlegte Isabelle. „Bis vor Kurzem hätte ich das wahrscheinlich über Roger gesagt. Aber wenn er meine Gefühle erwidert hätte, wäre er wohl nicht so weit weggezogen", sagte Isabelle, den Blick gesenkt. Es behagte ihr nicht, darüber zu sprechen. „Ich habe auf jeden Fall gelernt, meine Entscheidungen nicht von einem Mann abhängig zu machen."

Einfühlsam legte Marissa ihre Hand auf den Arm ihrer Schwester. „Aber du kannst die Liebe doch nicht einfach aufgeben, bloß weil Roger ein Dummkopf war", wandte sie ein. „Oder willst du nicht heiraten?"

Isabelle schnaubte ein unschönes Lachen. „Welcher Mann möchte denn eine Putzfrau heiraten?"

„Belle, du bist eine wunderschöne und intelligente Frau. Das bleibt nicht lange unbemerkt."

Entschieden schüttelte Isabelle den Kopf. „Wie dem auch sei. Ich mache mir viel mehr Sorgen um dich als um mich. Ich möchte, dass dir alle Türen offenstehen. Auf keinen Fall werde ich zulassen, dass du dir deine Zukunft verbaust – und schon gar nicht wegen eines Jungen."

Für einen Moment lang sah es so aus, als würde Marissa etwas einwenden, doch stattdessen füllten sich ihre Augen mit Tränen und sie zog Isabelle in eine Umarmung. „Und ich möchte doch nur, dass du stolz auf mich sein kannst", flüsterte sie.

„Das bin ich, keine Frage", erwiderte Isabelle, während sie ihre Schwester fest an sich drückte und spürte, wie ein kleiner Hoffnungsschimmer in ihr aufblitzte. Vielleicht war sie endlich zu Marissa durchgedrungen.

Kapitel 12

Zufrieden genoss Mark den letzten Bissen vom Rinderbraten. Nicht oft schaffte er es rechtzeitig nach Hause, um mit Josh zu Abend zu essen. In den letzten Wochen jedoch plagte ihn oft das schlechte Gewissen, wie wenig Zeit sie zusammen verbrachten.

Dabei war Josh mit ein Grund, warum er so viel arbeitete: Er wollte ihm ein gutes Leben ermöglichen und dachte immer, er täte genau das Richtige. Jetzt aber fragte er sich, ob er sich zu viel um seine Patienten und zu wenig um Josh kümmerte. Vielleicht war Joshs Desinteresse an der Schule auch eine Art der stillen Rebellion, ein Schrei nach Aufmerksamkeit?

Schon seit Tagen schwebten ihm immer wieder Olivias Worte durch den Kopf und er hatte beschlossen, ihrem Ratschlag zu folgen. Wenn er mehr Zeit mit seinem Bruder verbringen würde, anstatt ihn ständig nur zu kontrollieren, verstünde er ihn womöglich auch besser. Am besten er fing gleich heute damit an.

Josh stand auf und stellte sein Geschirr in die Spüle. „Danke für das Abendessen. Ich muss jetzt zum Chor."

Mark tat es ihm gleich. „Gut. Ich dachte, ich komme heute mal mit."

Überrascht drehte Josh sich um. „Wieso das denn?"

„Das ist mein freier Abend. Warum also nicht? Der Chor bedeutet dir so viel und ich würde ihn gern mal sehen", entgegnete Mark und ließ etwas Wasser über die Teller laufen.

Josh schien alles andere als erfreut. „Und du willst mich nicht nur begleiten, um mehr über dieses Mädchen herauszufinden?"

Seine Worte trafen genau ins Schwarze, aber Mark ließ sich nichts anmerken. „Josh, sonntags kann ich dich nie spielen hören, weil ich arbeiten muss. Aber heute Abend habe ich frei. Also dachte ich, dass wir etwas Zeit miteinander verbringen könnten. Ist das denn so schlimm?" Misstrauisch musterte Josh ihn. „Und du kommst auch nur heute mit?"

„Wahrscheinlich ja. Wie du weißt, habe ich nicht so oft frei abends." Wie schwierig es gewesen war, bis er für heute Abend einen Kollegen zum Tauschen gefunden hatte, behielt Mark für sich.

„Also gut", erwiderte Josh mit den Händen in der Hosentasche. „Wenn du mir versprichst, nichts Peinliches zu tun, kannst du mitkommen."

„Danke, wie großzügig", neckte Mark ihn und versuchte, die Stimmung wieder etwas zu lockern. „Und keine Sorge. Ich setze mich nach hinten und werde keinen Mucks von mir geben, es sei denn, du erteilst mir das Wort."

Josh grinste. „Okay. Dann gehe ich mich jetzt umziehen."

„In Ordnung, ich warte hier."

Eine halbe Stunde später bogen sie auf den Parkplatz der St Philip's Community Church. Eilig stieg Josh aus, schnappte sich die Gitarrentasche vom Rücksitz und winkte kurz, während er zur Kirche joggte.

Mit einem Kopfschütteln stieg auch Mark aus und folgte ihm deutlich langsamer zur Kirche. Wenngleich Josh den Chor nicht mit der Gitarre begleitete, nahm er sie immer mit. Manchmal, so hatte er erzählt, saßen sie nach der Chorprobe noch beisammen und er spielte den anderen etwas vor. Sollte es heute auch dazu kommen, würde Mark gerne etwas länger bleiben. Ihm war alles recht, womit er Josh wieder etwas näherkam – als Bruder, nicht als Vaterfigur.

Über den Seiteneingang gelangte er ins Untergeschoss, wo sich eine Gruppe von Jugendlichen in der Nähe der Bühne ausgelassen unterhielt und lachte. Ein Mann, vermutlich Mr Henchley, der Chorleiter, stand neben dem Klavier und blätterte in den Noten.

Neugierig betrachtete Mark die überraschend ausgeglichene Zahl an Jungen und Mädchen. Da sie alle in kleineren Grüppchen zusammenstanden, konnte er Joshs Schwarm nicht direkt ausmachen. Vielleicht hätte er Josh nicht vorwarnen sollen. Dann hätte er ihn so erlebt, wie er sich normalerweise mit seinen Freunden verhielt. Jetzt war Josh sicher auf der Hut und blieb etwas auf Abstand zu dem Mädchen, das er mochte, damit Mark nicht sah, um wen es sich handelte oder gar versuchte, mit ihr ins Gespräch zu kommen.

In einer Ecke fand Mark einen Klappstuhl und setzte sich damit hinten in den Saal. Nur wenig später begann der Chorleiter mit der Probe. Schnell nahmen die Sänger und Sängerinnen ihre Stellung ein und Josh setzte sich ans Klavier.

Sie sangen eine bekannte Hymne, die Mark an seine Mutter erinnerte, und er musste schwer schlucken. Auf der Suche nach Joshs Schwarm ging er die Gesichter aller Sängerinnen durch. Plötzlich blieb sein Blick an einem braunhaarigen Mädchen hängen.

Irritiert schaute er noch einmal hin. Tatsächlich – *Marissa Wardrop*.

Sie war doch hoffentlich nicht Joshs Schwarm? Isabelle wäre mit Sicherheit alles andere als begeistert!

Mit einem kleinen Krächzen öffnete sich jetzt die Seitentür. Automatisch drehte Mark sich um und sein Herz machte einen Satz. Isabelle!

Einen Moment lang sah sie dem Chor zu, dann entdeckte sie Mark und machte eine erstaunte Grimasse.

Er winkte ihr kurz zu und sein Herz flatterte, als sie auf ihn zukam.

„Mark, was machen Sie denn hier?", fragte sie leise.

„Mein Bruder ist Teil des Chors. Und ich habe den Abend heute ausnahmsweise frei, da dachte ich, ich schaue mal vorbei."

„Genau wie ich."

„Hier, setzen Sie sich", sagte er und bot seinen Stuhl an. „Ich hole mir einen anderen."

„Danke", erwiderte Isabelle und strich sich den Rock glatt.

Kurz darauf hatte Mark einen anderen Stuhl gefunden und sich wieder zu ihr gesetzt.

„Sie sind gut, oder?", flüsterte sie zu ihm gebeugt.

„Finde ich auch."

Die nächsten Minuten lauschten sie dem Chor schweigend, bis nach dem Ende eines Lieds eine Pause begann und rege Gespräche einsetzten.

„Wer ist Ihr Bruder?"

„Der am Klavier", erwiderte er stolz.

Mit leicht gerunzelter Stirn beugte sie sich vor, um den Jungen genauer anzusehen. „Und wie heißt er?"

„Josh. Warum?"

„Oje", sagte Isabelle und schloss kurz die Augen.

„Stimmt etwas nicht?"

„Wir müssen reden. Aber besser nicht hier", sagte sie und sah sich kurz um, bevor sie ihn bei der Hand nahm. „Kommen Sie mit."

Ihre Berührung machte Mark so nervös, dass er bloß nickte und ihr auf den leeren Flur folgte.

Dort drehte Isabelle sich zu ihm um: „Ich befürchte, Ihr Bruder und meine Schwester sind …", sie biss sich auf die Lippe.

„Ja?" Ein ungutes Gefühl meldete sich.

„Nun, ich bin mir nicht vollkommen sicher, aber als ich Marissa kürzlich von der Schule abgeholt habe, stand sie da mit einem Jungen. Und als ich wissen wollte, wer er war, hat sie nur gesagt: Josh aus dem Chor. Ich hatte ja keine Ahnung, dass er Ihr Bruder ist." Isabelle sah nun tatsächlich ein wenig entsetzt aus.

„Vielleicht sind sie ja nur befreundet?" Doch noch während er die Worte aussprach, fiel Mark wieder ein, wie Josh ihm von diesem Mädchen erzählt hatte, das gerade eine sehr schwierige Phase durchmache und seine Eltern verloren habe. Wieso hatte er nicht gleich eins und eins zusammengezählt?

„Zur Verabschiedung hat Josh Marissa umarmt und ihr einen Kuss auf die Wange gegeben", sagte sie. „Und wer weiß, wie sie sich an einem weniger öffentlichen Ort verabschiedet hätten."

Das setzte Mark schwer zu. Wenn Josh Marissa an ihrer Schule aufgesucht hatte, war das Ganze deutlich ernster als geahnt.

„Wir müssen auf jeden Fall etwas unternehmen", sagte Isabelle, die unruhig im Flur auf und ab ging. „Marissa ist auf ihre guten Noten angewiesen – sie braucht unbedingt ein Stipendium, wenn sie studieren möchte. Das ist vielleicht ihre einzige Chance."

„Auch Josh kann sich jetzt keine Ablenkung leisten."

Entschieden blieb Isabelle stehen und sah Mark an. „Also sind wir uns einig? Wir geben unser Bestes, um … die beiden voneinander fernzuhalten?“

„Ich kümmere mich auf jeden Fall um Josh“, versicherte Mark ihr, wollte aber nicht zu viel versprechen. Schließlich hatte er gerade erst angefangen, an der Beziehung zu seinem Bruder zu arbeiten. Mischte er sich nun ein, verlor er Joshs Vertrauen sicher völlig. „Aber ich denke, es bringt nichts, irgendwelche Verbote auszusprechen. Wenn ich eins gelernt habe, dann, dass solche Regeln Josh nur zum Gegenteil anspornen.“

„Ja, wahrscheinlich haben Sie recht. Auch Marissa kann sehr stur sein.“

„Wir haben uns geeinigt, dass er weiter zum Chor gehen darf, solange die Noten stimmen. Sobald er aber im Unterricht fehlt oder schlechte Noten nach Hause bringt, war's das.“

Isabelle nickte. „Das klingt vernünftig. Und ich werde versuchen, Marissa so oft wie möglich hierher zu begleiten, um das Ganze im Auge zu behalten.“

„Gut“, sagte Mark zufrieden. Auf diese Weise müsste er nicht zum Buhmann werden, wäre aber dennoch bestens informiert. Lächelnd streckte er ihr die Hand hin. „Partner?“

„Partner“, erwiderte sie und schlug ein. „Und vielleicht sollten wir nun zum Du übergehen, wenn wir schon gemeinsam solch einen Plan verfolgen.“

In Marks Herzen keimte neue Hoffnung auf und er nickte lächelnd. „Einverstanden.“ Wenn Isabelle sich an ihr neues Leben gewöhnt hatte, könnten sie sich vielleicht auf Augenhöhe begegnen. Und ohne den missbilligenden Blick ihrer Eltern hätte er eventuell sogar die Chance, sich mit ihr zu verabreden.

Doch zunächst mussten sie sich um ihre Geschwister kümmern und dafür sorgen, dass die beiden einen guten Abschluss machten.

Der Chorgesang drang von drinnen zu ihnen hinaus. „Sollen wir wieder hineingehen?“, schlug Mark vor.

Isabelle nickte und lächelte erleichtert. Beinahe hatte er den Eindruck, als läge etwas wie Bewunderung in ihrem Blick, und Mark wurde warm ums Herz.

Zufrieden gingen sie zurück zu ihren Plätzen und Mark freute sich, dass er und Isabelle sich nicht nur wieder verstanden, sondern nun obendrein auch noch ein gemeinsames Ziel verfolgten.

Es ging aufwärts.

Zurück im Kirchsaal beobachtete Isabelle ihre Schwester nun ganz genau und achtete besonders darauf, wie oft sie zu Josh hinüberlinste. Warum hatte sie sich ausgerechnet in Mark Henshaws Bruder vergucken müssen? Das Letzte, das Isabelle gebrauchen konnte, wäre ein zusätzlicher Konflikt.

Bisher hatte sie jedoch den Eindruck, dass Marissa den Blickkontakt mit Josh am Klavier entweder absichtlich mied oder sie von ihm bei Weitem nicht so angetan war, wie Isabelle dachte. Vielleicht hatte sie tatsächlich nicht gelogen und sie waren bloß Freunde?

Andererseits kannte Isabelle die Anzeichen von Verliebtheit sehr genau und sie war sich absolut sicher, dass Marissa für jemanden schwärmte. Doch ganz gleich, wie genau Isabelle sie auch beobachtete, heute schien Marissa an niemandem besonderes interessiert zu sein. Konzentriert folgte sie den Anweisungen des Chorleiters.

Sobald die Probe jedoch beendet war, steuerte Josh als Erstes auf Marissa zu. Isabelle legte die Stirn in Falten. Vielleicht ging das Ganze auch eher von Josh aus als von Marissa?

Nichtsdestotrotz musste sie Marissa so gut es ging im Auge behalten. Jetzt, ohne Mutter und Vater, lag es schließlich an ihr, Marissas guten Ruf zu schützen. Wenn sie es erst einmal an die Universität geschafft hätte, würde Isabelle wieder durchatmen können und sich um ihre eigenen Anliegen kümmern.

„Ich würde euch ja anbieten, euch nach Hause zu fahren, aber ich fürchte, das bringt Josh nur auf falsche Gedanken“, holten sie Marks Worte aus den Gedanken.

„Das ist sehr freundlich, aber mach dir keine Sorgen. Wir fahren Bus." In Momenten wie diesen vermisste sie ihren Chauffeur Tom – früher hatte er ihnen jederzeit zur Verfügung gestanden.

„Also gut", sagte Mark und stand auf. „Es war schön, dich wiedergesehen zu haben, Isabelle."

„Sehe ich genauso."

Er zögerte. „Wenn du irgendetwas herausfindest, gibst du mir doch Bescheid, oder?" In dem sanften Licht heute Abend hatten seine Augen einen ganz besonders warmen Glanz.

„Natürlich."

„Danke", sagte er lächelnd. „Gute Nacht."

Isabelle hatte den Eindruck, dass Mark den Abend nur ungern enden ließ, aber das lag vermutlich an seiner fürsorglichen Art.

„Gute Nacht", erwiderte sie und senkte den Blick, um ihr Erröten zu verbergen. Dann ging sie in Richtung Bühne.

Nach dem heutigen Abend fühlte Isabelle sich Mark noch näher als zuvor. Nach dem Tod ihrer Mutter hatte sie gedacht, dass sie nie wieder ein Wort mit ihm wechseln würde. Jetzt aber war er ein Verbündeter, ein Freund. Und wie sich herausstellte, hatten sie mehr gemeinsam als vermutet. Zugegeben, ihr Projekt stellte einen eher merkwürdigen Start für eine Freundschaft dar, aber es hat sicher schon viel weniger vielversprechende Verbindungen gegeben.

Mit Gottes Hilfe würde es den beiden gelingen, Josh und Marissa vor Dummheiten zu bewahren.

Während der wortkargen Autofahrt dachte Mark angestrengt darüber nach, was er zu Josh sagen sollte. Ihn direkt auf Marissa anzusprechen, würde nicht helfen. Im Gegenteil.

Nein, in dieser Sache war Feingefühl gefragt. Und vielleicht war es ratsam, nicht bei den negativen Gedanken zu verharren, sondern sich stattdessen auf das Positive zu konzentrieren.

„Eure Probe war wirklich schön", sagte Mark schließlich. „Ich hatte ganz vergessen, wie gut du Klavier spielst."

„Danke“, erwiderte Josh mit skeptischem Blick, als traute er dem Kompliment nicht.

„Denkst du, du darfst den Chor auch mal auf der Gitarre begleiten?“

Josh schnaubte. „Eher nicht. Mr Henchley ist in dieser Hinsicht ziemlich altmodisch.“

„Wie schade. Ich hätte nichts gegen ein bisschen Abwechslung.“

Wieder kamen Mark Olivias Worte in den Sinn. *„Versuch mit ihm ins Gespräch zu kommen. Hör ihm zu und finde heraus, was er gerade fühlt. Angst vor der Universität? Oder vielleicht hat er auch ganz andere Zukunftspläne, fürchtet sich aber, dich zu enttäuschen?“*

Mark ließ ein paar Minuten verstreichen, bis er das Gespräch wieder aufnahm. „Josh, ich würde gern noch mal mit dir über die Uni sprechen. Ich habe dich hoffentlich nicht abgeschreckt. Studieren bedeutet viel mehr als bloß Stress und Schufterei.“

„Nein, nein, das hast du nicht.“

„Sehr gut.“ Mark schielte aus dem Augenwinkel zu seinem Bruder hinüber. Wenigstens schien er ein Studium weiterhin in Betracht zu ziehen. „Und wie steht es um unseren Traum von einer gemeinsamen Praxis?“, fragte er vorsichtig, während er an einer roten Ampel anhielt. „Ich habe mich in letzter Zeit öfter gefragt, ob … du das Ganze inzwischen vielleicht anders siehst.“

Josh presste die Lippen fest aufeinander und schwieg. Nach einer Weile schüttelte er den Kopf und atmete laut hörbar aus. „Nein, daran hat sich nichts geändert. Ich habe meine Bewerbung schon losgeschickt.“

„Hast du?“, wiederholte Mark und spürte, wie ihm ein Stein vom Herzen fiel. „Warum hast du denn nichts gesagt?“

Herausfordernd zog Josh die Braue hoch.

„Okay, okay, die Botschaft ist angekommen. Es gefällt dir nicht, dass ich jeden deiner Schritte überwache.“

„Genau.“

Langsam bog Mark in ihre Straße ein. „Tut mir leid, dass ich in den letzten Wochen vielleicht ein bisschen … anstrengend war. Ich habe mir nur Sorgen gemacht.“ Vor dem Haus angekommen, stellte er den Motor aus. „In Zukunft werde ich dir wieder mehr Freiraum lassen, versprochen."

Josh drehte sich zum ersten Mal während des Gesprächs voll zu Mark. „Meinst du das ernst?"

„Ich werde mir Mühe geben", versicherte er ihm erneut, wenngleich er innerlich zusammenzuckte. Die Kontrolle abzugeben, war härter als gedacht. Wie machten Eltern das bloß? „Aber eins sollst du wissen: Wenn du ein Problem haben solltest oder ich dich irgendwie unterstützen kann, kannst du mich jederzeit darum bitten."

Josh grinste. „Wo du schon davon sprichst: Die ersten Studiengebühren werden bald fällig."

Lauthals lachte Mark und spürte, wie die Anspannung von ihm abfiel. „Na ja, für irgendetwas muss ich ja gut sein."

Auf dem Weg ins Haus schickte Mark ein leises Dankgebet gen Himmel. Vielleicht waren die beiden sich heute Abend wieder ein Stückchen nähergekommen – und vielleicht war das das entscheidende Puzzlestück, um Josh auf eine gute Zukunft vorzubereiten.

Kapitel 13

Rücklings trat Isabelle aus dem Hotelzimmer, das sie gerade geputzt hatte. Der neuartige Hoover-Staubsauger blieb an der Türleiste hängen und sie versuchte, ihn mit einem kräftigen Zug zu befreien. Daraufhin rollte er so ruckartig über die Schwelle auf den Flur, dass Isabelle fast das Gleichgewicht verlor und rücklings gegen den Putzwagen stieß. In letzter Sekunde griff sie nach einer Putzmittelflasche, die herauszufallen drohte.

Gerade noch mal gut gegangen.

Nach diesem Schreck atmete sie tief ein und stellte die Flasche zurück an ihren Platz. Das hätte sie Kopf und Kragen kosten können – und der Schaden wäre ihr garantiert vom Lohn abgezogen worden. Schnell überprüfte sie den Putzwagen und stellte erleichtert fest, dass alle Behältnisse intakt waren. Seit wenigen Tagen arbeitete Isabelle nun nicht mehr unter Mary Eggertons Aufsicht und bemühte sich, alles richtig zu machen.

„Isabelle? Sind Sie das?“, erklang nun eine ungläubige Stimme vom anderen Ende des Flurs.

Als Isabelle den Blick hob, erkannte sie Elias Weatherby, der sie erstaunt ansah.

Wie demütigend, dass sie ausgerechnet einem ehemaligen Verehrer begegnen musste! Sie errötete, unterdrückte ein Stöhnen und strich sich die Schürze glatt.

Mit erhobenem Kopf sagte sie: „Hallo Elias. Was machen Sie denn hier?“ Unweigerlich begannen Isabelles Hände zu schwitzen.

„Ich war gerade auf dem Weg zu einem Kunden von außerhalb. Wir sind zum Mittagessen verabredet“, sagte er nonchalant, bevor er die Augen zusammenkniff und Isabelle von Kopf bis Fuß betrachtete. „Bitte sagen Sie mir nicht, dass Sie hier arbeiten.“ Der Unglaube in seiner Stimme unterstrich die Skepsis in seinem Blick.

„Gut, dann sage ich es eben nicht“, erwiderte sie knapp und schob den Putzwagen vor das nächste Zimmer.

„Ich habe von dem Bankrott der Firma gehört, aber ich hatte ja keine Ahnung, dass die Lage so ernst ist." Sein entsetztes Gesicht machte das Ganze nicht gerade einfacher für Isabelle.

„Nun ja. In der Not ist jedes Mittel recht. Und es ist natürlich nur vorübergehend, bis ich etwas Besseres gefunden habe."

Elias folgte ihr. „Und was ist mit Roger Noland? Ich dachte, dass er um Ihre Hand anhalten wollte. Nur deshalb habe ich mich zurückgezogen."

Wenngleich Isabelle sich sicher war, dass Roger nicht der einzige Grund dafür war, war sie zu höflich, um Elias damit zu konfrontieren. Unruhig fingerte sie an ihrem Schlüsselbund herum. „Roger hat eine Stelle in British Columbia angenommen."

„Und er hat Sie nicht mitgenommen?"

„Offensichtlich nicht", erwiderte sie und öffnete die nächste Tür. „Wenn Sie mich jetzt bitte entschuldigen würden, ich habe einen straffen Zeitplan."

„Isabelle …", sagte er mitfühlend.

Doch sein Mitgefühl brauchte und wollte sie nicht.

„Es war schön, Sie wiedergesehen zu haben, Elias", sagte sie knapp, bevor sie ins Zimmer trat und die Tür schnell hinter sich zuzog. Mit dem Rücken zur Tür kniff sie die Augen zu und wartete, bis ihr Herzschlag sich wieder normalisiert hatte. Einige Sekunden später hörte sie, wie Elias sich entfernte.

Erst dann seufzte sie laut. Früher oder später musste sie ja einem bekannten Gesicht über den Weg laufen und dessen Mitleid ertragen.

Die ehemalige Wardrop-Debütantin, abgestiegen zu einem Zimmermädchen!

Sicher würde bald alle Welt davon hören.

Denk an Marissa. Sie ist es wert.

Isabelle atmete tief durch und öffnete die Tür mit einem vorsichtigen Blick in den Flur. Als niemand mehr zu sehen war, holte sie den Staubsauger herein und arbeitete weiter, entschieden, die Begegnung wieder zu vergessen.

Während sie das Zimmer saugte, wanderten ihre Gedanken zurück zu ihrer Schwester. Nach dem Gespräch gestern auf dem Weg zum Bus bezweifelte sie, dass Marissa von Josh ablassen würde. Offensichtlich war sie in ihn verliebt und dieses Gefühl war im Moment stärker als alles andere …

Nach dem Saugen stellte Isabelle den Staubsauger wieder in den Flur und machte das Bett. Die Tür hatte sie einen Spaltbreit offen gelassen. Während sie gerade das Bett neu bezog, trat plötzlich jemand ins Zimmer.

„Na, hallo“, trällerte ein Mann mit so breiten Schultern, dass er geradeso durch die Tür passte. „Wen haben wir denn hier?“

Erschrocken trat Isabelle einen Schritt zurück. „T-tut mir leid, Sir. Ich komme einfach später wieder.“

„Das wird nicht nötig sein“, sagte er und schloss die Tür. „Ich muss mich nur kurz umziehen. Die schusselige Kellnerin hat mir Kaffee über das Hemd gekippt.“ Er knöpfte es auf, ohne die Augen von Isabelle zu nehmen. Sein Blick war unmissverständlich und Isabelle lief es kalt den Rücken hinunter.

Vorsichtig ging sie zum Bettende und beäugte den Weg bis zur Tür. „Entschuldigen Sie mich, ich muss etwas vom Wagen holen“, sagte sie und eilte mit gesenktem Blick zur Tür.

Doch der Mann stellte sich ihr mit einem großen Schritt in den Weg. „Das kann sicher noch einen Moment warten.“

„Nein, kann es nicht. Ich habe einen straffen Zeitplan. Und meine Vorgesetzte sollte jeden Augenblick hier sein“, schwindelte sie mit zitternden Händen und betete, dass er ihr die kleine Notlüge abkaufte. „Lassen Sie mich durch, Sir“, forderte sie und sah ihm direkt in die Augen.

Er kam noch einen Schritt näher. „Vorsicht, Schätzchen. Du willst doch nicht, dass ich mich beim Hoteldirektor über dich beschwere, oder?“, drohte er ihr.

„Nur zu“, erwiderte sie unerschrocken, obgleich ihr angst und bange war. *O Herr, hilf.* Würde man ihren Hilfeschrei hören?

Zornig packte er sie beim Arm. „Dir ist wohl nicht klar, was es heißt, ein Dienstmädchen zu sein. Oder mit wem du es hier zu tun hast.“

„Und Ihnen scheint nicht klar zu sein, mit wem *Sie* es zu tun haben." Mit aller Kraft trat sie auf seinen Fuß und stieß ihm ihren Ellbogen in die Brust.

Vor Schmerz und Wut brüllend taumelte der Mann zurück.

Isabelle rannte zur Tür, riss sie auf und stürmte auf den Flur. Dort kamen ein Stück weiter den Flur runter gerade zwei Männer aus einem Zimmer.

Eilig rannte sie in ihre Richtung und hoffte inniglich, dass wenigstens sie einen Hauch Anstand besaßen.

Als sich einer von ihnen umdrehte, fiel Isabelle ein Stein vom Herzen. „Elias! Gott sei Dank sind Sie noch hier."

Erstaunt blickte er sie an. „Isabelle? Stimmt etwas nicht?"

Sie brauchte einen Moment, um wieder zu Atem zu kommen.

„Sie sind ja weiß wie die Wand", stellte er besorgt fest. „Was ist denn passiert?"

„I-ich …"

Schritte hinter ihr. „Halten Sie sie fest! Sie darf nicht entkommen."

Ängstlich schreckte Isabelle zusammen.

Elias trat auf den Mann zu. „Gibt es ein Problem, Sir?"

„O ja. Dieses Weibsding hat Geld aus meinem Zimmer gestohlen", sagte er mit vorgetäuschter Empörung.

Isabelle nahm all ihren Mut zusammen und widersprach ihm. „Er lügt! Ich habe nichts gestohlen."

Schützend stellte Elias sich zwischen die beiden. „Das ist sicher nur ein Missverständnis, das wir auf der Stelle klären können", sagte er und zückte sein Portmonee. „Um wie viel Geld geht es?"

Überrascht öffnete der Mann den Mund und schloss ihn wieder. „Die Summe spielt keine Rolle. Dieb ist Dieb! Sie muss bestraft werden."

Elias wandte sich an seinen Begleiter. „Mr Sellner, wären Sie so freundlich, Miss Wardrop von hier wegzubringen?"

Verblüfft sah Mr Sellner ihn an, nickte aber.

Elias wandte sich an Isabelle. „Bitte, gehen Sie mit ihm. Ich erledige das hier."

Am liebsten wäre Isabelle geblieben und hätte ihre Unschuld verteidigt, doch ein Wort von diesem Gast genügte und sie würde ihre Anstellung verlieren. Das konnte sie sich nicht erlauben!

Sie erinnerte sich an Mrs Herberts Worte: *Der Kunde ist König.* Mit einem Nicken gab Isabelle sich geschlagen.

„Also … wie viel, um das Ganze zu vergessen?", hörte sie Elias fragen, während sie und Mr Sellner davongingen.

Er war ein Mann mittleren Alters, hatte grau meliertes Haar und freundliche Augen. Nach einigen Schritten sah er zu ihr hinüber. „Was ist da wirklich geschehen?"

Unruhig rieb sich Isabelle die Hände. „Ich habe gerade das Bett bezogen, als dieser Mann hereinkam und mich bedrängte. Zum Glück konnte ich fliehen."

„Was für ein Schuft. Und dann hat er auch noch den Nerv, Sie als Diebin darzustellen?"

„Er hat mir gedroht, mich beim Direktor zu melden, wenn ich mich wehre. Aber ich hätte mich niemals auf ihn eingelassen!", fuhr sie fort und hob den Blick zu ihm. „Sie glauben mir doch, oder?"

„Ja, natürlich. Leider habe ich schon oft genug von solchen Vorfällen gehört." An einer Nische mit einer Bank blieben sie stehen. „Am besten wir warten hier."

Mit zittrigen Knien ließ Isabelle sich auf der Bank nieder, während Mr Sellner wie zum Schutz mitten auf dem Flur stehen blieb. Zumindest ein kleiner Trost.

Wenige Minuten später kam Elias.

Sofort sprang Isabelle auf die Beine. „Wie ist es ausgegangen? Wird er mit dem Direktor sprechen?"

„Nein. Es ist alles in Ordnung", sagte Elias und nahm ihre Hand. „Machen Sie sich bitte keine Sorgen mehr um ihn."

„Wie meinen Sie das?"

„Halten wir uns nicht mit unwichtigen Details auf. Versprechen Sie mir einfach, sein Zimmer zu meiden, bis er abgereist ist. In Ordnung?"

Isabelle legte ihre zweite Hand auf die seine. „Ich weiß gar nicht, wie ich Ihnen danken soll, Elias."

Er lächelte. „Keine Ursache. Ich bin froh, zur rechten Zeit am rechten Ort gewesen zu sein. Geht es Ihnen ansonsten gut?"

„Ja, es geht schon."

„Gut. Passen Sie auf sich auf, Isabelle. Und hoffentlich bis bald."

Auch Mr Sellner verbeugte sich und die beiden Herren verschwanden in Richtung Aufzug.

Danke, Gott. Ohne Elias hätte das Ganze sicher mit einer Kündigung geendet ... oder noch schlimmer.

Isabelle kehrte zu ihrem Putzwagen zurück und schob ihn ein ganzes Stück weiter den Flur hinunter vor ein anderes Zimmer. Fortan würde sie die Zimmertüren beim Putzen immer von innen abschließen.

Kapitel 14

In der Notaufnahme war es unnatürlich still, nichts als Marks angestrengte Atmung war zu hören. Selbst die üblichen Hintergrundgeräusche waren wie stummgeschaltet, als wäre die Zeit stehen geblieben.

Eine Schweißperle tropfte Mark vom Gesicht.

„Ich fürchte, wir haben ihn verloren, Doktor", sagte eine der Schwestern schließlich.

Nur widerwillig entfernte sich Mark einen Schritt von dem Körper auf der Liege. Dann stellte sich Resignation bei ihm ein. All seine Bemühungen, den jungen Mann wiederzubeleben, waren vergeblich gewesen. Er sah auf die Uhr. „Todeszeitpunkt: 14.23 Uhr", sagte er, als er die blutverschmierten Handschuhe auszog und in die nächstgelegene Mülltonne warf. Er drehte sich mit dem Rücken zu den anderen, kniff angestrengt die Augen zusammen und massierte seinen Nasenrücken.

Der junge Mann war erst vor wenigen Minuten in die Notaufnahme gebracht worden. Offensichtlich hatte ihn beim Überqueren der Straße ein Auto erfasst. Um die inneren Blutungen zu stoppen, hätte man sofort operieren müssen, aber dazu hätten sie ihn erst stabilisieren müssen. Die Verletzungen waren zu schwerwiegend, der Versuch, ihn zu retten, erfolglos.

Jemand trat von hinten an Mark heran.

„Dr. Henshaw, die Familie wartet draußen", sagte eine Schwester.

Mark nickte, straffte seine Schultern und setzte ein professionelles Gesicht auf. Dann drehte er sich zu ihr. „Ja, ich gehe jetzt zu ihnen. Können Sie und Schwester Hart hier so lange sauber machen und den Körper vorbereiten? Sicher wollen sie ihren Sohn noch einmal sehen."

„Natürlich, Doktor."

Routiniert zog er Gesichtsmaske und Kittel aus und war dankbar, dass die Kleidung darunter nur ein wenig verschwitzt, aber sonst sauber geblieben war. Vor der bevorstehenden Aufgabe graute es ihm.

Sobald er den Wartebereich betrat, sprangen zwei Menschen auf. Ein Mann und eine Frau, Arm in Arm, die Gesichter zu gleichen Teilen erfüllt von Hoffnung und Furcht.

Je näher Mark ihnen kam, desto unwohler wurde ihm. „Mr und Mrs Brower?"

„Ja, das sind wir. Wie geht es unserem Sohn, Doktor?"

Kurz zögerte Mark. Dieser Moment würde das Leben der beiden für immer verändern. Aber es half nichts. „Es tut mir sehr leid, aber er hat es leider nicht geschafft."

Der Frau entfuhr ein fürchterlicher Klagelaut, während sie in den Armen ihres Mannes zusammensank. Er hingegen reagierte mit stoischer Ruhe, wenngleich auch in seinen Augen unsagbarer Schmerz lag.

„Es tut mir wirklich leid", entschuldigte Mark sich noch einmal. „Ich habe alles versucht, aber die Verletzungen waren zu schwerwiegend."

Das Paar hielt sich fest in den Armen, die Gesichter erfüllt von Kummer.

„Können wir ihn noch einmal sehen?", fragte der Herr.

„Ja, natürlich. Folgen Sie mir."

Noch den ganzen Tag über hatte Mark das herzzerreißende Schluchzen der Frau im Ohr. Selbst im Laufe des Abends, als er wieder zu Hause war, ging ihm der Patient nicht aus dem Kopf. Der junge Mann war erst einundzwanzig Jahre alt gewesen – und irgendein Autofahrer hatte ihm das Leben genommen. Es hätte genauso gut Josh dort auf dem Behandlungstisch sein können. Bei der Vorstellung lief es Mark kalt den Rücken runter und er schwor sich, seine Bemühungen um eine gute Beziehung zu ihm zu verstärken.

Das Leben war kurz und nichts daran war selbstverständlich.

Um Punkt drei Uhr stempelte Isabelle aus. Nur selten konnte sie so pünktlich Schluss machen. Sonst verlangte meist noch irgendein Gast nach mehr Handtüchern oder einem zusätzlichen Kissen, woraufhin sie sich auf den langen Weg zum Vorratsschrank begeben musste.

Wenn sie sich jetzt beeilte, schaffte sie es vielleicht, den Bus um halb vier zu bekommen und Rosie mit dem Abendessen helfen zu können.

Auf dem Weg zur Haltestelle schien ihr die warme Nachmittagssonne ins Gesicht. Tief atmete Isabelle durch und versuchte, den Tag hinter sich zu lassen. Die Arbeit war anstrengend, ja, aber was sie noch viel mehr störte, war die Unverfrorenheit der Hotelgäste. Heute hatte eine Frau sie mitten im Gang aufgehalten und gefordert, dass Isabelle unter ihr Bett kroch, um einen heruntergefallenen Ohrring aufzuheben. Nur mit größter Mühe hatte sie sich den Kommentar verkniffen, dass sie gefälligst selbst nach ihrem Ohrring suchen solle. Allein wegen Mrs Herberts Warnung, *der Kunde sei König*, hatte sie widerwillig nachgegeben.

An einer roten Ampel kam Isabelle zum Stehen und hielt unruhig nach dem Bus Ausschau.

„Isabelle!“, rief plötzlich eine Stimme hinter ihr. „Isabelle, warten Sie.“

Als sie sich umdrehte, erblickte sie Elias. O nein!

Seine Rettung letzte Woche wusste sie sehr zu schätzen, aber wiedersehen wollte sie ihn eigentlich nicht. Nur ihre guten Manieren belehrten sie eines Besseren und sie setzte ein Lächeln auf. „Hallo Elias. Kann ich etwas für Sie tun?“

Er wartete kurz, um wieder zu Atem zu kommen. „Ich hatte gehofft, wir könnten vielleicht einen Kaffee trinken gehen und … uns kurz unterhalten.“

Isabelle machte große Augen. Was in aller Welt sollten sie beide zu besprechen haben? „Hm … ich habe es etwas eilig, der Bus kommt jeden Moment. Vielleicht ein ander Mal?“

„Ich fahre Sie anschließend auch gern nach Hause. Das ist sicher noch schneller als mit dem Bus.“

Isabelles Magen zog sich zusammen. Auf keinen Fall wollte sie, dass ein ehemaliger Verehrer sah, in welchen Umständen sie und Marissa zurzeit wohnten. Doch kaum war ihr der Gedanke gekommen, hatte sie Gewissensbisse – wüsste Rosie davon, wäre sie sicher verletzt.

„Bitte, Isabelle. Es ist wichtig."

Tatsächlich schien es Elias sehr ernst zu sein, sodass Isabelle mit sich debattierte. Schließlich hatte er noch etwas gut bei ihr. Es wäre nur fair, ihn wenigstens anzuhören. „Also gut."

„Danke", erwiderte er erleichtert. „Nur eine Straße weiter gibt es ein Café", sagte er und führte sie mit einer Hand am Rücken in die genannte Richtung.

Auf dem Weg machte sich eine unangenehme Stille zwischen ihnen breit, die nur durch die Verkehrsgeräusche unterbrochen wurde. Am Ziel angekommen entschied sich Elias für einen Tisch am Fenster. Binnen kürzester Zeit kam eine Kellnerin zu ihnen und sie bestellten zwei Tassen Kaffee und für Elias noch ein Stück Apfelkuchen.

Sobald die Kellnerin wieder gegangen war, fragte Isabelle: „Also, Elias, worüber wollten Sie mit mir sprechen? Geht es um den Vorfall im Hotel?"

„Nein, eigentlich nicht", sagte er und zog die blonden Brauen zusammen, während er die Serviette auf dem Schoß ausbreitete. „Die Wahrheit ist, dass Sie mir seither nicht mehr aus dem Kopf gehen. Was Sie durchgemacht haben, Isabelle – erst der Verlust Ihrer Eltern und dann mussten Sie auch noch Ihr Zuhause aufgeben – das tut mir schrecklich leid. Ich kann mir gar nicht vorstellen, wie schwierig das für Sie sein muss."

Sie erwiderte seinen Blick, unterdrückte jedoch die Bemerkung, die ihr sogleich in den Sinn kam: Wenn es ihm so schrecklich leid tat, warum hatte er seit dem Tod ihres Vaters nichts von sich hören lassen? „Ja, es ist gerade nicht einfach. Aber wir kommen schon wieder auf die Beine."

Eine leichte Röte stieg ihm ins Gesicht. „Ich … muss mich noch bei Ihnen entschuldigen. Dafür, dass ich mich seit dem Tod Ihres Vaters nicht mehr bei Ihnen gemeldet habe."

Ah, vielleicht gestand er ihr nun den wahren Grund?

„Ich wollte Sie sehr wohl besuchen, zwei Mal sogar. Aber beide Male kam mir Roger Noland zuvor. Beide Male stand sein Auto in Ihrer Einfahrt, und da habe ich angenommen, er habe schon um Ihre Hand angehalten. Deshalb wollte ich mich nicht aufdrängen und habe lediglich eine Trauerkarte geschickt. Ein sehr dürftiger Ersatz, ich weiß."

Einen Moment lang schwieg Isabelle und ließ seine Entschuldigung auf sich wirken, während die Kellnerin mit Kaffee und Kuchen wiederkam. „Danke, dass Sie mir das erzählt haben", sagte sie, sobald sie wieder allein waren. „Das bedeutet mir viel. Ich dachte, Sie wären uns wie so viele andere einfach aus dem Weg gegangen. Aus Scham vielleicht oder aus Missmut über den Tod meines Vaters."

„Nein, überhaupt nicht. Leider waren meine Motive noch egoistischer – ich wollte mir nur den Herzschmerz ersparen."

Herzschmerz? Hegte er etwa echte Gefühle für sie?

Elias griff über den Tisch nach Isabelles Hand. „Ich hasse es, Sie so leiden zu sehen, Isabelle. Arbeiten zu müssen, auch noch in einer so niederen Position, wo sie den Behelligungen widerlicher Männer ausgesetzt sind", sagte er und schüttelte den Kopf. „Sie verdienen etwas Besseres."

Isabelle erstarrte. Natürlich entsprach das Zimmermädchendasein auch nicht ihrem Ideal, dennoch missfiel ihr, wie demütigend er darüber sprach. „Zugegeben, es ist nicht mein Traumberuf, aber es ist gute, ehrliche Arbeit, Elias", sagte sie und erschrak über sich selbst. Noch vor einem Jahr hätte sie diese Worte niemals in den Mund genommen.

„Entschuldigung, ich wollte nicht respektlos sein", erwiderte er. Als ihre Blicke sich trafen, spiegelte sich eine Vielzahl von Emotionen in seinen grauen Augen: Sorge, Bewunderung – und vielleicht auch ein Hauch von Nervosität?

Sie wurde nicht schlau aus ihm.

„Isabelle, dürfte ich Ihnen noch einmal den Hof machen?"

Ihr Herz begann zu rasen. Was dachte er sich nur? In der einen

Sekunde machte er ihre Arbeit schlecht und in der nächsten wollte er wieder um sie werben! „Ich … ich weiß nicht so recht."

Ein Schweißfilm zeichnete sich auf seiner Stirn ab. „Ich schätze Sie sehr, Isabelle. Immer schon. Selbst als mir klar wurde, dass Sie Roger lieber mochten als mich. Nur deshalb habe ich mich zurückgehalten. Aber jetzt, wo ich die wahren Hintergründe kenne, würde ich uns gern noch eine Chance geben."

Isabelle zögerte, ihr schwirrte der Kopf. Elias war ein angesehener, wohlhabender Mann. Ehrlich und anständig. Und sie mochte ihn. Warum also nicht mit ihm ausgehen und sehen, was daraus wird?

„Gut", sagte sie langsam, „probieren wir es."

„Sehr schön", erwiderte er sichtlich erleichtert und lächelte. „Wollen wir morgen Abend zusammen essen gehen?"

„Ja, gern. Wie wäre es um fünf? Oder ist das zu früh?"

„Fünf Uhr ist gut", sagte er. „Ich habe allerdings vor, Sie abzuholen, wie sich das für eine Verabredung gehört. Also, wie ist Ihre aktuelle Adresse?"

Zögerlich biss sie sich auf die Lippe. Auf keinen Fall sollte er sehen, wie tief sie gesunken war. „Meine Schwester und ich sind bei Freunden untergekommen. Aber es wäre mir lieber, wenn Marissa vorerst noch nichts von uns erfährt."

„Ach so, ja, das verstehe ich. Wie wäre es, wenn wir uns im Grange Park verabreden? Ich dachte, bei gutem Wetter könnten wir picknicken."

„Ja, das klingt wundervoll", erwiderte sie erleichtert. „Und der Grange Park ist auch überhaupt nicht weit weg." Sollten die Dinge sich gut entwickeln, würde sie Elias letztlich einweihen. Aber vorerst noch nicht.

„Sehr gut. Dann sehen wir uns morgen um fünf am Parkeingang auf der Beverly Street."

„Einverstanden", sagte sie mit einem ehrlichen Lächeln.

„Sie haben mich gerade sehr glücklich gemacht", sagte Elias und gab ihr einen Handkuss. „Bis morgen."

Kapitel 15

Was nun?

Unruhig tigerte Mark vor dem Büro des Oberarztes auf und ab. Dr. Shriver hatte ihn zu sich gebeten – eine äußerst ungewöhnliche Einladung.

Marks Magen rumorte und er wünschte sich, er hätte auf den zweiten Kaffee verzichtet. Ging es um den verstorbenen Patienten? Hatten die Eltern des Jungen vielleicht die Untersuchung der Todesursache eingefordert? Eigentlich wusste Mark: Er hatte alles versucht, um das Leben des Jungen zu retten. Dennoch nagte der Zweifel an ihm; hätte er mehr tun können?

Lautes Absatzklackern holte Mark aus seinen Gedanken. „Sie können jetzt zu Dr. Shriver durchgehen, Dr. Henshaw“, verkündete die Sekretärin.

„Danke“, erwiderte Mark kurz und bat Gott auf dem Weg hinein um Weisheit.

Als Mark das Büro betrat, hob Dr. Shriver kurz den Blick. Er war ein kräftiger Mann mittleren Alters, bekannt für seine Unverblümtheit, mit der er sich nicht nur Freunde machte.

„Sie wollten mich sprechen, Sir?“

„Ja. Setzen Sie sich doch“, sagte Dr. Shriver mit einer Geste zum Stuhl. Während Mark Platz nahm, versuchte er seine Stimmung einzuschätzen: Verärgert sah er nicht aus.

„Ich komme gleich zum Punkt“, sagte er und sein Gesicht blieb ungerührt, lediglich sein Kiefermuskel zuckte kurz. „Mir sind einige Beschwerden zu Ohren gekommen und ich wurde gebeten, Sie darauf anzusprechen.“

Das wiederum klang gar nicht gut. Unbehaglich wandte Mark sich auf dem Stuhl. „Was denn für Beschwerden?“

„Zunächst einmal gab es Bedenken über Ihr Engagement im örtlichen Mütterheim. Das Krankenhaus befürchtet, dass es dadurch so aussehen würde, als duldeten wir solch eine Lebensweise und unterstützten die Frauen, die diese Einrichtung aufsuchen", begann Dr. Shriver, ohne den Blick von Mark zu nehmen.

Wütend biss Mark die Zähne zusammen, um sein Entsetzen zu verbergen und nach einer angemessenen Antwort zu suchen.

„Außerdem", fuhr Dr. Shriver fort, „besteht die Sorge, dass Sie durch Ihre Besuche im Armenviertel womöglich unerwünschte Krankheiten zu uns bringen. Sie haben sicherlich davon gehört, dass dort zurzeit Polio und rheumatische Fieber kursieren."

„Durchaus, Sir. Genau aus diesem Grund fahre ich ja in dieses Viertel, anders würden die Menschen keine medizinische Versorgung erhalten."

„Das ist eine sehr ehrenwerte Haltung, keine Frage. Aber Sie dürfen nicht vergessen, welchem Risiko Sie die anderen Mitarbeiter und natürlich unsere Patienten damit aussetzen."

„Ich achte sehr genau darauf, die Ansteckungsgefahr möglichst gering zu halten. Genau wie bei meiner Arbeit hier im Krankenhaus. Und was meine Patientinnen im Mütterheim anbetrifft: Ich heiße ihre Handlungen weder gut noch verurteile ich sie dafür. Für mich sind es lediglich Schwangere, die ärztliche Hilfe benötigen. Diese Frauen – und mehr noch ihre Kinder – verdienen die gleiche Fürsorge wie jeder andere auch", verteidigte sich Mark und atmete leise aus. „Wenn ich mich nur um Menschen kümmern würde, die es in meinen Augen wert wären, wäre meine Patientenliste schrecklich kurz."

Nachdenklich trommelte Dr. Shriver mit den Fingern auf dem Tisch und studierte Mark. Schließlich lehnte er sich vor und sagte: „Ihre Leidenschaft für die Bedürftigen ist bewundernswert, Dr. Henshaw. Ich gebe Ihnen auch nur weiter, welche Bedenken der Krankenhausvorstand und einige Kollegen geäußert haben. Es liegt mir fern, Ihnen vorzuschreiben, was Sie zu tun oder zu lassen haben. Aber ich möchte Sie darauf hinweisen, dass Ihr Engagement nicht unbedingt zuträglich für Ihren Werdegang bei uns sein könnte. Bitte glauben Sie mir – das ist nicht die Art der Aufmerksamkeit, die Sie erregen wollen."

Mit geballten Fäusten rang Mark nach innerer Ruhe.

„Und dann ist da noch etwas, das vermutlich auch in gewisser Weise mit den anderen zwei Punkten zusammenhängt. Manche Ihrer Kollegen haben erwähnt, dass Sie in letzter Zeit sehr müde und abgelenkt wirken. Ich kann mir gut vorstellen, dass Sie sich zu viel aufbürden."

Wieder presste Mark die Lippen fest aufeinander, um nichts zu sagen, was er nicht zurücknehmen konnte. Obgleich Dr. Shriver zumindest in dieser Hinsicht recht hatte: In den letzten Wochen hatte Mark zu viele Überstunden gemacht und zu wenig geschlafen.

„Eine der Schwestern meinte, dass gestern, als der junge Brower in die Notaufnahme kam, nicht gerade Ihr bester Tag gewesen sei", sagte er mit leicht vorwurfsvollem Unterton.

Sofort schoss Marks Kopf hoch. „Spielt sie etwa darauf an, dass ich zu seinem Tod beigetragen habe?"

„Nicht direkt, nein. Nur, dass Sie nicht in Bestform waren."

Mark umklammerte fest seine Armlehne und kämpfte dagegen an, sich nicht verraten zu fühlen. Hatten sich jetzt etwa alle gegen ihn verschworen?

„Im Grunde kann Ihnen das Krankenhaus nicht vorschreiben, was Sie in Ihrer Freizeit tun, Dr. Henshaw. Es sei denn, es wirkt sich auf Ihre Leistung bei uns aus", fuhr Dr. Shriver fort und legte die Stirn in Falten. „Deshalb fürchte ich, ich muss Sie dazu auffordern, wenigstens die Arbeit im Mütterheim aufzugeben."

Jetzt verlor Mark endgültig die Fassung. „Andere Ärzte gehen auch anderen Tätigkeiten nach, manche haben sogar eigene Praxen! Stellen Sie die auch vor derlei Ultimaten?"

„Sobald ihre Arbeit darunter leidet, ja. Doch den meisten Ihrer Kollegen gelingt es sehr gut, ihre Praxisaufgaben mit ihren Krankenhausverpflichtungen zu vereinen. Bitte verzeihen Sie mir meine Direktheit, Dr. Henshaw, aber ich fürchte, Ihr Leben ist zurzeit etwas aus dem Gleichgewicht geraten."

Unverwandt sah Dr. Shriver ihn an. „Im Krankenhaus gehört es einfach dazu, dass Sie nach den Regeln spielen. Wir erwarten Höchstleistungen."

Als Mark in das steinerne Gesicht seines Gegenübers blickte, wusste er, dass jede Diskussion vergebens war. „Ich verstehe."

„Ich gebe Ihnen eine Woche frei, damit Sie alles in die Wege leiten können. Oder um sich auszuruhen, das liegt bei Ihnen. Aber das sollte genug Zeit sein, um … sich über Ihre Prioritäten klar zu werden", sagte Dr. Shriver und nahm einen Stift zur Hand. Damit war das Gespräch beendet.

Mark stand auf und nickte. „Ich habe verstanden."

Völlig aufgewühlt verließ Mark das Büro in Richtung Treppenhaus. Schon länger hatte er das Gefühl gehabt, dass man seine Arbeit außerhalb des Krankenhauses nicht begrüßte. Es missfiel ihm sehr, dass die Klinik ihm in sein Privatleben hineinredete.

Grummelnd stieß Mark die Tür auf. Wie sollte er das nur Olivia und Ruth vom Mütterheim erklären? Und seinen Patienten im Armenviertel, die auf seine Hilfe angewiesen waren?

Sein Traum von einer eigenen Praxis, in der er jeden behandeln konnte, ohne Einmischung oder Verurteilung von außen, war inzwischen in weite Ferne gerückt. Er hatte kein Geld für solch eine Investition, nicht, wenn er in den nächsten Jahren für die Studiengebühren aufkommen musste. Erst wenn Josh sein Studium beendet hatte, konnten sie wieder darüber nachdenken.

Er hatte keine Wahl: Seine eigenen Träume mussten warten, Dr. Shrivers Anordnungen gingen vor.

Nachdenklich stand Isabelle am Montag nach der Arbeit vor dem Kleiderschrank. Was trug man zu einem Picknick im Mai?

Natürlich durfte es nicht zu schick sein, schließlich würden sie auf einer Decke auf dem Boden sitzen. Schlicht musste es sein und so lang, dass es ihre Beine bedeckte. Letztlich entschied sie sich für ein blaues Kleid mit kleinen gelben Blüten und einer passenden Strickjacke, falls es etwas kühler würde.

Auf dem Weg ins Wohnzimmer wappnete Isabelle sich für die vielen Fragen, die sicher gleich auf sie einprasseln würden.

Marissa schaute von ihrem Schulbuch auf. „Hübsch siehst du aus, Belle. Gehst du aus?"

„Ich treffe mich mit einem Freund aus dem Hotel zum Abendessen", sagte sie und die eingeübten Worte kamen leichter über die Lippen als gedacht. Immerhin hatte sie nicht direkt gelogen – im Grunde war Elias ein Freund und im Hotel war sie ihm zuletzt begegnet.

„Wie schön", sagte Tante Rosie, als sie vom Herd auf sie zukam. „Das hast du dir verdient, Isabelle. Wohin geht es denn?"

„Wir wollen picknicken", erklärte sie, während sie etwas in ihrer Handtasche suchte, um den Blicken der beiden zu entgehen. Dann klappte sie sie zu und sagte: „Also, ich bin dann jetzt weg."

„Viel Vergnügen", wünschte Tante Rosie und winkte zur Verabschiedung mit dem hölzernen Kochlöffel.

Froh, dass Fiona um diese Zeit in der Regel noch nicht zu Hause war, verließ Isabelle das Haus. Sie hätte Isabelles Absichten bestimmt durchschaut.

Der zehnminütige Spaziergang zum Park vertrieb Isabelles übrige Sorgen, sodass sie deutlich entspannter war, als sie Elias erblickte. Er trug eine graue Hose und ein weißes Hemd. In der einen Hand hielt er einen Picknickkorb, in der anderen eine Decke.

„Gut sehen Sie aus", sagte er und begrüßte sie lächelnd.

„Danke. Und Sie scheinen gut vorbereitet zu sein."

„Das hoffe ich. Und das Wetter ist auch auf unserer Seite."

Gemeinsam bogen sie in einen Pfad ein, der in den Park führte. An einem lauschigen Plätzchen stellte er den Korb ab, breitete die Decke aus und half Isabelle, Platz zu nehmen.

Es war ruhig genug, um sich gut zu unterhalten und doch nicht zu weit weg von anderen Spaziergängern.

„Ich habe uns etwas aus Schmidts Delikatessengeschäft mitgebracht", erklärte er mit einem nervösen Lachen und packte mehrere Sandwiches, eine Flasche Limonade und Stoffservietten aus.

„Wie köstlich!" Isabelle legte sich eine Serviette auf den Schoß und nahm eins der Sandwiches.

„Das ist mit Räucherschinken und Käse. Meine Lieblingssorte."

„Die mag ich auch sehr gern."

Einen Moment lang aßen sie in angenehmer Stille, dann erzählte Elias ihr von seiner Arbeit.

„Und wie geht es Ihrer Familie?", erkundigte sich Isabelle, als sie die selbst gemachten Apfeltörtchen zum Nachtisch verspeiste. Sie erinnerte sich, dass er mit seiner verwitweten Mutter und seiner Schwester zusammenlebte.

„Sehr gut, danke der Nachfrage. Meine Mutter ist mit ihrer Wohltätigkeitsarbeit und ihren Aufgaben in der Kirche gut beschäftigt. Und meine Schwester Christina hat sich kürzlich verlobt. Sie hofft, noch vor Weihnachten heiraten zu können."

„Wie schön", erwiderte Isabelle höflich. Seine Mutter hatte Isabelle erst selten getroffen, meist in der Kirche oder auf einer Feier. Sie wirkte nett, wenn auch etwas reserviert.

„Wo wir gerade dabei sind", sagte er und sah Isabelle tief in die Augen. „Ich hatte eigentlich gehofft, noch etwas warten zu können, aber jetzt, mit der Verlobung meiner Schwester, rennt mir die Zeit davon." Er nahm Isabelles Hand in die seine. „Isabelle, ich bewundere Sie schon seit Jahren. Und ich glaube, dass wir gut zueinanderpassen. Wir würden ein schönes Paar abgeben", sagte er und holte einmal tief Luft. „Hoffentlich finden Sie das jetzt nicht schrecklich unangemessen, aber … ich würde mich außerordentlich freuen, wenn Sie in Betracht ziehen könnten, mich zu heiraten."

„Heiraten?", wiederholte sie und blinzelte verblüfft.

„Ja", sagte Elias mit ernstem Blick und rückte etwas näher. „Ich könnte Ihnen das Leben bieten, das Sie und Ihre Schwester gewohnt sind. Sie müssten nicht mehr arbeiten oder sich darum sorgen, wo Sie wohnen. Und auch Marissa könnte von unserem guten Namen profitieren. Ihre Zukunft wäre wieder gesichert."

Bei dem Gedanken an ein Leben als Elias' Ehefrau begann Isabelles Herz zu rasen. Elias Wheatherby war von Beruf Börsenmakler und ein sehr angesehener Mann in der Stadt. Mit ihm würde sie zu einem ähnlichen Lebensstil zurückkehren können wie vor dem

Tod ihrer Eltern. Elias wäre der Versorger und sie die Frau an seiner Seite, die luxuriöse Feiern organisierte und ihn auf zahlreiche gesellschaftliche Anlässe begleitete. Außerdem könnte sie das Versprechen an ihre Mutter einhalten und ihre Wohltätigkeitsarbeit fortführen.

Das Allerbeste wäre jedoch der Vorteil für Marissa: Sie wäre nicht länger auf ein Stipendium angewiesen, um studieren zu können, und könnte tun, wonach ihr beliebte. All das ginge mit der Ehe mit Elias einher und hing somit von Isabelle ab – wie sollte sie da Nein sagen?

Vorsichtig hob sie den Blick in Elias' erwartungsvolles Gesicht. Besonders schön war er nicht, aber freundlich. Und obwohl er ein ganzes Stück älter war als Isabelle, hatte ihr Vater die beiden auch immer für ein gutes Paar gehalten. Andererseits hegte sie keine romantischen Gefühle für ihn, nicht so wie für Roger. Aber sie mochte Elias. Das wäre doch ein guter Anfang für eine Ehe, oder? Aus Zuneigung konnte Liebe erwachsen, nicht wahr?

„I-ich, ich weiß nicht, was ich sagen soll, Elias. Das kam jetzt sehr überraschend."

„Sie müssen sich auch nicht sofort entscheiden. Aber bitte versprechen Sie mir, darüber nachzudenken", sagte er und hob mit hoffnungsvollem Blick ihre Hand an seine Lippen.

„Ich werde wohl kaum mehr über etwas anderes nachdenken können."

„Sind ein paar Tage Bedenkzeit genug?", fragte er abwägend.

„Ja, ich glaube schon", erwiderte Isabelle. Sie griff nach ihrer Handtasche und stand auf.

Schnell sprang auch er auf die Beine. „Bitte erlauben Sie mir, Sie nach Hause zu fahren."

„Hm, ehrlich gesagt würde ich gern laufen. Sie haben mir einiges zu bedenken gegeben."

„Natürlich, das verstehe ich", erwiderte er und verbeugte sich kurz, ganz der Gentleman. „Ich warte auf Ihre Nachricht. Aber bitte lassen Sie mich nicht zu lange im Ungewissen." Er lächelte, doch seine Augen verrieten seine Unsicherheit.

„Bestimmt nicht. Und vielen Dank für das schöne Picknick", entgegnete sie mit einem Lächeln, bevor sie sich umdrehte und ging.

Ihre Hände zitterten und ihr schwirrte der Kopf.

Sollte sie Elias heiraten, müsste sie nie wieder Bäder putzen oder sich mit mürrischen Hotelgästen herumschlagen. Das durfte sie auf keinen Fall vergessen, wenn sie über das Für und Wider seines Antrags nachdachte.

Kapitel 16

Missmutig trat Mark die Eingangsstufen von Bennington Place empor und fühlte sich wie auf dem Weg zum Galgen. In der Hoffnung, dass sich die meisten der Frauen um diese Zeit bereits auf ihre Zimmer zurückgezogen hatten, hatte er bewusst bis nach dem Abendessen gewartet. Nachdem Josh zum Chor aufgebrochen war und es keine andere Ausrede mehr gab, hatte er angerufen und um einen kurzen Besuch gebeten.

Im Hinblick auf das Gespräch bekam er vorhin kaum einen Bissen herunter. Es graute ihm davor, den beiden Direktorinnen von den Neuigkeiten zu berichten. Er wollte sie nicht im Stich lassen. Ruth Bennington war eine seiner Privatpatientinnen und mit ihrem guten Ruf in der Stadt hatte sie ihm schon so manche Tür geöffnet. Trotzdem musste er sie nun auf sich allein gestellt zurücklassen. Wäre ein anderer Arzt bereit, seine Arbeit für das Mütterheim zu übernehmen?

Die Tür öffnete sich. „Hallo, Mark", grüßte Ruth ihn mit einem verhaltenen Lächeln. „Komm herein." An ihrem Blick erkannte er, dass sie bereits etwas ahnte.

„Danke, dass ich so spontan vorbeikommen darf."

„Mir macht das nichts aus, ich wohne ja hier. Und zum Glück hatte Olivias Mann heute Abend nichts vor und kümmert sich um die Kinder", sagte sie und führte ihn den langen Korridor entlang. „Ich dachte, wir setzen uns in den Wintergarten. Da haben wir etwas mehr Platz als im Büro."

„Gut." Noch nie war Ruth ihm so förmlich begegnet.

Olivia saß bereits auf dem Korbsofa. Der beginnende Sonnenuntergang tauchte das Zimmer in ein warmes Orange.

„Hallo", grüßte sie mit einem zaghaften Lächeln.

Er nickte bloß, zu überwältigt von seinen Gefühlen, um zu sprechen, und setzte sich ihr gegenüber. Ruth gesellte sich zu Olivia auf das Sofa.

„Verschwenden wir keine Zeit mit dem Austausch von Höflichkeiten. Ich kann spüren, dass es dir um etwas Ernstes geht“, sagte Ruth.

Beunruhigt wanderte Marks Blick von ihrem erhabenen zu Olivias besorgtem Gesicht. „Leider hast du recht“, begann er und erzählte den beiden in Kürze von dem Ultimatum seines Chefs.

„Oh, Mark. Das tut mir so leid“, zeigte sich Olivia besonders bedrückt. „Ich habe so oft befürchtet, dass sich deine Arbeit für uns negativ auf dich auswirken könnte. Und jetzt ist es tatsächlich so gekommen.“

„Und was ist mit deinen Privatpatienten?“, fragte Ruth. „Musst du die auch aufgeben?“

„Das hat Dr. Shriver nicht gesagt. Die meisten Ärzte in der Klinik haben auch eigene Praxen und behandeln andere Patienten. Aber er hat erwähnt, dass ein paar meiner Kollegen meine Arbeit im Armenviertel missfällt.“

Olivia runzelte die Stirn. „Dabei ist gerade das, die Hilfe für die Bedürftigen, dir doch so ein großes Anliegen. Was hast du nun vor?“

„Ich weiß es noch nicht“, sagte er, stand auf und ging mit den Händen in den Hosentaschen im Raum auf und ab. „Wenn ich nicht so auf das Krankenhaus angewiesen wäre, würde ich einfach kündigen und meine eigene Praxis eröffnen. Aber das geht nicht. Nicht, bis Josh mit seinem Studium fertig ist. Um seine Gebühren bezahlen zu können, brauche ich das sichere Klinikgehalt.“

„Wo würdest du deine Praxis denn gern eröffnen?“, fragte Ruth. Bei dem veränderten Tonfall merkte Mark auf und drehte sich zu ihr um.

„Am liebsten in der Nähe des Armenviertels, damit meine bisherigen Patienten sich nicht unwohl fühlen.“

„Aber wäre das nicht ungeschickt für andere Menschen, die sich nicht so gern in diesen Stadtteil begeben wollen?“, fragte Olivia.

„Im Idealfall würde die Praxis am Stadtrand liegen, das wäre für alle am besten. Und für meine wohlhabenderen Patienten kann ich ja weiterhin Hausbesuche anbieten.“

„Ja, das wäre wahrlich ein Geschenk des Himmels", erwiderte Ruth und sah, dass sie nachdachte. „Und was würdest du sagen, wenn ich einen Geldgeber wüsste, der dich bei dieser Unternehmung unterstützt?"

Überrascht blickte Mark sie an. „Darüber habe ich noch nie nachgedacht. Hast du denn jemanden im Sinn?"

„Das möchte ich jetzt noch nicht sagen. Ich werde morgen mal etwas telefonieren und sehen, was sich tun lässt", sagte sie und warf ihm einen bedeutungsschweren Blick zu. „Und du hältst in der Zwischenzeit nach einer passenden Immobilie Ausschau."

Marks Gedanken überschlugen sich. Geschah das hier gerade wirklich?

„Und bis wir mehr wissen, kannst du deinen Chef im Krankenhaus beruhigen. Ich nehme deine *vorübergehende* Kündigung an", sagte sie mit einem Zwinkern.

Ungläubig schüttelte Mark den Kopf. „Mir fehlen die Worte."

Freudestrahlend faltete Olivia die Hände und stand auf. „Oh, Mark. Ich weiß, dass du schon so lange von einer eigenen Praxis träumst. So wird dein Traum vielleicht wahr."

„Ja, vielleicht", erwiderte er lächelnd. Was sich zuletzt wie ein sehr vager Zukunftstraum angefühlt hatte, war plötzlich wieder in greifbare Nähe gerückt. „Ich melde mich, sobald ich geeignete Räume gefunden habe. Und ich bin gespannt, ob du tatsächlich einen Geldgeber findest", sagte er dankbar. „Danke euch beiden. Mir war vorhin so unwohl zumute – aber dank euch darf ich wieder hoffen."

„Es war mir eine Freude. Du weißt doch, wie gern ich andere davon überzeuge, ihr Geld auszugeben", sagte Ruth und zwinkerte erneut.

In einem Zustand freudiger Fassungslosigkeit verließ Mark das Mütterheim. Das Gespräch war vollkommen anders verlaufen als erwartet: Statt eines schlechten Gewissens hatte er nun ein neues Ziel vor Augen.

Er konnte es kaum erwarten, nach Hause zu kommen und Josh davon zu erzählen.

Nach einem kurzen Blick auf die Uhr stieg er in den Wagen. Die Chorprobe sollte bereits vorüber sein, das heißt Josh wäre schon wieder zu Hause. Hoffentlich freute er sich genauso über die Planänderung wie Mark.

Das Haus kam ihm ungewöhnlich still vor. Merkwürdig, dass in der Küche kein Licht brannte. Eigentlich ließ Josh es immer an – er war nicht gern allein im dunklen Haus.

Als Mark den Lichtschalter betätigte und sich umsah, wirkte die Küche seltsam sauber. Keine Spur von dreckigem Geschirr oder liegen gebliebenen Brotkrümeln auf der Küchenzeile. Dabei gönnte sich Josh für gewöhnlich immer zuerst einen kleinen Happen, wenn er nach Hause kam.

Auf dem Weg nach oben überkam Mark ein ungutes Gefühl. Joshs Zimmertür war geschlossen, er klopfte zweimal. „Josh, bist du da?"

Keine Antwort. Mark öffnete die Tür und schaltete das Licht ein.

Ebenso leer wie die Küche. Langsam wanderte Marks Blick durch das Zimmer – als er die Gitarrentasche in einer Ecke sah, begann sein Herz zu rasen.

Die Gitarre! Niemals ging Josh zur Probe ohne seine Gitarre.

Irgendetwas stimmte hier nicht!

All die Euphorie über seine guten Neuigkeiten löste sich in Luft auf. Ohne weiter darüber nachzudenken, stürmte Mark zurück zum Wagen und fuhr auf direktem Weg zur Kirche. Mit etwas Glück war Josh dort und unterhielt sich bloß noch etwas mit seinen Freunden aus dem Chor. Sicher gäbe es eine absolut unschuldige Erklärung dafür.

Erleichtert stellte Mark an der Kirche fest, dass die Tür nicht verschlossen war, und als er einige Stimmen hörte, atmete er laut aus. Sie waren noch da. Alles war in Ordnung.

Eilig stieg er hinab in den Probenraum. Als Erstes sah er den Chorleiter, der sich mit einigen der Jugendlichen unterhielt. Josh entdeckte er allerdings nicht unter ihnen.

Mr Henchley nahm Marks Schritte wahr und drehte sich zu ihm um. „Oh, Dr. Henshaw. Wie gut, dass Sie hier sind. Ich hatte vorhin ein paar Mal bei Ihnen angerufen, Sie aber nicht erreicht. Ist alles in Ordnung mit Josh?"

Beinahe blieb Mark das Herz stehen. „Was soll das heißen? Ist Josh etwa nicht hier?"

„Nein, er ist heute nicht zur Probe gekommen. Deshalb habe ich Sie angerufen. Doch als niemand ans Telefon ging, konnte ich nur hoffen, dass es irgendeine simple Erklärung gibt."

„Das heißt, Sie haben Josh heute weder gesehen noch gehört?", hakte Mark noch einmal nach.

„Nein, leider nicht."

Mit einem Mal hatte Mark wieder das Bild des verwundeten Jungen in der Notaufnahme vor Augen und musste sich mit einer Hand an der Wand festhalten. Wo um alles auf der Welt steckte Josh?

„Ich bin eben erst nach Hause gekommen und als Josh nicht da war, habe ich angenommen, dass er noch hier sei. Mir ist völlig schleierhaft, wo er sonst sein könnte", räumte Mark ein, hielt die Hände vors Gesicht und holte tief Luft.

„Machen wir uns besser keine zu großen Sorgen. Junge Männer brauchen manchmal einfach einen Ort, um etwas Dampf abzulassen."

Was sollte das heißen? Mark hatte noch nie das Bedürfnis gehabt, Dampf abzulassen. Unruhig raufte sich Mark die Haare. So viel zum Thema Freiraum lassen. Da reichte er Josh den kleinen Finger und er schnappte sich gleich die ganze Hand?

„Vielleicht sind er und Marissa ja zusammen durchgebrannt", scherzte eines der Mädchen.

Ein anderer Junge schnaubte. „Ja, genau, davon träumt er vielleicht."

„Na ja, es ist ja offensichtlich, dass er sich in Marissa verguckt hat."

Ein weiteres Mädchen kicherte.

Mark konnte kaum glauben, was er da hörte. Nicht nur Josh hatte heute gefehlt, sondern … „Marissa war auch nicht hier?"

„Nein“, erwiderte Mr Henchley mit finsterer Miene. „Und da sie erst kürzlich umgezogen ist, weiß ich leider nicht, wie ich ihre Schwester erreichen kann.“

Mit Mühe unterdrückte Mark ein Stöhnen. Isabelle war sicher außer sich vor Sorge! Es sei denn, Marissa wäre einfach zu Hause geblieben. So oder so, Mark musste dem Ganzen auf den Grund gehen. Falls Marissa tatsächlich zu Hause war, wüsste sie ja vielleicht, wo Josh steckte.

„Danke für Ihre Zeit, Mr Henchley. Bitte entschuldigen Sie die Umstände.“

„Viel Glück bei der Suche.“

Seine Worte hallten in Marks Ohren nach. *O Herr. Bitte, zeig mir, wo ich nach ihnen suchen soll, und sei du bei ihnen, bis ich sie gefunden habe.*

Kapitel 17

Etwas orientierungslos setzte Isabelle sich auf und rieb sich die Augen. Die schrecklichen Kopfschmerzen waren zum Glück verschwunden, doch irgendetwas hatte sie aus dem Schlaf gerissen. Von draußen hörte sie Stimmen. War Marissa etwa schon wieder von der Chorprobe zurück?

Beim Abendessen hatte Isabelle kaum ein Wort gesagt. All ihre Gedanken kreisten um Elias Antrag, der ihre Kopfschmerzen nur verschlimmert hatte. So sehr, dass sie Tante Rosie sie ins Bett geschickt hatte.

Nur ungern hatte Isabelle eingewilligt und war sehr erpicht darauf gewesen, Marissa wenigstens vom Chor abzuholen. Als sie nun aufstand, fiel ihr Blick auf den nachtschwarzen Himmel. O nein, war es schon so spät?

Aus dem anderen Zimmer hörte sie eine tiefe Männerstimme und erschrak. Wer mochte das sein, wer käme so spät am Abend zu Besuch?

Sie schaltete die Nachttischlampe an, strich sich kurz über Haare und Kleidung und begab sich in die Wohnküche.

Als sie die Tür öffnete, sah sie Mark Henshaw im Flur stehen, die Stirn in Sorgenfalten gelegt. Neben ihm Tante Rosie, die ebenso finster dreinblickte.

„Was ist passiert?“, fragte Isabelle mit einer Hand auf dem Bauch. Noch mehr schlechte Nachrichten konnte sie nicht ertragen.

„Marissa ist noch nicht wieder zu Hause“, sagte Tante Rosie. Bei diesen Worten sträubten sich Isabelle die Nackenhaare.

„Und Josh ist auch verschwunden“, fügte Mark an.

„W-wie spät ist es denn?“

„Kurz nach neun.“

„Oh“, erwiderte Isabelle und setzte sich auf die Armlehne eines der Sessel. Wo konnte Marissa nur sein? War sie nach der Chorprobe noch irgendwohin gegangen?

Mark trat auf sie zu. „Marissa und Josh haben beide bei der Probe gefehlt. Sicher sind sie zu zweit unterwegs."

„Gefehlt? Aber Marissa ist schon vor Stunden aus dem Haus gegangen." Isabelle schnürte sich der Hals zu und ihr Herz begann zu rasen. „Sind sie vielleicht bei euch zu Hause?"

Mark schüttelte den Kopf. „Nein, ich kam um halb neun nach Hause, aber da war niemand."

Isabelles größte Angst hatte sich bestätigt: Die Beziehung zwischen Josh und Marissa war von Tag zu Tag bedeutsamer geworden. Wohin würde sich ein junges Pärchen in ihrem Alter zurückziehen, um allein zu sein? Sie atmete einmal tief durch und versuchte, Ruhe zu bewahren. „Bist du mit dem Wagen hier?"

„Ja, er steht gleich vor der Tür."

Mit zittrigen Beinen stand sie auf. „Wir müssen sie suchen gehen. Ich hole mir kurz eine Strickjacke."

„Nein, ich gehe schon", sagte Mark und trat zur Tür. „Bleib du hier, falls sie zurückkommen."

Isabelle schüttelte den Kopf. „Ich komme mit, schließlich bin ich für Marissa verantwortlich."

Mark startete den Wagen; Isabelle war elend zumute. So fest, wie er das Lenkrad umklammerte, war er ebenso beunruhigt und verärgert wie sie. Was hatte sich Marissa nur dabei gedacht? Wie konnte sie einfach so wegbleiben, ohne jemandem Bescheid zu geben?

Isabelle kam ein schrecklicher Gedanke: Was, wenn die beiden tatsächlich durchgebrannt waren?

Schnell verbannte sie die Idee wieder aus ihren Gedanken, die beiden waren noch viel zu jung, um ohne elterliche Genehmigung zu heiraten. Gott sei Dank!

„Ich dachte, du würdest Marissa jetzt immer zu den Chorproben begleiten", sagte Mark mit leicht vorwurfsvollem Ton und Isabelle nahm es ihm nicht übel. Wenn sie sich an ihren Teil der Vereinbarung gehalten hätte, wäre ihnen dieser Schlamassel erspart geblieben.

„Ja, das hatte ich auch vor, aber heute Nachmittag hatte ich dann so starke Kopfschmerzen, dass ich mich kurz hingelegt habe. Dabei muss ich eingeschlafen sein. Es tut mir so leid", erklärte sie mit zittriger Stimme. „Ich kann einfach nicht glauben, dass das hier gerade wirklich geschieht."

„Hast du vielleicht eine Idee, wo die beiden sein könnten? Vielleicht an Marissas Schule? Dort hat Josh sie anscheinend ja schon öfter besucht."

„Ja, dort könnten wir es versuchen", gab Isabelle ihm recht und trommelte nachdenklich mit den Fingern auf ihrer Tasche. Wo sonst? „Marissa geht sehr gern im Park spazieren, meist am Wasser entlang."

„Gut. Als Erstes fahren wir zur Schule und danach suchen wir die umliegenden Parks ab."

„Die Mädchenschule liegt auf der Lonsdale Road, auf der Höhe der Spadina Avenue."

„Alles klar." An der nächsten Kreuzung bog Mark nach links ab. „Und was ist mit Restaurants und Cafés? Gibt es irgendeines, wo Marissa sich gern mit ihren Freundinnen trifft?"

Beschämt biss Isabelle sich auf die Lippe. „Nicht, dass ich wüsste."

„Wo Josh sich in seiner Freizeit gern aufhält, weiß ich auch nicht", räumte er mit einem Stirnrunzeln ein. „Ich hätte aufmerksamer sein sollen … dann wüsste ich jetzt vielleicht, wo er steckt."

„Mich trifft die gleiche Schuld." Eigentlich dachte Isabelle immer, dass sie und Marissa eine sehr enge Beziehung pflegten. Dass ihre Schwester ihr alles erzählte. Jetzt aber fiel ihr auf, wie wenig sie tatsächlich über sie und ihre Freunde wusste.

„Da vorne auf der rechten Seite ist es", sagte Isabelle und zeigte auf ein großes Backsteingebäude.

Langsam rollten sie auf die kreisrunde Einfahrt zu, bis Mark den Motor abstellte. Die dunklen Schulfenster sahen nicht besonders vielversprechend aus.

„Vielleicht sehen wir auch hinter dem Gebäude nach", sagte Isabelle beim Öffnen der Wagentür.

Aus dem Handschuhfach holte Mark eine Taschenlampe hervor. „Hier, die könnte helfen."

Kurz darauf hatte er Isabelle wieder eingeholt und sie gingen gemeinsam in Richtung Hausrückseite. Abgesehen von einer einsamen Glühbirne über einer Seitentür war es dunkel und das große Schulhaus wirkte unheimlich. Über das Licht von Marks Taschenlampe war Isabelle sehr froh. Schnell wurde ihnen klar, dass Josh und Marissa nicht hier waren, und sie gingen zurück zum Wagen.

„Kennst du einen Park hier in der Nähe? Oder vielleicht einen in eurer alten Wohngegend, zu dem Marissa gern geht?", fragte Mark, während er den Wagen wieder startete.

„Ja, ganz in der Nähe von unserem Haus gibt es einen …", begann sie, bevor ihr ein anderer Gedanke kam. „Moment. Vielleicht sind sie auch bei unserem alten Haus?" Womöglich hatte Marissa Heimweh. Das würde ihre merkwürdige Stimmung in der letzten Zeit erklären.

„Natürlich. Das hätte uns auch früher einfallen können", sagte Mark und drehte sofort in die entgegengesetzte Richtung um.

Unruhig spielte Isabelle mit einem Taschentuch zwischen den Fingern. „Ich weiß einfach nicht, was mit meiner Schwester los ist. Es fühlt sich an, als würde ich sie verlieren."

Mark legte eine Hand über ihre und die Wärme, die von ihm ausging, gab Isabelle ein merkwürdiges Gefühl von Sicherheit. „Mach dir keine Sorgen. Wir finden sie, versprochen."

Insgeheim glaubte sie ihm. Und weil sie zusammen waren und Isabelle ihre Sorgen zum ersten Mal seit langer Zeit wieder mit jemandem teilen konnte, fühlte sie sich auch endlich nicht mehr so allein.

Dankbar ergriff sie seine Hand. „Danke, Mark. Ich weiß nicht, was ich jetzt ohne dich tun würde." Ohne ihn hätte sie nicht einmal einen Wagen, um nach Marissa zu suchen.

Er wandte den Kopf zu ihr und sah sie fest an. Dann nickte er kurz und lenkte seine Aufmerksamkeit wieder auf die Straße.

„Denkst du, die beiden sind diesen weiten Weg zu Fuß gegangen?", fragte Isabelle nun.

„Vielleicht. Oder sie haben den Bus genommen."

Besorgt sah Isabelle auf die Uhr, es war bereits nach zehn. Marissa war nun seit über vier Stunden außer Haus. Der Knoten in ihrem Magen wurde immer größer.

„Wie konnte ich es nur so weit kommen lassen?", klagte Isabelle sich selbst an. „Bei unserem letzten gemeinsamen Essen war ich gedanklich ganz woanders, zu sehr in mein eigenes Dilemma vertieft. Sonst hätte ich sicher mitbekommen, dass irgendetwas nicht stimmt."

„Was denn für ein Dilemma?", hakte Mark mit leicht zusammengekniffenen Augen nach.

Isabelle zögerte und zuckte schüchtern mit den Schultern. „Gestern hat Elias Wheatherby um meine Hand angehalten und ich habe über meine Antwort nachgedacht …"

Kapitel 18

Eiskalt lief es Mark den Rücken herunter. „Ein Heiratsantrag?“, würgte er nur hervor.

Isabelle nickte und einen Moment lang hatte er den Eindruck, sie würde nicht weitersprechen. Dann seufzte sie. „Letzte Woche bin ich Elias, einem alten Bekannten, im Hotel über den Weg gelaufen. Er hat mich vor einer sehr unangenehmen Situation mit einem Hotelgast bewahrt“, sagte sie und zog dabei die Brauen zusammen. „Und als er mich kurz darauf zum Essen eingeladen hat, konnte ich einfach nicht Nein sagen. Das war ich ihm schuldig.“

Mark erstarrte. Was für eine unangenehme Situation mochte das gewesen sein? „Ich verstehe, und dann?“

„Nun ja, nach dem Essen hat er davon gesprochen, wie gut wir zusammenpassen würden und mir plötzlich einen Antrag gemacht. Das kam mehr als überraschend.“

Mit einem Mal kam es Mark im Wagen ausgesprochen heiß vor. Er kurbelte das Fenster einen Spaltbreit herunter und ließ einen Moment verstreichen, bevor er fragte: „Und, hast du geantwortet?“

„Nein. Ich habe ihn um etwas Bedenkzeit gebeten.“

Das war wenigstens etwas. Aber am liebsten wäre ihm natürlich gewesen, Isabelle hätte diesen anderen Mann direkt abgewiesen.

„Willst du mir gar keinen Rat geben?“, fragte Isabelle und sah ihn verwundert von der Seite an.

„Da ich weder den Mann kenne noch weiß, wie du zu ihm stehst, bin ich nicht gerade der beste Ratgeber, fürchte ich.“

„Hm, da hast du recht“, sagte sie mit einem erneuten Seufzen. „Aber Elias zu heiraten, würde gleich mehrere Probleme lösen.“

„Nicht gerade der beste Grund für eine Ehe“, erwiderte Mark und bereute seine Worte, kaum dass er sie ausgesprochen hatte.

„Ich wäre nicht die erste, die aus Vernunft heiratet“, entgegnete Isabelle selbstsicher. „Elias würde Marissa die Sicherheit bieten, die sie gerade so dringend braucht.“

„Das stimmt, aber was ist mit dir?", fragte Mark und umklammerte das Lenkrad noch fester. „Auf keinen Fall solltest du deine eigenen Träume aufgeben, nur um Marissa das Leben einfacher zu machen." Die Ironie dieser Worte traf Mark tief im Innern. Tat er nicht gerade genau das Gleiche für Josh?

„Gedanken an mich kann ich mir nicht leisten, Mark", sagte Isabelle leise. „Ich muss tun, was für Marissa gut ist."

So gern er ihr auch weiter widersprechen wollte, ihm fehlten die Argumente. Würde Mark in ihrer Situation nicht genauso reagieren?

„Aber bitte versprich mir, nichts zu überstürzen, Isabelle. Denk gut nach, bevor du eine Entscheidung triffst. Und bitte Gott um Weisheit und Führung."

„Das tue ich. Noch nie zuvor habe ich so viel und so intensiv für etwas gebetet."

Ein Stück vor ihnen kam das vertraute Anwesen der Wardrops in Sicht und Mark bog in die Einfahrt. Das *Zum Verkauf*-Schild auf der Wiese stach sofort ins Auge.

Überrascht sog Isabelle die Luft ein.

Wie fürchterlich musste es sich anfühlen, vor seinem Elternhaus von solch einem Schild begrüßt zu werden? Nur eines der Außenlichter leuchtete, der Rest des Hauses lag in völliger Dunkelheit.

„Am besten sehen wir gleich hinten im Garten nach", sagte Isabelle. „Wenn sie hier sein sollten, dann sicher dort."

„Besser du gehst vor", erwiderte Mark und reichte ihr die Taschenlampe. Von seinen Arztbesuchen kannte er bloß das Hausinnere.

Durch ein Eisentor kamen sie in einen Hinterhof. Von dort führte ein schmaler Weg zu einer großen überdachten Terrasse mit Blick auf einen prachtvoll blühenden Garten. Im hinteren Bereich lag ein Schwimmbecken unberührt da.

Von Josh und Marissa fehlte jede Spur.

Entschieden ging Isabelle weiter und leuchtete mit der Taschenlampe zuerst die Terrasse ab, dann das Schwimmbecken. Plötzlich hielt sie inne.

Mark folgte ihrem Blick zu einem Gebäude hinter dem Becken, das wie ein ziemlich großes Gartenhäuschen aussah. Unterhalb des Türschlitzes fiel ein kleiner Lichtstrahl hindurch.

Sie dachte doch nicht etwa, dass …

Noch bevor Mark ein Wort sagen konnte, marschierte Isabelle so zielsicher auf das Häuschen zu, sodass er kaum hinterherkam.

Sie zögerte nicht eine Sekunde, sondern riss die Tür auf und marschierte geradewegs hinein.

„Isabelle, warte!“, rief Mark. Was, wenn sich ein Landstreicher dorthin verirrt hatte?

Isabelle schrie auf und Mark eilte ihr hinterher.

Vor ihnen lagen Josh und Marissa eng umschlungen auf einem Liegestuhl, die Augen geschlossen. Vermutlich schliefen sie.

„Marissa Wardrop. Steh sofort auf!”, befahl Isabelle, während sie ihre Schwester an der Schulter wachrüttelte. Ihr fester Griff unterstrich ihre Worte.

Erschrocken flogen Marissas Augen auf und sie starrte Isabelle an.

Verblüfft sprang Josh auf die Beine und fuhr sich mit der Hand durch das zerzauste Haar. „Mark! Was machst du denn hier?“

Hitze stieg Mark ins Gesicht. „Was *ich* hier mache? Die Frage ist viel eher, was um alles auf der Welt ihr hier zu suchen habt?“ Sein Blick wanderte zu Marissa. Auch ihr Haar war zerzaust, ihre Haut gerötet. Hatte sie geweint?

Marks Gedanken rasten und er versuchte vergeblich, das Ganze in einen logischen Zusammenhang zu bringen, die einzelnen Puzzleteile zu einer Geschichte zusammenzufügen. Doch er konnte bloß daran denken, in was für eine verzwickte Lage Josh Marissa gebracht hatte. Das hier war genau das, was er gelobt hatte, nicht zu tun. Gott sei Dank waren die beiden wenigstens voll bekleidet.

„Raus hier, und zwar auf der Stelle“, forderte Mark.

Mit gequältem Blick sah Josh zu Marissa.

„Sofort!“, wiederholte Mark noch lauter.

Wütend schob Josh sich an ihm vorbei nach draußen. Er ging ein paar Schritte über die Wiese, bis er mit verschränkten Armen stehen blieb.

Auch in Mark kochte die Wut. Er atmete mehrmals tief durch, um seine Gefühle im Zaun zu halten und nichts zu sagen, was er nicht mehr zurücknehmen konnte. Als er sich schließlich einigermaßen gefangen hatte, trat er neben seinen Bruder. „Ich hätte gern eine Erklärung."

In Joshs Blick lag Verachtung. „Wozu denn? Dein Urteil hast du doch schon längst gefällt. Dir ist doch egal, was ich sage."

Eine Mischung aus Erleichterung und Wut ließ Isabelle am ganzen Körper zittern. Sie war froh, dass Marissa wohlauf war, ärgerte sich aber, dass sie sich mit Josh in der Gartenhütte versteckt hatte. So, wie sie die beiden gefunden hatte, malte sich Isabelle das Schlimmste aus.

„Was ist bloß in dich gefahren, Marissa? Kannst du dir nicht vorstellen, was für Sorgen ich mir gemacht habe, als du nicht nach Hause gekommen bist? Und dass ich dich ausgerechnet hier finde, und dann noch mit einem Jungen!", sagte sie und warf die Hände empört in die Höhe. „Was hast du dir nur dabei gedacht?"

Marissa stand auf und strich ihre Kleidung glatt. „Josh hat bloß versucht, mir mit einem Problem zu helfen. Und dann sind wir wohl eingeschlafen."

„O ja, ich kann mir schon vorstellen, wie er dir geholfen hat", sagte Isabelle und zeigte auf die zerknautschten Kissen auf der Liege. „Hast du denn gar keine Selbstachtung? Oder ist dir dein Ruf jetzt völlig egal?"

Sofort errötete Marissa. „Es ist nicht, wonach es aussieht! Josh ist der liebevollste und fürsorglichste –"

„Das will ich alles nicht hören. Wenn er auch nur einen Funken Anstand hätte, hätte er dich nach Hause gebracht", unterbrach Isabelle sie und spürte, wie die Wut in ihr Überhand gewann. „Und jetzt komm."

Obgleich Marissa erst so aussah, als wollte sie weiter diskutieren, verkniff sie sich jeden weiteren Kommentar und marschierte stur nach draußen.

Der Himmel über ihnen war aufgeklart und der Garten erstrahlte im sanften Mondlicht. Marissa war schon beinahe am Gartentor angekommen und ließ Mark und Josh, die sich wütend anschwiegen, völlig unbeachtet. Nur zu gut konnte Isabelle sich vorstellen, was Mark seinem Bruder aus lauter Entsetzen an den Kopf geworfen haben musste.

„Mark, würdest du uns bitte nach Hause fahren?", fragte sie leise.

Wortlos nickte er und zeigte in Richtung Wagen. Ebenso schweigend setzte Josh sich in Bewegung.

Nachdenklich strich sich Mark über den Bart. „Das alles tut mir schrecklich leid, Isabelle. Niemals hätte ich Josh so etwas zugetraut."

Sein Empören über Joshs Verhalten zeugte davon, was für ein anständiger Mensch er war. Isabelle kannte ihn als Mann mit Prinzipien, der Ehrlichkeit und Aufrichtigkeit schätzte. Seinen Bruder in solch einer Situation gefunden zu haben, war sicher alles andere als einfach für ihn.

„Dazu gehören immer noch zwei", sagte sie. „Aber anscheinend haben wir sie gerade noch rechtzeitig gefunden."

„Das hoffe ich doch", sagte er und sein Kiefer zuckte. „Aber eins steht fest: Ich werde Josh nicht ungestraft davonkommen lassen. Ein solches Verhalten schreit geradezu nach Schwierigkeiten. Er soll auf jeden Fall verstehen, dass so etwas nie wieder vorkommen darf."

Isabelle nickte. „Ja, das werde ich auch Marissa klarmachen." Dass sie und Mark sich in der Hinsicht einig waren, erleichterte Isabelle.

Schweigend fuhren sie nach Hause und Isabelle entschied, dass es für weitere Diskussionen bereits zu spät war, da die Gemüter ohnehin viel zu aufgeheizt waren.

Vielleicht sähe die Welt morgen schon ganz anders aus.

Kapitel 19

Ganz entgegen ihrer Hoffnung war Marissa am nächsten Morgen missmutiger als jemals zuvor und zeigte nicht einen Hauch von Reue, dass sie Isabelle solche Sorgen bereitet hatte.

„Ich will nicht darüber reden", war ihre einzige Reaktion, als Isabelle das Gespräch suchte.

„Ob du willst oder nicht – wir werden darüber reden", verkündete Isabelle, während sie ihre Bluse zuknöpfte. „Ich habe ein Recht darauf zu erfahren, was los war. Als dein Vormund bin ich verantwortlich für dich."

„Aber nur bis zu meinem achtzehnten Geburtstag. Und das ist nicht mehr lange", erwiderte Marissa barsch und flocht ihre Haare zu einem Zopf. Sie war so grimmig, dass sie Isabelle nicht einmal ansah.

Womit hatte sie das verdient? Nicht sie war diejenige, die einen Fehler begangen hatte. Wie gelang es Marissa nur, dass nun aber *Isabelle* sich wie eine Schwerverbrecherin fühlte?

„Wenn das deine Antwort ist, lässt du mir keine andere Wahl: Ab sofort hast du Hausarrest. Außer als zur Schule darfst du die Wohnung nicht mehr verlassen. Schluss mit Freunden und dem Chor."

Ungläubig drehte Marissa sich zu ihr um. „Das kann nicht dein Ernst sein!"

„O doch. Das ist mein voller Ernst", entgegnete Isabelle entschieden. Sie atmete langsam aus, um sich zu beruhigen, vergeblich. „Ich will nur dein Bestes, Marissa. Es sind nur noch wenige Wochen bis zu den Abschlussprüfungen. Ich lasse nicht zu, dass du deine Zukunft wegwirfst – und schon gar nicht für einen Jungen."

Kurz füllten sich Marissas bernsteinfarbene Augen mit Tränen, doch schon im nächsten Augenblick kam wieder die Rebellin in ihr hervor. „Niemals hätte ich damit gerechnet, dass meine Schwester zur Diktatorin wird", bellte sie und stürmte mit ihrer Schultasche aus dem Zimmer.

Sofort bereute Isabelle ihre Worte. Das hatte sie nicht gerade taktvoll gelöst. Die Verzweiflung machte sie manchmal sehr hart.

Mit einem erschöpften Seufzen ließ sie sich wieder auf das Bett sinken. Gott sei Dank hatte sie heute frei. Bei all den Sorgen und Gedanken in ihrem Kopf wäre es ihr ohnehin kaum möglich gewesen, sich auf irgendetwas anderes zu konzentrieren.

Und Elias erwartete auch noch eine Antwort von ihr. Das ganze Chaos um Marissa hatte Isabelle wieder neu gezeigt, wie sehr ihre Schwester sie brauchte. An sich selbst zu denken, konnte sie sich im Moment wirklich nicht erlauben. Sie konnte Marissa eine gute Zukunft schenken – nur ein Narr würde diese Gelegenheit verstreichen lassen.

Am Mittwochnachmittag wartete Isabelle vor dem Bistro auf Elias. Sie war so nervös, dass sie kaum Luft bekam.

Das hier war doch das Richtige, oder?

„Isabelle, meine Liebe. Ich hoffe, Sie warten noch nicht lange", grüßte sie Elias und nahm den Hut vom Kopf.

„Überhaupt nicht. Ich bin gerade erst gekommen."

„Sehr gut." Er führte sie zu dem gleichen Tisch wie beim letzten Mal nur wenige Tage zuvor. Einen Augenblick später kam auch schon die Kellnerin. „Einen Kaffee für Sie, Isabelle? Oder lieber Tee?"

„Nur ein Glas Wasser, bitte."

Elias bestellte sich einen Kaffee.

Mit einem nachdenklichen Blick kam er direkt auf den Punkt. „Haben Sie schon eine Antwort für mich?"

Tief holte Isabelle Luft, dann sah sie Elias direkt an. Ihre Entscheidung war gefallen und das würde sie ihn ohne Umschweife wissen lassen. „Ja, ich habe mich entschieden."

„Dann spannen Sie mich bitte nicht noch länger auf die Folter", erwiderte Elias mit so hoffnungsvollem Blick, dass Isabelle nur umso unruhiger wurde.

Gerade in diesem Moment brachte die Kellnerin ihre Getränke.

Elias bedankte sich kurz und lenkte seine Aufmerksamkeit wieder auf Isabelle. Erwartungsvoll zog er eine Braue in die Höhe.

Schnell nahm Isabelle einen Schluck Wasser, räusperte sich und setzte ein Lächeln auf. „Ich habe lange nachgedacht und ja, ich möchte Ihre Frau werden."

Sein Gesicht erhellte sich. „Oh, Isabelle. Das ist ja großartig!", erwiderte Elias und griff nach ihrer Hand. „Das hätte ich nicht zu hoffen gewagt. Sie machen mich so glücklich – oder vielleicht sagen wir jetzt Du?"

„Ja, gern", erwiderte sie und lächelte so lange, bis ihre Wangen schmerzten.

„Und wann wollen wir heiraten?", fragte er, während er ihren Handrücken mit seinem Daumen massierte.

Auch darüber hatte Isabelle schon nachgedacht. „Ende Juni beendet meine Schwester Marissa die Schule. Wie wäre Anfang Juli?"

„Wunderbar", willigte er freudestrahlend ein. „Die Details überlasse ich gern dir. Aber meine Mutter wird dir sicher helfen wollen."

Mrs Wheatherby. Eine recht einschüchternde, verwitwete Mittfünfzigerin. Was dachte sie wohl darüber, dass ihr Sohn sie heiratete? „Wird sie ihr Einverständnis zu unserer Hochzeit geben – nach dem Skandal um meinen Vater, meine ich."

„Natürlich! Niemand kann etwas für die Fehler seiner Eltern", sagte er, ohne ihren Blick zu erwidern und nahm stattdessen einen Schluck Kaffee.

Wahrscheinlich war Mrs Wheatherby weniger nachsichtig als er. Wie dem auch sei. Auch dieses Problem ließe sich lösen … mit ein bisschen Zeit.

„Nun, ich nehme ihre Hilfe natürlich gern an", erwiderte Isabelle. Es war wichtig, ihre künftige Schwiegermutter für sich zu gewinnen und eine gute Beziehung aufzubauen.

Doch was Isabelle noch mehr interessierte, war allein Marissas Zukunft. Und wenn die Ehe mit Elias dazu beitrug, ihre Schwester wieder auf Kurs zu bringen, nähme sie dafür alles in Kauf.

Mit unruhigem Herzen klopfte Mark am Mittwochabend an Rosies Wohnungstür. Wie war Isabelle heute auf ihn zu sprechen? Hatte er nun, nach Joshs und Marissas Tollheit, ihre Freundschaft wieder verloren?

„Guten Abend, Dr. Henshaw", grüßte ihn Mrs O`Grady. „Kommen Sie doch herein."

„Vielen Dank."

„Ich nehme an, Sie wollen zu Isabelle", sagte sie, als sie ihn ins Wohnzimmer führte.

„Ja, das stimmt. Ist sie denn da?"

Am Ende des Flurs öffnete sich eine Tür und wenige Momente später trat Isabelle herein. „Mark. Das ist aber eine Überraschung." Sie trug heute eine rosa Bluse und einen blauen Rock und sah wie immer bezaubernd aus. Eine Klammer hielt das blonde Haar aus dem Gesicht, das sonst in großen Wellen über die Schultern fiel. „Tante Rosie, könnten wir vielleicht eine Tasse Tee haben? Aber nur, wenn es keine zu großen Umstände macht."

„Wann hat eine Tasse Tee jemals Umstände bereitet?", erwiderte Rosie mit einem Lachen. Und während sie Wasser aufsetzte, nahmen Isabelle und Mark auf den Sesseln Platz.

„Ich bin hier, um mich für meinen Bruder zu entschuldigen", sagte er etwas leiser, falls Marissa sich im Nebenzimmer befand. „Und um zu fragen, wie es euch geht. Ich hoffe, Josh hat Marissa keinen zu großen Kummer bereitet." Noch immer hatte Mark keine Ahnung, warum das Mädchen geweint hatte, aber er betete inniglich, dass es nichts mit seinem Bruder zu tun hatte.

Mitfühlend sah Isabelle ihn an. „Eine Entschuldigung ist nicht nötig. Du kannst ja nichts für sein Verhalten."

„Na ja, als sein Vormund fühle ich mich trotzdem verantwortlich." Wieder senkte Mark die Stimme, als er fragte: „Hast du schon etwas mehr über gestern Abend herausfinden können?"

Kurz warf Isabelle einen Blick in den Flur, dann beugte sie sich ein Stück zu ihm vor. „Nicht ein Wort. Marissa möchte nicht darüber reden. Aber sie ist sehr übel gelaunt und schnell reizbar. Ich habe nicht die geringste Ahnung, was mit ihr los ist."

„Mit Josh geht es mir leider genauso", entgegnete Mark mit gerunzelter Stirn. „Ich hatte gehofft, dass Marissa vielleicht mehr erzählt hat."

„Leider nein." Sie seufzte. „Und ich fürchte, heute Morgen habe ich die Geduld mit ihr verloren. Sie steht jetzt unter Hausarrest, außer zur Schule darf sie das Haus nicht verlassen."

Mark nickte. „Das ist gut. So können sich die beiden bei der Probe nicht mehr sehen. Auch wenn ich es nicht für undenkbar halte, dass Josh sie wieder an der Schule besucht", gestand er mit einem Kopfschütteln.

Mit der Teekanne in der Hand kam Rosie auf sie zu. „Hast du dem Doktor schon von deinen Neuigkeiten erzählt?", fragte sie Isabelle und sah sie bedeutungsschwer an. Als Mark den Blick bemerkte, begann sein Herz unruhig zu schlagen.

Isabelle errötete. „Das wollte ich gerade", erwiderte sie, während sie konzentriert dabei zusah, wie Rosie ihnen Tee einschenkte. Erst danach sah sie ihn an. „Ich habe Elias' Antrag angenommen. Wir werden gleich nach Schuljahresende heiraten."

Heiraten. Mark hatte das Gefühl, den Boden unter den Füßen zu verlieren. Nein! Nicht jetzt, wo ihre Freundschaft sich so gut entwickelte.

„Und bis dahin hat Elias uns seinen Fahrer angeboten", sprach Isabelle schnell weiter, der offensichtlich ebenso unwohl zumute war. „Marissa ist also auch auf dem Weg zur Schule und zurück unter Aufsicht."

In dem vergeblichen Versuch, seine Enttäuschung zu verbergen, musste Mark mehrmals schlucken. „Ich verstehe", erwiderte er. Die Höflichkeit verlangte es, dass er ihr gratulierte, doch das brachte er nicht übers Herz. Zumindest nicht sofort. „Hast du Elias von dem Vorfall im Gartenhaus erzählt?"

„Nicht direkt, nein. Ich habe nur erwähnt, dass ich Marissa davon abhalten möchte, so kurz vor Ende der Schulzeit auf dumme Gedanken zu kommen, und dass ich seine Hilfe dabei sehr zu schätzen weiß."

Mark nickte, für alles andere fehlten ihm die Worte. Eigentlich sollte er erleichtert sein, dass damit auch Josh außer Gefahr war – doch die Hintergründe für diesen Fahrer gefielen ihm überhaupt nicht. Er nahm einen großen Schluck seines Tees, dann stellte er die Tasse wieder auf das Tablett. „Nun gut, ich sollte jetzt besser gehen. Vielen Dank für den Tee."

Isabelle begleitete ihn zur Tür. „Danke für den Besuch, Mark. Ich hoffe, dass Josh und Marissa jetzt außer Gefahr sind." Kurz zögerte sie und einen Moment lang sah er den Ausdruck von Bedauern in ihrem Gesicht. „Und vielen herzlichen Dank für alles, das du für uns getan hast. Ich wünsche dir und Josh nur das Beste."

Schlagartig wurde Mark klar, dass das hier womöglich ein Abschied war. Nun, da sich das Problem zwischen ihren Geschwistern geklärt zu haben schien, sah er Isabelle vielleicht zum letzten Mal. Mit einem letzten langen Blick versuchte er sich ihr Gesicht einzuprägen: das lebhafte Blau ihrer Augen, den rosigen Hautton, die zarten Wangenknochen.

„Das wünsche ich euch auch. Nichts weniger hast du verdient", sagte er und versuchte dabei vergebens zu lächeln. „Hoffentlich weiß Elias, was für ein Glückspilz er ist."

Auch Isabelle war gerührt. „Pass gut auf dich auf."

„Du auch. Und mein Angebot steht weiterhin: Wenn du mich brauchst, bin ich nur einen Anruf entfernt."

Kapitel 20

In den nächsten Tagen stürzte Mark sich in die Arbeit und suchte mit großem Eifer nach Räumlichkeiten für seine Praxis. Dafür hatte er einen Immobilienmakler beauftragt, dem er seine Standortpräferenzen sowie die sonstigen Erwartungen genannt hatte. Zudem nahm Mark noch mehr Hausbesuche wahr als gewöhnlich, sodass er abends stets todmüde ins Bett fiel. Im Moment kam ihm alles gelegen, das ihn von der schrecklichen Wahrheit ablenkte, Isabelle verloren zu haben.

All seinen Bemühungen zum Trotz hatte er bei der Immobiliensuche bisher kein Glück gehabt. Heute Nachmittag wollte Mr Remington ihm noch ein paar Vorschläge zeigen. Da Marks Urlaubswoche sich dem Ende zuneigte, wünschte er sich, heute fündig zu werden. Außerdem hoffte er bald wieder von Ruth zu hören, denn ohne finanzielle Unterstützung konnte er ohnehin keinen Vertrag unterzeichnen.

„Und Sie sind sich ganz sicher, dass Sie sich nur auf diesen Stadtteil konzentrieren wollen? Im Stadtzentrum hätte ich deutlich schönere Praxisräume im Angebot", versuchte der Makler ihn verzweifelt umzustimmen. Nelson Remington war ein untersetzter Mann mittleren Alters. Das immer lichter werdende, graue Haar trug er streng zu einer Seite gekämmt.

Bisher hatten sie sich drei verschiedene Gebäude angesehen, die in Marks Augen zu sanierungsbedürftig gewesen waren. Sein Geld würde nicht reichen, um sie wiederherzurichten.

„Ja, ich bin mir sicher. Hier werde ich gebraucht", erklärte Mark und warf einen Blick die Straße entlang. „Aber wir könnten noch ein paar Straßen weiter Richtung Osten gehen, solange wir uns nicht zu weit vom Armenviertel entfernen."

„Also gut", sagte Mr Remington mit einem Seufzen. „Aber ich habe ja noch zwei Vorschläge. Kommen Sie."

Als Nächstes sahen sie sich Räumlichkeiten oberhalb eines

Metzgers im jüdischen Viertel an. An sich war die Immobilie nicht schlecht, aber die steile Treppe bis in den ersten Stock würde für viele seiner Patienten eine große Hürde darstellen.

„Ich fürchte, es muss im Erdgeschoss sein“, erklärte er deshalb.

„Nun denn. Vielleicht sagt Ihnen ja das letzte Objekt zu.“

Dieses Mal gingen sie vier Straßen weiter, bis Mr Remington vor einem Haus stehen blieb, das allem Anschein nach einst ein Delikatessengeschäft gewesen war.

„Hier ist jetzt ein wenig Fantasie gefragt“, warnte Mr Remington Mark vor, als er den Schlüssel in die Tür steckte. „Aber dieses Objekt halte ich für sehr vielversprechend.“

Allmählich entwickelte Mark eine Abneigung gegen dieses Wort.

Doch schon nach dem ersten Schritt hatte Mark ein gutes Gefühl. Es roch zwar noch etwas nach gepökeltem Fleisch, aber ansonsten befand sich die Immobilie in einem sehr guten Zustand. Auf der einen Seite des Raumes gab es eine große Holztheke, auf der anderen einige Tische und Stühle. Am Ende eines kleinen Flurs entdeckte Mark zwei weitere Räume, die sich gut als Behandlungszimmer eignen würden, sowie ein Zimmer, das er zu seinem Büro umgestalten könnte. Und allzu viel Arbeit bedurfte es nicht – bloß eine gründliche Reinigung und ein neuer Anstrich.

Neugierig ging er weiter und kam in die einstige Küche. In dem Kühlschrank könnte man Medikamente lagern und dank des großen Waschbeckens und des metallenen Tischs würde er hier sogar kleinere chirurgische Eingriffe durchführen können.

„Und, was sagen Sie?“, fragte Mr Remington hoffnungsvoll, als sie wieder im Eingangsbereich vor der Holztheke standen. „Dieser Bereich hier könnte zum Beispiel die Rezeption werden. Die Stühle stellen Sie an die Wände dort hinten und dann brauchen Sie nur noch ein Tischchen für Zeitschriften und Magazine, hier und da eine Pflanze und fertig wäre das Wartezimmer.“

Mark nickte. Er hatte recht, dieses Objekt passte gut. Es lag zwar mitten in einem Gewerbegebiet, aber noch nahe genug am Armenviertel. Solange die Miete nicht zu teuer war, wären das die idealen Praxisräume.

Plötzlich wurde das Ganze real. Nachdenklich ließ Mark noch einmal den Blick durch den Raum wandern. Konnte das hier funktionieren? Zweifelsohne bräuchte er noch jemanden für den Empfang und vermutlich auch eine Krankenschwester. Aber wie sollte er das alles bezahlen?

Kurz schloss er die Augen und holte tief Luft. Eins nach dem anderen. „Ja, mein Interesse ist auf jeden Fall geweckt. Bitte bringen Sie die Miete und die sonstigen Vertragsbedingungen für mich in Erfahrung."

„Natürlich."

„Gut. Und in der Zwischenzeit spreche ich noch einmal mit meinem potenziellen Geschäftspartner."

Jetzt strahlte der Makler geradezu. „Hervorragend. Ich melde mich so bald wie möglich."

Noch einmal fuhr Mark mit der Hand über die Holztheke und ließ den Blick schweifen, bevor er hinausging.

Wenig später kam er gedankenversunken zu Hause an. Er ging in die Küche und wollte sich gerade ein Glas Limonade einschenken, da klingelte das Telefon.

„Dr. Henshaw? Hier spricht Rosie O'Grady", sagte die Frau am anderen Ende und klang dabei ungewöhnlich angespannt. „Ich störe Sie nur ungern, aber … könnten Sie vielleicht kommen? Marissa geht es nicht gut und ich würde mich wohler fühlen, wenn ein Arzt nach ihr sehen könnte."

Sofort begann sein Herz wie wild zu rasen. In den letzten Tagen hatte Mark sein Bestes gegeben, nicht an Isabelle zu denken, doch mit Rosies Anruf stiegen all die unterdrückten Gefühle erneut an die Oberfläche. Aus Eigenschutz sollte er ihr raten, dass sie besser einen anderen Arzt anriefe – doch das würde wiederum bedeuten, dass er seine eigenen Bedürfnisse höher stellte als die einer Patientin. Und das könnte er niemals mit seinem Gewissen vereinbaren"

„Natürlich. Ich fahre sofort los."

Isabelles Füße schmerzten. Der Heimweg von der Bushaltestelle am Ende eines Arbeitstages hatte sich zu einer wahren Qual entwickelt. Wie lange musste sie das noch aushalten? Bis zur Hochzeit waren es noch ein paar Wochen, erst danach könnte sie sich den Aufgaben einer Ehefrau widmen.

Sie dachte an Marissa und legte die Stirn in Falten. Seit sie von der Verlobung wusste, wirkte sie nur umso launischer. Dass Elias' Chauffeur sie zur Schule brachte, gefiel ihr gar nicht, stets klagte sie über diese Freiheitseinschränkung. Und nicht einmal die Aussicht, bald in das wunderschöne Anwesen der Wheaterbys zu ziehen, munterte sie auf. Dabei hatte Isabelle immer gedacht, Marissa würde sich freuen, zu ihrem gewohnten Lebensstil zurückzukehren. Leider schien Marissa niedergeschlagener denn je.

War es richtig, was Isabelle tat?

O Herr, in letzter Zeit scheine ich viele falsche Entscheidungen zu treffen. Bitte hilf mir, das Beste für meine Schwester zu tun. Und bitte nimm Marissa die Sorgen, die sie so sehr belasten. Schenk, dass sie sich mir anvertraut, damit wir gemeinsam nach einer Lösung suchen können.

Trotz ihrer müden Füße mochte Isabelle den Weg, der sich insgeheim zu ihrer liebsten Gebetszeit entwickelt hatte. Auf diesem Spaziergang konnte sie sich Gott ganz öffnen und ihm alle ihre Sorgen bringen. Sie wollte unbedingt stark bleiben und darauf vertrauen, dass Gott einen guten Plan für sie und ihre Schwester hatte. Wenngleich ihr das in letzter Zeit ausgesprochen schwerfiel.

Als sie gerade in die Gerrard Street einbog, blieb ihr Blick an einem Wagen hängen. Sofort beschleunigte sich ihr Puls und sie wurde unruhig. Seit sie Mark von der Verlobung mit Elias berichtet hatte, hatte sie ihn nicht mehr gesehen. Und jetzt stand sein Wagen auf einmal hier. Was hatte das zu bedeuten?

Sie konnte nicht leugnen, wie sehr sie sich darauf freute, Mark wiederzusehen. Vielleicht hatte sein Bruder ihm endlich mehr über den Vorfall im Gartenhaus erzählt? Und vielleicht würde das auch ein wenig Licht ins Dunkel bringen, was Marissas merkwürdiges Verhalten anging.

Mit einem vorfreudigen Lächeln öffnete Isabelle die Tür. Als sie jedoch Tante Rosies ernstes Gesicht erblickte, erstarrte sie. „Rosie, was ist los?“

An der Garderobe hing Marks Jackett und auch sein Hut, doch von ihm fehlte jede Spur.

Rosie seufzte. „Marissa ist krank von der Schule nach Hause gekommen. Ich habe mir Sorgen gemacht und bin sofort zu Sweeney's gegangen, um Dr. Henshaw zu rufen.“

„Ist es die Grippe? Hat sie Fieber?“

„Ich weiß es nicht. Ihr war schwindlig, so als verlor sie jeden Moment das Bewusstsein. Und in der Schule hat sie sich übergeben. Anscheinend hat sie schon seit einigen Tagen mit Übelkeit zu kämpfen, vielleicht hat sie sich ein Virus eingefangen?“

„Mark wird sicher wissen, was zu tun ist“, beruhigte Isabelle sie und bemerkte, dass sie trotz ihrer Sorge volles Vertrauen in Mark hatte.

Leise machte Isabelle sich auf den Weg in Marissas Zimmer. Die Tür stand einen Spaltbreit offen.

„Bist du dir sicher, Mark?“ In diesem Moment klang Marissa schrecklich jung und erinnerte Isabelle daran, wie sie früher immer geweint hatte, wenn es ihrer Mutter nicht gut ging.

Mark räusperte sich. „Recht sicher, ja. Da du weder Fieber noch Gliederschmerzen hast und auch sonst keine beunruhigenden Symptome zeigst, kann ich eine Grippe ausschließen.“

Ein leises Schluchzen.

„Lass es die nächsten Tage etwas langsamer angehen“, fuhr Mark in beruhigendem Ton weiter. „Am besten nimmst du vorerst nur Weißbrot und Tee zu dir, bis dein Magen sich wieder beruhigt hat. Und mach langsam, wenn du aufstehst oder dich aufsetzt. Dein Blutdruck ist etwas niedrig.“

War das vielleicht der Grund für Marissas Unwohlsein? Hatte sie bloß verborgen, dass es ihr nicht gut ging? Als Isabelle von der Tür aus ins Zimmer linste, verstaute Mark gerade sein Stethoskop im Arztkoffer.

„Ich komme in ein paar Tagen wieder, um noch mal nach dir

zu sehen. Aber wenn es dir schlechter gehen sollte, bitte Isabelle oder Rosie einfach, mich anzurufen", erklärte er und beugte sich ein Stück vor, um Marissa die Schulter zu tätscheln. „Du hast ein paar sehr herausfordernde Monate hinter dir. Vielleicht will dein Körper dir damit sagen, dass du mehr Ruhe brauchst."

„Danke."

„Keine Ursache."

Schnell trat Isabelle wieder ein paar Schritte von der Tür weg und wartete im Flur auf Mark. Wie es aussah, schien Marissa nichts Schlimmes zu plagen – doch beruhigt war sie erst, wenn sie das von ihm hörte.

Als er sie erblickte, hob er die Brauen. „Isabelle. Hallo", grüßte er und errötete.

Mit einer Handbewegung bat sie ihn, ihr zu folgen.

Im Wohnzimmer wandte sie sich besorgt an ihn. „Und, wie geht es Marissa?"

Mark ließ sich etwas Zeit mit der Antwort und stellte zunächst seine Arzttasche ab. „Bald schon wieder besser."

„Also ist es nichts Schlimmes, richtig?", hakte Isabelle nach und biss sich auf die Unterlippe. Wenn doch, wüsste sie nicht weiter. Marissa war doch die einzige Familie, die sie noch hatte!

Doch Marks sonst so heitere Augen verdunkelten sich und sein Gesicht wurde ernst.

Sofort läuteten alle Alarmglocken bei Isabelle und sie packte Mark beim Arm. „Bitte, Mark. Du musst es mir sagen, wenn irgendetwas nicht mit ihr stimmt."

Mark verließ jeglicher Mut, als er in Isabelles Augen blickte. Angst und Besorgnis trübte ihren sonst so lebhaften Blick und der feste Griff um seinen Arm unterstrich, wie verunsichert sie war.

Wenn er ihre Frage doch einfach abtun könnte oder sie mit einer ausweichenden Bemerkung zumindest vorerst zufriedenstellen könnte. Doch das wäre nicht gerecht, damit würde er das gerade gewonnene Vertrauen aufs Spiel setzen. Er war ihr eine ehrliche Antwort schuldig.

„Vielleicht begleitest du mich kurz zum Wagen?"

Isabelle nickte.

Während er Tasche und Jacke auf dem Beifahrersitz ablegte, spürte er ein flaues Gefühl im Bauch. Wie sollte er Isabelle seine Vermutung mitteilen? Wenn es sich doch bloß vermeiden ließe … Mit einem Seufzen drehte er sich zu ihr.

„Bitte, Mark, sag mir, was los ist." Ihr ängstlicher Gesichtsausdruck machte das Ganze umso schwerer.

Zu gern würde er ihr diese Katastrophe ersparen, doch die Neuigkeit ließ sich nicht verharmlosen. Sie musste es erfahren!

„Wenn ich mich nicht irre", begann er vorsichtig, „ist Marissa wahrscheinlich … schwanger."

„Wie bitte?" Alle Farbe verschwand aus Isabelles Gesicht. „Nein, das kann nicht sein."

„Ich wünschte, ich läge falsch! Aber die Symptome und ihre Erscheinung sprechen eindeutig dafür."

Aufgewühlt tigerte Isabelle vor den Treppen auf und ab, die Stirn von tiefen Falten übersät. Direkt vor ihm blieb sie stehen. „Aber wir haben die beiden doch erst vor wenigen Tagen im Gartenhaus erwischt. So schnell würde man doch noch nichts Genaues sagen können, oder?"

„Nein, so schnell nicht", erwiderte Mark so professionell wie möglich. Doch schönreden konnte er es auch nicht. „Meinen Einschätzungen nach ist sie bereits im vierten Monat."

Ungläubig öffnete Isabelle den Mund und sah ihn mit vor Schreck geweiteten Augen an. „Das … das wäre genau nach dem Tod unserer Mutter gewesen. Noch bevor Vater …" Sie schluckte und man sah ihr an, wie ihre Welt zusammenbrach. „Nein", flüsterte sie. „Das kann nicht sein …"

Mark konnte nicht mitansehen, wie sehr Isabelle diese Nachricht aufwühlte, und zog sie sanft an seine Brust. „Es tut mir so leid, Isabelle. Nach allem, was du in den letzten Monaten durchmachen musstest … jetzt auch noch das." Er wollte ihr so gerne helfen, ihre Probleme lösen – stattdessen fügte er noch welche hinzu.

Isabelle zitterte am ganzen Körper und Mark spürte durch sein Hemd warme Tränen an seiner Brust.

„Es wird alles gut werden. Wir finden einen Weg", versuchte er sie zu trösten. Doch bei dem Gedanken an seinen Bruder biss er die Zähne zusammen. Wie konnte er nur?

Isabelle schluchzte und trat einen Schritt zurück. Er bot ihr ein Taschentuch an.

„Weiß Marissa Bescheid?"

„Ja. Wie es scheint, hat sie es auch schon vermutet."

„Nun … Jetzt wird mir auch klar, warum sie sich in letzter Zeit so merkwürdig verhalten hat", sagte Isabelle und hob den Blick. Ihre traurigen Augen versetzten Marks Herzen einen Stich. „Offensichtlich sehen sich die beiden schon eine ganze Weile. Wie kann das nur so an uns vorübergegangen sein?"

„Ich weiß es nicht …", räumte Mark ein und sah auf die andere Straßenseite, wo drei Kinder im Matsch Hüpfekästchen spielten. „Was mich betrifft: Ich habe einfach zu viel gearbeitet."

„Und ich war wie benommen vor Trauer. Obwohl ich eigentlich gedacht habe, alles im Blick zu haben."

„Wenn die beiden es darauf angelegt haben, die Beziehung vor uns geheim zu halten, hätten wir ohnehin nicht viel tun können", sagte er und griff nach ihrer Hand. „Aber ich verspreche dir, dass Josh sich nicht vor seiner Verantwortung drücken wird."

Isabelle nickte. „Ich weiß, dass du dich darum kümmern wirst. Du bist ein anständiger Mensch und hältst dein Wort."

„Danke, Isabelle", erwiderte Mark. „Das aus deinem Mund zu hören, bedeutet mir viel."

Beschämt senkte sie wieder den Blick. „Es tut mir immer noch so leid, was ich dir nach dem Tod meiner Mutter an den Kopf geworfen habe. Seither hat uns niemand so treu und unterstützend zur Seite gestanden wie du, im Gegenteil, viele haben uns sogar absichtlich gemieden." Eine Mischung unterschiedlicher Gefühle lag in ihrem Blick. Schmerz, Bedauern und … Zuneigung? Konnte das sein?

Mark spürte, wie gern er Isabelle hatte. Mit einem Finger wischte er ihr eine Träne aus dem Gesicht. „Du bist eine faszinierende Frau, Isabelle. Das denke ich schon länger, als du ahnst. Und dass du in diesen schwierigen Zeiten so viel Mut bewiesen hast, lässt mich nur umso mehr staunen."

Fast unmerklich kam Mark ihr näher und Isabelles Mund öffnete sich leicht. Im nächsten Moment schrak sie aber zurück und presste eine Hand gegen seine Brust. „Nicht. Ich darf nicht vergessen, dass ich bald heiraten werde."

Bedauern traf Mark wie eine scharfe Messerspitze. Hatte er etwa genauso wenig Selbstbeherrschung wie sein Bruder?

Als Isabelle einen Schritt zurücktrat, empfand Mark die Distanz zwischen ihnen wie einen tiefen Abgrund.

„Bitte verzeih mir. Ich weiß nicht, wo mir der Kopf steht", sagte er frustriert.

Isabelle schüttelte den Kopf. „Es ist ja nichts passiert. Du wolltest mich nur trösten."

Mark straffte die Schultern. „Ich melde mich, soweit ich weiß, wie es weitergehen kann. Und bis dahin ... solltest du versuchen, dir nicht zu viele Sorgen zu machen."

Mit einem gezwungenen Lächeln nickte er kurz zur Verabschiedung und stieg in den Wagen. Während er davonfuhr, bemühte er sich, sich auf die schwierige Aufgabe vor ihm zu konzentrieren. Seine größter Albtraum für seinen Bruder war wahr geworden: Josh hatte sich so weit auf ein Mädchen eingelassen, dass ihre Leben nun auf ewig aneinander gebunden waren. Wie würde er die Nachricht aufnehmen? Und wie um alles auf der Welt sollte ein siebzehnjähriger Junge die Verantwortung für ein Baby tragen?

Kapitel 21

Als Isabelle wieder in die Wohnung kam, wich sie Rosies fragendem Blick aus und setzte sich aufs Sofa. Ihre Beine zitterten und das Blut rauschte in ihren Ohren. Bevor sie Marissa konfrontierte, brauchte sie einen Moment, um wieder klar denken zu können.

Jetzt gerade würde nur eine wütende Schimpftirade aus ihr rauskommen. Wie konnte Marissa nur so verantwortungslos gewesen sein? Was fiel ihr ein, ihr Leben einfach so wegzuwerfen? Doch derlei Vorwürfe würden das Ganze nur verschlimmern. Vielmehr brauchte Marissa jetzt Isabelles Unterstützung und ihr Verständnis, um diese schwierige Phase durchzustehen.

„Du siehst aus, als hättest du einen Geist gesehen", holte Rosies leise Stimme Isabelle aus den Gedanken. „Was hat Dr. Henshaw denn gesagt?"

Isabelle biss sich auf die Lippe. Rosie einzuweihen, war nicht ihre Aufgabe. Wenn sich die Vermutungen tatsächlich bestätigten, lag es an Marissa, die anderen in Kenntnis zu setzen.

„Er ist sich nicht ganz sicher. Sie soll sich die nächsten Tage ein wenig ausruhen und wenn es noch einmal schlimmer werden sollte, sollen wir ihn wieder anrufen."

„Hm … wenn es tatsächlich ein Virus sein sollte, müssen wir aufpassen, uns nicht anzustecken."

Beinahe hätte Isabelle laut aufgelacht. Bei einer Schwangerschaft bestand absolut keine Ansteckungsgefahr. Wieder sah sie in Rosies besorgte Augen. „Danke, dass du Dr. Henshaw gerufen hast. Bei ihm ist Marissa in guten Händen."

„Natürlich, sehr gern."

Instinktiv stand Isabelle auf und umarmte die herzliche Frau. „Du bist immer so gut zu uns, Rosie. Ich wüsste nicht, was wir ohne dich tun würden."

Tante Rosie erwiderte die Umarmung. „Ich profitiere von eurer Anwesenheit hier doch genauso sehr wie ihr. So vermisse ich

Noreen nicht ganz so schlimm und habe zwei neue Freundinnen gewonnen."

Tränen traten Isabelle in die Augen. „Danke. Ich sehe besser noch einmal nach Marissa. Danach helfe ich dir mit dem Abendessen", sagte sie und verließ das Zimmer. Im Gehen hielt sie noch einmal inne. „Oh, und der Arzt hat Marissa empfohlen, in den nächsten Tagen erst mal nur Weißbrot und Tee zu sich zu nehmen."

„Das Teewasser kocht bereits."

Isabelle schenkte ihr ein halbherziges Lächeln. Wie sehr wünschte sie sich, dass Marissa mit diesen Tipps geholfen wäre. Doch wenn Mark sich nicht irrte, würde ihr Zustand noch weitere fünf Monate anhalten. Leise öffnete Isabelle die Zimmertür und schlich hinein. Marissa lag auf der Seite, das Gesicht zur Wand gedreht.

„Rissa? Wie geht es dir?", fragte Isabelle leise.

Ihre Schwester wandte sich im Bett. „Schon ein bisschen besser, denke ich", erwiderte sie matt, beinahe kraftlos.

Isabelle zögerte. Wie sollte sie dieses schwierige Thema ansprechen? Marissa hatte sicherlich große Angst. Vor allem wollte Isabelle ihr zeigen, dass sie nicht allein war. Mit einem langen Seufzen setzte sie sich ans Bettende. „Dr. Henshaw hat mir von seinem Verdacht erzählt", sagte sie. „Und ich möchte, dass du weißt, dass ich immer für dich da bin. Ganz gleich, was kommt."

Mit vom Weinen geröteten Augen drehte Marissa sich langsam in Isabelles Richtung. „Ja? Und du bist nicht wütend und hasst mich jetzt?"

„Ach, Liebes. Ich könnte dich niemals hassen", versicherte Isabelle ihr und streichelte ihren Arm. „Aber ich fühle mich, als hätte ich versagt."

„Wie kannst du das sagen? Ich bin diejenige, die versagt hat", konterte Marissa, während ihr weitere Tränen über die Wange liefen. „Ich schäme mich so."

„Nun, du hast einen Fehler begangen. Einen recht großen, zugegeben. Aber wir finden schon einen Weg."

„Oh, Belle", sagte Marissa, „was würde ich nur ohne dich tun?", und warf sich ihrer Schwester um den Hals.

All der schwierigen Umstände zum Trotz freute sich Isabelle, wie offen Marissa ihre Gefühle zeigte und dass die beiden sich wieder ein Stückchen näherkamen.

Erst wenige Minuten später löste Marissa sich mit einem Schniefen aus der Umarmung. „Ich habe solche Angst, Belle. Ich bin noch nicht bereit, Mutter zu sein."

„Mark hat mir versprochen, dafür zu sorgen, dass auch Josh seiner Verantwortung nachkommt. Also musst du dich dieser Herausforderung nicht allein stellen."

Überrascht blinzelte Marissa. Sie öffnete den Mund, sagte aber nichts.

„Ist das der Grund für euer Treffen im Gartenhaus gewesen? Hast du ihm da von deiner Vermutung erzählt, schwanger zu sein?"

Unsicher nickte Marissa.

Isabelle erinnerte sich an das Bild, wie sie die beiden dicht aneinandergekuschelt auf dem Liegestuhl gefunden hatte. Allem Anschein nach hatte er die Nachricht gut aufgenommen, was Isabelles Hoffnung schürte, dass er vielleicht genauso anständig war wie sein älterer Bruder. Würde Josh Marissa heiraten und das Kind mit ihr gemeinsam aufziehen? Und wenn ja, wäre das überhaupt, was Isabelle für ihre Schwester wollte?

Eines stand fest: Auch Mark hatte sich diesen Weg nicht für seinen Bruder gewünscht. Er hatte große Hoffnungen, genau wie Isabelle. Träume, die nun geplatzt waren.

Was für ein heilloses Durcheinander! Zwei Leben, die plötzlich auf ewig verändert waren. Und wofür? Für eine flüchtige Jugendliebe?

Tief in Gedanken hielt sie Marissa fest im Arm, denn viel mehr konnte sie im Moment nicht für sie tun. Das junge Paar hatte keine andere Wahl: Sie mussten sich den Konsequenzen ihres Handelns stellen.

Noch immer brodelte die Wut in seinen Adern, als Mark das Haus betrat. Er hatte absichtlich den langen Heimweg gewählt, um seine Gefühle etwas mehr unter Kontrolle zu bekommen. Stattdessen war ihm bloß klar geworden, was das alles bedeutete. Wie konnte Josh nur so leichtsinnig gewesen sein? Sich in ein Mädchen zu verlieben war das eine, aber eine Schwangerschaft? Das war mehr als bloß unverantwortlich. Vor allem in seinem Alter!

Lautstark ließ Mark die Tür ins Schloss fallen und warf die Schlüssel auf die Kommode im Flur. In der Hoffnung, sich etwas zu beruhigen, ging er mit in die Seiten gestemmten Händen den schmalen Korridor auf und ab, bevor er Josh aufsuchte. Im Moment wollte er ihm am liebsten den Hals umdrehen.

Jetzt hörte er Schritte auf der Treppe.

„Hey, Mark", grüßte Josh seinen Bruder, hielt aber abrupt inne, als er dessen Gesichtsausdruck bemerkte.

„Wir müssen reden", sagte Mark knapp und ging ins Wohnzimmer, wo er sich mit dem Rücken zur Tür vor den Kamin stellte. Als er schließlich den Eindruck hatte, sich wieder in normalem Ton unterhalten zu können, drehte er sich zu seinem Bruder um.

Mit den Händen in den Hosentaschen stand Josh da und fragte: „Was ist denn los?"

„Gibt es vielleicht irgendetwas, das du mir erzählen möchtest? Über Marissa Wardrop?"

Josh rollte mit den Augen. „Nicht das schon wieder. Ich dachte, das Thema wäre durch."

„Anscheinend nicht", entgegnete Mark erwartungsvoll, verschränkte die Arme und wartete, bis Josh anfing zu reden.

„Ich habe dir doch schon gesagt, dass wir bloß gute Freunde sind. Sie hatte einen schlechten Tag und ich habe sie getröstet. Ende der Geschichte."

„Ich wünschte, das *wäre* das Ende der Geschichte."

Verblüfft sah Josh ihn an. „Was soll das heißen?"

„Man hat mich heute zu Marissa nach Hause bestellt."

Schreck erfüllte Joshs Blick. „Geht es ihr gut?" Ungläubig starrte Mark zurück. „Nein, Josh, es geht ihr nicht gut."

Schlagartig wurde sein Bruder aschfahl. „Ist sie …", er schluckte. „Ist es etwas Ernstes?"

„Das kann man so sagen, ja", erwiderte Mark und musste sich sehr bemühen, die steigende Wut zurückzuhalten. „Wie es scheint, ist Marissa schwanger."

Josh schwieg, doch auf seinen Wangen zeichneten sich rote Flecken ab.

„Die Nachricht scheint dich nicht besonders zu überraschen", stellte Mark fest und beobachtete sein Gesicht. Insgeheim wartete er darauf, dass seine Mauern einstürzten, doch der sture Junge zeigte keinerlei Regung. „Deshalb habt ihr letzte Woche die Chorprobe ausfallen lassen, oder? Weil Marissa dir von ihrem Verdacht erzählt hat."

Schließlich knickte Josh doch ein und ließ die Schultern hängen. „Ja."

Mark raufte sich die Haare. „Ich glaube es einfach nicht! Dabei haben wir so dafür gekämpft, genau das zu vermeiden." Wieder stemmte er die Hände in die Hüften und zählte innerlich bis zehn, bevor er weitersprach. „Und was hast du jetzt vor?"

„Das geht nur Marissa und mich etwas an", sagte Josh leise.

„Das sehe ich anders. Als dein Vormund habe ich da auch ein Wörtchen mitzureden." Mark brachte die Worte kaum über die Lippen.

„Das ist meine Angelegenheit, Mark. Und ich werde eine Lösung dafür finden", verkündete er und verließ den Raum.

Marks erster Gedanke war, dem Jungen hinterherzueilen, ihn an den Schultern zu packen und zu schütteln, bis er wieder zur Vernunft kam. Doch so eine unüberlegte Reaktion würde ihm nicht weiterhelfen. Im Gegenteil, es würde Josh nur umso feindseliger stimmen.

Plötzlich kamen Mark Olivias Worte wieder in den Kopf. *„Hab ein ehrliches Gespräch mit ihm und versuch, das Ganze mal aus seiner Sicht zu sehen."*

Erschöpft rieb sich Mark die Augen und sank aufs Sofa. Olivia *wäre alles andere als begeister*t, wenn sie erfuhr, wie er die Situation angegangen war. Wahrscheinlich war es *für alle* das Beste, wenn er sich und Josh ein wenig Zeit gönnte und sie das Gespräch erst mit kühlem Kopf wiederaufnahmen. Vielleicht war es dann einfacher, Olivias Rat zu befolgen.

Kapitel 22

Wenige Tage später blieb Isabelle absichtlich länger auf der Arbeit als sonst. Teils wollte sie damit ihr erneutes Zuspätkommen wiedergutmachen, teils wollte sie aber auch noch nicht nach Hause. Es graute ihr vor der Wohnung, *über der seit* Dr. Henshaws letztem Besuch eine seltsame Stimmung lag.

Nachdem Marissa zwei weitere Tage im Bett verbracht hatte, hatte sie schließlich wieder zur Schule gehen können. Sie tat weiterhin so, als wäre es ein Virus gewesen, doch Isabelle bezweifelte, dass Rosie sich so leicht hinters Licht führen ließ. Marissa hatte weder Fieber, noch hatte sie sich erneut übergeben müssen.

Außerdem hatten Fiona und Rosie sie schon mehrmals mit fragenden Blicken gelöchert, weshalb es Isabelle zunehmend schwerer fiel, Marissas Geheimnis zu wahren. Sie wusste nur nicht, wie sie ihre Schwester ermutigen sollte, es den beiden zu erzählen. Insgeheim hoffte sie, dass sich Marks Verdacht doch als falsch erwies. Und dass Marissa ihre Lektion gelernt hatte und den Männern auf ewig entsagte.

Oder zumindest, bis sie vierzig war.

Doch mit jedem Tag, der verstrich, schwand diese Hoffnung.

Als Isabelle schließlich nach Hause kam, war es außergewöhnlich still. Auf dem Tisch fand sie eine Notiz von Rosie, dass sie bei einer Freundin sei und es für das Abendessen im Kühlschrank noch etwas Hähnchen und einen Eintopf gebe.

Isabelle warf einen Blick in ihr Zimmer, um herauszufinden, ob sie und Marissa gemeinsam zu Abend essen würden. Zu ihrer Überraschung war es jedoch leer, wenngleich die zerknautschte Tagesdecke und das Schulbuch auf Marissas Kopfkissen davon zeugten, dass sie erst kürzlich hier gewesen sein musste.

Schnell ermahnte Isabelle sich, sich nicht zu sorgen – bestimmt war Marissa nur spazieren. Sie setzte sich auf das Bett und zog Schuhe und Strümpfe aus. Kurz massierte sie die müden Füße, bevor sie in die Hausschuhe schlüpfte. Die warme Luft, die über das offene Fenster hereinströmte, und die wohltuende Stille waren sehr verführerisch. Wie von allein schlossen sich Isabelles schwere Augenlider und sie genoss die friedliche Ruhe. Für ein paar Sekunden lang, in der trügerischen Phase zwischen Wachen und Schlafen, kam es Isabelle sogar beinahe so vor, als hätten sich all ihre Probleme in Luft aufgelöst.

„Bist du dir sicher, Josh?", hörte sie Marissas Stimme plötzlich von draußen. „Und was ist mit der Uni?"

Augenblicklich war Isabelle hellwach. Wenn sie ihre Schwester so gut hören konnte, musste sie ganz in der Nähe sein.

„Die Uni hat eigentlich noch nie zu meinem Plan gehört. Mark wollte immer, dass ich Medizin studiere, nicht ich. Aber das ist jetzt nicht weiter wichtig. Wie ich gehört habe, suchen sie gerade Arbeiter für die Holzfällerlager im Norden. Und dort wird man deutlich besser bezahlt als hier. Also werde ich den Sommer über dort arbeiten, um ein bisschen Geld für das Kind anzusparen."

Neugierig ging Isabelle auf die Knie und schob den Vorhang ein Stück zur Seite, sodass sie hinausschauen konnte. Marissa und Josh standen neben einer baufälligen Hütte in Rosies kleinem Innenhof. Sie waren so in ihre Unterhaltung vertieft, dass sie Isabelle nicht bemerkten.

Nachdenklich betrachtete Marissa den Boden unter ihren Füßen. „Es gefällt mir überhaupt nicht, dich so lange allein zu lassen, aber wenigstens weiß ich, dass Mark und deine Schwester sich um dich kümmern werden", sagte Josh und ergriff Marissas Hand. „Du weißt, wie viel du mir bedeutest. Und ich verspreche dir, wir stehen das durch – hinterher sind wir umso stärker. Und wenn ich nach dem Sommer wieder hier bin, hast du deine Meinung übers Heiraten ja vielleicht geändert."

Beinahe wäre Isabelle aus dem Bett gefallen. *Josh hatte Marissa tatsächlich einen Antrag gemacht?*

„Ich habe dich nicht verdient, Josh", erwiderte Marissa mit einem Kopfschütteln. „Es fühlt sich an, als verbaue ich dir dein ganzes Leben."

An dem leichten Zittern in ihrer Stimme erkannte Isabelle, dass ihre Schwester den Tränen nahe war.

„So ein Unfug", korrigierte Josh sie und sah sie mit einem so liebevollen Blick an, dass es Isabelle beinahe den Atem verschlug. „Ich liebe dich, Marissa. Und nichts auf der Welt wird das ändern."

Dann, ganz langsam, beugte er sich zu ihr vor und küsste sie.

Marissa erwiderte seinen Kuss und legte die Arme um ihn. Sie klammerte sich an ihm fest, als wäre er ihr einziger Halt in einem tosenden Sturm.

Leicht beschämt, dass Isabelle so einen persönlichen Moment beobachtet hatte, ließ sie sich wieder aufs Bett sinken. Zum ersten Mal erkannte sie, wie viel Marissa Joshua Henshaw bedeutete und beneidete ihre Schwester. Wie fühlte es sich wohl an, wenn ein Mann dir zuliebe seine Zukunft aufgab und alles dafür tat, dass du dich geborgen und versorgt fühlst?

Unweigerlich wanderten ihre Gedanken zu Elias. Ja, es stimmte, sie schien ihm viel zu bedeuten – wenngleich er mit seinem Antrag nicht gerade leidenschaftliche Liebe hatte durchschimmern lassen. Vertraute Isabelle dennoch darauf, dass er immer zu ihr stehen würde? Obgleich das bisher noch nie jemand in ihrem Leben getan hatte?

Na ja, Mark ist immer für mich da gewesen, schoss es ihr verbotenerweise durch den Kopf. Einen Moment lang dachte sie darüber nach, ob das stimmte. Tief in ihrem Herzen wusste sie: Selbst als sie Mark zu ihrem Sündenbock gemacht hatte, hatte er sich nicht vergrämen lassen.

Warum hatte sie in ihm eigentlich nie mehr als einen Freund gesehen? Er war gut aussehend, sympathisch, treu und wies auch sonst jede Eigenschaft auf, die ein Mann ihrer Meinung nach anziehend machte. Es bestand kein Zweifel: Er gäbe einen ausgezeichneten Ehemann und Vater ab.

Wie schade, dass ihr das nicht früher aufgegangen war.

Mit einem kleinen Seufzen schob sie ihre verwegenen Überlegungen beiseite und machte sich auf in die Küche, wo sie auf ihre Schwester warten wollte. Nur wenige Minuten später kam Marissa hoch, sie wirkte ziemlich verhalten. Überrascht sah Marissa sie an. „Isabelle. Wann bist du nach Hause gekommen?"

„Vor Kurzem. War das Josh, den ich neben dir gesehen habe?"

Marissa nickte.

„Ist alles in Ordnung? Du siehst aus, als hättest du dich über etwas aufgeregt."

Zögernd biss Marissa sich auf die Lippe und sah in Richtung ihres Zimmers, als würde sie nichts lieber tun als zu fliehen.

„Bitte rede mit mir, Liebes", sagte Isabelle mit zarter Stimme. „Ich möchte dir helfen. Worüber habt ihr gesprochen?"

Mit einem Seufzen setzte Marissa sich schließlich zu Isabelle an den Tisch und faltete die Hände. „Josh hat vor, den Sommer über im Norden zu arbeiten."

„Tatsächlich? Und warum sucht er sich nicht einfach hier in der Stadt eine Arbeit?"

„Er sagt, dass sie im Norden besser bezahlen und dass er so mehr Geld verdienen kann – für mich und das Baby."

„Und was ist mit der Schule, wird er das Jahr beenden?"

„Der Schulleiter hat ihm erlaubt, seine Abschlussprüfungen vorzuziehen. So verpasst er nur die Feierlichkeiten", erklärte sie und sah dabei so schrecklich traurig aus, dass es Isabelle den Hals zuschnürte. Vermutlich dachte Marissa an ihre eigene Abschlussfeier, die sie ebenso wenig würde wahrnehmen können. Bis dahin wäre die Schwangerschaft auf jeden Fall nicht mehr zu übersehen.

Schweigend saß Isabelle eine Weile da und suchte nach den richtigen Worten. „Wie geht es dir damit, dass er die Stadt verlassen will?"

„Ich fühle mich so unendlich schuldig." Isabelle sah, wie sehr Marissa gegen die Tränen ankämpfte.

„Liebes, die Schwangerschaft wird euer beider Leben für immer verändern. Aber ich bin wirklich froh, dass Josh Verantwortung übernehmen will. Du nicht?"

Sie zuckte mit den Schultern.

„Wie es scheint, hat Josh dich sehr gern", sagte Isabelle und wartete einen Augenblick. „Es wundert mich, dass er nicht um deine Hand angehalten hat."

Beschämt sah Marissa weg und rümpfte die Nase. „Ehrlich gesagt hat er das. Aber ich habe Nein gesagt."

Immer mehr bekam Isabelle den Eindruck, dass zu viele Einzelheiten der Geschichte nicht zusammenpassten. Aber was wusste sie schon darüber, wie sich eine junge Frau in Marissas Zustand fühlte oder was sie dachte? Voller Mitgefühl nahm sie Marissas Hand. „Das musst du mir bitte erklären, Rissa. Wenn er dir wichtig genug ist, dass du sein Kind zur Welt bringst, warum willst du ihn dann nicht heiraten?"

Schnell befreite Marissa ihre Hand und legte sie wie zum Schutz auf ihren Bauch. „Ja, Josh ist mir wichtig. Sehr wichtig sogar. Aber ich werde ihn nicht dazu zwingen, mich zu heiraten. Auf keinen Fall lasse ich zu, dass er seine Zukunft für mich an den Nagel hängt."

„Und was ist mit deiner Zukunft?", wandte Isabelle, obwohl sie es nicht wollte, ein wenig verärgert ein. „Warum solltest du die Einzige sein, die für diesen Fehler bezahlt? Schließlich bist du nicht allein dafür verantwortlich."

Stur schob Marissa das Kinn vor und erinnerte Isabelle nur zu sehr daran, wie sie das als Kind immer getan hatte. „Ich möchte einfach nicht, dass er mich nur aus einem Pflichtgefühl heraus heiratet. Wenn ich jetzt Ja sage, werde ich nie wissen, ob Josh mich auch unter anderen Umständen geheiratet hätte", erwiderte sie, während sich eine Träne den Weg über ihre Wange bahnte.

Wieder einmal kam Marissas romantische Ader zum Vorschein. Der Teil von ihr, der an Traumprinzen und Märchenschlösser glaubte. Doch das wahre Leben kam leider nur selten an so hohe Erwartungen heran – vor allem nicht, wenn ein siebzehnjähriges Mädchen unverheiratet schwanger wurde.

„Ein Kind zu bekommen verändert natürlich einiges", sagte Isabelle vorsichtig. „Aber das heißt nicht, dass da kein Raum mehr für euch zwei sein wird."

Marissa antwortete nicht, sie spielte bloß mit dem Taschentuch in ihren Händen.

Ein alarmierender Gedanke schoss Isabelle plötzlich durch den Kopf. „Marissa, sieh mich bitte an."

Geduldig wartete sie, bis ihre Schwester den Blick hob.

„Wir haben noch gar nicht darüber gesprochen, was du eigentlich vorhast. Willst du das Kind behalten? Oder möchtest du es zur Adoption freigeben?"

„Ich weiß es nicht, Belle. Das ist alles so verwirrend", sagte sie und hielt sich das Taschentuch an den Mund, um nicht laut aufzuschluchzen.

Isabelle setzte sich neben sie und nahm sie in den Arm. „Das ist in Ordnung. Du hast noch genug Zeit, um das herauszufinden. Und ich helfe dir gern, zu einer Entscheidung zu kommen, wenn du so weit bist", versuchte sie Marissa zu beruhigen und streichelte über ihr goldenes Haar. „Vielleicht ist es ganz gut, wenn Josh eine Weile weggeht. Zumindest gewinnst du dadurch Zeit, um dir über deine eigenen Wünsche klar zu werden."

Langsam hob Marissa den Kopf, ein Hauch von Erleichterung im Blick. „So habe ich das noch gar nicht gesehen."

„Es heißt doch: Die Liebe wächst mit der Entfernung. Wir werden sehen, ob da etwas dran ist."

Nun lächelte Marissa sogar ein wenig. „Ja, vermutlich."

„Aber in der Zwischenzeit müssen wir es unbedingt Tante Rosie erzählen, das sind wir ihr schuldig. Schließlich leben wir unter ihrem Dach."

Marissa verzog das Gesicht. „Kannst du das bitte übernehmen? Ich glaube nicht, dass ich das kann."

„Also gut. Ich spreche mit ihr und Fiona, sobald sie wieder hier sind." Da es ein warmer Frühlingsabend war, setzte sich Isabelle nach dem Abendessen auf die Eingangstreppe vor die Wohnung. Marissa hatte nur sehr wenig gegessen und sich gleich im Anschluss wieder auf ihr Zimmer zurückgezogen.

Während Isabelle auf Tante Rosie und Fiona wartete, bat sie Gott um Mut und gleichzeitig auch um Gnade, Fionas und Rosies Reaktionen annehmen zu können – ganz gleich, wie sie ausfielen.

Endlich sah sie die beiden Frauen die Straße entlangkommen.

„Sieh mal, wem ich auf dem Nachhauseweg über den Weg gelaufen bin", rief Rosie und deutete grinsend auf Fiona.

Abgesehen von Haube und Schürze trug diese noch ihre Dienstkleidung und hatte sich mit einem Arm bei ihrer Tante eingehakt.

„Hallo ihr beiden. Habt ihr schon gegessen?“, erkundigte sich Isabelle. Auf keinen Fall wollte sie sie aufhalten, wenn sie hungrig waren.

„Ja, ich habe mit den anderen Bediensteten gegessen“, erwiderte Fiona.

„Und ich hatte vorhin schon etwas vom Eintopf“, antwortete Rosie, die am Treppenende stehen blieb.

Isabelles Blick wanderte von der einen Frau zur anderen. „Könntet ihr euch einen Moment zu mir setzen? Ich habe euch etwas zu sagen.“

„Das klingt aber geheimnisvoll“, sagte Fiona, während sie sich neben Isabelle setzte und Rosie einen Moment brauchte, um auf der obersten Stufe Platz zu nehmen.

Eine kleine Brise umspielte Isabelles Haarspitzen und sie überlegte, wie sie diese Unterhaltung beginnen sollte. „Euch ist sicher nicht entgangen, dass die Stimmung in den letzten Tagen eher angespannt war“, sagte sie schließlich.

„Man müsste schon blind sein, um das nicht zu merken“, entgegnete Fiona trocken.

Erst jetzt wurde Isabelle das Ausmaß ihrer Nachricht klar und ihr wurde ganz flau. Unsicher presste sie die Lippen zusammen.

„Was auch immer es ist, wir finden sicher eine Lösung“, sagte Rosie mit tröstender Stimme. Heute konnte sie Isabelle aber nicht beruhigen.

„Das wird dieses Mal leider nicht so einfach“, antwortete sie und musste schlucken. „Marissa erwartet ein Kind.“

Erschrocken holte Fiona Luft.

Tante Rosie bekreuzigte sich. „Himmel, bewahre uns. Sie ist doch selbst noch ein Kind!“

„Ich weiß …“ Ihr Blick blieb an einer jungen Mutter in einem abgetragenen Hauskleid auf der anderen Straßenseite hängen: In den Armen wiegte sie ein Baby, ein weiteres kleines Kind, barfuß, zog an ihrem Rockzipfel. Das könnte auch Marissa eines Tages erwarten: Ein Leben im Armenviertel, stets bemüht, sich so gut es ging auch ohne Geld um ihre Kinder zu kümmern.

Tränen ließen Isabelles Sicht verschwimmen, doch sie blinzelte sie stur weg.

„Wie … also, ich meine, wann ist das passiert?“, fragte Fiona, die ebenso verblüfft schien wie Isabelle.

„Dr. Henshaw zufolge ist sie bereits im vierten Monat. Es muss direkt nach dem Tod unserer Mutter gewesen sein. Ich habe keine Ahnung, warum mir das nicht aufgefallen ist. Wahrscheinlich war ich zu sehr in meiner Trauer versunken.“

„Dich trifft keine Schuld, Isabelle“, versicherte Rosie ihr. „Du hättest sie unmöglich auf Schritt und Tritt beobachten können.“

„Und ich dachte, der Kirchenchor würde ihr guttun. Da habe ich sie immer in Sicherheit gewiegt. Aber wer weiß, wie oft sie die Proben hat sausen lassen und sich stattdessen mit diesem Jungen getroffen hat?“, überlegte Isabelle laut und pustete sich eine Haarsträhne aus dem Gesicht. „Das Verrückteste an alledem ist, dass dieser Junge Dr. Henshaws kleiner Bruder ist.“

„Ach du Schreck.“ Tante Rosie biss sich auf die Unterlippe. „Die beiden sind noch so jung. Was haben sie jetzt vor?“

„Ich weiß es nicht. Ich denke, Marissa braucht erst noch ein wenig Zeit, um das alles zu verarbeiten, bevor sie irgendwelche großen Entscheidungen treffen kann.“

„Auf jeden Fall. Das war sicher auch für sie ein riesiger Schreck“, mutmaßte Fiona und drückte Isabelles Hand. „Wir werden für euch beten.“

„Danke“, erwiderte Isabelle und versuchte zu lächeln.

Einige Minuten saßen die drei in bedächtiger Stille, schließlich räusperte Fiona sich. „Auch ich habe Neuigkeiten. Natürlich nichts so große, aber ich dachte, ihr solltet es wissen.“

„Und zwar?“ Isabelle wagte es kaum, nachzufragen, denn noch mehr schlechte Nachrichten würde sie nicht ertragen können.

„Mr Templeton und seine Familie bereiten sich gerade auf ihren Aufenthalt im Sommerhaus vor. Für gewöhnlich reisen sie immer erst im Juli ab, aber Adam, ich meine Mr Templeton, hat von Gerüchten über einen Polio-Ausbruch in der Gegend gehört und macht sich nun Sorgen um seine jüngere Schwester. Sie ist sehr anfällig für Krankheiten und deshalb möchte er sie so schnell wie möglich aus der Stadt bringen", erzählte Fiona und linste zu Isabelle. „Und die meisten Bediensteten reisen mit."

Neugierig lehnte Tante Rosie sich zu ihr vor. „Heißt das, du etwa auch, Fiona?"

„Ja", sagte sie mit vor Freude funkelnden Augen. „Man hat mir schon Bilder von dem Haus gezeigt, es sieht zauberhaft aus. Nicht ganz so groß wie das Anwesen hier, aber mit Blick über den Lake Muskoka. Nichts als Wasser und Bäume, soweit das Auge reicht."

„Das klingt ja wunderbar", sagte Isabelle und fuhr sich über die Augen. Früher hatte Vater oft davon gesprochen, ein Sommerhaus zu kaufen, es jedoch nie getan. Nun war ihr natürlich klar, weshalb.

„Du wirst also den ganzen Sommer über fort sein?", fragte Tante Rosie weiter.

„Wie es aussieht, ja. Aber es tut mir leid, euch hier allein zu lassen. Vor allem jetzt, mit Marissa. "

„Rede keinen Unsinn", entgegnete Isabelle und schloss ihre Freundin in die Arme. „Wir freuen uns mit dir. Nicht wahr, Tante Rosie?"

„Aye. Und wir hoffen, dass du jeden Augenblick genießen kannst. Die Luft im Norden wird dir guttun", stimmte Rosie mit ein und stand auf. „So, möchte noch jemand ein Glas Limonade? Ich fühle mich schon ganz ausgetrocknet."

Noch tief in Gedanken nickte Isabelle nur halbherzig. Bei so viel Veränderung schwirrte ihr der Kopf: Josh und Fiona würden den Sommer über die Stadt verlassen und Marissa würde ein Kind bekommen. Und sie …

Plötzlich flogen ihre Gedanken zu Elias und der bevorstehenden Hochzeit. Erneut machte sich ein ungutes Gefühl in ihr breit. Als ihr Verlobter würde die Nachricht auch an ihm nicht spurlos vorübergehen. Sie musste ihn dringend einweihen.

Ein weiteres Gespräch, dem sie überhaupt nicht entgegenfieberte.

Kapitel 23

Mark hörte Josh durch die Eingangstür kommen. Für gewöhnlich stürmte er immer zuerst zum Kühlschrank, doch heute entfernten sich die Schritte rasch wieder; vermutlich ging Josh direkt auf sein Zimmer. Mark schaltete den Herd aus und wischte sich die Hände ab. Sie mussten reden. Das Gespräch noch länger aufzuschieben, brachte nichts.

Mit einem Seufzen stieg Mark die Treppen hoch. Joshs Zimmertür war geschlossen, doch ein kleiner Lichtstrahl kam unter dem Türschlitz hervor. Bevor er hineinging, atmete er noch einmal tief durch und bat Gott um Weisheit. Dann klopfte er.

„Ja?"

Vorsichtig öffnete Mark die Tür und schob den Kopf ins Zimmer. „Können wir kurz reden?"

Josh saß am Schreibtisch, vor ihm ein aufgeschlagenes Schulbuch. „Ich denke schon. Außer es ist wieder so eine Moralpredigt."

Mark stützte sich am Türrahmen ab. „Nein, keine Moralpredigt. Versprochen." Bei dem Anblick von Joshs Zimmer – die vielen herumfliegenden Kleidungsstücke auf Teppich und Bett, die Gitarrentasche in der Ecke, die vielen Bücher auf dem Boden – kostete es Mark Mühe, nicht die Augen zu verdrehen, doch darum ging es jetzt nicht. „Als Erstes wollte ich mich für meine Reaktion letztens entschuldigen. Ich war einfach wütend … und enttäuscht", gestand er. „Aber das habe ich jetzt hinter mir gelassen. Und ich möchte dir gern helfen, einen Plan zu schmieden."

Ein Muskel zuckte in Joshs Kiefer. „Eigentlich hatte ich schon einen Plan. Nur leider will Marissa nicht dabei mitmachen."

„Und wie sah der aus?", hakte Mark an und hatte schon eine Ahnung, was sein Bruder womöglich im Sinn gehabt hatte.

„Ich habe sie gefragt, ob sie mich heiraten will. Aber sie hat Nein gesagt."

Schnell setzte Mark ein neutrales Gesicht auf, um seine Bestürzung zu verbergen. „Hat sie auch gesagt, warum?"

Beschämt starrte Josh die Wand an und zuckte mit den Schultern. „Ach, so was wie ‚sie möchte mein Leben nicht ruinieren'."

Nur mit Mühe unterdrückte Mark ein Stöhnen. *Dazu war es ein bisschen zu spät.* Als er aber bemerkte, wie niedergeschlagen Josh dasaß, den Kopf in den Händen, öffnete ihm das die Augen: Josh hatte echte Gefühle für das Mädchen! Und es verletzte ihn, dass sie ihn zurückgewiesen hatte.

Wieder kamen Mark Olivias Worte in den Sinn: *„Josh ist ein junger Mann, der sich vermutlich zum ersten Mal verliebt hat. … Das zu ignorieren oder herunterzuspielen, wäre nicht fair."* Wenn sein Bruder tatsächlich etwas Ähnliches für Marissa empfand wie Mark für Isabelle, verdiente er auf jeden Fall sein Mitgefühl.

„Das tut mir leid, Josh. Offensichtlich bedeutet Marissa dir sehr viel."

Zum ersten Mal sah Josh ihm heute direkt in die Augen. Auf seinem Gesicht war so etwas wie Erleichterung zu sehen. „Ja, das tut sie."

„Und was hast du jetzt vor? Du musst einen Weg finden, wie du sie und das Kind unterstützen kannst", sagte Mark und spürte Enttäuschung in sich aufsteigen. „Ich gebe es nur ungern zu, aber ich fürchte, ein Studium ist jetzt keine Option mehr für dich. Das Beste, das du tun kannst, ist die Schule ordentlich zu beenden und ins Arbeitsleben zu starten."

„Ich weiß … ich habe auch schon etwas gefunden, das ich gern machen möchte", sagte Josh, stand auf und holte eine Zeitung von seinem Bett. „Ich werde den Sommer über in einem Holzfällerlager im Norden arbeiten", sagte er und reichte Mark die Zeitung.

Mit gerunzelter Stirn blickte Mark auf die markierte Ausschreibung. „Aber warum willst du so weit weg? Hier würdest du genauso gut Arbeit finden."

„Ja, aber dort verdient man doppelt so viel wie hier in der Stadt. Damit würde ich viel mehr Geld für das Kind zusammenkriegen", erklärte er und zuckte mit den Schultern. „Ich möchte Marissa zeigen, dass ich es ernst meine. Und wenn ich zurückkomme, heiratet sie mich ja vielleicht doch."

Langsam atmete Mark ein und aus. Sein Bruder hatte das Ganze offenbar gut durchdacht. „Und wann würdest du gehen?"

„Nächste Woche. Und bevor du jetzt etwas einzuwenden hast: Ich habe schon dafür gesorgt, dass ich meine Abschlussprüfung vorziehen kann", sagte er schnell und zeigte zu den Büchern auf dem Schreibtisch.

Nachdenklich rieb sich Mark das Kinn. Was sollte er dazu sagen? Zumindest im Moment traf Josh reife Entscheidungen und machte das Beste aus den unerwarteten Veränderungen. Einen Moment lang versuchte Mark sich in die Situation seines Bruders zu versetzen: Sofort wurde ihm klar, wie angsteinflößend das Ganze sein musste. Er überlegte noch einen Moment, dann trat er einen Schritt an Josh heran. „Ich weiß, dass diese Schwierigkeiten gerade unüberwindbar scheinen, aber ... mit etwas Zeit lässt sich für alles eine Lösung finden. Versprochen."

„Ich wünschte, ich könnte dir glauben."

Mut machend legte Mark eine Hand auf Joshs Schulter. „Du weißt, dass ich immer für dich da bin, oder? Ganz gleich, was kommt. Wir stehen das gemeinsam durch."

Überrascht blickte Josh zu ihm auf. „Meinst du das ernst?"

„Auf jeden Fall."

Josh musste schwer schlucken und seine Augen wurden feucht. „Nun ... wenn wir schon gerade dabei sind. Da gibt es noch etwas, das ich dir erzählen muss."

Mark versteifte sich und zwang sich, ruhig zu bleiben und ihn erst einmal anzuhören. „Und zwar?"

Langsam schritt Josh in Richtung Fenster und schaute hinaus. „Ich möchte eigentlich gar nicht Arzt werden, Mark. Ich ... ich muss mein eigenes Leben leben. Wie auch immer das aussehen mag."

Das verschlug Mark die Sprache. Hatte Olivia nicht versucht, ihn genau davor zu warnen? Bloß war Mark zu stur gewesen, um auf sie zu hören, zu überzeugt von seiner Vorstellung für Joshs Zukunft.

„Naturwissenschaften interessieren mich ehrlich gesagt kaum", fuhr Josh fort. „Den Chemiekurs finde ich besonders schlimm. Und wenn ich Blut sehe, falle ich jedes Mal beinahe in Ohnmacht."

Mit zusammengekniffenen Augen rieb Mark sich die Stirn. Wie war er nur so blind gewesen? „Das tut mir leid, Josh. Es war mir immer so wichtig, dass du einmal Medizin studieren kannst – dabei habe ich dich offensichtlich gar nicht gefragt, was *du* eigentlich möchtest."

„Und mir tut es leid, dass ich es dir nicht schon viel früher gesagt habe. Spätestens, als du vor ein paar Wochen noch einmal danach gefragt hast. Aber ich ..." Josh schwieg und linste vorsichtig in Marks Richtung.

„Du hattest Angst, mich zu enttäuschen."

„Ja."

Mark seufzte. „Das ist alles meine Schuld. Ich habe immer gedacht, du würdest mir nacheifern wollen", sagte er und schüttelte den Kopf. „Ganz schön arrogant von mir."

„Du hast so viel für mich aufgegeben. Da wusste ich einfach nicht, wie ich es dir hätte sagen sollen."

Eindringlich betrachtete Mark die ernsten Gesichtszüge seines Bruders. Ob es ihm gefiel oder nicht: Josh war kein Kind mehr. Nein, bald schon würde er sogar Vater sein. „Aber ... bevor das mit Marissa passiert ist. Was wolltest du da machen?"

Josh zuckte kurz mit den Schultern. „Ich habe darüber nachgedacht, Musiklehrer zu werden. Aber das muss jetzt wohl warten."

Zustimmend nickte Mark. „Ja. Aber das Gute an Träumen ist, dass sie kein Ablaufdatum haben. Wenn du etwas wirklich willst, kannst du es später immer noch in die Tat umsetzen."

Jetzt aber war es an der Zeit, dass Mark Josh die Zügel für sein Leben übergab und ihn ziehen ließ. „Ich bin stolz auf dich, Josh", sagte er berührt. „Du hast einen Fehler gemacht, aber du gibst dein Bestes, die Verantwortung dafür zu tragen."

„Danke, Mark", sagte Josh kurz und schob die Hände in die Hosentaschen. „Dass du hinter mir stehst, bedeutet mir viel."

„Ich werde immer hinter dir stehen", erwiderte Mark und

schloss seinen Bruder in die Arme. Die ersten Sekunden blieb Josh ganz steif stehen, doch dann entspannte er sich und erwiderte die Umarmung.

Zum ersten Mal seit langer Zeit hatte Mark das Gefühl, dass seine Eltern – trotz der denkbar unvorteilhaften Umstände – stolz auf ihn wären. Jetzt konnte er nur noch hoffen, dass Gott einen guten Plan für Josh hatte und diese unerwartete Wegsperrung letztlich doch noch in etwas Gutes verwandeln würde.

Kapitel 24

Der Juni näherte sich mit großen Schritten, weshalb auch nicht mehr viel fehlte, bis das Schuljahr zu Ende war. Schon tausend Mal hatte Isabelle sich Marissas Abschlussfeier vorgestellt: Wie ihre Schwester in einem langen Gewand mit Abschlusshut auf die Bühne schritt, um mit stolzer Brust ihr Zeugnis entgegenzunehmen.

Mit Babybauch würde sie allerdings niemals vor ihre Mitschüler und Lehrer treten – mit anderen Worten: Die Zeremonie fiel für sie aus. Und damit noch nicht genug. Eigentlich hatte Isabelle ihre Schwester bei der Hochzeit als Brautjungfer eingeplant. Das war jetzt auch nicht mehr möglich.

Isabelle schluckte, als sie den Umkleideraum des Hotels betrat und die Schürze auszog. Noch hatte sie keine Gelegenheit gehabt, sich mit Elias zu treffen, aber schon sehr bald würde sie ihm von Marissas besonderen Umständen erzählen müssen.

Wie er reagieren würde, konnte sie nicht einschätzen. Aber Marissa gehörte zu ihr, und wenn er Isabelle zur Frau nehmen wollte, zählte Marissa auch zu ihm. Genau wie ihr Kind. Denn selbst wenn Joshua die Verantwortung für das Kind mittrug, hatte er noch nicht die nötigen Mittel, um Frau und Kind zu versorgen. Wahrscheinlich würden die beiden für den Anfang bei Isabelle und Elias wohnen müssen. Zumindest so lange, bis Marissa wusste, wie es mit dem Baby weitergehen sollte. Inniglich hoffte Isabelle, dass dies ihren Verlobten nicht abschreckte.

Als könnte Elias ihre Gedanken lesen, wartete er bereits auf sie, als Isabelle ausgestochen und das Hotel verlassen hatte.

„Du bist wirklich nicht leicht zu erreichen, Isabelle“, sagte er, als er sich von der Backsteinmauer abstieß. „Mir bleibt schon nichts mehr anderes übrig, als dir am Hotelausgang nachzustellen.“

„Oh, bitte verzeihen Sie die Umstände, werter Herr“, scherzte Isabelle. „Was kann ich denn nun, da Sie mich gefunden haben, für Sie tun?“

Elias grinste. „Ich dachte, dass es an der Zeit wäre für eine zweite Verabredung. Umso mehr, da wir nun verlobt sind. Wie wäre es morgen?"

„Da muss ich arbeiten."

„Und danach? Ich würde dir gern einen besonderen Ort zeigen."

„Das klingt spannend." Die Aussicht auf einen vergnüglichen Abend war ihr in letzter Zeit sehr fremd geworden. Und doch böte es die ideale Gelegenheit, um Elias von ihrer Schwester zu erzählen – ohne, dass jemand das Gespräch mitbekäme oder sie störte.

„Darf ich das als ein Ja auffassen?"

Sie lächelte. „Sehr gern."

„Wunderbar. Und wo darf ich dich abholen?", fragte er und betrachtete sie. „Oder müssen wir uns wieder woanders treffen?"

Einen Moment lang zögerte Isabelle. Doch da sie nun verlobt waren, konnte sie ihm wohl auch gestatten zu sehen, wo sie lebte. „Du darfst mich gern abholen", sagte sie, nannte ihm Rosies Adresse und bemerkte natürlich, wie er die Stirn runzelte, als er die Gegend erkannte.

Doch nur Sekunden später hatte er sein Lächeln wiedergefunden. „Ich freue mich schon sehr auf morgen."

Wenn sie ihn nur nicht in Marissas Geheimnis einweihen müsste, wäre sie sicher ebenso erfreut.

Als Isabelle am nächsten Nachmittag von der Arbeit nach Hause kam, um sich für die Verabredung schick zu machen, erstaunte sie, Rosie auf dem Sofa vor einem Fernsprechgerät sitzen zu sehen.

„Tante Rosie! Du hast nie erwähnt, dass du dir ein Fernsprecher zulegen wolltest."

„Wollte ich auch nicht", erwiderte die Frau mit hochgezogenen Brauen. „Ehrlich gesagt dachte ich, dass du mir hierzu vielleicht mehr sagen könntest."

„Ich? Wie kommst du denn darauf?"

„Nun, der Herr vom Fernsprechunternehmen hat gesagt, dass dieser Auftrag auf einen Mr Wheatherby zurückgeht."

Mit einem leisen Knall ließ Isabelle ihre Tasche auf den Tisch fallen. „O je. Ich hatte ja keine Ahnung“, gestand sie und sah wieder zu Rosie. „Bist du verärgert?“

„Sagen wir mal, ich war ein wenig überrascht zu Beginn. Aber seit der nette Herr mir versichert hat, dass die Kosten vom Auftraggeber übernommen werden, spricht doch absolut nichts dagegen“, erklärte die Frau mit einem schelmischen Grinsen in den Augen.

„Wie großzügig von Elias. Wenn ich ihn nachher sehe, werde ich mich bei ihm bedanken.“

Mit dem Ziel, heute besonders gut auszusehen, schlüpfte Isabelle in eins ihrer schönsten Kleider – fliederfarben mit weißen Streifen – und wählte einen passenden Hut. Als i-Tüpfelchen zog sie kurze weiße Handschuhe an. Doch selbst die schicke Kleidung konnte ihr die Nervosität nicht ganz nehmen.

Isabelle wartete draußen auf der Treppe auf Elias und war erfreut, wie pünktlich er war. Zur Begrüßung stieg er aus dem Wagen; währenddessen trat auch Rosie nach draußen.

„Sind Sie der Herr, dem ich meinen Fernsprecher zu verdanken habe?“

„Das bin ich“, bestätigte Elias und wirkte dabei weder arrogant noch als täte es ihm leid.

„Ich möchte Ihnen herzlich danken!“

„Gern geschehen. Auch wenn ich gestehen muss, dass meine Motive vielleicht selbstsüchtiger sind, als es auf den ersten Blick scheint“, gab er mit kleinem Schulterzucken zu. „Ich wollte einfach die Möglichkeit haben, mich jederzeit bei meiner Verlobten melden zu können.“

Überrascht zog Isabelle die Brauen hoch. Nie hätte sie von Elias erwartet, dass er so etwas freiheraus zugab.

Rosie lachte nur. „Selbstsüchtig oder nicht, ich bin in jedem Fall sehr dankbar. Und nun will ich euch nicht länger aufhalten. Habt eine schöne Zeit.“

Was für ein herrlicher Nachmittag für einen Ausflug mit dem Wagen. Nach etwa vierzig Minuten begann Isabelle sich jedoch zu wundern, wohin sie fuhren.

Endlich bog Elias auf einen Parkplatz ab. Kurz kniff Isabelle die

Augen zusammen, um das Schild vor ihnen lesen zu können. *Herzlich willkommen in den Royal Botanical Gardens.*

„Ich dachte, wir spazieren ein wenig durch die Gärten und essen später etwas hier im Restaurant“, erklärte Elias. „Die meisten Blumen sollten inzwischen blühen und wie ich gehört habe, gibt es auch einige wunderschöne Wasserpflanzen.“

„Das klingt großartig.“ Hatte er sich tatsächlich gemerkt, wie sehr Isabelle Blumen liebte, als er diesen Ausflug geplant hatte?

Elias führte sie zum Eingang, zahlte und zeigte ihr die unglaublichsten Gärten, die Isabelle je gesehen hatte. Mehrere Hektar Land voller Blumen lagen vor ihnen.

„Es ist bezaubernd hier“, flüsterte Isabelle.

„Etwas ganz anderes als das Leben in der Stadt, nicht?“, sagte er und ging über einen kleinen Steinpfad, der einen durch das Grün führte.

In angenehmer Stille schlenderten sie nebeneinanderher. Hier und da machte Elias sie auf die ein oder andere ganz besondere Blumenpracht aufmerksam. Die Sonne stand mitten am Himmel und glitzerte auf den Teichen, die sich entlang ihres Weges tummelten.

Einige Minuten später gelangten Isabelle und Elias an eine malerische Brücke über einem Lilienteich. Isabelle beugte sich über das Geländer und erspähte an der Wasseroberfläche knabbernde Fische. Mit einem leisen Platsch sprang ein Frosch von einem der Seerosenblätter ins Wasser.

„Dort drüben könnten wir uns kurz hinsetzen, dachte ich“, sagte Elias und zeigte zu einer Bank unter einigen Bäumen, wo sie vor der Sonne geschützt waren.

„Wunderbar.“ Noch immer hörten sie das leise Plätschern des Wassers und die kleine Anhöhe bot eine schöne Sicht.

Einige Momente lang genoss Isabelle nur die wohlriechende Sommerluft und versuchte, nicht zu unruhig zu sein. Aber noch länger konnte sie die Unterhaltung nicht hinauszögern.

„Ich bin froh, dass wir uns heute sehen, Elias. Es gibt da noch etwas Wichtiges, worüber wir reden müssen.“

Sein entspanntes Gesicht wurde plötzlich wachsam. „Du hast dich aber nicht noch mal umentschieden, oder?"

„Nein, das habe ich nicht", sagte sie und zögerte. „Aber vielleicht möchtest du das nach unserem Gespräch."

Besorgt ergriff er ihre Hand. „Das klingt ernst."

„Das ist es auch, fürchte ich."

„Was auch immer es sein mag, gemeinsam finden wir sicher eine Lösung", versicherte er ihr so aufrichtig, dass Isabelle tief in ihrem Herzen hoffte, er fasste die Nachricht besser auf, als sie befürchtete.

„Seit dem Tod meiner Eltern", begann sie ganz vorsichtig, „hatte es meine Schwester nicht leicht. Erst jetzt wird mir klar, wie sehr ihr das Ganze zugesetzt hat."

„Das ist doch nur verständlich. Die Eltern zu verlieren muss für euch beide wie ein Schlag ins Gesicht gewesen sein."

„Ja. Nur leider hat Marissa einen sehr unschicklichen Weg gefunden, um mit ihrer Trauer umzugehen." Beschämt senkte Isabelle den Blick auf ihren Schoß. Unmöglich konnte sie es beschönigen oder Elias in irgendeiner Weise auf das vorbereiten, was sie sagen musste. „Ich habe kürzlich erfahren, dass meine Schwester seit einigen Monaten schwanger ist."

Überrascht zuckte Elias zusammen. „Wie bitte?"

„Ich weiß. Ich bin genauso schockiert wie du", sagte sie und betrachtete sein Profil. Unruhig hüpfte sein Adamsapfel auf und ab, den Blick hielt er stur nach vorn gerichtet.

Einige Sekunden blieb es still zwischen ihnen. Endlich drehte Elias sich wieder zu Isabelle und fragte: „Hast du … hat Marissa schon entschieden, wie es weitergeht?"

„Noch nicht."

Mit einem Taschentuch fuhr Elias sich über das Gesicht. Die Brauen hatte er nachdenklich zusammengezogen.

„Mir ist klar, dass sich das auf unsere Hochzeit auswirken wird", fuhr sie schnell fort. „Aber ich bin mir sicher, dass wir das Problem irgendwie umgehen können."

Elias holte tief Luft und ihm war anzusehen, dass es ihn viel Mühe kostete, nicht aus der Fassung zu geraten. Rastlos stand er auf und ging auf der Wiese umher. Seine unsteten Bewegungen spiegelten seine innere Unruhe wider.

Schließlich wandte er sich wieder zu Isabelle. Die Blätter über ihm warfen fleckige Schatten auf sein ernstes Gesicht. „Dir ist hoffentlich klar, dass unsere Hochzeit eines der größten gesellschaftlichen Veranstaltungen Torontos sein wird. Während wir uns hier unterhalten, brütet meine Mutter über der Gästeliste und anderen Details. Die angesehensten Menschen der Stadt werden zusammenkommen. Ich würde meine Familie schrecklich blamieren, wenn ich deine unverheiratete, schwangere Schwester zu unserer Trauung willkommen hieße. Das geht auf keinen Fall."

Vieles von dem, was er gesagt hatte, verletzte Isabelle, doch sie musste einen klaren Kopf bewahren. Aufgewühlt knetete sie ihre Hände und versuchte, ruhig zu bleiben. „Wir könnten die Hochzeit doch auf nach der Geburt verschieben, oder? Ein paar Monate mehr oder weniger spielen doch keine große Rolle. Und wir wären immer noch vor Weihnachten verheiratet." Ideal wäre das natürlich nicht, da es gleichzeitig bedeuten würde, dass sie und Marissa noch ein paar Monate länger bei Rosie wohnen bleiben müssten. Zu dritt – mit Baby – wären sie wie eingepfercht in dem Zimmer.

Mit hängenden Schultern und enttäuschtem Gesicht ließ Elias sich neben ihr nieder. „Besteht die Möglichkeit, dass Marissa den Vater des Kindes heiratet?", fragte er schließlich.

„Das ist eher unwahrscheinlich", erwiderte Isabelle. Dass Marissa Josh ausgeschlagen hatte, erzählte sie ihm besser nicht.

„Sie hat also vor, das Kind zur Adoption freizugeben?", hakte er mit einem Funken Hoffnung nach.

„I-ich weiß es nicht. Noch hat sie nichts entschieden." Vielleicht hätte Isabelle mit diesem Gespräch noch eine Weile warten sollen. Dann hätte das Ganze sicher viel weniger … erbärmlich geklungen.

„Wenn eine Ehe mit dem Vater nicht zur Frage steht, hat sie meiner Meinung nach keine andere Wahl, als das Kind abzugeben."

Sie holte tief Luft und sah Elias in die Augen. „Ist das so? Hat sie tatsächlich keine andere Wahl, Elias?"

Einen Moment lang hing die leise Frage zwischen ihnen.

Dann wandte Elias den Blick von Isabelle ab, doch sie ließ sich nicht entmutigen. „Wenn wir heiraten, könnte Marissa das Kind doch behalten. Sie hätte ein Zuhause und eine Familie, die sie unterstützt.“ Inniglich hoffte Isabelle, dass der kleine Schweißfilm auf ihrer Stirn nicht verriet, wie nervös sie war. „Ich verspreche dir, dass sie uns nicht zur Last fallen wird. Sobald sie kann, wird sie sich eine Arbeit suchen und sich selbst versorgen. Alles, was sie braucht, ist nur ein wenig Zeit, um wieder auf die Beine zu kommen.“

Ihr überlauter, unregelmäßiger Herzschlag ließ alle anderen Geräusche um sie herum verstummen.

Die Stirn in Falten gelegt sah Elias stur geradeaus und beobachtete ein kleines Mädchen, das an ihnen vorbeiging. Erst nach einiger Zeit sah er Isabelle wieder an. „Bitte, Isabelle, du musst mir glauben. Ich wünschte, es wäre anders. Aber eine unverheiratete Mutter unter meinem Dach ...“ Er schloss die Augen. „Das klingt vielleicht selbstsüchtig, aber das würde nicht nur den guten Ruf meiner Familie ruinieren, sondern vermutlich auch das Ende meiner Karriere bedeuten.“ Traurig schüttelte er den Kopf. „Es war schon schwierig genug, meine Mutter und Schwester davon zu überzeugen, dass eine Ehe mit dir kein schlechtes Licht auf mich wirft. Aber diese Hiobsbotschaft macht das Ganze schier unmöglich, fürchte ich.“

Isabelle schnürte sich der Hals zu. Verzweifelt schloss sie die Augen und versuchte, ihre unregelmäßige Atmung wieder unter Kontrolle zu bekommen.

„Wenn deine Schwester für eine Weile die Stadt verlassen würde, um das Kind auf die Welt zu bringen und abzugeben, könnten wir bei unseren Hochzeitsplänen bleiben. Aber sonst ...“ Wieder schüttelte Elias den Kopf. „Sonst sehe ich leider schwarz für uns, Isabelle. So sehr ich dich auch schätze.“

Mit einem Mal fiel alle Anspannung von ihr ab. Ja, sie war enttäuscht, sehr sogar, aber sie nahm Elias die Entscheidung nicht übel. Wie unnachgiebig die feine Gesellschaft Torontos war und wie schnell man ihre Gunst verlor, hatte Isabelle am eigenen Leib erfahren. Und für seinen beruflichen Erfolg war sein guter Ruf unabdingbar. „Es tut mir leid, Elias. So schrecklich leid."

Er nahm ihre Hand in die seine. „Mir auch, Isabelle. Sollte sich Marissa gegen das Kind entscheiden, lass es mich bitte wissen. Aber wenn nicht …" Ein tiefes Seufzen. „Ich hoffe sehr, dass du das verstehen kannst. Und ehrlich, ich wünsche dir und euch nur das Beste."

Gefasst stand Isabelle auf. „Dann gehen wir jetzt besser wieder."

„Ja, das wäre das Beste", erwiderte Elias und stand auch auf. Schweigend gingen sie zurück durch die Gärten zum Wagen.

Dieses Mal nahm Isabelle jedoch nichts von der wunderschönen Umgebung wahr. Mit größter Mühe hielt sie die Tränen zurück, während sie hölzern neben Elias ging und penibel genau darauf achtete, ihn nicht versehentlich zu berühren. Anscheinend würde die Ehe mit Elias doch nicht all ihre Probleme lösen. Nun musste sie sich etwas anderes einfallen lassen – und zwar bald.

Trotz allem musste sie sich eingestehen, dass sie neben ihrer Enttäuschung über Elias' Entscheidung auch tiefe Erleichterung darüber spürte, nicht Mrs Elias Wheatherby zu werden.

Kapitel 25

Ein Klopfen an der Tür holte Mark aus dem Schlaf. Er setzte sich auf und blinzelte mehrmals, dann rieb er sich die Augen und sah auf die Uhr auf dem Kaminsims. Zwanzig Uhr. Offenbar war er nach dem Abendessen auf dem Sofa eingedöst.

Kurz fuhr er sich mit der Hand über das Haar, schloss den obersten Hemdknopf und ging zur Tür.

Da stand Isabelle und sah so bezaubernd aus, dass es ihm einen Moment lang den Atem raubte. Ihre blauen Augen wirkten heute besonders groß, als sie ihn scheu lächelnd begrüßte. „Hallo, Mark. Ich hoffe, ich störe nicht."

Er schüttelte den Kopf. „Nein, überhaupt nicht. Komm doch herein."

Mit der Hand zeigte er in Richtung Wohnzimmer und eilte auf das Sofa zu, wo er eben noch geschlafen hatte, um die Kissen wieder aufzuschütteln. „Setz dich doch."

„Danke." Isabelle setzte sich und legte die Handtasche auf dem Schoß ab. Das figurbetonte Kleid unterstrich die schlanken Beine, die sie über den Knöcheln überkreuzte. „Schön hast du es hier", sagte sie, während sie den Blick neugierig durch den Raum wandern ließ.

„Danke. Obwohl ich hier und da dringend mal wieder etwas renovieren müsste, wenn ich jemals die Zeit dazu finde." Er setzte sich auf den Sessel neben ihr und bemühte sich, entspannt zu wirken, obgleich sein Herz raste. „Woher wusstest du, wo ich wohne?"

Isabelle errötete. „In der Nähe meiner Bushaltestelle gibt es eine Fernsprechzelle, dort habe ich im Verzeichnis nachgesehen", gestand sie. „Ich hoffe, es macht dir nichts aus."

„Ganz im Gegenteil, es freut mich!" *Mehr als es sollte,* dachte er bei sich. „Möchtest du etwas trinken?"

Kurz zögerte sie. „Vielleicht ein Glas Wasser, wenn es keine Umstände macht."

„Überhaupt nicht. Ich mache dir auch gern einen Tee oder Kaffee."

Wie aufs Stichwort gab ihr Magen plötzlich ein lautes Knurren von sich. Beschämt hielt sie sich eine Hand an den Bauch. „Tut mir leid. Ich bin wohl doch etwas hungriger, als ich dachte."

„Hast du etwa noch nicht zu Abend gegessen?"

Sie schüttelte den Kopf und jetzt erkannte Mark auch an ihrem Blick, das etwas nicht stimmte.

Er lehnte sich ein Stück vor. „Isabelle, was ist los?", fragte er und wartete angespannt.

Im zarten Lampenschein hinterließen ihre Wimpern kleine Schatten auf den Wangen. „Eigentlich war ich mit Elias zum Abendessen verabredet."

Bei dem Namen ihres Verlobten versteifte sich Mark. „Und was ist dann passiert?"

„Vor dem Essen habe ich ihm von Marissa erzählt und dann hat er …" Sie holte tief Luft und atmete aus. „Dann hat er unsere Verlobung aufgelöst und mich nach Hause gefahren." Traurig schüttelte sie den Kopf. „Aber ich konnte einfach noch nicht nach Hause gehen. Also bin ich hierhergekommen. Ich wusste nicht, wohin sonst."

Marks Herz schlug plötzlich unglaublich schnell; fieberhaft versuchte er das Gesagte zu verstehen. Hatte Isabelle gerade tatsächlich erzählt, dass sie nicht länger verlobt war? Mark atmete tief ein. Über diese Schicksalswende war Isabelle sicher sehr enttäuscht. „Es freut mich, dass du in dieser Situation zu mir gekommen bist. Aber … warum gehen wir nicht zuerst in die Küche und ich mache dir einen Kleinigkeit zu essen?"

„Oh, nein. Das war auf keinen Fall meine Absicht."

„Aber es macht mir nichts aus. Es gibt noch Reste von unserem Abendessen, ausnahmsweise hat Josh nicht gleich den ganzen Hackbraten verschlungen."

Ein kleines Lächeln zeigte sich auf Isabelles Lippen. „Heißt das etwa, dass ich in den Genuss deiner Kochkünste komme?"

„Das heißt es", bekräftigte er und führte sie in die Küche. „Ich bin zwar kein Sternekoch, aber meine Gerichte sind auf jeden Fall essbar – nun, falls Joshs Urteil zählt", sagte er und musste lachen, während er einen Stuhl für Isabelle vorschob. „Jungen in seinem Alter essen wahrscheinlich alles."

Isabelle sah sich in der Küche um. „Sehr gemütlich habt ihrs hier."

Schnell überprüfte Mark die Küchenzeile und das Spülbecken, froh, dass er noch aufgeräumt hatte, bevor er sich aufs Sofa gelegt hatte. Er holte den Hackbraten aus dem Kühlschrank und versuchte, Isabelles Stimmung einzuschätzen. „Wie geht es dir mit Elias' Entscheidung?"

„Es ist schwer, Worte dafür zu finden", begann sie und senkte den Blick. „Ich bin natürlich enttäuscht und auch ein wenig verletzt. Wenn ich ihm etwas bedeutet hätte, hätte er Marissa dann nicht helfen wollen?"

Mark spürte Eifersucht in sich wachsen. Dass sie verletzt war, zeugte davon, wie gern sie ihn hatte. „Das sollte man meinen, ja", sagte er vorsichtig.

„Stattdessen hat er sich über den Ruf seiner Familie gesorgt … aber das war wohl zu erwarten gewesen", sagte sie und seufzte laut. „Er hat es für das Beste gehalten, wenn Marissa die Stadt verlässt, um das Kind auf die Welt zu bringen, und es zur Adoption freizugeben. Nur so hätte es für uns weitergehen können."

Kurz hielt Mark inne, während er ein Brot mit Butter bestrich. „Ehrlich gesagt überrascht mich das nicht besonders. Das ist leider eine normale Reaktion, fürchte ich", erklärte er mit einem Kopfschütteln. „Auch wenn ich kaum glauben kann, dass Menschen so wenig Mitgefühl mit Frauen in Not haben. Ich meine, sie sind ja nicht allein schuld an der Situation. Und doch ist es immer die Frau, die den Kopf hinhalten muss."

Isabelle legte den Kopf schief, Dankbarkeit im Blick. „Du bist der erste Mann, den ich kenne, mit einer so modernen Denkweise. Woher kommt dein Verständnis?"

Er zuckte mit den Schultern. „Ich glaube, das liegt an der Arbeit mit den Frauen in Bennington Place. Ich versuche immer, ihnen genauso freundlich zu begegnen wie jeder anderen werdenden Mutter. So bin ich erzogen worden. Meine Eltern waren uns in dieser Hinsicht ein sehr gutes Beispiel. Das hat mir in meinem Beruf sehr geholfen, denn gerade als Arzt kann ich mir kein Urteil über meine Patienten erlauben. Auch wenn manche Krankheiten oder Unfälle allein auf unvernünftiges Verhalten zurückgehen. Aber mit der Zeit wird man immer toleranter."

„Du bist aber nicht nur tolerant, Mark. Du zeigst Mitgefühl und Verständnis. Mich oder meine Familie zum Beispiel hast du nie verurteilt."

Bei Isabelles bewunderndem Blick kroch Mark die Hitze den Nacken hoch. Schnell richtete er seine Aufmerksamkeit auf das Essen vor ihm und legte eine Scheibe Käse und ein Stück Hackbraten auf das Brot. „Es hilft, sich in die Situation des anderen hineinzuversetzen und das Ganze aus seiner Perspektive zu betrachten", sagte er, schnitt das Brot in zwei Teile und stellte den Teller vor Isabelle.

Isabelle lächelte. „Ach, Dr. Henshaw, wie kann es eigentlich sein, dass noch keine Frau Sie weggeschnappt hat?"

Ihr schelmischer Tonfall ließ Mark erröten und ein Blick in ihre blauen Augen genügte, um sein Herz Purzelbäume schlagen zu lassen. „Ich schätze, ich war einfach immer zu beschäftigt, um über eine Beziehung nachzudenken. Und dann habe ich Josh zu meiner höchsten Priorität gemacht und fand es nicht gerecht, meine Zeit und Aufmerksamkeit noch weiter aufzuteilen." Kurz drehte er sich zurück zur Küchenzeile, schenkte sich und Isabelle ein Glas Milch ein und setzte sich damit zu Isabelle an den Tisch.

„Das kann ich gut verstehen. Sich um seine jüngeren Geschwister zu kümmern ist eine große Verantwortung." Isabelle nahm einen großen Bissen.

„Wie geht es Marissa inzwischen?"

„Körperlich wieder viel besser, ihr Magen hat sich beruhigt. Aber emotional kommt sie nicht so gut zurecht, fürchte ich."

„Josh hat auch damit zu kämpfen. Trotzdem scheint er schon einen Plan zu haben, er will den Sommer über arbeiten gehen."

„Ja, Marissa hat mir davon erzählt", sagte Isabelle und runzelte die Stirn. „Ich dachte immer, wenn ich Elias heirate, hätte Marissa wenigstens ein sicheres Zuhause, bis das Kind da wäre. Jetzt weiß ich nicht mehr, was wir tun sollen."

Mark empfand mit ihr. Die ganze Zeit über hatte Isabelle sich allein darum bemüht, alles hinzubekommen. Sie verdiente jemanden an ihrer Seite, mit dem sie ihre Sorgen teilen konnte. Bisher hatte es so ausgesehen, als wäre dieser Jemand Elias, nun aber hatte er sich umentschieden. Aber vielleicht gab es ja noch eine andere Lösung …

Mark wartete, bis Isabelle ihr Brot verspeist hatte, und sagte dann: „Ich hätte da eine Idee, von der ich dir gern erzählen würde. Sollen wir uns noch mal ins Wohnzimmer setzen?"

„Gern", antwortete sie, stellte ihren Teller in die Spüle und gemeinsam gingen sie ins andere Zimmer zurück.

Dieses Mal setzte Mark sich neben Isabelle auf das Sofa. „Aber zuerst", begann er, „erzählst du mir, was dir im Hinblick auf Marissas Situation die größten Sorgen bereitet." Er wollte Isabelle gerne das Gefühl vermitteln, dass sie das Ganze in der Hand hatte, und nicht den Eindruck erwecken, dass er ihr sagte, was sie tun sollte.

„Hm. Na ja, zunächst einmal ihr Schulabschluss", sagte sie, ihre Stirn in Falten gelegt. „Denn selbst wenn sie die Prüfungen besteht – zur Abschlussfeier wird sie nicht gehen können."

Mark nickte.

„Es ist auch noch nicht klar, wo wir leben werden. Auf keinen Fall können wir in Rosies kleiner Wohnung bleiben, das wäre nicht gerecht. Die Wände sind papierdünn und das Weinen des Kindes würde Rosie keine Ruhe lassen. Aber im Moment kann ich mir noch keine eigene Wohnung leisten."

So niedergeschlagen und verzweifelt, wie Isabelle wirkte, konnte Mark nicht anders, als ihre Hand zu nehmen. „Was das angeht, habe ich vielleicht eine Lösung. Wenn ich darf, würde ich gern einmal mit meiner Freundin Olivia sprechen, sie ist eine der Direktorinnen von Bennington Place. Ich bin mir sicher, dass Marissa dort wohnen könnte."

Ungläubig starrte Isabelle ihn an. „Aber ich kann meine Schwester doch nicht einfach wegschicken! Das würde aussehen, als wollte ich sie loswerden. Oder sie bestrafen."

„Bitte glaube mir, Bennington Place ist ganz anders, als du denkst", sagte er mit sanfter Stimme. „Olivia und Ruth haben das Mütterheim ins Leben gerufen, um alleinstehenden Müttern zu helfen und sie vor Verurteilung zu schützen. Respekt und Freundlichkeit werden dort großgeschrieben. Die Schwangeren sind dort gut aufgehoben."

Unruhig wandte Isabelle sich auf dem Sofa und zog ihre Hand vorsichtig zurück. „Ich weiß nicht. Marissa ist die einzige Familie, die ich noch habe – nicht mit ihr zusammen zu wohnen, gefällt mir gar nicht", gestand sie und der nasse Schimmer in ihren Augen betonten das Blau umso mehr.

Mark musste an sich halten, um sie nicht in die Arme zu schließen. „Es wäre ja nur für ein paar Monate, bis das Kind da ist. Und es würde euch beiden Zeit verschaffen, um herauszufinden, wie es weitergehen kann." Er hielt kurz inne. „Denk einfach mal drüber nach. Es ist zumindest eine Möglichkeit."

„Und wie viel … wie viel würde das kosten?"

„Gar nichts. Manche der Bewohnerinnen zahlen einen kleinen Teil, aber nur, wenn sie es sich leisten können. Geld spielt keine Rolle."

Für einige Sekunden herrschte Stille. Dann nickte Isabelle. „Also gut, ich werde darüber nachdenken." Aufgewühlt faltete sie ihre Hände übereinander. „Ich hasse es, mich so hilflos zu fühlen. Keine Kontrolle zu haben. Nicht zu wissen, wie ich Marissa helfen kann oder was uns die Zukunft bringt", fuhr sie fort und stand auf, um ans Fenster zu treten. Mark konnte beinahe spüren, wie sehr Isabelle litt, so greifbar war ihr Schmerz. Schließlich stand auch er auf und stellte sich zu ihr. „Das fühlt sich wahrscheinlich schrecklich überfordernd an. Aber ich versuche darauf zu vertrauen, dass Gott uns nicht im Stich lässt. Auch in den schweren Zeiten ist er uns nahe", sagte Mark und legte eine tröstende Hand auf ihre Schulter. Bestürzt merkte er, wie ein Schauer sie durchfuhr.

„Das fällt mir leider schwer zu glauben, wenn eine Katastrophe die nächste jagt." Leise schluchzte sie auf und drehte sich zu ihm um. Er wollte nichts lieber, als ihr die Last abnehmen. Sie trösten. Ihr das Gefühl geben, dass sie bei ihm sicher und geborgen war.

Zärtlich zog er Isabelle an seine Brust. Ihr blumiger Duft drang in seine Nase und erfüllte seine Sinne, bis es plötzlich nichts weiter gab als diesen Moment, diesen Raum, diese Frau.

Sie schob den Kopf ein Stück zurück, um ihn anzusehen.

Zärtlich streichelte er ihre Wange und dann, ohne darüber nachzudenken, küsste er sie.

Isabelles Herz raste. Sie verstand kaum, was geschah, als Marks Lippen auf ihren landeten. Sie spürte nur ein wunderbares Kribbeln in ihrem Körper, als er sie näher an sich heranzog.

Ehe sie es sich versah, schlang sie ihre Arme um ihn und erwiderte seinen Kuss. Seine kleinen Bartstoppeln kitzelten sie und der frische Duft von Seife und Kaffee stieg ihr in die Nase.

Zuhause. Dieses Wort schoss ihr durch den Kopf, als sie ihre Hand an Marks Wange legte. Noch nie zuvor hatte sie sich so verbunden mit jemandem gefühlt. Es war beinahe so, als wären ihre Seelen eins geworden. Was für ein Kuss! So etwas hatte sie noch nie erlebt.

Als sie sich schließlich voneinander lösten, stützte Mark seine Stirn auf der ihren ab. „Davon habe ich schon so lange geträumt."

„Hast du?", fragte Isabelle verblüfft. Für gewöhnlich fehlte es ihr nicht an Worten, doch jetzt stand sie völlig neben sich. Ihre Gedanken rasten. „Warum hast du nie etwas gesagt?"

„Ehrlich gesagt hat dein Vater mich ganz schön eingeschüchtert."

Mein Vater? So lange schon fühlte Mark sich zu ihr hingezogen? „Warum?"

Entschuldigend zuckte Mark mit den Schultern. „Er hätte mich niemals für gut genug gehalten. Lange habe ich gehofft, dass er mit der Zeit einen ehrenwerten Mann in mir sehen würde, einen, dem er seine Tochter anvertrauen könnte. Aber spätestens als deine Mutter starb, spielte das alles keine Rolle mehr."

Isabelle schluckte. Oh, wie sehr sie Mark mit ihren kalten Worten verletzt haben musste! Ihr Herz schlug nach wie vor viel zu schnell und sie wartete, dass Mark weitersprach.

Zärtlich fuhr er mit einem Finger über ihre Wange, einen entschuldigenden Ausdruck im Gesicht. „So sehr ich den Kuss eben auch genossen habe, ich fürchte, das war nicht besonders klug von mir. Jetzt ist nicht der richtige Moment, um … eine Beziehung einzugehen."

Mit einem traurigen Lächeln sah Isabelle in seine haselnussbraunen Augen. „Ja, ich weiß. Wir müssen uns auf Josh und Marissa konzentrieren und ihnen helfen, so gut es geht."

Und doch machte sich Enttäuschung in ihr breit. Dabei war das Letzte, worüber sie jetzt nachdenken sollte, ihn noch einmal zu küssen. Das würde nur alles verkomplizieren. Genau wie er sagte: Jetzt war nicht der richtige Zeitpunkt!

„Das sehe ich genauso. Die beiden müssen jetzt unsere Priorität sein", fasste Mark entschieden zusammen. „Hoffentlich finden wir vier eine Lösung, mit der wir alle leben können."

Sie nickte. „Danke, Mark. Es geht mir gleich besser, jetzt wo ich weiß, dass ich nicht allein bin."

Vorsichtig legte er eine Hand auf ihre Schulter. „Das heißt, es ist alles in Ordnung zwischen uns, oder? Ich möchte nicht, dass es irgendwie merkwürdig wird."

Ein warmes Gefühl breitete sich in ihr aus. Mark war immer so zuvorkommend, so fürsorglich. Isabelle lächelte. „Ja, es ist alles in Ordnung."

„Das freut mich", gab er sichtbar erleichtert zu. „Und wenn du irgendetwas brauchen solltest –"

„Ich weiß. Dann kann ich mich jederzeit bei dir melden."

„Habe ich das schon zu oft gesagt?"

„Überhaupt nicht." Sie lächelte. Tatsächlich war es sehr schön zu wissen, dass Mark nur einen Anruf oder einen Besuch entfernt war, genau wie heute. Er allein war es gewesen, den sie nach der fürchterlichen Verabredung mit Elias hatte sehen wollen. „Und wo wir gerade vom Anrufen sprechen: Elias hat einen Fernsprecher in Tante Rosies Wohnung installieren lassen", sagte sie und legte plötzlich die Stirn in Falten. „Hoffentlich lässt er ihn jetzt, wo wir doch nicht heiraten, nicht wieder entfernen."

„Wenn doch, sagst du mir Bescheid und ich sehe, was ich tun kann. Ich würde mich auch besser fühlen, wenn ihr immer eine Möglichkeit hättet, mich zu erreichen."

„Du weißt gar nicht, wie viel mir deine Unterstützung bedeutet", sagte sie und legte eine Hand auf seinen Arm.

Oh, wie gern hätte Isabelle noch so viel mehr gesagt. Vor allem, da Mark sie so liebevoll ansah wie noch nie ein Mann zuvor.

Zufrieden lächelte er. „Sehr gern. Und nun komm, ich fahre dich nach Hause."

Kapitel 26

Am nächsten Tag auf dem Heimweg schmerzten Isabelle wie immer die Füße, doch zusätzlich war sie auch sehr niedergeschlagen. Am Ende der Schicht hatte Mrs Herbert sie in ihr Büro gerufen, wo Isabelle für ihr erneutes Zuspätkommen letzte Woche und ihren Umgang mit einem Hotelgast getadelt wurde. Nachdem sie sich mehrmals bei Mrs Herbert entschuldigt hatte, war sie mit einer schriftlichen Abmahnung davongekommen.

Zudem war ihr heute erst so richtig klar geworden, dass sie vorerst weiter als Zimmermädchen würde arbeiten müssen und wie sehr sie darauf gezählt hatte, nach der Heirat mit Elias kündigen zu können.

Diese Tür hatte sich also geschlossen …

Als Isabelle nach Hause kam, sah sie Fionas Koffer im Wohnzimmer stehen. Bei dem Anblick begriff Isabelle, wie sehr sie ihre Freundin den Sommer über vermissen würde. Neben der Arbeit hatten die beiden nicht sehr viel Zeit miteinander verbringen können, aber es war ihr immer ein Trost gewesen, sie in ihrer Nähe zu wissen.

Im Gegensatz zu ihr war Fiona heiter wie immer. „Isabelle. Wie gut, dass du schon da bist. So kann ich mich noch von dir verabschieden." In ihrem adretten blauen Kleid, das gut zu den rötlichen Locken passte, sah Fiona sehr hübsch aus. Auch ihr Gesicht strahlte regelrecht vor Begeisterung.

„Verlässt du uns heute Abend schon?", fragte Isabelle wehmütig.

„Ja, wir reisen morgen sehr früh ab, deshalb habe ich entschieden, heute mit den anderen Bediensteten im Haus zu schlafen. Um Zeit zu sparen."

„Das ergibt natürlich Sinn", gab Isabelle ihr recht und blinzelte gegen die aufsteigenden Gefühle an.

Nun trat auch Tante Rosie von der Küchenzeile zu den beiden. „Bitte gib immer gut acht auf Bären und Schlangen. In den Wäldern wimmelt es nur so von gefährlichen Tieren."

„Ach, Tante Rosie", sagte Fiona und lachte. „Ich gehe doch nicht in die Wildnis. Das Haus dort ist genauso modern wie das Anwesen hier. Ich werde mich nicht einmal mit einer Außentoilette begnügen müssen", erklärte sie und nahm ihre Tante in die Arme.

„Ich werde dich sehr vermissen, Kleines. Pass bitte gut auf dich auf."

„Ich dich auch, Tantchen", sagte Fiona mit einem Kuss auf die Wange. „Und ich bin dankbar, dass ich dich nicht allein zurücklasse. Isabelle und Marissa werden dir weiterhin gute Gesellschaft leisten."

„Aber natürlich. Wir schauen nach ihr, also mach dir keine Sorgen", versicherte Isabelle Fiona mit einem zuversichtlichen Lächeln. „Bitte versprich mir, den Sommer zu genießen und viele Abenteuer zu erleben."

„Aye. Das habe ich vor. Ich werde euch natürlich ganz oft schreiben." Jetzt schloss Fiona Isabelle in die Arme und drückte sie fest. „Und ich werde weiterhin dafür beten, dass sich für dich und Marissa alles zum Guten wendet."

Gerührt musste Isabelle schlucken. „Danke."

Ein Hupen. „Das ist sicher der Fahrer", sagte Fiona und nahm ihren Koffer. „Bitte sag Marissa Auf Wiedersehen von mir. Gott segne euch, bis wir uns alle wiedersehen!"

„Amen", sagte Tante Rosie und wischte sich kleine Tränen aus den Augen, bevor sie ihre Aufgaben in der Küche wiederaufnahm.

Isabelle trat ans Fenster und sah etwas neidisch zu, wie sich der Wagen allmählich entfernte. Was für ein Glück ihr früheres Zimmermädchen hatte – sie arbeitete in einem angesehenen Haus und freute sich auf einen Sommer am Lake Muskoka. Und was war aus ihr geworden?

Isabelle wandte sich um und begann, Rosie bei ihren Aufgaben zu helfen. So Gott wollte, würde auch sie Glück und Zufriedenheit finden. Doch wann würde das sein?

Mark stellte seinen Wagen vor Rosies Wohnung ab und bemühte sich, die düstere Laune abzulegen. Nachdem sich zwei weitere Menschen in einem Gebäude ganz in der Nähe mit Polio angesteckt hatten, verdichteten sich die Hinweise auf eine Epidemie. Bei allem, was Mark momentan beschäftigte, war ihm keine Zeit geblieben, sich weiter mit der Praxis auseinanderzusetzen, geschweige denn noch einmal mit Ruth zu sprechen. Das wollte er sehr bald nachholen, doch zuerst musste er Isabelle und Marissa über die Gefahr dieses Polio-Ausbruchs informieren. Er stieg aus und klopfte an Rosies Tür.

„Mark, das ist ja eine Überraschung", grüßte Isabelle ihn. „Was führt dich her?"

„Ich habe hier in der Gegend Patientenbesuche gemacht", sagte er und warf einen Blick über Isabelles Schulter. „Könnten wir uns vielleicht kurz hier draußen unterhalten?" Nur ungern wollte er Marissa mit dem Gespräch beunruhigen, falls sie da wäre.

„Natürlich", sagte Isabelle und folgte ihm die Holztreppe herunter. „Stimmt etwas nicht? Du siehst besorgt aus."

„Leider habe ich schlechte Nachrichten", begann er, während er sich noch ein Stück weiter entfernte, um auch nicht von Nachbarn gehört zu werden. „Nur zwei Straßen von hier hat es mehrere Fälle von Polio gegeben. Und so schnell, wie sich die Krankheit in den letzten Tagen verbreitet hat, befürchte ich, dass wir es bald mit einer Epidemie zu tun haben."

„Das ist schon das zweite Mal, dass ich von Polio höre. Vor ihrer Abreise hat auch Fiona davon gesprochen", sagte Isabelle und fingerte an ihrer Halskette herum. „Die Krankheit kann Lähmungen hervorrufen, oder?"

„Ja. Sie greift das Nervensystem und die Muskeln an und kann dazu führen, dass die Lunge nicht mehr arbeitet", erklärte er und sprach umso besorgter weiter. „Vor allem Kinder und junge Menschen sind gefährdet, deshalb ist die Krankheit auch unter dem Begriff ‚Kinderlähmung' bekannt. Für Schwangere ist das Virus besonders gefährlich. Es kann Fehlgeburten hervorrufen oder das Kind kommt mit der Krankheit auf die Welt. Es fällt mir nicht leicht, das zu sagen, aber … für Marissa und auch für dich wäre es das Beste, wenn ihr in nächster Zeit woanders unterkommen könntet."

Überrascht hob Isabelle die Brauen. „Du möchtest, dass wir umziehen? Das scheint mir doch etwas übertrieben."

So sehr Mark es auch hasste, Isabelles schreckliche Sorgenliste um eine weitere zu verlängern – hier waren sie nicht sicher.

„Weißt du, bei den Wohnungen hier in der Gegend ist das Abwassersystem nicht gerade gut, deshalb ist es fast unmöglich, die Krankheit aufzuhalten. Und bitte glaube mir, wenn du jemals einen Patienten in einer sogenannten ‚Eisernen Lunge' gesehen hättest, wüsstest du, dass ich nicht übervorsichtig bin."

„Aber wo sollten wir denn hingehen?"

Mark sah ihr fest in die Augen. „Vielleicht ist es an der Zeit, ernsthaft über Bennington Place nachzudenken." Er hielt kurz inne, dann schlug er vor: „Warum kommt ihr nicht mal mit und lernt Olivia und Ruth kennen? Dann fällt euch die Entscheidung sicher leichter. Damit hätten wir zwar noch keine Unterbringung für dich, aber im Moment besteht das größte Risiko für Marissa."

„Machst du dir solche Sorgen um sie?", fragte Isabelle und sah ihn mit solch vertrauensvollem Blick an, dass Mark schlucken musste.

„Sonst wäre ich nicht hier."

Einige Sekunden lang schwieg sie, dann nickte Isabelle. „Also gut. Ich rede mit Marissa. Mal sehen, ob sie sich darauf einlässt."

„Danke", sagte Mark und drückte Isabelles Hand. „Aber bitte wartet nicht zu lange. Ich fürchte, dass sich die Epidemie schneller ausbreitet, als wir ahnen."

Kapitel 27

Zwei Tage später hatte Isabelle Marissa davon überzeugen können, sich Bennington Place wenigstens einmal anzusehen. Zunächst war Marissa vollkommen dagegen gewesen, aber nachdem auch einige Fälle von Polio an ihrer Schule bekannt wurden, hatte Marissa dem Kind zuliebe letztlich doch nachgegeben. Bereitwillig holte Mark die beiden ab, um sie nach Bennington Place zu fahren.

Als Isabelle nun aus dem Wagen stieg, hielt sie kurz inne, um das wunderschöne mit Efeu umrankte Haus zu betrachten. Es sah völlig anders aus als in ihrer Erinnerung an jene dunkle, verschneite Januarnacht, als sie verzweifelt nach Hilfe für ihre Mutter gesucht hatte.

Dieses Mal strahlte es eine heimelige und friedliche Atmosphäre aus, die ihr ein wenig die Nervosität vor dem Besuch nahm. Das Gepäck ließ Marissa vorerst in Marks Wagen, bis sie sich endgültig entschieden hatte.

Mark betrat Bennington Place mit einer Gelassenheit, die davon zeugte, wie vertraut er mit dem Heim war. Eine hübsche, dunkelhaarige Frau mit einem freundlichen Lächeln kam ihnen entgegen. „Mark, wie schön, dich wiederzusehen."

Es war die gleiche Frau, die ihr damals den Ambulanzwagen bestellt und ihr versprochen hatte, für ihre Mutter zu beten.

Mit einem Kuss auf die Wange begrüßte Mark sie. „Hallo. Und danke, dass wir so kurzfristig vorbeikommen konnten."

Die braunen Augen der Frau strahlten warm. „Ich helfe, wo ich kann. Und als ich gehört habe, dass es um Freunde von dir geht, habe ich natürlich alles sofort stehen und liegen gelassen", erwiderte sie mit einem Grinsen und streckte ihre Hand aus. „Herzlich willkommen in Bennington Place. Mein Name ist Olivia Reed."

Sie war noch recht jung, Ende zwanzig mutmaßte Isabelle. Das Haar hatte sie zu einem ordentlichen Knoten über dem Nacken gebunden und ihre makellose Haut sowie die vollen Lippen unterstrichen ihre natürliche Schönheit. Wie kam es, dass so eine schöne junge Frau ein Mütterheim leitete?

„Ich bin Isabelle Wardrop“, sagte sie und schüttelte Isabelles Hand. „Und das ist meine Schwester Marissa. Ich glaube, wir sind uns im Januar schon einmal kurz begegnet.“

„Ah, ja richtig. Ich erinnere mich“, erwiderte Olivia, bevor sie sich an Marissa wandte. „Bitte kommen Sie doch herein und machen Sie es sich gemütlich. Ich habe uns eine kleine Erfrischung bereitgestellt“, sagte sie, nahm Marissa beim Arm und führte sie in den Salon. Isabelle ließ sich ein Stück zurückfallen. Dass Mark und Olivia sich nahestanden, war offensichtlich, doch was genau für eine Beziehung sie hatten, wusste sie nicht.

„Stimmt etwas nicht?“, fragte Mark mit einem Blick zu ihr.

„Nein, nein. Ich bin nur etwas überrascht. Olivia ist so jung … und hübsch. Ehrlich gesagt hätte ich eher –“

„Jemanden wie mich erwartet?“, vollendete eine große, grauhaarige Dame Isabelles Satz, die nun im Flur stand. Mit einem leisen Lachen kam sie auf sie zu.

„Ruth. Schön, dich zu sehen“, grüßte Mark sie mit einer Umarmung.

„Ebenfalls“, sagte sie und hob eine Braue. „Und wer ist diese nette junge Frau?“

„Eine Freundin, Isabelle Wardrop. Sie ist mit ihrer Schwester Marissa hier, um herauszufinden, ob Bennington Place etwas für Marissa wäre. Isabelle, das ist Ruth Bennington.“

„Schön, Sie kennenzulernen“, sagte Isabelle und lächelte.

„Es ist mir eine Freude. Sollen wir zu den anderen gehen?“, fragte sie und zeigte zum Durchgang auf der rechten Seite.

Im Salon erstaunte Isabelle, wie schön und gemütlich es hier war. Olivia und Marissa saßen auf einem Sofa und unterhielten sich. Offensichtlich gab Olivia sich große Mühe, dass Marissa sich entspannen konnte.

Ruth stellte sich kurz vor und Isabelle wählte einen komfortablen Sessel neben dem Kamin. Mark und Ruth setzten sich auf zwei Stühle auf der anderen Seite des kleinen Kaffeetischs.

„Ich war gerade dabei, Marissa ein bisschen von unserem Haus zu erzählen", sagte Olivia. „Insgesamt können hier bis zu sechzehn Frauen mit ihren Kindern wohnen, aber meist sind nicht alle Zimmer voll besetzt."

„Finden die Geburten hier oder im Krankenhaus statt?", wollte Isabelle wissen.

„Die meisten Babys kommen bei uns zur Welt. Wir arbeiten mit einer ganz hervorragenden Hebamme zusammen, Mrs Dinglemire. Aber falls es doch nötig werden sollte, ist der Ambulanzwagen binnen wenigen Minuten hier. Das ist allerdings erst zwei Mal vorgekommen."

„Und wie geht es nach der Geburt weiter?", fragte Marissa.

Isabelle spürte, wie angespannt sie war.

„Das hängt ganz von der Mutter ab", sagte Olivia mit einem sanften Lächeln. „Diejenigen, die ihr Kind gern behalten wollen, bleiben in der Regel noch eine Weile bei uns und lassen sich unterstützen, bis sie eine Teilzeitstelle und eine bezahlbare Unterkunft gefunden haben. Aber wir stehen hinter jeder Entscheidung, sei es, das Kind zu behalten oder es zur Adoption freizugeben. Deshalb arbeiten wir auch mit einer ganz wunderbaren Dame von der Children's Aid Society zusammen, die die werdenden Mütter dabei unterstützt, die passende Entscheidung zu treffen. Und, um das vorneweg klarzustellen: Wir drängen niemanden in eine bestimmte Richtung. Wir stehen bloß mit Rat und Tat zur Seite."

Isabelle merkte, wie die Last auf ihren Schultern bei Olivias Worten etwas leichter wurde. Vielleicht waren sie und Marissa dieses Mal tatsächlich nicht allein.

„Wollen Sie vielleicht einen Blick in die Zimmer werfen oder die anderen Frauen kennenlernen?", bot Olivia an.

Marissa nickte. „Gern. Wenn es ihnen nichts ausmacht."

„Absolut nicht. Sie werden sehen, dass alle Bewohnerinnen sehr aufgeschlossen sind. Zumindest, sobald sie sich eingelebt haben. Die meisten sind anfangs ein wenig zurückhaltender, aber das ist auch verständlich. Manche haben grausame Dinge erlebt, Schicksale, die wir uns gar nicht vorstellen können", sagte Olivia und ein

Schatten huschte über ihr Gesicht. „Aber bei uns gilt die Regel, dass jede nur so viel oder wenig erzählt, wie sie mag. Sobald die Frauen hier richtig angekommen sind, fällt die Anspannung meist ab und sie öffnen sich ganz von allein“, sagte Olivia und drehte sich zu Isabelle. „Möchten Sie auch mitkommen?“

Nach einem kurzen Blick zu Marissa, die leicht mit dem Kopf schüttelte, sagte sie: „Ich denke, ich warte hier. So können Sie und Marissa sich noch ein wenig unterhalten. Wäre das in Ordnung?“

„Natürlich.“ Sogleich stand Ruth auf und ging zum silbernen Teeservice auf einem der kleinen Beistelltische. „Wir können derweil ja eine Tasse Tee trinken. Oder hättest du lieber Kaffee, Mark?“

„Nein, danke. Tee klingt gut.“

Ruth schenkte drei Tassen ein und reichte ein kleines Tablett mit Törtchen herum. Aus Höflichkeit nahm Isabelle eines, wenngleich sie bezweifelte, auch nur einen Happen essen zu können.

„Stimmt etwas nicht?“, fragte Ruth und legte ihr sanft eine Hand auf die Schulter, als sie an ihr vorbeikam.

Überrascht sah Isabelle zu der Frau auf, die scheinbar ihre Gedanken lesen konnte. „Nun, es geht nicht um das Haus hier. Im Gegenteil, Bennington Place scheint ideal für meine Schwester.“

„Und was bedrückt dich dann?“, fragte Mark einfühlsam.

Isabelle zögerte. Nur ungern sprach sie vor dieser Unbekannten über ihre Gefühle. Ganz gleich, wie nett Ruth auch war. Da jedoch sowohl Ruth als auch Mark eine Antwort erwarteten, stellte sie ihre Tasse ab und überwand sich. „Ich weiß ja, dass Marissa hier gut aufgehoben wäre, aber …“ Sie schluckte und sah einen Moment lang auf den blumigen Teppich unter ihren Füßen. „Sie ist nun mal meine kleine Schwester.“

„Und Sie wollen sie nicht allein lassen“, sagte Ruth mitfühlend.

Isabelle schnürte sich der Hals zu und sie konnte nur noch nicken. Der Gedanke, von ihrer Schwester getrennt zu werden, war zu schmerzvoll. Bisher hatten sie immer zusammengehalten und alles gemeinsam ertragen. Es fühlte sich nicht richtig an, sie jetzt allein zu lassen, wo Marissa sie am dringendsten brauchte.

„Die beiden haben erst kürzlich ihre Eltern verloren", schob Mark erklärend nach.

„Und jetzt habe ich das Gefühl, sie auch noch im Stich zu lassen", sagte Isabelle und blinzelte die Tränen aus den Augen. „Das muss ziemlich dumm klingen."

„Überhaupt nicht", widersprach Ruth und lehnte sich zu ihr vor. „Natürlich können Sie Ihre Schwester jederzeit besuchen. Auch die Bewohnerinnen dürfen kommen und gehen, wie sie wollen. Sie sind hier ja nicht gefangen oder sonst irgendwie eingeschränkt."

Isabelle nickte. „Das ist gut zu wissen. Auch wenn ich befürchte, dass ich mich mit meinen vielen Besuchen sicher unbeliebt machen würde."

„Unsinn. Je mehr Unterstützung die werdende Mutter erhält, desto besser."

Alles, was Ruth sagte, ließ Isabelles Bewunderung für die Frau wachsen. „Danke, Ruth. Ihr Verständnis tut gut."

„Olivia und ich wissen ganz genau, wie schwierig das alles für junge Frauen ist. Aus eben diesem Grund haben wir es uns zum Ziel gesetzt, einen Schutzraum zu schaffen. Damit sie es besser haben als wir damals. Ich glaube, dass wir einander helfen können, Isabelle. Und ich hoffe, dass Ihre Schwester das genauso sieht." Ruths freundlicher und aufrichtiger Blick sowie ihre Worte schenkten Isabelle Trost.

Dankbar sah sie zu Mark. „Das hoffe ich auch." Er lächelte ermutigend zurück und ihr Herz wurde leicht. *Danke, Herr, dass du Mark in unser Leben geführt hast. Ich weiß nicht, wo wir jetzt ohne ihn wären.*

„Wie geht es dir mit alledem, Mark?", fragte Olivia eine Weile später. „Du warst sicher sehr enttäuscht von Joshua."

Kurz senkte Mark den Blick auf seine Hände, dankbar, dass er für einen Moment allein mit Olivia und Ruth war. Isabelle half Marissa gerade beim Beziehen ihres neuen Zimmers. Wenn irgendjemand verstand, wie schwer das alles für ihn war, dann die beiden Frauen.

„Natürlich habe ich hart damit zu kämpfen", sagte er mit einem kurzen Lächeln zu Olivia. „Aber ich habe mir Mühe gegeben, deinen Rat zu befolgen, Olivia: Ich habe mich lange mit Josh unterhalten und ihm vor allem zugehört."

„Sehr gut", sagte Ruth. „Er braucht deine Unterstützung jetzt mehr denn je."

„Ja ... er hat jetzt auch endlich zugegeben, dass er eigentlich nie Arzt werden wollte. Er wusste nur nicht, wie er es mir sagen sollte."

„Das tut mir leid, Mark", sagte Olivia und legte eine Hand auf seinen Arm. „So etwas hatte ich ja schon befürchtet. Aber es ist gut, Bescheid zu wissen, bevor ihr all das Geld in die Studiengebühren investiert."

„Ja, das stimmt. Josh hat sich außerdem eine gut bezahlte Arbeit im Norden gesucht, damit er Marissa und das Baby unterstützen kann."

„Sehr verantwortungsvoll", erwiderte Ruth, das Gesicht weiterhin ernst. „Das heißt nicht nur ihre Schwester unterstützt Marissa, sondern auch du und Josh. So viel Glück haben nicht viele."

„Das sehe ich auch so. Und ich habe Josh versprochen, dass wir gemeinsam einen Weg finden."

Nachdenklich betrachtete Ruth Mark. „Und wie hat sich die Situation auf dein Praxisvorhaben ausgewirkt?"

Mark stand auf und ging im Raum umher. „Gestern Abend habe ich lange wach gelegen und darüber nachgedacht. Aber ich bin zu dem Entschluss gekommen, diesen Weg trotzdem zu gehen. Auch ohne Josh an meiner Seite."

„Sehr gut. Ich habe nämlich mit ein paar Bekannten gesprochen und zwei davon haben sichtliches Interesse gezeigt. Hattest du schon Zeit, nach möglichen Praxisräumen Ausschau zu halten?"

„Ja. Es gibt ein Objekt, das gut passen könnte. Aber es wären ein paar Renovierungsarbeiten nötig."

„Wenn es dir nichts ausmacht, würde ich die Räume gern sehen. Damit ich meinen Bekannten besser Auskunft geben kann."

„Aber natürlich. Ich rufe gleich den Makler an und mache einen Termin für uns aus."

„Wunderbar", sagte Ruth zuversichtlich. „Dann sind wir dem Ganzen ja schon einen großen Schritt näher gekommen."

Isabelle bewunderte, wie ein Zimmer neben aller Schlichtheit so viel Gemütlichkeit ausstrahlen konnte. Wie in jedem Zimmer in Bennington Place gab es auch in Marissas neuem Zimmer zwei Einzelbetten, ein Nachtschränkchen mit einer kleinen Lampe, zwei hohe Kleiderschränke und ein Schaukelstuhl. Sehr liebevolle, selbst gemachte Tagesdecken zierten die Betten und die zartblauen Vorhänge passten wunderbar zur blumigen Tapete. Ruth und Olivia hatten offensichtlich keine Kosten und Mühen gespart, um die Zimmer heimelig und einladend zu gestalten.

„Ist schön hier, oder?", sagte Marissa, als sie ihren Koffer abstellte.

„Sehr sogar", erwiderte Isabelle. Doch ganz gleich wie freundlich das Zimmer auch aussah, es gelang ihr nicht, ihre Wehmut zu verbergen. Der Gedanke, ihre Schwester hier zu lassen, lag ihr schwer im Magen. „Und du bist dir sicher, dass du das hier willst, Rissa?"

„Es ist für alle das Beste", antwortete diese mit Tränen in den Augen. „Aber du kommst mich doch besuchen, oder?"

„Natürlich. Ich werde so oft da sein, dass man mich für eine von euch halten wird", versicherte Isabelle ihrer Schwester und zog sie in eine feste Umarmung. Wenn doch bloß ihre Mutter hier wäre, um ihnen zur Seite zu stehen.

„Erinnerst du dich noch, was Mama immer gesagt hat?", flüsterte Isabelle. „Gott ist auch mitten im Sturm bei uns und wird uns durchtragen. Halt dich an dieser Verheißung fest, okay? Das wird dich trösten."

„Ich versuch's", sagte Marissa mit zitternden Lippen, als sie sich aus der Umarmung löste. „Ich vermisse sie so. Und ich hasse die Vorstellung, sie enttäuscht zu haben."

Hastig schüttelte Isabelle den Kopf. „Sie hätte dich immer geliebt und unterstützt, ganz gleich unter welchen Umständen. Genau wie ich." Zärtlich streichelte Isabelle über Marissas weiches Haar. „Du machst jetzt einfach das Beste hieraus", sagte sie. „Nutz die Zeit mit den anderen Frauen und nimm ihren Rat an, um am Ende zu einer guten Entscheidung für dich und das Kind zu kommen."

„Das werde ich."

„Und denk dran: Solltest du deine Meinung noch einmal ändern und nicht mehr hier sein wollen, finden wir eine andere Lösung."

„Es wird mir hier gut gehen, Isabelle", sagte Marissa und schien sich zusammenzunehmen. „Die anderen verstehen genau, wie es mir gerade geht."

Isabelle schniefte kurz und gab ihr Bestes zu lächeln.

„Aber was ist mit dir, Belle?", fragte sie mit einer Hand über dem immer größer werdenden Bauch. „Wo wirst du hingehen?"

„Das weiß ich noch nicht. Ich möchte erst mit Rosie sprechen, bevor ich etwas entscheide."

„Aber warte nicht zu lange. Du darfst dich nicht anstecken."

„Mach dir keine Sorgen, Liebes. Außerdem glaubst du doch selbst nicht, dass Mark Ruhe gibt, bevor er auch mich in Sicherheit weiß."

Beide lachten.

Mit der Hand zeigte Isabelle zu Marissas Koffer. „Soll ich noch etwas bleiben und dir beim Auspacken helfen?"

„Nein, danke. Das ist schnell getan."

Leise Schritte ertönten und jemand kam ins Zimmer. „Oh, hallo. Du bist sicher meine neue Zimmernachbarin", sagte ein dunkelhaariges Mädchen in der Tür. Dem jungen Gesicht zufolge war sie vermutlich kaum älter als Marissa, weshalb der große Babybauch umso erschreckender wirkte. Sie lächelte breit. „Ich bin Laura. Und wer bist du?"

„Ich heiße Marissa und das ist meine Schwester Isabelle."

„Schön, euch kennenzulernen", sagte sie mit apfelroten Wangen. „Ich freue mich so, nicht mehr allein im Zimmer zu sein."

„Wie lange bist du schon hier, Laura?", fragte Isabelle.

„Etwa vier Monate jetzt. Ich hatte auch schon eine andere Zimmernachbarin, aber nach der Geburt ist sie ausgezogen", erklärte sie, als sie auf ihre Seite des Zimmers ging und sich auf das Bett fallen ließ. „Sicher gefällt es dir hier, Marissa. Ruth und Olivia sind wundervoll. Dank ihnen fühlen wir uns hier alle wie eine große Familie."

Plötzlich spürte Isabelle einen Hauch Unmut in sich aufsteigen. *Sie* war Marissas Familie! Und sie war alles, was ihre Schwester brauchte.

Doch so schnell, wie dieser Gedanke aufgekommen war, war er auch wieder verflogen. Natürlich konnten diese Frauen ganz anders für Marissa da sein als sie selbst. Und es stand Isabelle nicht zu, sie um diese neuen Beziehungen zu beneiden.

„Das höre ich gern", sagte Isabelle und legte einen Arm um Marissas Schulter. „Ich möchte unbedingt sicher gehen, dass Marissa in guten Händen ist."

„Oh, das ist sie. In den allerbesten."

Zufrieden lächelte Isabelle. Mit einem Mal kam sie sich jedoch fehl am Platz vor. Sie wusste, dass Marissa den nächsten Schritt auf ihrer Reise allein gehen musste.

„Nun, dann sollte ich jetzt wohl besser gehen", sagte sie und blinzelte mehrmals, entschieden, nicht die Fassung zu verlieren, bis sie Bennington Place hinter sich gelassen hatte. „Pass gut auf dich auf, Rissa, und ruf an." Über den Fernsprecher bei Tante Rosie, für den Elias tatsächlich weiterhin bezahlte, war Isabelle nun dankbarer denn je. Vielleicht erleichterte er sich damit sein schlechtes Gewissen über die aufgelöste Verlobung.

„Das werde ich. Versprochen", sagte Marissa und umarmte Isabelle erneut.

Dann verließ sie mit einem wehmütigen Lächeln das Zimmer und ging wieder nach unten, wo Mark schon auf sie wartete.

Kapitel 28

Ungeduldig blickte Isabelle am nächsten Morgen auf ihre Armbanduhr. Warum hatte ausgerechnet heute der Bus eine Panne? Selbst wenn sie hier ausstieg und bis zum Hotel rannte, käme sie nicht rechtzeitig zum Schichtbeginn. Und eine weitere Abmahnung würde nichts Gutes verheißen. Vielleicht hatte sie ja Glück und Mrs Herbert war gerade woanders im Hotel beschäftigt, sodass sie ihr Zuspätkommen nicht bemerkte.

Als Isabelle schließlich im Hotel ankam und sich in aller Eile die Dienstkleidung anzog, war sie mehr als fünfundvierzig Minuten zu spät. Gerade hatte sie sich ihre Stechkarte geholt, als sich im Korridor eine Tür öffnete – eine skeptisch dreinblickende Mrs Herbert trat heraus.

Isabelle wurde ganz flau zumute. „Es tut mir so leid, dass ich zu spät bin. Der Bus hatte mitten auf der Strecke eine Panne und ich musste auf den nächsten warten."

„Eine Erklärung ist nicht nötig, Miss Wardrop", sagte die Vorgesetzte mit erstaunlich ruhiger Stimme. „Sie sind mit sofortiger Wirkung entlassen."

„W-wie bitte?"

„Bitte geben Sie die Uniform, den Spindschlüssel und ihr Identifikationskärtchen zurück und verlassen Sie das Hotel. Auf der Stelle."

Vor Schreck fiel Isabelle die Stechkarte aus der Hand. „Mrs Herbert, bitte. Geben Sie mir noch diese eine Chance. Das wird nicht mehr vorkommen, ich verspreche es Ihnen!"

„Das haben Sie bereits die letzten beiden Male gesagt. Ich fürchte, noch mehr zweite Chancen kann ich Ihnen nicht geben. Einen guten Tag noch, Miss Wardrop."

Langsam hob Isabelle die Stechkarte auf und blieb mit ungläubigem Gesicht mitten auf dem Gang stehen. Ihre Beine begannen zu zittern und sie hielt sich haltsuchend an der Wand fest.

Soeben hatte sie ihre Anstellung verloren. Ihre einzige Einkommensquelle.

Was um alles auf der Welt sollte sie jetzt bloß tun?

Hölzern zog sie die Uniform aus, räumte den Spind und brachte alles wie gefordert in Mrs Herberts Büro. „Es tut mir leid", sagte sie noch einmal.

Die Frau nickte nur. „Ich wünsche Ihnen das Beste und viel Erfolg auf Ihrer nächsten Stelle, was auch immer das sein möge. Ein Empfehlungsschreiben kann ich Ihnen jedoch nicht ausstellen."

„Ich verstehe", sagte Isabelle und konnte es der Frau im Grunde nicht übel nehmen. Regeln waren Regeln.

Nachdem Isabelle das Hotel verlassen hatte, wusste sie nicht, wohin mit sich. Ziellos schlenderte sie durch die Straßen in der Hoffnung, vielleicht irgendwo auf ein *Aushilfe gesucht*-Schild in einem Fenster zu stoßen. Vergebens.

Als sie an einer Kirche mit besonders schöner Steinfassade ankam, hielt sie inne. Das war jetzt vielleicht genau das Richtige: Etwas Zeit, um zu beten und auf Gottes Stimme zu hören. Was auch immer sie in letzter Zeit angepackt hatte, nichts schien ihr zu gelingen. Wahrscheinlich, weil sie versucht hatte, alle Probleme auf eigene Faust zu lösen, statt Gott das Ganze zu überlassen.

In der Kirche setzte sie sich in eine der hintersten Bankreihen.

Ein Gefühl von Frieden überkam sie. Anstatt all ihr Leid in einem Gebet zu verpacken, saß Isabelle bloß still da. Gott kannte ihre Situation und wusste genau, was sie gerade durchmachte. Es war gar nicht nötig, ihre Sorgen vor Gott auszubreiten. Sie würde einfach in seinen Frieden eintauchen und darauf hoffen, dass er ihr eine Antwort auf ihr Dilemma schickte.

Nach etwa einer halben Stunde hatte Isabelle zwar noch immer keine Antwort gefunden, verließ die Kirche aber mit neuem Mut. Selbst in den dunkelsten Momenten wollte sie daran festhalten, dass Gott sie in seiner Hand hielt. Irgendwie fände sie schon eine neue Arbeit, irgendwie ging es immer weiter.

Am nächsten Tag sammelte Mark Ruth am Mütterheim ein und sie fuhren gemeinsam zum Mietobjekt, wo sie Mr Remington treffen würden. Der Makler öffnete ihnen die Räume und gab ihnen etwa zwanzig Minuten, um das Innere zu erkunden. Zweifelsohne hoffte er, dass sie heute eine Entscheidung fällen würden.

Schweigend ging Ruth durch den Hauptraum. Ihrem Gesicht war nicht zu entnehmen, was sie davon hielt. Gespannt wartete Mark auf ihr Urteil.

Schließlich blieb sie in der Küche stehen und nickte. „Ich sehe sofort, warum dir die Räume zusagen. Sie eignen sich sehr gut für eine Praxis. Sie sind groß genug, um viele Patienten zu versorgen, aber nicht zu groß", sagte sie und drehte sich nun zu ihm. „Das Einzige, was dir noch zu deinem Glück fehlt, wäre ein Partner."

„Ja, das stimmt. Josh wird es leider nicht sein", entgegnete er noch immer ein wenig bedrückt.

„Ich hatte da ehrlich gesagt an jemand Älteren gedacht", erwiderte Ruth mit einem verschmitzten Lächeln.

Interessiert kniff Mark die Augen zusammen. „Diesen Blick kenne ich, Ruth Bennington. Hast du etwa noch einen Trumpf im Ärmel?"

Ein breites Lächeln zeichnete sich auf ihrem Gesicht ab und sorgte für viele kleine Fältchen um die Augen. „Ich habe mit ein paar Vorstandsmitgliedern aus dem Krankenhaus gesprochen und mich erkundigt, ob sie nicht jemanden kennen, der sich gern selbstständig machen würde."

„Und?", fragte Mark neugierig nach.

„Es sind gleich mehrere Namen genannt worden und ich denke, ich habe auch schon den passenden gefunden", sagte sie und lachte über Marks entgeistertes Gesicht. „Keine Sorge, ich habe natürlich zuerst mit Dr. Axelrod telefoniert. Damit ich dir keine falschen Hoffnungen mache." Jetzt schüttelte sie leicht den Kopf. „Und, na ja, du weißt ja: Gottes Wege sind unergründlich, mein Lieber. Dr. Axelrod hat ein ebenso großes Herz für Menschen in Not wie du und tatsächlich will er seine aktuelle Praxis schon eine ganze Weile verlassen. Bisher ist es wohl nur am richtigen Partner gescheitert."

„Und er würde einen Ort wie diesen tatsächlich in Betracht ziehen?"

„Ich denke schon", sagte Ruth und musste wieder lachen. „Natürlich kann es nicht schaden, schon einmal die ersten kleinen Renovierungsarbeiten durchgeführt zu haben, bevor du ihm die Praxis zeigst. Mit einem neuen Anstrich und den ersten Möbeln, vielleicht ein paar Bildern an der Wand ..." Während sie sprach, wanderte ihr Blick durch den Raum und man sah, wie sie sich das Ganze vor ihrem inneren Auge ausmalte.

„Das kann ich aber nicht, bevor ich unterschrieben habe."

„Ganz genau." Voller Tatendrang rieb sie die Hände und sagte: „Dann lass uns das jetzt erledigen."

Mark wurde immer mulmiger zumute. „Aber was ist mit den Geldgebern, von denen du gesprochen hast? Brauchen wir nicht erst ihre Zustimmung?"

Kopfschüttelnd winkte sie ihn ab. „Ach, um die mach dir keine Sorgen. Ich habe ihr Vertrauen und soll das tun, was ich für richtig halte. Und ich glaube, dass das hier das Richtige ist."

Langsam atmete Mark aus. „Okay, das heißt also, wir machen das wirklich?"

Ruth neigte den Kopf. „Du bekommst jetzt aber keine kalten Füße, oder?"

Ruths Entschlossenheit machte Mark Mut. Wenn das Gottes Weg für ihn war, würde er natürlich folgen. „Nein, keine kalten Füße. Ich kann es kaum erwarten."

„Hervorragend. Dann los: Machen wir Nägel mit Köpfen."

Nachdem Isabelle am Vormittag bereits die ganze Wohnung geputzt hatte, wusste sie nicht, was sie als Nächstes tun sollte. Am frühen Nachmittag war Rosie zu Nachbarn ein paar Häuser weiter gegangen, für die sie ein paar Näharbeiten übernommen hatte. Also entschied Isabelle, bei Marissa im Mütterheim vorbeizusehen.

Sie wollte zwar nicht, dass Marissa sich um sie sorgte, aber sie sollte wissen, dass Isabelle nicht länger im Hotel arbeitete.

„Das tut mir so leid, Belle. Und was hast du jetzt vor?", fragte Marissa.

„Ich suche mir etwas Neues. Aber in der Zwischenzeit wollte ich erst einmal sehen, wie es dir geht."

„Sorg dich nicht um mich. Laura und ich verstehen uns sehr gut. Und unsere Gespräche helfen mir."

So unterhielten sich die beiden noch eine Weile, bis Isabelle keine Ausrede mehr fand, um ihren Besuch noch weiter in die Länge zu ziehen. Sie verabschiedete sich von ihrer Schwester und ging wieder nach unten.

Aus dem Salon kam ihr Olivia entgegen. „Isabelle. Wie schön, dass Sie wieder hier sind. Und, fühlt Marissa sich wohl bei uns?"

Isabelle nickte. „Ja, so scheint es."

„Sehr schön. Ich habe mir schon gedacht, dass Laura und sie sich sehr gut verstehen werden."

„Vielen Dank noch mal, dass sie hier wohnen darf", sagte Isabelle mit nicht ganz unbeschwertem Blick zu den Zimmern oben.

„Sie bereuen Ihre Entscheidung doch nicht, oder?", fragte Olivia. Der Hauch von Sorge, der in ihrer Stimme mitschwang, machte es Isabelle schwer, ihre Gefühle zu verbergen.

„Nein, überhaupt nicht. Ich freue mich, dass Marissa hier in guten Händen ist. Vermutlich bemitleide ich mich gerade nur selbst. Wissen Sie, ich … ich habe gestern meine Arbeit verloren." Das hörte sich besser an als einzugestehen, dass ihr gekündigt worden war.

„Oh, was für ein Pech", erwiderte Olivia und sah sie verständnisvoll an. „Weiß Mark schon davon?"

„Nein. Ich habe ihn seither noch nicht wiedergesehen." Und sie wusste auch überhaupt nicht, wie sie ihm das erklären sollte. Schließlich hatte er extra seine Beziehungen für sie spielen lassen. „Nun, ich sollte jetzt besser gehen", sagte sie und drehte sich zur Tür.

„Isabelle, warten Sie noch einen Moment", hielt Olivia sie auf und gestikulierte in Richtung Salon. „Mir kam da gerade eine Idee."

Einen Augenblick überlegte Isabelle, ob sie einfach gehen und so tun sollte, als hätte sie Olivia nicht gehört, aber das wäre unhöflich. Also drehte Isabelle sich wieder um und folgte Olivias Einladung in den Salon.

„Ich weiß natürlich nicht, wo oder als was Sie gern arbeiten würden", begann Olivia langsam, „aber wir haben zurzeit eine Stelle frei. Eines unserer Hausmädchen hat letzte Woche aufgehört und Ruth und ich wollten die Stelle auf jeden Fall wieder ausschreiben." Mit wachsender Begeisterung lehnte sie sich ein Stück zu Isabelle vor. „Sie würden natürlich nicht so viel verdienen wie im Hotel, aber dafür könnten Sie hier bei uns wohnen, womit auch gleich das Problem mit den Polio-Ausbrüchen in Ihrem Stadtviertel gelöst wäre."

Aufgeregt begann Isabelles Herz zu rasen. Das war beinahe zu schön, um wahr zu sein! „I-ich weiß nicht, was ich sagen soll."

„Ihr Zimmer wäre im zweiten Stock", fuhr Olivia fort. „Es ist nichts Besonderes, aber es ist sauber und ordentlich. Sie wären außer Gefahr und zudem ganz nah bei Ihrer Schwester."

„Und was genau wären meine Aufgaben?", fragte Isabelle. Besser, sie klärte gleich, ob sie für die Stelle geeignet war oder nicht.

„Nun, ehrlich gesagt ist es einfach das, was gerade anfällt. Aber hauptsächlich würden Sie die Bäder und Zimmer unserer Bewohnerinnen putzen sowie ihre Handtücher und Bettwäsche waschen. Außerdem wären Sie für die Sauberkeit in den Gemeinschaftsräumen hier unten verantwortlich und würden Mrs Neale in der Küche unterstützen, wenn sie Hilfe braucht."

„Das klingt machbar", sagte Isabelle, froh über alles, was sie im Hotel gelernt hatte. Dann fiel ihr Tante Rosie ein und dass sie Fiona versprochen hatte, nach ihr zu sehen. „Kann ich noch bis morgen darüber nachdenken?"

„Aber natürlich. Wir warten mit der Ausschreibung einfach so lange, bis wir Ihre Rückmeldung haben", sagte Olivia mit einem Lächeln und stand auf.

Isabelle konnte kaum fassen, was für ein gutes Herz diese Frau hatte – vor allem nicht, wenn sie an ihre früheren Freundinnen dachte. Die hatten nicht einen Finger gerührt, um ihr zu helfen. „Haben Sie vielmals Dank, Olivia, ich weiß Ihr Angebot sehr zu schätzen."

„Sehr gern, Isabelle. Und machen Sie sich nicht so viele Sorgen um Marissa. Wir passen gut auf sie auf, versprochen!"

Als Mark Ruth wieder am Mütterheim absetzte, war er überrascht, Isabelle dort anzutreffen. Sie war so sehr in Gedanken, dass sie Ruth gar nicht wahrgenommen hatte, bis sie beinahe gegen sie gelaufen war.

Mit einem Grinsen erinnerte Mark sich an den Tag zurück, als er und Isabelle im Krankenhausfoyer ineinandergelaufen waren. Wie sehr sie sich über ihn geärgert hatte. Und wie wunderschön sie dabei ausgesehen hatte.

Er wartete, bis sie und Ruth ihr Gespräch beendet hatten, dann winkte er ihr kurz zu.

Als Isabelle ihn erblickte, schien sie überrascht und errötete leicht. „Mark. Hallo."

„Was für ein angenehmer Zufall. Wolltest du gerade nach Hause? Ich kann dich auch fahren."

Kurz zögerte sie, dann nickte sie. „Ja, sehr gern. Danke."

Ganz der Gentleman öffnete er ihr die Beifahrertür, bevor er selbst einstieg. „Hast du Marissa besucht?"

„Ja." Sie hob fragend eine Augenbraue. „Ist es sehr merkwürdig, dass ich sie bereits nach so kurzer Zeit sehen musste?"

Leise lachte Mark und fuhr los. „Überhaupt nicht. Es zeigt nur, wie wichtig sie dir ist", sagte er und linste zu ihr hinüber. Heute strahlte Isabelle nicht so wie sonst. „Ist alles in Ordnung?"

Mit einem kleinen Seufzen gestand sie: „Eigentlich nicht", und umklammerte ihre Handtasche.

„Geht es um Marissa?“

„Nein, das ist es nicht.“ Isabelle hielt kurz inne. Auf ihrer Stirn bildeten sich Sorgenfalten. „Gestern habe ich meine Anstellung im Hotel verloren.“ Ihre Stimme zitterte und sie blickte mit Tränen in den Augen zu ihm hinüber. „Es tut mir schrecklich leid, Mark. Du hast dich so dafür eingesetzt, dass man mir diese Chance gab.“

Mark verlangsamte den Wagen und fuhr an den Straßenrand. Für solch ein Gespräch wollte er Isabelle seine volle Konzentration widmen. „Ich spreche einfach noch mal mit Mr Johnson. Sicher kann er ein gutes Wort für dich einlegen.“

Doch sie schüttelte resignierend den Kopf. „Nein, lass nur. Es stimmt schon alles, ich habe die Kündigung verdient. In den letzten Wochen bin ich zweimal zu spät zur Arbeit erschienen und gestern ein drittes Mal – das hat das Fass wohl zum Überlaufen gebracht.“

„Aber ein paar Verspätungen sind noch lange kein Grund für eine Kündigung“, sagte Mark mit gerunzelter Stirn. Erkannte ihre Chefin denn nicht, dass Isabelle sich bemühte? Da konnte man doch auch mal ein Auge zudrücken.

„Nun, das war nicht das Einzige“, räumte sie beschämt ein. „Selbst wenn mein Bus gestern keine Panne gehabt hätte und ich nicht zu spät gekommen wäre – leider haben sich auch Gäste über mich beschwert“, sagte sie und seufzte. „Ich ertrage es einfach nicht, von hochnäsigen Reichen herumkommandiert zu werden.“

„Oh, Isabelle“, sagte Mark und konnte sich trotz der ernsten Lage das Lachen nicht verkneifen. Er ahnte, welche Antworten sie so manch feinem Pinkel an den Kopf geschleudert hatte.

„Das ist nicht witzig, Mark Henshaw“, mahnte sie ihn. „Warum sollte *ich* unter ein Bett kriechen, nur um etwas aufzuheben, das *irgendeine Dame* hat fallen lassen? Und so ein verstopfter Abfluss ist ganz sicher auch nicht meine Aufgabe.“

Daraufhin lachte Mark nur umso lauter. Es dauerte ein paar Sekunden, aber dann stimmte auch Isabelle ein, zuerst leise, dann genauso herzhaft.

Als ihr kleiner Lachanfall schließlich abebbte, wischte Mark sich die Tränen aus den Augen und sah zu Isabelle.

Sie hatte sich ganz in den Sitz fallen lassen, den Kopf in den Nacken gelegt und eine Hand am Bauch. „Es ist eine Ewigkeit her, dass ich so herzlich gelacht habe."

„Du weißt ja, wie es heißt, oder? Lachen ist die beste Medizin."

„Da scheint etwas dran zu sein. Ich fühle mich jedenfalls um einiges besser."

Instinktiv ergriff Mark Isabelles Hand. Er sehnte sich danach, mehr Zeit mit ihr zu verbringen, auch wenn sie eigentlich noch vor Kurzem übereingekommen waren, keine Beziehung einzugehen. Aber Marissa war doch nun in guten Händen und Josh arbeitete im Norden. War es nicht vielleicht doch möglich, Isabelle etwas besser kennenzulernen?

Er wagte einen Versuch: „Wollen wir heute Abend vielleicht zusammen essen gehen? Ich habe gute Neuigkeiten, die ich gern mit dir feiern würde." Doch kaum hatte er die Worte ausgesprochen, fiel ihm ein, dass das angesichts ihres Jobverlusts vielleicht etwas unpassend war. „Obwohl … dir ist heute sicher nicht nach Feiern zumute. Entschuldige."

Mit einem Lächeln richtete Isabelle sich im Sitz auf. „Nein. Tatsächlich habe ich auch Neuigkeiten. Und ich würde gern hören, was du darüber denkst."

„Also darf ich dich heute Abend ausführen?"

Sie nickte. „Sehr gern."

„Wunderbar. Dann hole ich dich um sieben ab", erwiderte er mit einem breiten Lächeln.

Kapitel 29

Mark hatte sich für das *DiMarcos* entschieden und gleich, als er nach Hause gekommen war, einen Tisch für zwei reserviert. Jetzt, als sie im Eingangsbereich des Restaurants standen, zweifelte er aber an seiner Wahl. Vielleicht war es doch etwas zu gewagt für eine erste Verabredung?

Isabelle blieb überwältigt hinter der Eingangstür stehen. „Oh, Mark. Das ist doch viel zu nobel hier! Besser, wir gehen woanders hin."

Was sollte er nur antworten? Gerade weil es hier so schick und romantisch war, hatte er das Restaurant ausgewählt. Schließlich entwickelte sich ihre Beziehung in eben diese Richtung. „Dieses Restaurant wollte ich schon eine ganze Weile mal ausprobieren, aber Joshua ließ sich einfach nicht überreden", sagte er und hoffte, Isabelle das Gefühl vermitteln zu können, dass sie ihm mit dem Besuch hier einen Gefallen tat.

Nachdenklich ließ sie den Blick über die edle Einrichtung wandern und biss sich auf die Lippe. „Hm … na gut. Wenn du dir sicher bist?"

„Das bin ich." Ein Kellner führte sie an einen Tisch für zwei mit burgunderfarbener Tischdecke und einer Kerze in der Mitte. Draußen war es noch recht hell, doch das schummrige Innere sorgte für eine intime Atmosphäre.

„Wie ich gehört habe, soll das Essen hier fantastisch sein", sagte Mark mit einem Blick zu Isabelle, als diese gerade die Karte aufschlug. „Ich hoffe, es wird seinem Ruf gerecht."

„Oh, das tut es", erwiderte sie. „Mir hat es hier bisher immer geschmeckt."

Verwundert hob Mark den Blick. „Du kennst das *DiMarcos* schon?"

Langsam senkte sie die Karte. „Ja. Ich war hier schon öfter", sagte sie, „mit meinen Eltern." Trauer huschte über ihr Gesicht.

„Ah, natürlich“, entgegnete Mark. „Das hätte ich mir denken können.“ Kein Wunder, dass sie sich zuerst gesträubt hatte. Sicherlich kannte sie die Preise haargenau. Dabei hatte Mark gehofft, es wäre eine neue Erfahrung für sie beide. Er versuchte, ein Lächeln aufzusetzen. „Und was kannst du empfehlen?“

Wieder sah Isabelle ins Menü. „Die Steaks sind sehr gut. Oder wenn du lieber Fisch möchtest, würde ich dir zum Lachs raten.“

„Dann nehme ich das Steak.“

Isabelle entschied sich für ein Cordon bleu aus Kalbsfleisch mit Spargel und Kartoffelpüree.

Während sie auf das Essen warteten, bedienten sie sich am frischen Brot mit Butter.

Mark überlegte, wie er das Gespräch anfangen sollte. Zum einen hatte er vor, ihr von der Praxis zu erzählen, zum anderen wollte er Isabelle natürlich besser kennenlernen. Hören, wovon sie träumte und was sie sich von der Zukunft erhoffte, um herauszufinden, ob sich ihre Wünsche miteinander vereinen ließen.

„Hast du schon etwas von Josh gehört? Oder ist es dazu noch zu früh?“, begann sie das Gespräch und kam ihm zuvor.

„Wahrscheinlich ist er noch nicht angekommen. Oder die Lager ganz im Norden liegen außerhalb der Reichweite vom Fernsprechdienst. Ich vermute, ich muss auf einen Brief von ihm warten.“

„Daran habe ich gar nicht gedacht. Wie geht es dir denn damit? Jetzt, wo er fort ist“, fragte sie mitfühlend.

„Ich vermisse ihn“, räumte Mark ein. „In dem großen Haus fühle ich mich ohne ihn etwas verloren.“

„Das kann ich mir vorstellen. Obwohl ich ja noch Rosie habe, habe ich Marissa gestern Nacht auch vermisst. Aber vielleicht nicht mehr lange“, sagte sie und ein Lächeln erhellte ihr Gesicht.

Mark, der sich gerade ein weiteres Stück Brot abbrach, hielt in der Bewegung inne. „Wie meinst du das?“ Marissa dachte doch nicht etwa darüber nach, Bennington Place schon wieder zu verlassen?

„Darüber wollte ich mit dir sprechen. Als Olivia mitbekommen hat, dass ich wieder auf Arbeitssuche bin, hat sie mir angeboten, im Mütterheim anzufangen.“

Einen Moment lang wusste Mark nicht, wie er reagieren sollte. Einerseits wollte er Olivia am liebsten um den Hals fallen für dieses Angebot, andererseits fragte er sich, ob die Arbeit das Richtige für Isabelle war. „Und was hältst du von dem Vorschlag?"

Isabelle kräuselte ihre Nase, so wie immer, wenn sie nachdachte. „An das Bettenbeziehen und Bäderputzen habe ich mich ja schon gewöhnt. Und wie man Wäsche macht, lerne ich sicher schnell. Außerdem sind die Bewohnerinnen von Bennington Place bestimmt nicht so anstrengend wie die Hotelgäste", sagte Isabelle und je länger sie darüber nachdachte, desto besser schien ihr die Idee zu gefallen. „Ich würde zwar weniger verdienen, dafür könnte ich aber auch dort wohnen. Und das heißt, Marissa und ich würden wieder im gleichen Haus leben."

„Das klingt doch sehr gut!" Tatsächlich hätte Mark sich keine bessere Lösung einfallen lassen können. „Also sagst du zu?"

„Ich denke schon, ja", erwiderte sie mit einem Lächeln, das jedoch schnell wieder verschwand. „Ich weiß nur nicht, wie ich es Rosie beibringen soll."

„Ach, dafür hat sie doch sicher Verständnis."

„Ja. Aber dann wäre Rosie ganz allein, Fiona ist ja den ganzen Sommer über fort. Und die Chance, dass Rosie die Wohnung wenigstens vorübergehend verlässt, ist schwindend gering. Wie hoch schätzt du das Risiko für sie ein, wenn sie bleibt?"

„Aufgrund ihres Alters ist sie relativ ungefährdet. Das Virus ist primär für junge Leute wie dich eine Gefahr", erklärte er.

Sie nickte. „Dann steht es fest."

„Gut." Mark fiel ein Stein vom Herzen, da er Isabelle nun in Sicherheit wusste. „Und ich verspreche dir, ein Auge auf Rosie zu behalten."

„Danke. Dann machen Fiona und ich uns gleich weniger Sorgen um sie."

Immer wieder neu staunte Mark, wie mitfühlend Isabelle war. „Du hast ein großes Herz, Isabelle Wardrop. Immer denkst du zuerst an die anderen."

Sie errötete etwas, doch im gleichen Augenblick brachte der

Kellner ihr Essen, während an einem der anderen Tische ein Violinist ein bewegendes Stück zu spielen begann.

„Und welche guten Neuigkeiten möchtest du heute Abend feiern?", fragte Isabelle, während sie das Fleisch anschnitt.

„Aha, jetzt wechseln wir also das Thema", sagte er und grinste. „Nun, bei mir geht es auch um die Arbeit", sagte er und erzählte ihr von den Ereignissen der letzten Woche und welche Rolle Ruth dabei gespielt hatte.

Mit jedem weiteren Satz wuchs Isabelles Begeisterung. „Das ist ja großartig, Mark. Ich freue mich so für dich."

„Aber ich bin ganz ehrlich: Bei der Vorstellung, diesen Schritt ganz allein gehen zu müssen, wird mir etwas flau im Magen. Mit Dr. Axelrod an Bord würde ich mich deutlich besser fühlen. Er ist schon etwas älter und erfahrener als ich und arbeitet bereits seit einigen Jahren in einer Privatpraxis."

„Ja, das wäre vorteilhaft."

Dass Isabelle die Nachricht so positiv auffasste, machte Mark glücklich und es brachte ihn auf einen Gedanken: „Hättest du vielleicht Lust, mir streichen zu helfen? Ich könnte Hilfe gebrauchen, falls du morgen Zeit hast."

Sie antwortete mit einem überraschten Lachen. „Also … ehrlich gesagt habe ich noch nie gestrichen."

„Das bringe ich dir gern bei", erwiderte er grinsend. Dann fuhr er etwas ernster fort: „Weißt du, Isabelle, die Wahrheit ist: Ich verbringe einfach unheimlich gern Zeit mit dir und ich würde dich gerne besser kennenlernen. Marissa ist derzeit gut versorgt und Josh ist ebenfalls selbstständig geworden … Was meinst du – gibst du uns eine Chance?"

Einen Moment lang senkte sie den Blick, dann sah sie ihn an und nickte. „Ja, Mark. Ich würde dich auch gern besser kennenlernen."

Eine Welle des Glücks und der Erleichterung durchströmte ihn und er hatte das Gefühl, zum ersten Mal seit langer Zeit wieder richtig glücklich zu sein.

„Sehr gut, fangen wir doch gleich damit an", grinste er und

schnitt sein Steak. „Erzähl mir etwas aus deiner Kindheit. Bist du gern zur Schule gegangen?"

Isabelle tupfte sich den Mund ab und nickte. „Ich hatte eine schöne Kindheit. Damals bin ich auf die gleiche Privatschule gegangen wie Marissa jetzt", sagte sie leicht wehmütig. „Und obwohl ich nicht die beste Schülerin war, habe ich die Zeit dort sehr genossen."

„So, so", sagte er lächelnd. „Deine Mutter hat mal angedeutet, dass es dir gar nicht leicht gefallen ist, den ganzen Vormittag still zu sitzen. Und deine Redseligkeit hat dich wohl auch das eine oder andere Mal in Schwierigkeiten gebracht. So zumindest ihre Worte."

Wieder musste Isabelle lachen. „Ja, da ist etwas dran. Ich war eine ganz schöne Herausforderung für meine Lehrer."

„Und hast du je darüber nachgedacht, zu studieren?"

Sie nahm einen Schluck Wasser und schien über die Frage nachzudenken. „Vermutlich hätte ich das, wenn ich einen bestimmten Beruf im Blick gehabt hätte. Aber da mich nichts wirklich begeistert hat, wollte ich nicht einfach ziellos weiterlernen."

„Das kann ich verstehen."

„Außerdem habe ich immer meiner Mutter bei der Wohltätigkeitsarbeit sehr gern unter die Arme gegriffen. Die Bedürftigen unserer Gesellschaft lagen ihr am Herzen. Genau wie mir", sagte sie und zuckte mit den Schultern. „Bis ich selbst zu einer von ihnen wurde."

„Das ist ja nur vorübergehend, Isabelle. Daran habe ich keinen Zweifel."

„Und was ist mit dir?", fragte sie und neigte den Kopf. „Wie bist du Arzt geworden?"

Mark räusperte sich. „Mein Vater war schon Arzt. Seit ich klein war, wollte ich in seine Fußstapfen treten."

Lächelnd nickte sie. „Natürlich. Darüber waren deine Eltern sicher sehr froh."

„Das waren sie. Aber meinen Studienabschluss haben sie leider nicht mehr miterlebt."

Mitfühlend legte Isabelle ihre Hand auf die seine. „Das muss sicher sehr schwer gewesen sein."

Er nickte und erwiderte ihren Blick, hielt ihn einige Sekunden.

Dann trat der Kellner erneut an den Tisch, um ihre Wassergläser aufzufüllen, und der intime Moment war vorbei. Den restlichen Abend sprachen sie nur noch über unverfängliche Themen.

„Das war köstlich", sagte Isabelle schließlich zufrieden und wischte sich mit der Serviette über den Mund. „Bitte sag es nicht Tante Rosie, aber es hat mir tatsächlich noch besser geschmeckt als bei ihr."

Mark lachte. „Nun ja, Rosie ist ja auch keine gelernte Köchin."

„Das nicht, aber ihre Gerichte können sich auf jeden Fall mit den Speisen hier messen. Vor allem der irische Eintopf und das Sodabrot."

„Nun, die sind sicher weit besser als mein Hackbraten."

„Das würde ich jetzt nicht sagen. Der hat mir auch gut geschmeckt", erwiderte sie und lächelte ihm zu. Dann hielt sie kurz inne, als legte sie sich die nächsten Worte zurecht. „Ich möchte dir danken, Mark. Für alles, was du in den letzten Wochen für mich und Marissa getan hast. Ich weiß nicht, was wir ohne dich gemacht hätten."

Marks Herz barst beinahe und er drückte Isabelle einen schnellen Kuss auf die Hand. „Für dich würde ich beinahe alles tun, Isabelle. Das weißt du hoffentlich."

In ihren Augen blitzte ein unlesbares Gefühl auf, bevor sie den Blick von ihm abwand. Die Hand zog sie aber nicht zurück.

Neben ihnen erklang ein Räuspern. Überrascht hob Mark den Blick und sah den Kellner.

„Darf ich Ihnen noch etwas bringen, Sir?"

Fragend blickte Mark Isabell an. „Hättest du gern noch einen Nachtisch? Oder vielleicht einen Kaffee?"

„Danke, aber ich fürchte, ich kriege keinen Bissen mehr runter."

Mark nickte und blickte wieder zum Kellner. „Dann die Rechnung, bitte." Er sah auf die Uhr: Es war noch recht früh. Zu früh, um diesen herrlichen Abend zu beenden. „Was hältst du davon, wenn wir noch eine Runde um den See spazieren gehen, bevor es dunkel wird?"

Lächelnd nickte Isabelle. „Sehr gern."

Gab es etwas Romantischeres als einen Sonnenuntergang am Wasser? Wortlos stand Isabelle neben Mark, genoss die warme Abendluft und erfreute sich an den rot-goldenen Streifen am Himmel.

Vorsichtig schloss sich Marks Hand um ihre und Isabelles Herz klopfte wild. Eine wohlige Wärme erfüllte sie, die nicht von seiner Hand ausging, sondern sich in ihrem Inneren ausbreitete wie die feurigen Sonnenstrahlen über dem Wasser.

Als die Sonne schließlich hinter dem Horizont verschwand und die Abenddämmerung sie einhüllte, spazierten sie weiter. Mark führte sie zu einer Stelle, wo ein paar Steine aus dem Wasser ragten, an denen sich kleine Wellen brachen. Über ihnen zeichneten sich die ersten Sterne am Himmel ab.

„Es ist wunderschön hier", flüsterte Isabelle, die die Stille nur ungern unterbrechen wollte. „Ich weiß gar nicht, warum ich nicht öfters hierherkomme."

„Vielleicht wolltest du diesen schönen Ort nur nicht allein genießen", sagte Mark mit rauer Stimme.

Sie drehte sich zu ihm und war überrascht, mit welch leidenschaftlichem Blick er sie ansah. Sein braunes Haar, das er aus der Stirn gekämmt hatte, und der ordentlich getrimmte Bart standen ihm sehr gut. Mit einem Finger strich er zärtlich über ihre Wange, ihr stockte der Atem.

„Isabelle, du bist eine außergewöhnliche Frau. Du bist unglaublich schön, tapfer und hast ein großes Herz. All die Herausforderungen des Lebens haben dich nicht überwältigen können."

Verblüfft blinzelte sie. Noch nie hatte ihr jemand ein so ehrliches Kompliment gemacht. „Danke, Mark. Deine Worte bedeuten mir viel", erwiderte sie und hielt kurz inne. Dann fasste sie Mut, genauso ehrlich zu antworten. „Ich denke auch, dass du etwas ganz Besonderes bist."

Erst wirkte er überrascht, dann lächelte er. „Das ist das Beste, das ich seit langer Zeit gehört habe. Also gut, gleich nach der Nachricht, dass du Elias Wheatherby doch nicht heiratest."

Das hatte ihm also tatsächlich große Sorge bereitet.

Marks Gesicht kam ihrem nun immer näher. Mit einem verschmitzten Lächeln meinte er: „Es wäre zu schade, die romantische Stimmung hier nicht zu nutzen, oder?"

Sie nickte bloß – zu mehr war sie gerade nicht fähig.

Die Wärme seiner Lippen, der scharfe Duft seines Rasierwassers und seine starke Brust – all das brachte ihr Herz zum Rasen. Wer hätte gedacht, dass Dr. Henshaw so gut küssen konnte?

Als sie sich wieder voneinander lösten, sah sie, wie sich pures Glück in seinen Augen spiegelte. Wieso hatte sie nur so lange gebraucht um zu erkennen, was für ein wundervoller Mann Mark war?

Glücklich schweigend gingen sie Hand in Hand zurück zu Marks Wagen. Isabelle kam es vor, als schwebte sie.

„Sag, Isabelle", unterbrach seine Stimme die Stille schließlich, „was erhoffst du dir von diesem Leben? Was wünschst du dir? Ich meine für dich, nicht für Marissa."

Verdutzt blinzelte sie. In letzter Zeit hatte sie nicht viel an sich selbst gedacht, jetzt aber schenkte Mark ihr den Raum zu träumen. Sie überlegte einen Moment, dann sagte sie: „Ich denke, ich wünsche mir das, wonach sich alle sehnen: Liebe. Eine Familie." Sie schluckte. „Eine Heimat." Bis jetzt war ihr gar nicht klar gewesen, wie sehr sie es vermisste, ein eigenes Zuhause zu haben. „Aber ich weiß nicht, ob ich je genug verdiene, um für mich, Marissa und das Kind aufkommen zu können."

Zärtlich drückte er ihre Hand. „Eins nach dem anderen. Und manche Details sollten wir besser Gott überlassen."

Isabelle nickte. „Ich fürchte, mir bleibt gar nichts anderes übrig. Allmählich wird mir klar, dass ich das allein nicht hinbekomme." Sie lächelte sanft. „Gott sei Dank habe ich ihn – und dich."

„Hoffentlich für immer", erwiderte er und küsste sie.

Kapitel 30

Am nächsten Tag besprach Isabelle Olivias Angebot mit Rosie und nachdem sie ihren Segen erhalten hatte, sagte sie Olivia schließlich zu. Olivia freute sich sehr. Doch da Isabelle Mark versprochen hatte, beim Streichen zu helfen, beschlossen sie, dass sie erst am nächsten Tag ins Mütterheim ziehen würde.

Am Wochenende hätte sie dann etwas Zeit, sich einzuleben, bevor sie am Montag die Arbeit in Bennington Place aufnahm.

Um kurz nach neun holte Mark Isabelle zu Hause ab. Er trug bereits mit Farbe befleckte Kleidung.

„Wie ich sehe, hast du schon einmal ohne mich angefangen", grüßte Isabelle ihn neckisch.

Er grinste und zuckte entschuldigend mit den Schultern. „Ich war so früh wach, dass ich dachte, ich mache schon Mal einen Anfang und probiere den neuen Farbroller aus", erklärte er und begutachtete Isabelles Kleidung. „Das sind hoffentlich alte Kleider, die du da trägst. Denn nach diesem Tag sehen sie vermutlich aus wie meine."

Lächelnd hielt sie eine Tasche in die Höhe. „Keine Sorge, ich bin gut vorbereitet. Rosie hat mir einen Arbeitsanzug geliehen, damit bleibt meine Kleidung sicher sauber."

Mark schüttelte den Kopf und lachte. „Du bringst mich immer wieder zum Staunen."

Eine halbe Stunde später hatte Isabelle sich umgezogen, ein Tuch um den Kopf gebunden und sah sich in der zukünftigen Praxis um. Mark erzählte ihr, dass er die Theke gern in eine Rezeption umfunktionieren wollte. An der Wand dahinter standen ein Einbauregal mit einigen Brettern und einige alte Fässer, die nach Salzlache rochen. Obenauf stand eine große Metallwaage.

„Die werde ich noch entsorgen", sagte Mark, der nun hinter ihr stand.

„Warum denn? Die könntest du doch für Neugeborene verwenden." Isabelle gab sich große Mühe, ein möglichst neutrales Gesicht zu bewahren, doch nach einigen Sekunden konnte sie ihr Lachen nicht mehr zurückhalten.

Zärtlich stupste Mark sie an der Schulter. „Einen Moment lang dachte ich, du meinst das ernst. Ich glaube, eine neue, saubere Waage ist in meinem Budget gerade noch drin." Er grinste und zeigte dann quer durch den Raum. „Diese Wand dort würde ich heute gern streichen und vielleicht auch noch die daneben. Die anderen müssen noch warten, bis ich entschieden habe, was ich aus den Regalen mache. Außerdem würde ich gern noch die Theke abschleifen und vielleicht auch die Böden polieren."

„Das klingt nach viel Arbeit", erwiderte Isabelle, während sie mit einem Finger über den Holzboden fuhr. „Aber diese hier müssen vielleicht auch nur gründlich geschrubbt werden."

„Vielleicht. Das probiere ich auf jeden Fall als Erstes."

Neugierig betrachtete Isabelle die gelben Flecken auf Marks kariertem Hemd. „Wo hast du denn mit dem Streichen begonnen? Keine dieser Wände ist gelb."

„Im hinteren Bereich, wo die Behandlungszimmer sein sollen", erklärte er und seine Augen begannen zu strahlen. „Komm mit, ich zeige es dir."

Isabelle folgte ihm. Einer der Räume war offensichtlich mal ein Büro gewesen, der andere sicher ein Lager. Beide hatten die perfekte Größe für Behandlungszimmer. Und eins davon hatte nun zwei frische gelbe Wände.

„Streichen wir alles gelb?", fragte sie.

„Heute schon. Aber ich habe überlegt, ob der Empfangsbereich vielleicht eine andere Farbe bekommt. Blassgrün zum Beispiel. Das wirkt etwas ruhiger."

„Die Idee gefällt mir", sagte Isabelle und ging zu einem mit Zeitungspapier ausgelegten Bereich. Dort stand ein Eimer mit Farbe und ein anderes Hilfsmittel. „Wo ist der Pinsel? Dann kann ich gleich loslegen."

Mark hielt ihr das andere Werkzeug hin. „Ich dachte, vielleicht arbeitest du besser hiermit, das ist der Farbroller. Damit kommst du schneller voran. Und ich kümmere mich mit dem Pinsel um die Ecken."

„Also gut", sagte Isabelle und sah zu, wie Mark den Roller in Farbe tunkte und ihr reichte.

Gemeinsam, mit seinen Händen über den ihren, setzten sie den Roller an der Wand an und fuhren damit auf und ab. Mark stand so dicht hinter ihr, dass sie seine Wärme spüren konnte, und es fiel ihr plötzlich äußerst schwer, sich aufs Streichen zu konzentrieren.

„Siehst du? So schnell geht es damit", sagte er und sein Atem brachte eine lose Haarsträhne neben ihrem Ohr zum Flattern.

„In Ordnung", sagte sie, räusperte sich und trat einen Schritt zur Seite. „Ich glaube, ich habe es jetzt verstanden."

„Wunderbar. Ich fange auf der gegenüberliegenden Seite an. Ruf einfach, wenn du Hilfe brauchst", sagte er und ließ den Blick noch ein wenig auf ihr ruhen.

Schnell drehte Isabelle sich zur Wand um und atmete langsam aus. Puh – wer hätte gedacht, dass Streichen so … aufregend sein konnte?

Drei Stunden später waren sie mit den Räumen im hinteren Bereich fertig und gingen in den vorderen Teil, wo Mark die Tür öffnete, um etwas frische Luft hineinzulassen. Im Laufe des Vormittags war es deutlich wärmer geworden und Isabelles Kleidung klebte ihr am Körper. Sie hoffte auf eine kleine Brise und setzte sich draußen vor dem großen Schaufenster auf eine Holzbank.

Nur eine Minute später folgte ihr Mark und reichte ihr eine Flasche Wasser.

„Das ist meine Rettung", sagte sie und nahm einen großen Schluck.

Mit einer eigenen Flasche in der Hand setzte er sich neben sie. „Ja, ich habe gelernt, dass Streichen durstig macht."

„Und hungrig. Was wollen wir denn zu Mittag essen? Ich fürchte, ich brauche erst eine Stärkung, bevor ich weitermachen kann."

Mark drehte sich zu ihr. „Bist du sicher, dass du noch bleiben willst? Wenn du müde bist, fahre ich dich auch gern wieder zurück zu Rosie."

Grinsend hob Isabelle die Braue. „Denkst du wirklich, ich lasse mir das Endergebnis entgehen? Nein, nein, Sir. Ich bleibe, bis wir fertig sind! Vorausgesetzt, ich bekomme etwas zu essen."

Mark lachte. „Okay, ich bin sofort wieder da", sagte er, stellte die Flasche auf dem Boden ab und verschwand in der Praxis.

Was er wohl vorhatte?

Nur wenige Minuten später kam er wieder heraus und stellte einen Weidenkorb mit ein paar Sandwiches zwischen ihnen auf die Bank. „Ich habe Schinken und Käse oder Tomate und Gurke im Angebot."

Isabelle lachte. „Sieht aus, als hättest du an alles gedacht. Für mich bitte das mit Tomate."

Zufrieden aßen die beiden und beobachteten schweigend die vorbeikommenden Fußgänger.

„So geschäftig, wie es hier ist", stellte Isabelle, fest „ist das die ideale Lage für deine Praxis."

„Das denke ich auch. Und trotzdem ist es nicht weit vom Armenviertel. Man kann mich immer noch zu Fuß oder schnell mit dem Bus erreichen."

„Und wann wird sich der andere Arzt die Praxisräume ansehen?"

„Morgen Nachmittag. Sobald ich mit dem Streichen fertig bin, möchte ich noch die Küche putzen und den Müll rausstellen. Und vielleicht auch noch das Schaufenster wischen."

Isabelle legte das Packpapier ihres Brotes zurück in den Korb. „Ich würde dir ja meine Hilfe anbieten, aber ich habe mit Olivia ausgemacht, dass ich morgen umziehe."

„Das ist schon in Ordnung", sagte er. „Deine Hilfe heute weiß ich zu schätzen."

„Das war doch selbstverständlich, nach allem, was du für mich getan hast." Sie hielt kurz inne. „Ich bin stolz auf dich, Mark, dass du so mutig bist. Und deine Eltern wären es sicher auch."

„Danke, Isabelle." Sanft nahm er ihre Hand und führte sie an seine Lippen. Bei dem eindringlichen Blick in seinen Augen stieg ihr die Wärme in die Wangen.

Ein lautes Pfeifen ertönte plötzlich von der anderen Straßenseite und erschreckte Isabelle – ein junger Mann war stehen geblieben und starrte zu ihnen herüber. „Halt sie gut fest, Kumpel, sonst schnappt sie sich noch jemand anderes."

„Keine Sorge", rief Mark zurück und grinste, „das ist mein Plan."

Isabelle brauchte einen Moment, bis sich ihr Puls wieder etwas beruhigt hatte. „Darf ich dich etwas fragen, Mark?"

„Natürlich, alles."

Vorsichtig sah sie zu ihm. „Ich habe dir von Roger und Elias erzählt, aber … ich weiß gar nichts über die Frauen in deinem Leben. Ich nehme einfach mal an, dass es welche gegeben hat." Wenngleich Mark einmal erwähnt hatte, keine Zeit für Beziehungen gehabt zu haben, hielt sie es für unwahrscheinlich, dass er noch nie verliebt gewesen war.

Ein Schatten überzog sein Gesicht, während Mark stur geradeaus sah. „Nun ja, zu Uni-Zeiten hat es da jemanden gegeben", sagte er und presste die Lippen fest aufeinander.

Geduldig wartete Isabelle, dass er weitersprach, doch er schwieg. Vermutlich hatte er sich in seinen Gedanken verloren. „Und was ist passiert?", fragte sie schließlich.

„Ich war so verliebt und gedanklich viel zu sehr auf sie fokussiert, dass ich beinahe durch meine Prüfungen gefallen wäre. Und trotzdem hat sie sich darüber beschwert, nicht genug Aufmerksamkeit von mir zu bekommen. Da ist mir klar geworden, dass ich mich entscheiden musste: Entweder für sie oder für mein Studium", sagte er schulterzuckend. „Nun, du siehst ja, worauf meine Wahl gefallen ist."

„Und bereust du es?" Isabelle blickte ihn ungewiss an. Hatte sich Mark vielleicht seither auf niemanden eingelassen, weil sein Herz noch immer an dieser Frau hing?

Mit ernstem Blick wandte sich Mark ihr zu. „Überhaupt nicht. Es war das Beste, das ich hätte tun können. Sie hätte nie ertragen, wie viel Zeit ich in Josh investiert habe, als ich kurz darauf sein Vormund geworden bin."

„Das klingt, als wäre sie ganz schön ichbezogen."

„Ja, du hast recht. Das ist sie. Und doch bin ich dankbar für die Erfahrung", sagte Mark und legte eine Hand an Isabelles Gesicht. „Denn dadurch weiß ich jemanden so Wunderbares wie dich umso mehr zu schätzen", sagte er und küsste sie, mitten auf der Straße.

Bei einem weiteren Pfeifen schrak Isabelle zurück. Sie errötete, allerdings weniger wegen Marks Berührung als vor Peinlichkeit.

Schnell sprang sie von der Bank auf und rückte ihr Kopftuch zurecht. „Okay. Wir machen jetzt besser weiter. Die Wände streichen sich ja nicht von allein."

„Jawohl, Ma'am", sagte Mark und sein schelmischer Unterton löste ein erneutes nervöses Kribbeln in Isabelle aus.

Rasch ging sie hinein – dieser gut aussehende Arzt verdrehte ihr ganz schön den Kopf! Doch selbst wenn sie könnte, würde sie nichts daran ändern ...

Kapitel 31

Am nächsten Tag packte Isabelle ihre Habseligkeiten und verabschiedete sich von Rosie. „Ich hasse es, dich hier allein zurückzulassen“, sagte sie.

„Ich weiß, Liebes, aber es ist doch wunderbar, dass du im Mütterheim anfangen kannst und damit in Marissas Nähe bist. So etwas bringt nur Gott zustande.“

„Ja, wahrscheinlich“, erwiderte Isabelle und schenkte Rosie ein zittriges Lächeln, während sie gegen die Tränen ankämpfte. „Ich weiß gar nicht, wie ich mich je genügend bei dir bedanken kann.“

„Es war mir eine Freude, euch um mich gehabt zu haben“, sagte Rosie und nahm Isabelle in die Arme. „Und ich möchte auf jeden Fall mit euch in Kontakt bleiben und erfahren, wenn das Baby da ist.“

„Natürlich. Und du versprichst uns bitte, dass du gut auf dich aufpasst, ja?“

„Mach dir keine Sorgen um mich. Ich habe schon viel Schlimmeres überlebt als ein Virus.“

Draußen hörte man einen Wagen halten. „Das ist sicher Dr. Henshaw“, sagte Rosie. „Lass ihn nicht unnötig warten.“

Noch einmal zog Isabelle Rosie fest in die Arme. „Die Nummer von Bennington Place hast du ja, ruf mich jederzeit an.“

„Das mache ich, und jetzt los mit dir. Liebe Grüße an den hübschen Arzt“, sagte Rosie grinsend, drehte sich um und verschwand in ihrem Zimmer.

Sekunden später meinte Isabelle zu hören, wie Rosie sich die Nase schnäuzte. Sie schluckte schwer, nahm ihre Handtasche und hob den schweren Koffer auf die Veranda.

„Den nehme ich“, sagte Mark, der gerade die Treppen hochkam.

„Danke. Drinnen steht auch noch ein Truhe.“

Mark wirkte amüsiert. „Das wird hier ja noch zu einem richtigen Umzug.“ Er trug den Koffer nach unten und stellte ihn neben das Auto, dann hoben Isabelle und er die Truhe gemeinsam die Treppe hinunter und auf Marks Rücksitz.

„Ich hoffe, es macht dir nichts aus, wenn ich dich nur absetze und gleich weiterfahre“, sagte er, als sie losfuhren.

„Natürlich nicht. Ich weiß ja, dass du noch viel vorhast, bis Dr. Axelrod kommt“, sagte Isabelle und stellte mit einem Blick auf seine Kleidung fest, dass er noch immer das mit Farbe bekleckste Hemd trug. „Du ziehst dich aber noch um, oder?“

Er grinste. „Wieso? Mache ich so etwa keinen guten Eindruck?“

Lachend schüttelte Isabelle den Kopf. „Nur, wenn er dich für einen Handwerker halten soll.“

„Keine Sorge. Ich werde gleich duschen und mich umziehen, bevor ich Dr. Axelrod an der Praxis treffe. Tut mir leid, dass ich nicht schon früher hier war, aber für die letzten Kleinigkeiten habe ich doch länger gebraucht, als ich dachte.“

„Ich hätte auch ein Taxi nehmen können, das weißt du.“

„Und ich hätte dich heute gar nicht zu Gesicht bekommen? Auf keinen Fall“, sagte Mark und zwinkerte.

Am Mütterheim angekommen, brachte Mark Isabelles Gepäck auf die Veranda und verabschiedete sich dann. „Ich wünschte, ich könnte noch etwas bleiben.“

„Ist schon in Ordnung. Und vielen Dank fürs Fahren.“

„Nun, ich hatte ja schon erwähnt, dass ich meine Gründe dafür habe“, sagte er mit einem verschmitzten Lächeln. „Dieser hier gehört dazu.“ Er lehnte sich zu ihr vor und in freudiger Erwartung schnellte Isabelles Puls in die Höhe.

Doch noch bevor er sie küssen konnte, öffnete sich die Eingangstür. Augenblicklich schreckten sie auseinander.

„Hallo, Mark“, grüßte Olivia. „Und herzlich willkommen, Isabelle.”

„Hallo”, erwiderte Mark. Rote Flecken zierten nun seine Wangen. „Tut mir leid, aber ich kann leider nicht bleiben. Ich habe noch einen Termin.“

„Keine Sorge. Wir werden uns gut um Isabelle kümmern“, versicherte Olivia ihm.

„Das weiß ich doch“, entgegnete Mark und drehte sich wieder zu Isabelle. Er nahm ihre Hand. „Bis ganz bald. Und denk dran, wenn du irgendetwas brauchst –“

„Rufe ich dich an“, sagte Isabelle und lachte.

Er lächelte ihr zu und eine wohlige Wärme erfüllte Isabelle. „Danke, Mark.“

„Sehr gern“, sagte er, drückte ihre Hand und zwinkerte.

Einen Moment lang sah sie Mark noch nach, wie er das Grundstück durch das eiserne Törchen verließ und in den Wagen stieg. Dann wurde Isabelle plötzlich bewusst, dass sie im Begriff war, in ein Haus voller Fremder zu ziehen.

„Es wird alles gut werden, Isabelle“, hörte sie Olivia neben sich sagen und spürte ihren Arm auf ihrer Schulter. „Du bist hier unter Freunden, versprochen.“ Der einfühlsame Tonfall beruhigte Isabelle. „Komm mit, ich zeige dir dein Zimmer. Ich darf doch jetzt du sagen, oder?“

„Natürlich. Danke, Olivia.“

Oben angekommen, sah Isabelle sich um. „Margaret, das andere Hausmädchen, hat ihr Zimmer auch hier oben. Dann bist du nicht so allein.“

Erleichtert atmete Isabelle aus. „Das höre ich gern. Ich habe mir schon ausgemalt, wie ich ganz allein auf einem gruseligen Dachboden wohne.“

Olivias Lachen erfüllte den Flur und sie blieb vor der ersten Tür stehen. „So, da wären wir. Das ist dein neues Zimmer.“

Langsam trat Isabelle über die Türschwelle. Das Zimmer war klein, hatte aber ein recht großes Fenster, wodurch viel Licht hereinschien. In einer Ecke stand ein Bett mit einer blau geblümten Tagesdecke, daneben ein Nachttischchen mit einer Lampe. Außerdem gab es einen Kleiderschrank und einen kleinen Teppich. Klein, aber fein. „Es ist schön hier.“

„Freut mich, dass es dir gefällt“, sagte Olivia und stellte die Tasche ab. „Ich lasse dich jetzt erst einmal auspacken und ankommen. Abendessen gibt es um sechs im Speisezimmer. Komm einfach nach unten und folge dem Lärm.“

Isabelle lachte. „Gut, danke schön."

Sie stellte die Tasche auf das Bett und sah sich um, dankbar, dass sie ein wenig Zeit für sich allein hatte. So konnte sie sich noch etwas ausruhen, bevor sie die anderen Bewohnerinnen kennenlernte. Das Beste jedoch war, dass sie Marissa von nun an jeden Tag sehen würde.

Nachdem sie alles ausgeräumt und sich kurz hingelegt hatte, zog Isabelle sich eine frische Bluse an und ging nach unten. Genau wie Olivia gesagt hatte, konnte sie sich an den Stimmen und dem gelegentlichen Lachen orientieren. Manche der Frauen hielten sich noch im Salon auf, während andere schon im Speisezimmer saßen.

Zaghaft betrat Isabelle den Raum. War Marissa wohl schon da?

Ein langer Holztisch mit Porzellangeschirr und Besteck zierte das Zimmer und in der Tischmitte stand eine Vase mit Blumen, die angenehm süß dufteten.

Einige der Frauen hoben den Blick, als Isabelle in der Tür erschien, doch leider erkannte sie keine von ihnen.

„Hallo", sagte sie unbehaglich. „Ich bin Isabelle."

Einige Sekunden der Stille vergingen. Schließlich lächelte eine rothaarige Frau. „Du bist sicher neu hier. Komm doch herein. Ich bin Mary Beth. Und das hier sind Helen, Georgie und Annie."

„Schön, Sie kennenzulernen", sagte Isabelle und grüßte die Frau mit einem Nicken. „Gibt es feste Plätze?"

„Nein, setz dich ruhig, wohin du magst. Und wir sind hier eigentlich alle per Du", sagte Helen, eine etwas untersetzte blonde Frau, und zeigte zu den leeren Stühlen.

„Ah, gut", erwiderte Isabelle. Sich ihrer unverhohlenen Blicke gewahr, ging Isabelle zu einem Stuhl am Tischende, setzte sich jedoch noch nicht.

„Wow", sagte Georgie. „Dir sieht man ja noch überhaupt nichts an. In welchem Monat bist du denn?"

Sogleich errötete Isabelle. „Oh, nein, i-ich bin nicht schwanger."

„Nicht?", hakte Mary Beth mit hochgezogener Braue nach. „Aber du weißt schon, dass das hier ein Mütterheim ist, oder?", scherzte sie und die anderen Frauen kicherten.

Unsicher, ob sie auch lachen sollte oder ob man sich über ihre Naivität witzig machte, umklammerte Isabelle den Stuhl fester.

„Isabelle. Da bist du ja", hörte sie nun Marissas Stimme.

Erleichterung überkam Isabelle, als ihre Schwester auf sie zukam und sie umarmte. „Wie geht es dir?"

„Gut. Es gefällt mir hier."

Offensichtlich sagte Marissa die Wahrheit, denn die vielen Sorgenfalten auf ihrer Stirn waren verschwunden und zum ersten Mal seit Monaten wirkte sie wieder etwas gelassener.

Hinter ihr watschelte Laura ins Zimmer. „Hi, Isabelle. Wie schön, dich wiederzusehen", sagte sie und ließ sich auf einen Stuhl fallen.

Ein paar andere Frauen folgten und setzten sich plaudernd an den Tisch.

Wenig später stand Olivia in der Tür. „Oh, gut, da bist du ja, Isabelle. Sieht aus, als hättest du schon die meisten unserer Bewohnerinnen kennengelernt", sagte sie lächelnd. „Ihr Lieben, das ist Isabelle, Marissas Schwester. In den nächsten zwei Tagen wird sie eine von euch sein und ab Montag startet sie dann als Hausmädchen. Sie ist Judys Nachfolgerin. Ich hoffe, ihr heißt sie herzlich willkommen."

Lächelnd blickte Isabelle in viele grüßende Gesichter. Manche der Bewohnerinnen waren noch sehr jung, andere hingegen wirkten schon etwas reifer. Zu unerwarteten Schwangerschaften kam es wohl in jedem Alter.

Isabelle setzte sich zwischen Marissa und Laura. Nur wenige Minuten später betrat eine Frau in Schürze das Zimmer und brachte mehrere abgedeckte Teller. Gleich hinter ihr folgte eine ältere, leicht rundliche Frau mit einer Suppenterrine.

Die Teller wurden aufgedeckt und durchgereicht. Es duftete nach Fleisch und frisch gebackenem Brot, woraufhin Isabelles Magen gleich zu knurren begann. Erst jetzt bemerkte sie, wie schrecklich hungrig sie war. Dennoch nahm sie sich von allem nur eine kleine Portion, auf keinen Fall wollte sie gierig wirken. Das Essen war köstlich, besser als in vielen Restaurants, in denen sie schon gegessen hatte.

Am Tisch beobachtete Isabelle die anderen. Die meisten unterhielten sich miteinander und schienen sich wohlzufühlen. Nur manche aßen schweigend; Isabelle vermutete, dass sie noch nicht lange hier wohnten. Dank Laura schien Marissa diese merkwürdige Phase der Eingewöhnung übersprungen zu haben. Eine Verbündete zu haben, die über die Abläufe im Haus Bescheid wusste, hatte ihrer Schwester offenbar geholfen, sich schnell einzuleben.

Nach dem Essen gab es noch Tee und Kirschkuchen und danach zogen sich die Frauen allmählich wieder zurück.

„Isabelle, begleitest du uns noch in den Salon?“, fragte Olivia, als sie ihren Stuhl wieder unter den Tisch schob. „Meistens hören die Bewohnerinnen nach dem Abendessen noch gemeinsam Radio und widmen sich ihren Handarbeiten.“

„Sehr gern.“

Der Salon war noch genauso heimelig, wie Isabelle ihn in Erinnerung hatte, und bot genug Platz für alle. Das Klicken der Stricknadeln und das Radiorauschen erfüllten den Raum.

Olivia winkte Isabelle zu einem Schemel im hinteren Teil. „Ich dachte, wir könnten uns noch ein wenig unterhalten.“

„Natürlich, gern“, erwiderte Isabelle und lächelte.

„Normalerweise gehe ich immer schon etwas früher nach Hause, damit ich mit meiner Familie zu Abend essen kann, aber da Ruth heute Abend einen Termin hat, wollte ich noch bleiben und sicherstellen, dass es dir gut geht.“

„Wie nett von dir. Ich hoffe, das ist kein großer Umstand.“

„Überhaupt nicht. Mein Mann hat Verständnis dafür, dass ich manchmal einfach hier sein muss.“

„Das klingt aber sehr modern.“ Isabelle konnte sich nur schwer vorstellen, dass ein Ehemann sich selbst zurücknahm, um der Arbeit seiner Frau nicht im Wege zu stehen.

„Das stimmt. Darius ist ein besonderer Mann“, gab Olivia ihr recht und sah dabei sehr verliebt aus. „Aber genug von mir. Ich glaube, Marissa findet sich hier sehr gut ein.“

„Wie schön. Ich bin erleichtert, dass ich nun so nahe bei ihr sein kann.“

„Das verstehe ich. Familie ist sehr wichtig“, sagte Olivia wehmütig. „Es ist ein Segen, dass Marissa auf deine Unterstützung zählen kann.“

Isabelle nickte.

„Wo wir gerade von Unterstützung sprechen …“, sagte Olivia und sprach nun leiser weiter. „Mir ist heute nicht entgangen, dass ihr, du und Mark, euch sehr nahesteht“, sagte sie erwartungsvoll.

Kurz zögerte Isabelle und war sich unsicher, was Mark davon hielt, wenn sie Olivia von ihnen erzählte. „Nun, Mark hat mir und Marissa seit dem Tod unserer Eltern sehr geholfen und wir sind … gute Freunde geworden.“

„Aha“, entgegnete Olivia mit einem Grinsen. „Das ist das erste Mal, dass ich Mark so erlebe. Ich hatte schon Sorge, dass er nie eine Frau finden würde, die ihn interessiert.“

Unruhig schlug Isabelles Herz, während sie sich auf dem harten Schemel wandte. „Er ist ein ganz wunderbarer Mensch. Und ich bin sehr dankbar für seine Freundschaft.“ Na bitte, eine ehrliche, unverfängliche Antwort. „Wie hast du Mark kennengelernt?“, fragte sie. Besser, sie stellte selbst ein paar Fragen, bevor Olivia sie weiter löcherte.

Jetzt wurde Olivias Gesicht ernst. „Das hat er dir nicht erzählt?“

„Nein.“

Kleine Falten bildeten sich zwischen Olivias Brauen. „Nun, die Kurzversion ist: Ruth und Mark haben mir das Leben gerettet.“

Isabelle war überrascht. Damit hatte sie nicht gerechnet.

„Als meine Familie damals von meiner Schwangerschaft erfahren hat, haben sie mich verstoßen. So bin ich in einer Besserungsanstalt für Frauen gelandet und sobald mein Kind auf der Welt war, hat man … hat man es mir weggenommen und zur Adoption freigegeben.“ Olivia hielt kurz inne. „Als ich wieder entlassen wurde, wusste ich nicht, wohin. Meine Familie wollte nichts mit mir zu tun haben und mein Verlobter war im Krieg gefallen. Schließlich hat mich Ruth krank und halb bewusstlos auf einer Kirchenbank gefunden und mich hierher zu sich nach Hause gebracht. Dank ihr und Mark bin wieder auf die Beine gekommen.“

„Ich weiß gar nicht, was ich sagen soll. Das tut mir so leid."

Olivia schüttelte den Kopf. „Eine Zeit lang ging es mir sehr schlecht, aber Ruth und Mark haben mich nicht verurteilt. Und so sind sie zu meinen besten Freunden geworden."

Ohne darüber nachzudenken, drückte Isabelle Olivias Hand.

Olivia erwiderte den Druck und lächelte. „Wir alle haben unser Päckchen zu tragen – das weißt du ja. Aber zur rechten Zeit schickt Gott uns seine Engel."

Gerührt nickte Isabelle. „Ja, das stimmt. Offensichtlich ist Mark auch meiner."

Aus dem Korridor hörte man jetzt ein Quieken und auf Olivias Gesicht erschien ein Lächeln. „Apropos Engel: Hier kommen meine Kleinen."

Ein attraktiver dunkelhaariger Mann betrat den Salon und hielt eine Mini-Version seiner selbst auf dem Arm.

„Mama! Mama!", rief der Kleine, der jetzt wild mit den Beinen strampelte und die Arme nach Olivia ausstreckte.

„Na hallo, mein hübscher Junge", begrüßte Olivia ihn, hob ihn hoch und bedeckte seine Wangen mit Küssen, während ihr Mann die beiden in eine Umarmung schloss.

Ganz unerwartet traten Isabelle Tränen in die Augen. Genau *das* wünschte sie sich von diesem Leben. Es ging ihr nicht um irgendeine Karriere, einen guten Ruf oder Reichtum. Nein, sie sehnte sich nach einem Mann und einer Familie, die sie liebten und die sie lieben konnte.

Olivias Geschichte gab ihr Hoffnung: Sie hatte eine tragische Vergangenheit durchlebt, aber am Ende die Liebe gefunden. So Gott wollte, galt das eines Tages auch für Isabelle.

Kapitel 32

„Kommen sie herein, Dr. Axelrod. Schön, dass Sie gekommen sind“, sagte Mark und schüttelte dem großen Mann mit silbrigem Haar an der Praxistür die Hand.

Der Mann erwiderte den Händedruck. „Es freut mich, Sie kennenzulernen, Mr Henshaw. Ich muss sagen, Ruth Bennington hat in den höchsten Tönen von Ihnen gesprochen. Und ich möchte unbedingt mehr darüber hören, was Sie hier vorhaben“, sagte er und ließ den Blick durch den Raum schweifen.

„Gern. Vielleicht zeige ich Ihnen zunächst einmal die Praxisräume. Ich habe schon mit den ersten kleinen Arbeiten begonnen, aber im Grunde habe ich bisher nur gestrichen. Hier und da gäbe es noch ein paar Kleinigkeiten zu tun.“

Mark ging voraus und erklärte dem älteren Arzt seine Vorstellung für die Räume.

Wohlwollend nickte Dr. Axelrod, während er ihm folgte. „Wie es aussieht, ist sogar genug Platz für ein Besprechungszimmer.“

„Richtig. Außerdem gibt es hinten noch einen kleinen Bereich, den man als Akten- oder Lagerraum nutzen könnte. Eine Küche gibt es auch. Daraus könnte ein Labor werden oder ein Raum für kleinere chirurgische Eingriffe.“

Zurück im Eingangsbereich beendete Mark die kleine Führung und stellte zwei Stühle in dem sonst leeren Raum nebeneinander. „Also, Dr. Axelrod, warum möchten Sie Ihre aktuelle Praxis verlassen?“

Der ältere Arzt setzte sich und blickte Mark offen an. „Wenn ich ehrlich bin, suche ich nach einer neuen Herausforderung. Eigentlich habe ich immer davon geträumt, mich vor allem für die benachteiligten Menschen unserer Gesellschaft zu engagieren. Stattdessen habe ich in einem wohlhabenden Stadtviertel Wurzeln geschlagen und bin dort in einen sehr gemütlichen Alltagstrott verfallen. Erst kürzlich habe ich mich an diesen fast vergessenen Traum zurückerinnert und nur wenige Tage darauf ist Mrs Bennington mit Ihrem Projekt an mich herangetreten. Da wusste ich sofort: Das ist ein Wink des Himmels", sagte er mit einem Lächeln, das kleine Fältchen über seinen Augen zum Vorschein brachte. „Soweit ich von ihr weiß, haben Sie schon immer für die Ärmeren gearbeitet, durch Hausbesuche, oder?"

„Ja, das stimmt."

„Das verdient meinen höchsten Respekt. Und ich würde gern von Ihrer Verbindung zu diesen Menschen profitieren, um ihr Vertrauen zu gewinnen."

„Nun ja, das wird vielleicht eine Weile dauern, aber unmöglich ist es nicht", sagte Mark und schlug die Beine übereinander. „Ich hoffe, es macht Ihnen nichts aus, dass ich ein paar Nachforschungen über Ihre Person angestellt habe."

„Das habe ich nicht anders erwartet", sagte Dr. Axelrod. „Ich habe ja schließlich das Gleiche getan."

„Verständlich. Hoffentlich hat mein Lebenslauf Sie nicht enttäuscht."

„Im Gegenteil. Ich bin beeindruckt, Dr. Henshaw, wie viel Sie in Ihrer kurzen Zeit als Arzt bereits geschafft haben. In Ihnen steckt großes Potenzial."

„Heißt das, Sie haben bereits eine Entscheidung getroffen?", fragte Mark hoffnungsvoll.

Dr. Axelrod nahm sich einen Moment Zeit und ließ den Blick noch einmal durch den Raum schweifen, bevor er sich wieder an Mark wandte: „Ich würde gern noch mehr über Ihre Vision für diese Praxis erfahren. Aber … wenn wir uns in den wesentlichen Dingen einig sind, sehe ich keinen Grund, warum ich Ihr Angebot nicht annehmen sollte."

Erleichterung durchströmte Mark. „Das höre ich gern, Sir. Gemeinsam können wir sicher einen Unterschied bewirken in der Stadt, vor allem unter der ärmeren Bevölkerung."

„Das sehe ich genauso. Und bitte, nennen Sie mich doch Allen", schlug er vor.

Mark nickte. „Einverstanden, dann bin ich Mark."

Der ältere Arzt betrachtete Mark einen Moment lang. „Und Mark, glaubst du an Gott?"

„Ja, das tue ich. Und ehrlich gesagt sehe ich in diesem Projekt auch ganz klar Gottes Ruf für mich."

„Hervorragend. Das sehe ich ganz genauso."

Mark war glücklich. Das hier war das eindeutige Zeichen, dass er auf dem richtigen Weg war. Er stand auf und streckte Allen die Hand entgegen. „Dann sollten wir uns bald wiedertreffen, um über die Details zu sprechen."

Nickend schüttelte Allen seine Hand. „Auf jeden Fall. Ich freue mich drauf."

Am Montagmorgen stand Isabelle um sechs Uhr auf. Sie hatte sich fest vorgenommen, eine vorbildliche Angestellte abzugeben. Um sechs Uhr dreißig traf sie im Flur pünktlich auf Margaret, das andere Hausmädchen.

„Guten Morgen, Isabelle. Gehen wir doch nach unten. Meist beginnt unser Tag damit, dass wir Mrs Neale mit dem Frühstück helfen. Wenn wir damit fertig sind, kommen in der Regel auch schon die ersten Bewohnerinnen zum Essen. In der Zeit können wir uns um ihre Zimmer und Bäder kümmern."

In der Küche angekommen, übernahm Isabelle das Brotrösten, während Mrs Neale Eier kochte und Margaret den Esstisch deckte. Außerdem erfuhr Isabelle, dass die Bediensteten nach den Bewohnerinnen aßen. Natürlich hätte sie gern mit Marissa zusammen gegessen, aber sie wollte sich nicht beklagen.

Sobald alle beim Frühstück waren und Isabelle und Margaret gegessen hatten, brachte Margaret sie nach oben und wies sie ins Putzen ein. „Das lernst du sicher schnell", sagte sie, als sie aus einem der Zimmer traten.

„Ja, im Hotel ist es sehr ähnlich gelaufen. Ich bin dankbar für alles, was ich dort gelernt habe."

Mit einem ernsten Blick sah Margaret sie an. „Man sagt, dass ihr, du und Marissa, eigentlich aus einer sehr wohlhabenden Familie kommt."

Bei dem leicht herablassenden Tonfall zuckte Isabelle kurz zusammen. „Nun, das stimmt. Erst vor Kurzem habe ich zum ersten Mal ein Bett bezogen oder eine Toilette geputzt. Es hat ein wenig gedauert, sich daran zu gewöhnen", erklärte sie, während sie den Staubsauger über den Flur rollte. „Aber tatsächlich ist es ein gutes Gefühl, wenn man ein Zimmer wieder zum Glänzen bringt."

Margaret lächelte. „Ich weiß, was du meinst. Du kannst ja dieses hier fertig machen und ich kümmere mich solange um Mrs Benningtons Zimmer."

„Gut. Und danke für deine Hilfe."

„Selbstverständlich. Ruf einfach, wenn etwas ist."

Bevor Isabelle das nächste Zimmer betrat, klopfte sie. Als keine Antwort kam, ging sie hinein, den Staubsauger hinter sich herziehend. Gerade suchte sie die Wände nach einer Steckdose ab, da hörte sie ein dumpfes Geräusch. Die Bettdecke bewegte sich und ein blonder Kopf lugte darunter hervor.

„Oh, tut mir leid", entschuldigte sich Isabelle sofort. „Ich dachte, es sei niemand hier."

„Ist schon in Ordnung. Bleib ruhig", sagte das Mädchen. Als es sich aus dem Bett schwang, wurde ihr runder Bauch sichtbar. Er war so groß, dass ihr ganzer Schoß darunter verschwand. Mit einem Ärmel wischte sie sich über die Augen.

Hatte die junge Frau etwa geweint? Besorgt schaute Isabelle sie an. „Geht es dir nicht gut? Soll ich jemanden rufen?" Sie selbst hatte keine Ahnung, was eine Frau in den letzten Tagen ihrer Schwangerschaft brauchte.

„Nein, danke. Ich bin nur traurig, weil ich gestern leider schlechte Nachrichten bekommen habe."

Mitfühlend trat Isabelle näher an das Mädchen mit dem tränenverschmierten Gesicht und dem zerzausten Haar heran. „Hm. Kann ich sonst irgendetwas für dich tun?"

Doch die junge Frau schüttelte nur den Kopf.

„Ich bin eine gute Zuhörerin, falls du reden magst."

„Von meinen Problemen willst du sicher nichts wissen. Mein Vater sagt immer: ‚Dafür bist du selbst verantwortlich.'" Zitternd hielt sie sich ihre Hände vor den Mund.

„Ich verstehe dich besser, als du meinst. Meine Schwester ist auch eine der Bewohnerinnen hier", sagte Isabelle und setzte sich neben sie aufs Bett. „Aber ich glaube, wir sind uns noch nicht begegnet. Mein Name ist Isabelle."

„Ich bin Eloise", sagte die junge Frau und sah zu ihr auf. „Ist deine Schwester das neue Mädchen, die Zimmernachbarin von Laura?"

„Ja, genau." Da Isabelle das Gefühl hatte, das Mädchen öffnete sich vielleicht eher, wenn sie auch etwas von ihrer Geschichte teilte, erzählte sie: „Marissa ist kurz nach dem Tod unserer Mutter schwanger geworden. Erst hat sie das vor mir versteckt, eine ganze Weile sogar. Sie hatte schreckliche Angst und wusste nicht, was sie tun sollte. Auch jetzt ist sie sich noch nicht sicher. Aber ich hoffe, dass die anderen Frauen hier ihr helfen können, eine gute Entscheidung zu treffen."

Langsam strich Eloise mit einer Hand über ihren Bauch. „Ich habe leider keine Wahl. Sobald das Kind da ist, muss ich es zur Adoption freigeben", erklärte sie und wieder traten ihr Tränen in die Augen.

„Das tut mir leid. Ist sicher nicht einfach."

„Überhaupt nicht." Eloise zog ein Taschentuch aus ihrem Ärmel hervor und trocknete sich das Gesicht ab. „Und gestern hat mir der Vater des Kindes gesagt, dass ich von ihm keine Unterstützung erwarten soll. Genauso wenig wie von meiner Familie."

Verständnisvoll nickte Isabelle und schwieg. Worte halfen da nicht. Eloise zuzuhören, war vielleicht das Einzige, das sie für sie tun konnte.

„Ich weiß, dass es das Beste für das Kind ist, wenn ich es abgebe. So hat es Chancen auf ein glückliches Zuhause, ein Elternhaus mit Mutter und Vater. Aber es wird das Schwierigste sein, das ich je getan habe", fuhr sie fort und eine weitere Träne lief ihr über die Wange.

Isabelle tätschelte ihr den Arm. „Es ist sehr mutig von dir, das Wohl des Kindes vor deine eigenen Bedürfnisse zu stellen. Das macht eine echte Mutter aus. Ganz gleich, wie schwer es ist."

Eloise nickte. „Danke, Isabelle. Ich hoffe sehr, dass es deine Schwester nicht ganz so schwer hat."

Kurz drückte Isabelle ihre Hand und stand dann auf. „Gut, dann gehe ich jetzt besser zurück an die Arbeit. Sonst werde ich noch an meinem ersten Tag wieder entlassen", sagte sie und lachte. „Und wenn du wieder einmal reden magst: Ich bin gern für dich da."

„Das ist sehr nett von dir", bedankte sich Eloise und stand auch auf. „Ich gehe nach unten, damit du hier weitermachen kannst", sagte sie mit einem dankbaren Lächeln und ging.

Als Isabelle schließlich den Staubsauger eingesteckt hatte und mit dem Saugen begann, dachte sie an etwas, das ihre Mutter früher oft gesagt hatte.

„Du hattest recht, Mama", flüsterte sie. „Auf dem Geben liegt so viel mehr Segen als auf dem Nehmen."

Kapitel 33

Noch nie war Mark so erpicht darauf gewesen, ins Mütterheim zu fahren wie heute. Er wollte unbedingt hören, wie Isabelle sich in ihrer ersten Woche geschlagen hatte. Vielleicht konnte er sogar kurz mit ihr sprechen und eine weitere Verabredung ausmachen.

Außerdem war in der Zwischenzeit ein Brief von Josh angekommen, der einen Umschlag für Marissa beinhaltete.

Eine der Bewohnerinnen öffnete ihm jetzt die Tür. „Hallo, Dr. Henshaw."

Lächelnd betrat er den Eingangsbereich. „Guten Tag, Georgia. Wie geht es Ihnen heute?"

„Ganz gut, vielen Dank."

Neugierig suchte er den Korridor ab und tat einen Blick in den Salon. Er war absichtlich um diese Uhrzeit gekommen, weil er annahm, dass Isabelle um diese Zeit hier unten bei den Essensvorbereitungen mithalf.

„Suchen Sie jemanden?", fragte Georgia.

Eine leichte Röte krabbelte seinen Hals hoch bis zu den Ohren. „Ja, ich hatte gehofft, dass Marissa oder ihre Schwester hier wäre."

„Marissa ist oben auf ihrem Zimmer und ich denke Isabelle ist in der Küche bei Mrs Neale. Soll ich sie für Sie holen?"

„Nein, danke schön. Ich finde den Weg in die Küche."

Die Frau nickte und verschwand zurück in den Salon.

Auf dem Weg zur Küche hörte er ein leises Singen durch die offene Tür. Unauffällig schob er den Kopf hinein und konnte nicht anders als zu grinsen: Mit einem Nudelholz bewaffnet stand Isabelle über einen Teig gebeugt in der Küche und sang im gleichen Rhythmus, in dem sie den Teig ausrollte. Bewundernd beobachtete er sie einen Moment lang. Dass Isabelle jemals zuvor einen Teig geknetet oder gerollt hatte, war sehr unwahrscheinlich, wo sie doch mit so vielen Bediensteten aufgewachsen war. Und doch sah sie überhaupt nicht unbeholfen aus. Er schmunzelte. Eigentlich dürfte ihn das nicht überraschen, denn auch beim Streichen hatte Isabelle sich gut angestellt.

„Hallo, Isabelle."

Überrascht drehte sie sich um. „Mark! Du hast mich aber erschreckt."

Lachend trat Mark in den Raum. „Bist du jetzt schon die neue Köchin hier?"

„So gut bin ich noch lange nicht", erwiderte sie mit einem Lächeln und legte das Nudelholz ab. „Aber einen Teig ausrollen kann ich."

Er kam näher und wischte ihr kurz über die Wange. „Du hast da etwas Mehl."

Sie errötete, trat einen Schritt zurück und wischte sich mit der Schürzenspitze über die besagte Stelle. „Bist du hier, um nach den Bewohnerinnen zu sehen?"

„Nein, noch habe ich hier nicht wieder angefangen zu arbeiten. Aber ich habe Neuigkeiten. Josh hat geschrieben."

Isabelle trat ans Spülbecken und wusch sich die Hände. „Wie schön. Wie geht es ihm?"

„Die Arbeit ist sehr hart, aber er gewöhnt sich allmählich daran", sagte Mark und suchte in seiner Jackentasche nach dem Umschlag. „Und den hier hat er für Marissa mitgeschickt."

„Oh, da wird sie sich sicher freuen", erwiderte Isabelle, während sie sich die Hände abtrocknete.

„Und ihr lebt euch hier gut ein?", fragte Mark in der Hoffnung, dass sein Eindruck ihn nicht trog.

„Ja, sehr gut. Marissa hat sich mit ihrer Zimmernachbarin angefreundet und scheint die ganze Situation jetzt schon viel besser annehmen zu können", sagte Isabelle und kam mit glänzenden Augen näher. „Ich kann dir gar nicht genug danken, dass du uns Bennington Place ans Herz gelegt hast. Das ist genau das Richtige für sie."

„Das freut mich", erwiderte er und seine Schultern entspannten sich. „Aber du hast noch gar nicht erzählt, wie es *dir* hier geht."

„Zu Beginn kam ich mir schon ein wenig fehl am Platz vor.

Aber die Frauen haben mich alle sehr herzlich aufgenommen. Und auch wenn ich hier arbeite, behandeln sie mich nicht wie eine Bedienstete, zum Glück. Mary Beth, eine der Frauen, bringt mir jetzt abends Stricken bei."

Mark grinste. „Ehrlich?"

„Ja. Aber bis ich mein erstes Paar Socken gestrickt habe, vergehen sicher noch ein paar Jahre", sagte sie lachend. „Wer hätte gedacht, dass mir die Arbeit in einem Mütterheim so gut gefällt?"

In dem Moment kam Mrs Neale mit einem Korb Gurken und Tomaten in die Küche. „Daraus können wir einen schönen Sa- oh, hallo, Dr. Henshaw. Wie geht es Ihnen?"

„Sehr gut, Mrs Neale, sehr gut. Und wie ich sehe, haben Sie eine neue Helferin."

Mit funkelnden Augen nickte die füllige Frau. „O ja, Isabelle ist ein Geschenk des Himmels", erwiderte sie und stellte den Gemüsekorb auf dem großen Küchentisch ab. „Wenn du dich kurz mit dem Doktor unterhalten möchtest, mach doch gern eine Pause, Isabelle. Der Teig kann warten."

„Sicher?"

„Natürlich. Wir decken ihn einfach ab, bis du wiederkommst."

„Danke sehr. Dann würde ich dich gern kurz zu Marissa begleiten, Mark, wenn das für dich in Ordnung ist."

„Sehr gern."

Als er Isabelle nach draußen folgte, sah er ein wissendes Lächeln auf Mrs Neales Lippen, und bevor sie sich wieder dem Gemüse widmete, zwinkerte sie ihm zu.

O weh. Wenn Mark nicht wollte, dass man über ihn und Isabelle tuschelte, musste er sich mehr zusammennehmen und seine Gefühle besser verbergen.

Zumindest vorerst.

Am Abend ließ Isabelle sich mit den Stricknadeln in der Hand und einem lauten Seufzen in die Sofakissen fallen. „Das hier wird doch niemand tragen können! Ich fürchte, ich bin ein hoffnungsloser Fall." Neben Mary Beth's wunderschöner Babydecke sah Isabelles kläglicher Versuch umso armseliger aus.

„Unsinn", sagte Mary und nahm Isabelles Werk in die Hand. Sie zog ein wenig daran, bis die unglückliche Form etwas mehr an ein Rechteck erinnerte. „Deine Maschen werden immer gleichmäßiger und auch die Ecken sind schon etwas besser."

„Das sagst du doch nur aus Höflichkeit", erwiderte Isabelle mit einem Kopfschütteln. „Das ist der merkwürdigste Schal, den ich je gesehen habe."

Zuerst zuckten Mary Beths Lippen nur, doch dann konnte sie das Lachen nicht mehr zurückhalten.

„Was ist denn so lustig?", fragte Marissa, die gerade mit Laura in den Salon kam.

Mit schiefem Lächeln hob Isabelle den missglückten Schal in die Höhe. „Mein Strickversuch."

Marissa versuchte gar nicht erst, sich das Lachen zu verkneifen. „Ich hoffe nicht, dass du den verschenken wolltest."

Isabelle wickelte die Restwolle auf und verstaute sie wieder im Weidenkorb zu ihren Füßen. „Keine Sorge, für Geschenke bin ich noch lange nicht gut genug."

„Übung macht den Meister. Das hat Mama doch immer gesagt, oder?", sagte Marissa und für den leicht wehmütigen Tonfall erntete sie einen besorgten Blick von Isabelle.

Joshs Brief hatte Marissa entgegen der Erwartung nicht aufgemuntert, im Gegenteil. Sie schien angespannter als vorher, ja sogar besorgt. Hatte er ihr etwas geschrieben, das sie verstimmt hatte?

„Ja, üben muss ich noch sehr viel. Aber nicht mehr heute Abend", sagte Isabelle und stand auf, um sich zu dehnen. „Ich denke, ich gehe jetzt hoch und lese noch etwas. Gute Nacht, Mary Beth."

„Gute Nacht, Isabelle. Schlaf schön", erwiderte sie und konzentrierte sich wieder auf ihre eigene Strickarbeit.

Marissa und Laura folgten Isabelle. „Belle, könnten wir uns vielleicht noch kurz unterhalten?"

„Natürlich nur, wenn du nicht zu müde bist", schob Laura schnell nach.

Besorgt blieb Isabelle an der Treppe stehen. „Ist alles in Ordnung?"

„Laura würde nur gern deine Meinung hören", erklärte Marissa. „Kommst du kurz mit uns aufs Zimmer?"

„Natürlich." Ehrlich gesagt freute Isabelle sich über alles, das ihr mehr Zeit mit Marissa verschaffte. Den Großteil der Woche war sie mit ihren neuen Aufgaben beschäftigt gewesen, aber mit Marissa hatte sie kaum zwei Worte gewechselt. Jetzt, wo Isabelle zu den Angestellten zählte, aß sie in der Küche und bekam nichts mehr von den Gesprächen der Bewohnerinnen mit. Dadurch fühlte sie sich in gewisser Weise von Marissa abgeschnitten, vor allem da sie und Laura so enge Freundinnen geworden waren. Sie hingen aneinander wie siamesische Zwillinge. Aber insgesamt war Isabelle natürlich trotzdem froh, überhaupt in Marissas Nähe leben zu können.

Gemeinsam gingen sie hoch und setzten sich. „Worüber möchtest du denn sprechen, Laura?"

Nachdenklich blickte das Mädchen auf ihren Schoß. „Ich brauche Hilfe, um das Richtige für mein Baby zu entscheiden ..."

Überrascht sah Isabelle zu ihrer Schwester. Warum hielt Marissa sie für eine geeignete Gesprächspartnerin? „Gibt es nicht eine Mitarbeiterin der Children's Aid Society, die dich beraten kann?"

„Doch", sagte Laura und ihr Gesicht verdunkelte sich. „Mrs Wilder. Und sie ist auch eigentlich ganz nett, aber ... wenn ich ehrlich bin, schüchtert sie mich ein wenig ein."

„Nun, ich bin mir nicht sicher, wie gut ich dir helfen kann, aber ich gebe mein Bestes", sagte Isabelle und erinnerte sich, wie ihr Gespräch mit Eloise dem Mädchen geholfen hatte. Schaden konnte es sicher nicht. Und wenn sie sich nachher ernsthafte Sorgen machte, konnte sie sich immer noch an Olivia oder Ruth wenden.

„Danke", erwiderte Laura und die Falten auf ihrer Stirn lösten sich ein wenig. Sie holte ein Taschentuch aus einer versteckten Tasche ihres Kleides und fingerte nervös daran herum. Zum ersten Mal war keine Spur von Lauras sonst so heiterer Art zu sehen, im Gegenteil, ihr stand der Schmerz ins Gesicht geschrieben.

„Eigentlich hatte ich mich schon fast dazu entschlossen, mein Kind zur Adoption freizugeben. Das habe ich Mrs Wilder auch so gesagt. Aber jetzt ..." Mit einer Hand fuhr sie über den runden Bauch. „Jetzt denke ich, dass ich es doch gern behalten möchte", gestand sie mit Tränen in den Augen.

Isabelle bemühte sich, nicht zu Marissa zu sehen. Wollte sie so vielleicht auch herausfinden, was Isabelle darüber dachte?

„Wann ist denn der Geburtstermin?", fragte sie Laura.

„Mitte August, wenn die Hebamme und Dr. Henshaw recht behalten."

„Ah", entgegnete sie und versuchte, ihre Überraschung zu verbergen. Dem Bauch zufolge dachte Isabelle, das Kind könnte jeden Tag kommen. „Nun, dann hast du ja noch etwas Zeit für deine Entscheidung", beruhigte sie sie und dachte nach. „Was ist denn mit dem Vater des Kindes? Denkst du, er würde dich unterstützen?"

Wieder senkte Laura den Blick. „Nein."

Kurz wartete Isabelle, ob sie noch mehr sagte, doch Laura presste nur die Lippen fest aufeinander und starrte zu Boden.

So neugierig Isabelle auch war, die genauen Umstände gingen sie nichts an. „Und deine Eltern? Oder vielleicht andere Verwandte?"

Laura schüttelte den Kopf. „Die haben mich ja hierher geschickt. Sie haben gesagt, ich solle das Kind abgeben oder nie wieder nach Hause kommen."

Ungläubig sah Isabelle sie an. Wie konnten Eltern nur so grausam sein? Nachdenklich blickte sie zu Marissa. Ihre Gesichtszüge waren angespannt und auch ihr standen Tränen in den Augen. Wenngleich ihre Eltern zweifelsohne schrecklich wütend gewesen wären, war Isabelle davon überzeugt, dass sie Marissa niemals vor die Tür gesetzt oder sie vor so eine fürchterliche Wahl gestellt hätten.

„Das tut mir leid", sagte Isabelle und legte eine Hand auf Lauras Knie. „Das war sicher sehr hart für dich."

Traurig nickte Laura. „Ich liebe meine Eltern und ich habe mich immer bemüht, ihnen zu gehorchen. Aber ... dieses Kind liebe ich auch."

Kurz schloss Isabelle die Augen und bat Gott um Weisheit. Als sie die Augen wieder öffnete, sah sie Lauras besorgtes Gesicht. „Auch wenn ich keine Expertin auf diesem Gebiet bin, werde ich dir sagen, was ich denke." Sie zögerte kurz und suchte nach Worten. „So sehr du deine Eltern auch liebst und respektierst – bei einer so wichtigen Entscheidung geht es nicht darum, sie zufriedenzustellen. Wenn du dein Kind nur wegen deiner Eltern abgibst, wirst du das vielleicht für den Rest deines Lebens bereuen."

Isabelle wartete kurz, um den Worten Raum zu schenken, bevor sie weitersprach. „Wenn du das Kind aber zur Adoption gibst, weil du es für das Beste hältst, weil eine andere Familie ihm ein besseres Leben ermöglichen kann als du, ist das etwas anderes. Das wäre ein absolut nachvollziehbarer Grund, der dich später sicher auch trösten wird. Schließlich weißt du dann, dass du diesen Schmerz auf dich genommen hast, damit es deinem Kind gut geht."

Lauras Lippen bebten, doch sie sagte nichts.

„Wenn du dich für das Kind entscheidest und bereit bist, das eine oder andere dafür in Kauf zu nehmen, wirst du auch das sicher schaffen. Natürlich musst du Verschiedenes bedenken: Zum Beispiel, wie sich deine Entscheidung auf die Beziehung zu deiner Familie auswirken wird. Und du musst wissen, ob dein Kind dir das wert ist."

Tränen liefen Laura über die Wangen. Schnell wischte sie sie mit dem Taschentuch weg und schenkte Isabelle ein zittriges Lächeln. „Danke, Isabelle. Was du sagst, klingt logisch."

„An deiner Stelle würde ich auch mal mit Olivia oder Ruth darüber sprechen und mir anhören, was die beiden denken", erwiderte Isabelle und lächelte. „Und ich bete, dass Gott dir Klarheit und Frieden über deine Entscheidung schenkt", schob sie nach und drückte Lauras Hand. Inniglich hoffte sie, dass ihre Worte ihr halfen. „So. Und jetzt lasse ich euch beide ausruhen. Gute Nacht."

Als Isabelle die zwei verließ, spürte sie eine merkwürdige Leere in sich und wünschte sich, nicht Laura, sondern sie teilte sich das Zimmer mit ihrer Schwester. Kurz darauf hörte sie Schritte hinter sich.

„Belle, kann ich auch noch kurz mit dir sprechen?", sagte Marissa angespannt, sodass Isabelle stehen blieb.

„Sicher. Was gibt es?"

„Ich habe in letzter Zeit auch sehr viel nachgedacht", begann Marissa, holte tief Luft und atmete langsam aus. „Und ich wollte dich wissen lassen, dass ich entschieden habe, das Kind zur Adoption freizugeben."

„Wie bitte?" Bei dieser unerwarteten Nachricht schwirrte Isabelle der Kopf. „Und wie bist du zu dieser Entscheidung gekommen? Ich dachte, du und Josh hattet euch geeinigt."

Marissa presste die Lippen übereinander.

„Hat sein Brief deine Meinung geändert?"

„Nein."

„Und woher kommt dann der plötzliche Sinneswandel?", fragte Isabelle.

„Na ja, ein sicheres Zuhause wäre doch das Beste für das Kind. Aber das kann ich ihm nicht bieten, nicht einmal mit Joshs Unterstützung", erklärte sie und schob das Kinn vor. „Es ist einfach für alle das Beste. Josh kann tun und lassen, was er will, und mein Kind bekommt ein gutes Zuhause."

Isabelle glaubte Marissa kein Wort. Der Schmerz in ihrem Blick sagte etwas völlig anderes.

„Sollte Josh bei dieser Entscheidung nicht mitreden dürfen? Er ist schließlich der Vater des Kindes und hat jetzt einige Monate harte Arbeit auf sich genommen, um für euch zu sorgen. Du kannst deine Meinung nicht einfach ändern, ohne mit ihm darüber zu reden."

„Ich wollte es ihm in meinem nächsten Brief schreiben. Dann liegt es bei ihm, was er daraus macht."

Eine Vielzahl von Emotionen überrollten Isabelle, als sie versuchte, ihre Gedanken zu ordnen. So gern sie Marissa auch dafür schelten wollte, so wankelmütig zu sein, musste sie einfühlsam vorgehen. „Marissa, vielleicht solltest du dir noch etwas Zeit lassen, um –"

„Ich brauche keine Zeit. Meine Entscheidung steht fest – und dabei bleibt es. Das musst du akzeptieren, Belle." Mit diesen Worten drehte Marissa sich um und marschierte zurück in ihr Zimmer. Isabelle blieb aufgewühlt und ungläubig auf dem Flur zurück.

Armer Josh. Wie würde er die Nachricht aufnehmen, sobald Marissas Brief ihn erreichte? Würde er den restlichen Sommer trotzdem auf dem Holzfällerlager verbringen wollen? Oder käme er dann eher zurück und dachte noch einmal über die Universität nach?

Ein anderer Gedankte bereitete Isabelle ebenso große Bauchschmerzen: Was bedeutete das für sie und Mark?

Nachdenklich saß Mark am Schreibtisch, den Stift in der Hand, und grübelte, wie er seine Kündigung formulieren sollte. Er wollte positiv klingen und sich für die wertvollen Erfahrungen bedanken, die er im Krankenhaus hatte sammeln dürfen. Auf keinen Fall sollte der Eindruck entstehen, als hätte der Vorstand ihm mit dem Ultimatum zur Kündigung gedrängt. Die guten Beziehungen zu seinen Vorgesetzten wollte er unbedingt wahren, denn bei schwerkranken Patienten wäre er weiterhin auf das Krankenhaus angewiesen.

Es klopfte an der Tür.

Mit gerunzelter Stirn warf Mark einen Blick auf die Uhr. Bereits nach neun. Wer würde so spät noch vorbeikommen? Er öffnete die Tür und hob überrascht die Brauen. „Isabelle. Das ist aber eine Überraschung. Was führt dich so spät hierher?"

„Ich muss mit dir sprechen, und lieber persönlich als am Telefon."

Erst jetzt fielen Mark die Sorgenfalten um ihren Mund auf.

Mit einem kurzen Blick über die Schulter dachte er darüber

nach, wie weise es wäre, Isabelle hereinzubitten. Angesichts ihrer starken Gefühle füreinander, wäre es vielleicht keine gute Idee, allein mit ihr in seinem Büro zu sein und der Versuchung Raum zu geben. „Heute ist so ein milder Sommerabend. Sollen wir vielleicht spazieren gehen?"

„Das klingt gut", erwiderte Isabelle erleichtert.

Bald schon schlenderten sie die Straße entlang.

„Man kann dir ansehen, dass dich etwas bedrückt. Ist etwas mit Marissa?"

„Ja. Heute Abend hat sie mir etwas mitgeteilt, das ich sehr beunruhigend finde", gestand Isabelle und sah ihn nervös an. „Marissa hat sich entschieden, das Kind zur Adoption freizugeben."

Abrupt blieb Mark stehen. „Wie bitte?"

„Ich weiß, ich war genauso schockiert wie du. In den letzten Wochen hat sie überhaupt nichts dergleichen angedeutet. Ich … ich weiß nicht, was plötzlich in sie gefahren ist!" Sie rieb sich die Arme.

„Denkst du, es hat etwas mit Joshs Brief zu tun?"

„Sie sagt zwar, dass es nicht so ist, aber ich vermute schon. Seither ist sie so verschlossen." Isabelles Stimme zitterte. „Dabei weiß sie doch, dass ich sie unterstützen werde. Dass sie ihre Meinung plötzlich geändert hat, kann ich überhaupt nicht verstehen."

Mit einem Mal spürte Mark Wut in sich aufsteigen. Wie konnte Marissa sich so ohne Weiteres von ihrem Plan abwenden und das Kind weggeben wollen? Nach allem, was Josh gerade für sie auf sich nahm? „Hat sie in alledem überhaupt einmal an Josh gedacht? Er hat ein Mitspracherecht."

Isabelle nickte. „Das habe ich ihr auch gesagt. Doch daraufhin meinte sie bloß, es wäre für alle das Beste, das Kind miteingeschlossen." Aufgewühlt warf Isabelle die Hände in den Himmel. „Ich verstehe das alles nicht! Zuerst lehnt sie Joshs Heiratsantrag ab und jetzt will sie auch noch das Kind weggeben. Irgendetwas stimmt da nicht!"

„Ja, das sehe ich auch so. Es sei denn …"

„Es sei denn?"

„Vielleicht empfindet deine Schwester einfach nicht das Gleiche für Josh wie er für sie. Vielleicht hält sie die Beziehung für einen Fehler und versucht so alles hinter sich zu lassen."

Das wäre allerdings ganz schön herzlos, dachte Mark.

Einige Sekunden lang ging Isabelle weiter und dachte über seine Worte nach. Dann blieb sie stehen und sah ihn direkt an. „Das kann ich mir einfach nicht vorstellen. Ich glaube, dass sie Josh sehr gern hat. Aber sie spricht stets davon, sein Leben nicht ruinieren zu wollen. Und tatsächlich wäre diese Lösung ja für alle der beste Weg, *außer* für Marissa.

„Dass Josh das genauso sieht, wage ich zu bezweifeln. Wenn er erfährt, was Marissa vorhat, wird er sicher am Boden zerstört sein."

„Ich weiß", sagte Isabelle kopfschüttelnd. „Aber was sollen wir tun?" Mühsam drängte Mark seinen eignen Unmut zurück und versuchte, sich auf Isabelles Sorgen zu konzentrieren. Schließlich war sie ebenso aufgebracht über diese plötzliche Meinungsänderung ihrer Schwester und hoffte, zusammen mit ihm eine Lösung zu finden. „Ich weiß nicht, ob das hilft, aber ich könnte versuchen, mit ihr zu reden. Vielleicht kann ich sie ja dazu bringen, sich zu erklären."

„Einen Versuch ist es wert. Aber geh sanft mit ihr um. Du weißt ja, wie stur sie sein kann."

Mark grinste. „Da sie ganz nach ihrer großen Schwester kommt, kann ich mir das nur zu gut vorstellen."

„Sehr witzig", erwiderte Isabelle und verzog das Gesicht.

Er sah zu ihr hinab und merkte, wie seine Wut verrauchte und sich sein Herz bei ihrem Anblick zusammenzog. Er hatte sie die ganze Woche über vermisst. Hatte vermisst, sie zu küssen, sie in seine Arme zu schließen. Beinahe schmerzhaft war seine Sehnsucht gewesen.

Ein Wagen fuhr an ihnen vorbei und wirbelte eine kleine Staubwolke auf. Das erinnerte Mark daran, wie unangemessen ein Kuss in der Öffentlichkeit wäre.

Leise räusperte er sich. „Was denkst du, wann soll ich vorbeikommen?"

„Wie wäre es gleich morgen früh?“

„Einverstanden.“

Mit einem warmen Blick bedankte sie sich bei ihm. „Ich weiß zwar nicht, ob es etwas bringt, aber ich danke dir für deine Bereitschaft.“

Auf dem Rückweg zum Haus nahm Mark sich fest vor, alles zu versuchen, um Marissa von dem Adoptionsgedanken abzubringen. Josh hatte bereits so viel Rückschläge erlebt – jetzt auch noch sein Kind zu verlieren, hatte er nicht verdient.

Kapitel 34

Am nächsten Morgen wartete Isabelle ungeduldig auf Marks Besuch. Sie wollte ihn kurz abfangen, bevor er zu Marissa ging. Ihr Gespräch gestern Abend war besser verlaufen als erhofft. Zugegeben, er war verärgert gewesen, aber nicht so sehr, wie sie befürchtet hatte.

Als es laut an der Tür klopfte, eilte sie erleichtert zur Tür. „Ich gehe schon“, rief sie.

Auf dem Weg zur Tür ließ ein erneutes, noch lauteres Klopfen Isabelles Puls in die Höhe schnellen. Das war sicher nicht Mark. Niemals wäre er so unhöflich.

Kurz holte sie Luft und öffnete die Tür. Vor ihr stand ein großer, finster dreinblickender Mann. Sofort erinnerte Isabelle sich an Olivias und Ruths Warnung vor ungebetenen männlichen Besuchern. Offenbar kam es nicht selten vor, dass Partner der Bewohnerinnen vorbeikamen und sie drängten, mit ihnen zu gehen.

„Kann ich Ihnen helfen?“

„Ich möchte Marissa Wardrop sehen. Und ein Nein akzeptiere ich nicht!“

Überrascht zog Isabelle die Brauen in die Höhe. Irgendwie kam ihr dieser Mann bekannt vor, doch sie wusste nicht, woher. Vielleicht war er ein Lehrer? „Und Sie sind?“

„Justin Henchley.“

Bei dem Namen hielt Isabelle kurz inne. „Der Chorleiter.“

Er kniff die Augen zusammen. „Ja, das stimmt. Kennen wir uns?“

Offensichtlich erkannte er sie nicht. Aber letztlich waren die beiden einander auch nie offiziell vorgestellt worden. Isabelle hatte sich immer im hinteren Teil des Saals aufgehalten, wenn sie mit Marissa zur Chorprobe gegangen war. Entschieden verschränkte Isabelle die Arme vor der Brust. „Ich bin Marissas Schwester. Was wollen Sie von ihr?“

Einen Augenblick lang schien er verblüfft, doch dann schob er stur das Kinn vor. „Das geht nur mich und Marissa etwas an“, sagte er und trat ungebeten in den Eingangsbereich. Seine Größe zwang Isabelle, ihm aus dem Weg zu gehen.

Sie wurde nervös. Was sollte sie jetzt tun?

„Woher wussten Sie, wo Sie Marissa finden würden?“, fragte Isabelle. „Die Namen unserer Bewohnerinnen sind vertraulich.“

Er richtete sich zu voller Größe auf und es sah so aus, als warnte er sie gleich, sich besser um ihre eigenen Angelegenheiten zu kümmern. Doch stattdessen zuckte er bloß mit den Schultern. „Eine ihrer Freundinnen hat es mir erzählt.“

Unmut überkam Isabelle. Das musste Gloria gewesen sein. Sie war die Einzige, die Marissa eingeweiht hatte. „Und warum sollte sie es gerade Ihnen erzählen? Das geht Sie doch überhaupt nichts an. Marissa ist schon vor Wochen aus dem Chor ausgetreten.“

Mr Henchley runzelte die Stirn. „Nun, sie dachte wohl, ich hätte ein Recht darauf zu erfahren, dass Marissa mit meinem Kind schwanger ist.“

Auf einmal begannen Isabelles Knie zu zittern und eine Vielzahl von Emotionen überwältigte sie – Unglaube, Verwirrung und schließlich Wut. „Das ist doch lächerlich. Ich weiß, wer der Vater des Kindes ist. Marissa selbst hat es mir erzählt.“

Verärgert verschränkte Mr Henchley die Arme. „Ach ja? Und wer soll das bitte sein?“

Schnell biss Isabelle sich auf die Lippe, um nicht mit Joshs Namen herauszuplatzen. „Das kann ich Ihnen nicht sagen, aber *Sie* sind es ganz gewiss nicht.“

Laut lachte er. „Ich weiß ja nicht, was für einen Bären Marissa Ihnen aufgebunden hat, aber ich bin hier, um die Wahrheit zu erfahren.“

Zweifel nagten an Isabelle und ließen alle Selbstsicherheit schwinden. Isabelle dachte an Marissas unerklärliches Verhalten, erst der abgelehnte Heiratsantrag und dann die Entscheidung zur Adoption – und mit einem Mal ergab alles einen Sinn. Doch wenn das stimmte … wenn dieser Mann annahm, dass er der Vater des Kindes war, bedeutete das, dass er und ihre Schwester …

Isabelle wurde speiübel. Wütend hob sie den Blick zu Mr Henchley. „Wie konnten Sie nur! Sie ist doch noch ein junges Mädchen", warf sie ihm mit vor Wut zitternder Stimme vor. „Und obendrein Ihre Schutzbefohlene. Wie konnten Sie ihr Vertrauen nur so ausnutzen?"

„Moment mal – ich war nicht derjenige, der das Ganze angefangen hat!", wehrte er sich und hob die Hände entschuldigend in die Höhe. „Ich bin auch nur ein Mensch. Irgendwann habe ich einfach nachgegeben."

„Wie bitte? So etwas würde Marissa niemals tun. Sie lügen!" Hitze kroch Isabelles Nacken hoch, während sie in helle Wut geriet. Nur mit Mühe gelang es ihr, ihre Hände bei sich zu behalten und ihn nicht zu ohrfeigen.

„Was ist hier los?", erklang Olivias scharfe Stimme vom anderen Ende des Korridors. „Isabelle? Belästigt dich dieser Mann?"

Mit einem Mal bekam Isabelle kaum mehr Luft und sie hatte den Eindruck, als rückten die Wände um sie herum immer näher. „Bitte entschuldige mich. Ich brauche Luft", sagte sie und eilte durch den Korridor in die Küche und raus in den Garten. Während sie sich auf die oberste Stufe der kleinen Holztreppe setzte, atmete sie tief durch und versuchte, die vielen Gedanken und Gefühle zu ordnen, die ihr durch den Kopf schwirrten.

„Irgendwann habe ich einfach nachgegeben."

Das konnte unmöglich wahr sein. So verwegen war ihre Schwester nicht. Zweifelsohne hatte Mr Henchley gelogen, um seine eigene Schuld zu mildern.

Mehrere Sekunden lang konzentrierte Isabelle sich auf ihre Atmung und starrte blind in den Garten. Bisher hatte sie angenommen, dass Marissa und Josh sich von ihren Gefühlen füreinander hatten übermannen lassen. Der Gedanke, dass ihre Schwester sich auf eine viel verruchtere Beziehung eingelassen hatte, machte sie krank. Zumal Mr Henchley mindestens dreißig Jahre alt war! Und vielleicht sogar verheiratet.

Vor Verzweiflung ließ Isabelle den Kopf in die Hände fallen. Nein, Marissa hatte ihn sicher nicht verführt. Und selbst wenn sie es tatsächlich versucht haben sollte – hätte es nicht in seiner Verantwortung gelegen, ihr den Kopf zurechtzurücken?

Hinter Isabelle öffnete sich die Tür und die Treppenstufen aus Holz knarzten. Die Schritte näherten sich. Schnell wischte sie sich mit der Hand über die tränenfeuchten Wangen. „Tut mir leid, dass ich einfach davongelaufen bin, Olivia. Ist er jetzt weg?"

„Ich bin's", sagte Mark mit leiser Stimme und setzte sich vorsichtig neben sie, sodass ihre Beine sich berührten. „Sie hat mir gesagt, dass du ziemlich verärgert warst. Möchtest du darüber reden?"

Isabelle wagte es nicht, Mark anzusehen. Wie sollte sie ihm bloß beibringen, was dieser Mann ihr erzählt hatte? Wie ihm erklären, dass Marissa Josh die ganze Zeit über fälschlicherweise hatte glauben lassen, der Vater des Kindes zu sein? Dass er seine Zukunftspläne völlig umsonst aufgegeben hatte?

„Hat es etwas mit diesem Mr Henchley zu tun? Er sitzt gerade mit Marissa im Salon."

Isabelle schloss die Augen. „Oh, Mark. Ich weiß gar nicht, wo ich anfangen soll", sagte sie mit bebenden Lippen und wieder kamen ihr die Tränen.

Zärtlich legte Mark den Arm um sie und Isabelle fühlte eine tiefe Geborgenheit. Sie verbarg ihr Gesicht an seiner Schulter und atmete seinen frischen Duft ein. Am liebsten hätte sie einfach in seinen schützenden Armen verharrt.

„Du kannst mir alles sagen", ermutigte er sie. „Das weißt du hoffentlich."

Dennoch vergingen einige Minuten, bis Isabelle wieder sprechen konnte. Vorsichtig hob sie den Blick und sah in seine besorgten Augen. „Mr Henchley behauptet, der Vater von Marissas Kind zu sein", sagte sie kaum lauter als ein Flüstern.

„Er behauptet was?" Schockiert riss Mark die Augen auf.

„Als ich ihm gesagt habe, dass wir wissen, wer der Vater ist, hat er bloß gelacht", fuhr sie fort und biss sich auf die Lippe. „Aber … die Tatsache, dass er das für die Wahrheit hält, heißt …" Den Satz vollendete sie nicht; diesen schrecklichen Gedanken konnte sie nicht laut aussprechen.

„Das heißt, dass ihm mal jemand die Leviten lesen sollte", empörte sich Mark und stand schwungvoll auf.

„Mark, nicht! Warte!" Auch Isabelle sprang jetzt auf, doch er war bereits ins Haus gestürmt.

Bis sie ihn eingeholt hatte, marschierte er bereits in den Salon.

„Entschuldigung, Marissa", sagte er knapp, „aber ich muss mal alleine mit Mr Henchley sprechen."

Marissa war weiß wie die Wand. Sie stand da, regungslos, die Hände auf dem Bauch.

Auch Isabelle stand wie erstarrt in der Tür, hin- und hergerissen zwischen dem Wunsch, ihre Schwester zu retten und Mark davon abzuhalten, handgreiflich zu werden.

„Es ist schon in Ordnung", erwiderte Marissa. „Ich habe alles im Griff."

„Nein, es ist überhaupt nichts in Ordnung", entgegnete Mark aufgebracht und trat so nah an Mr Henchley heran, dass ihre Nasen sich beinahe berührten. „Sie gehören verhaftet!"

„Whoa." Mit erhobenen Händen trat Mr Henchley einen Schritt zurück. „Wir bleiben jetzt mal ganz ruhig. Nachdem ich von Marissas Umständen erfahren habe, bin ich sofort hergekommen. Und ich weiß, was ich zu tun habe."

Fassungslose Stille. Der finstere Blick in seinem Gesicht zeugte davon, dass auch er nicht gerade angetan war von der Situation.

Isabelle trat auf ihre Schwester zu. „Marissa?" Sie schaffte es nicht, zu fragen, ob Mr Henchleys Behauptung der Wahrheit entsprach. Stattdessen fragte sie: „Was hast du zu alledem zu sagen?"

Marissa sah hundeelend aus und ihre Beine begannen zu zittern. „I-ich glaube, ich muss mich hinlegen." Und dann sank sie zu Boden.

Sofort sprang Mark an ihre Seite und tastete nach ihrem Puls.

Wütend drehte sich Isabelle zu Mr Henchley. „Da sehen Sie, was Sie angerichtet haben. Sie gehen jetzt besser."

„Auf keinen Fall, ich gehe nicht, bis wir das hier geklärt haben."

Ebenso aufgebracht stellte Mark sich wieder zu Isabelle. „Marissa ist offensichtlich nicht in der Lage, gerade irgendetwas zu erklären. Entweder Sie verschwinden jetzt oder ich rufe die Polizei."

Die zwei Männer starrten sich an und man hörte beinahe, wie die Wut in ihnen brodelte. Wenngleich Mr Henchley sicher zehn Kilo schwerer war als Mark, hatte Isabelle keinen Zweifel daran, dass Mark der Stärkere der beiden war. Inniglich betete sie jedoch, dass es nicht zu einem Handgemenge kam.

„Also gut, ich gehe", sagte er und warf einen Blick zu Marissa, die noch immer am Boden lag. „Aber ich komme wieder."

Unruhig ging Isabelle vor Marissas und Lauras Zimmer auf und ab und überlegte, was sie als Nächstes tun sollte. Sobald Marissa wieder zu sich gekommen war, hatte Mark sie nach oben getragen und untersucht. Es sah so aus, als ginge es ihr und dem Baby gut, der Schreck hatte sie bloß überwältigt. Dennoch hatte Mark ihr zu Vorsicht und Bettruhe für den restlichen Tag geraten. Dann war er gegangen.

In gewisser Weise war Isabelle erleichtert, dass Mark noch einen Termin im Krankenhaus hatte. Denn bevor sie ihm wieder begegnen wollte, musste sie mit Marissa über die Vaterfrage sprechen.

Vorsichtig öffnete sie die Tür einen Spaltbreit und linste hinein. Marissa lag mit dem Gesicht zur Wand, ihr Rücken hob und senkte sich gleichmäßig. Das beruhigte Isabelle. Schlaf war vermutlich jetzt gerade das Beste für Marissa. Isabelles Fragen konnten warten.

Am Morgen darauf erzählte Olivia Isabelle, dass Marissa zum Frühstück heruntergekommen war und den gestrigen Tag wohl trotz allem unbeschadet überstanden hatte, sie habe bloß ein wenig verhalten geschienen. Dankbar über diese Nachricht wartete Isabelle bis nach dem Mittagessen, um mit Marissa zu sprechen.

Vorsichtig schob sie den Kopf ins Speisezimmer, wo Marissa sich nach dem Essen noch mit zwei anderen Bewohnerinnen unterhielt. „Marissa, könntest du mir bitte kurz im Garten helfen?"

„Eigentlich wollte ich gerade hochgehen und mich etwas hinlegen."

„Es dauert nicht lange."

Missmutig blickte Marissa sie an, nickte aber.

Isabelle ging kurz in die Küche, holte einen Korb und trat in den Garten. „Mrs Neale braucht Rote Beete für das Abendessen. Und ich habe ihr gesagt, dass wir welche ernten."

„Sehe ich so aus, als sollte ich Rote Beete ernten?", murrte Marissa, während sie mit einer Hand über den Bauch strich.

„Du musst dich auch nicht bücken, halt einfach den Korb für mich."

Zielstrebig schritt Isabelle zu dem Beet, das Mrs Neale ihr gezeigt hatte. Dort kniete sie nieder und zog an einem grünen Büschel, bis ein Rote Beete zum Vorschein kam.

„Kaum zu glauben, dass du weißt, wie man Gemüse erntet", sagte Marissa und ihre Lippen formten ein kleines Lächeln.

„Ich weiß", erwiderte Isabelle und erntete noch zwei weitere. „Tatsächlich fühlt es sich gut an, sein eigenes Essen zu ernten." Während sie sprach, sammelte sie noch ein paar weitere Rote Beeten, bis sie schließlich die staubigen Hände abklopfte. „Aber ich bin mir sicher, dass du weißt, warum ich dich eigentlich hierher gebeten habe."

Sofort wandte Marissa den Blick von Isabelle ab und beschäftigte sich mit dem Gemüse im Korb.

„Du musst jetzt bitte ehrlich mit mir sein, Marissa. Ganz gleich, wie schlimm es auch sein mag."

Mit einem Seufzen nickte sie.

„Sagt Mr Henchley die Wahrheit?", fragte Isabelle und betrachtete ihre Schwester genau.

Marissa schloss die Augen und nickte erneut. „Es tut mir leid, Belle", sagte sie kaum lauter als ein Flüstern. „Eigentlich solltest du das niemals erfahren."

Isabelle schwieg. Insgeheim hatte sie mit dieser Antwort gerechnet, deshalb war der Schock nicht mehr so groß wie gestern.

„Ich wollte dich nicht belügen, aber …" Marissa presste die Lippen fest aufeinander und schüttelte den Kopf. „Ich habe mich so geschämt."

Einerseits wollte Isabelle ihre Schwester gerne trösten, andererseits konnte sie nicht ohne Weiteres über Marissas Fehler hinwegsehen. Es war nicht leicht, mit den gegensätzlichen Gefühlen fertigzuwerden. „Aber wie ist es dazu gekommen? Hat er sich dir aufgedrängt?"

„Nein … das Ganze geht auf mich zurück", räumte sie ein. „Ich hatte mich ziemlich in ihn verguckt und das auch nicht verborgen. Josh hat versucht, mich zu warnen, aber ich habe nicht auf ihn gehört."

Eine riesige Welle der Enttäuschung brach über Isabelle zusammen. Es stimmte also. Mr Henchley hatte die Wahrheit gesagt und Marissa war diejenige, die diese Affäre ins Rollen gebracht hatte. Dennoch, sie war erst siebzehn! Er hätte so viel Anstand haben müssen, ihren unangemessenen Versuchen zu widerstehen.

Isabelle und Marissa setzten sich auf die Holzbank neben dem Zaun. Eine kühle Brise wehte durch das Efeu, das an den Pfählen hochwuchs.

Mühsam versuchte Isabelle, ihre Gedanken zu sortieren. „Und warum hast du Mr Henchley nicht gesagt, dass du schwanger bist? Wieso hast du alle glauben lassen, dass Josh der Vater ist?"

„Eigentlich wollte ich es ihm sagen, aber als der Moment da war, da … da habe ich es einfach nicht übers Herz gebracht", sagte Marissa und fingerte währenddessen am Weidenkorb. „Und als ihr Josh für den Vater gehalten habt, hat er darauf bestanden, dass wir euch in diesem Glauben lassen, mir zuliebe. Er wollte nicht, dass ich noch irgendetwas mit Justin … mit Mr Henchley zu tun habe." Marissas Augen füllten sich mit Tränen. „Ich wusste einfach nicht, was ich tun sollte. Also habe ich Josh entscheiden lassen. Und er möchte, dass wir uns gemeinsam um das Kind kümmern."

„Das Kind eines anderen Mannes aufzuziehen ist eine große Sache."

„Ich weiß", gab Marissa ihr mit gesenktem Blick recht. „Deshalb habe ich mich ja letztlich auch dazu entschieden, das Kind doch zur Adoption zu geben. Dass Justin hier aufkreuzen würde, hätte ich nie gedacht."

Verärgert biss Isabelle die Zähne zusammen. Dass Marissa diesen Mann beim Vornamen nannte, untermauerte bloß, was für eine unanständige Beziehung die beiden hatten. Er war ihr Lehrer, ihr Mentor! Ein erwachsener Mann mit jahrelanger Berufserfahrung, der ein verliebtes Schulmädchen niemals so hätte ausnutzen dürfen.

„Ob es uns gefällt oder nicht", sagte Isabelle schließlich, „Mr Henchley hat das Recht darauf zu erfahren, dass du sein Kind austrägst."

Marissa nickte. „Gestern war ich noch fuchsteufelswild auf Gloria, dass sie es ihm gesagt hat. Aber … vermutlich hat sie nur das Richtige getan."

Nachdenklich rieb Isabelle die Hände über die Schürze. „Er hat gestern auch davon gesprochen, jetzt für seine Handlungen geradestehen zu wollen. Aber … würdest du ihn heiraten wollen?" Nur schwer kamen ihr die Worte über die Lippen, sie schmeckten bitter wie Galle. Unmöglich konnte sie sich ihre Schwester und Mr Henchley als Paar vorstellen!

„Nein", sagte Marissa und schob trotzig das Kinn vor. „Ich habe am eigenen Leib erfahren, dass er kein Mann ist, den ich mir als Ehemann wünschen würde."

Sofort setzte Isabelles Beschützerinstinkt ein. „Warum? Hat er dir wehgetan?"

„Nein. Also nicht wortwörtlich", erwiderte Marissa und hielt kurz inne. „Aber an dem Tag, als ich ihm von dem Baby erzählen wollte, habe ich gesehen, wie er eine andere Frau geküsst hat. Und da ist mir klar geworden, dass er das mit mir überhaupt nicht ernst gemeint hat."

Aufgebracht sprang Isabelle von der Bank auf. „Was für ein Mann lässt sich auf ein verliebtes Teenager-Mädchen ein, wenn er eigentlich eine andere Frau hat?"

„Ein Mensch mit Fehlern", sagte sie leise, „genau wie ich."

„Aber seine sind deutlich schwerwiegender, das darfst du mir glauben", versuchte Isabelle sie zu trösten und verschränkte die Arme vor der Brust, als könnte sie so verhindern, dass sich ihre

Wut einen Weg bahnt. „Mr Henchley ist so viel älter als du. Er hätte sich besser unter Kontrolle haben müssen."

Marissa antwortete nicht, sie streichelte bloß weiter mit der Hand über den Bauch. Als Isabelle ihren Blick sah, verflog ihr Ärger. Es war offensichtlich, dass Marissa ihr Kind liebte. Der Gedanke, es abzugeben, brach ihr sicherlich das Herz.

Beherrscht setzte sie sich wieder neben ihre Schwester, nahm ihre Hand und sagte mit bewusst sanfter Stimme: „Bist du dir sicher, dass du das Kind abgeben möchtest, Liebes? Wenn Josh sich dazu bereit erklärt hat, das Kind mit dir großzuziehen, warum lässt du dich nicht darauf ein?"

Entschieden schüttelte Marissa den Kopf. „Ich werde ihm keine Verantwortung aufbürden, die er nicht tragen muss. Er soll es mir oder dem Kind nicht eines Tages übel nehmen, dass wir sein Leben ruiniert haben", sagte sie und fügte mit einem traurigen Lächeln hinzu: „Eine Adoption ist für uns alle die beste Lösung."

Nachdenklich betrachtete Isabelle sie. „Josh ist dir sehr wichtig, oder?"

Marissa nickte. „Er ist einer der fürsorglichsten und besten Menschen, die ich kenne." Eine kleine Träne kullerte über ihre Wange. „Wenn ich nur nicht alles kaputt gemacht hätte …"

„Ach, Liebes", tröstete Isabelle sie und nahm sie mit einem Seufzen in die Arme. „Wie sind wir nur in diesem schrecklichen Chaos gelandet?"

Traurig vergrub Marissa ihr Gesicht an Isabelles Schulter. „Wenn ich das nur wüsste."

Einige Minuten lang saßen die beiden einfach nur da, Arm in Arm. Trotz der fürchterlichen Umstände freute Isabelle sich, dass sie sich wieder so nahe waren. Und jetzt, da Marissa ihr Geheimnis nicht länger vor ihr verbergen musste, vertraute sie Isabelle vielleicht auch wieder mehr und verließ sich auf ihre Unterstützung.

„Was auch immer geschieht, es wird alles gut werden", sagte Isabelle und strich Marissa über das seidenglatte Haar. „Ich glaube immer noch daran, dass Gott einen Plan für uns hat. Dass er uns durch diese schwere Zeit hindurchtragen wird, bis wieder glücklichere Tage kommen."

„Hoffentlich hast du recht", sagte Marissa, die sich nun die Tränen aus den Augen wischte. „Es ist höchste Zeit für ein bisschen Glück."

Das sah Isabelle genauso. Doch wenn sie daran dachte, Mark die Wahrheit beichten zu müssen, bezweifelte sie, dass das Glück in naher Zukunft lag.

Kapitel 35

Mit einem merkwürdigen Gefühl im Bauch verließ Mark Dr. Shrivers Büro. War die Kündigung das Richtige gewesen? Damit hatte Dr. Shriver sicher nicht gerechnet, als er Mark darum gebeten hatte, nicht weiter für das Mütterheim zu arbeiten. Aber wer konnte es dem Mann übel nehmen, nicht damit gerechnet zu haben, dass Mark seine Festanstellung im Krankenhaus einfach so aufgeben würde.

Darin wiederum zeigte sich, dass seine Kollegen Mark nicht gut kannten. Sein Herz schlug vor allem für die Armen und Notleidenden, nicht für die Oberklasse. Und obgleich sein Chef die Entscheidung nicht verstand, hatte er wenigstens den Anstand gehabt, Mark alles Gute auf seinem neuen Weg zu wünschen.

In den zwei Wochen vor seinem letzten Arbeitstag würde Mark noch im Krankenhaus arbeiten und zeitgleich weiterhin die Praxis renovieren müssen, damit er ab Anfang September Patienten aufnehmen konnte.

Dank Ruths Geldgeber hatte er auch die Mittel, um die nötige Ausrüstung zu besorgen und die Räume mit Möbeln auszustatten. Sogar die Frage nach Mitarbeitern hatte er dank einer Idee von Isabelle bereits klären können. So hatte sich eins nach dem anderen gefügt und es stand nur noch ein letztes Gespräch mit Dr. Axelrod aus, bevor sie die Arbeit in der Praxis aufnehmen würden.

Wenn es Mark doch nur gelänge, mehr darauf zu vertrauen, dass er damit Gottes Ruf folgte. Aber … ein wenig Respekt vor so einem großen Schritt schadete sicher auch nicht. Er hoffte bloß, dass sich die Aufregung mit der Zeit legen würde.

Die Enttäuschung über Marissa und das Baby würde sich jedoch nicht so bald wieder legen.

Wenngleich er schon am Tag nach dem Vorfall bei Ruth angerufen hatte, um sich nach den beiden zu erkundigen, war er seither noch nicht wieder in Bennington Place gewesen. Er redete sich ein, dass er Isabelle Zeit geben wollte, um der Sache auf den Grund zu gehen. Doch eigentlich fürchtete er, die Antwort bereits zu kennen. Er wusste nur nicht, wie er damit umgehen sollte, wenn Marissa Josh tatsächlich die ganze Zeit über angelogen hatte und ihn nur hatte glauben lassen, dass sie mit seinem Kind schwanger war.

Da Isabelle sich seither auch nicht bei ihm gemeldet hatte, nahm Mark an, dass ihr genauso vor dem nächsten Gespräch graute wie ihm. Mit einem Seufzen machte er sich auf in die Notaufnahme.

Eigentlich hatte sich ihre Beziehung bisher in eine sehr gute Richtung entwickelt – doch wie würde es wohl jetzt weitergehen?

Seit bald einer Woche hatte Isabelle Mark nicht mehr gesehen, was auf der einen Seite eine Erleichterung war, auf der anderen aber auch eine Enttäuschung. Von Ruth wusste sie, dass er mit der Fertigstellung der Praxisräume beschäftigt war.

Insgeheim hatte sie aber den Eindruck, dass er ihr absichtlich aus dem Weg ging – vielleicht, weil die Sache um Marissa ein zusätzlicher Stressfaktor in seinem ohnehin schon sehr vollen Leben war? Früher oder später musste er allerdings erfahren, dass Josh nicht der Vater von Marissas Kind war.

Isabelle überlegte, ob sie ein Feigling war, ihn nicht aufzusuchen. Aber dann rechtfertigte sie sich, dass es auf die paar Tage letztlich auch nicht mehr ankam.

Da es nun mit großen Schritten auf den September zuging, war auch das Wetter umgeschlagen, es regnete viel und stürmte häufiger. Die Bewohnerinnen verbrachten deutlich mehr Zeit im Inneren, weshalb sie leider launenhafter und leichter reizbar waren.

Ging ein langer Arbeitstag zu Ende, war Isabelle froh, sich in ihr eigenes Zimmer zurückziehen zu können.

Während sie sich jetzt bettfertig machte, rief der prasselnde Regen Erinnerungen an ihre Kindheit wach. Früher hatte sie es geliebt, wenn es draußen geblitzt und gedonnert hatte: Im schützenden Arm ihres Vaters hatte sie von der Veranda aus das Gewitter beobachtet. Marissa hingegen hatte sich immer davor gefürchtet und war oft mitten in der Nacht zu Isabelle ins Bett gekrochen, wenn ein Donnerschlag sie geweckt hatte.

Wie ein Echo ihrer Gedanken donnerte es nun so stark, dass selbst die Holzdielen ächzten. Nur wenige Sekunden darauf leuchtete ein heller Blitz auf, bis wieder ein Donnergrollen zu hören war. Das Gewitter rückte näher.

Neugierig stand Isabelle auf und schritt ans Fenster. Die Baumwipfel wogen sich im Wind und warfen wilde Schatten auf die Wiese und die umliegenden Häuser. Ein Gewitter hatte so etwas Natürliches an sich, dass Isabelle sich plötzlich so lebendig vorkam wie schon lange nicht mehr. Einen Moment lang fühlte es sich sogar fast so an wie früher, als stünde ihr Vater neben ihr und schaute mit ihr aus dem Fenster.

Ein Klopfen holte sie aus den Gedanken. „Ich bin's", ertönte Marissas Stimme von draußen und kurz darauf schob sich ihr Kopf ins Zimmer.

Eine wohlige Wärme breitete sich in Isabelles Brust aus – vielleicht brauchte ihre kleine Schwester sie ja doch noch.

„Kannst du mal kommen? Laura hat Wehen und ich habe Angst, dass es gleich losgeht."

Sofort schnellte Isabelles Puls in die Höhe. Sie wusste rein gar nichts über Wehen – doch bei dem angsterfüllten Blick ihrer Schwester erzählte sie das lieber nicht. Wenn ihre Anwesenheit Marissa ein gutes Gefühl gab, würde sie sich die Situation natürlich einmal anschauen und, wenn nötig, Ruth wecken. „Ja, ich komme."

Schnell warf sie sich ihren Morgenmantel über und folgte Marissa aufs Zimmer. Ein weiterer Blitz erhellte das Treppenhaus, aber das nächste Donnern klang bloß noch wie ein Grummeln.

Wortlos öffnete Marissa die Zimmertür und ließ Isabelle den Vortritt.

An Lauras Bett leuchtete ein kleines Nachtlicht und sie saß aufrecht gegen die Kissen gelehnt, die Augen vor Angst weit geöffnet.

„Wie geht es dir, Laura?"

„I-ich habe Angst", erwiderte sie mit einer Hand über dem runden Bauch unter der Decke.

„Das glaube ich dir", sagte Isabelle und holte den Stuhl ans Bett. „Wie schnell kommen die Wehen?"

„Etwa alle zehn Minuten."

Nun erschien auch Marissa hinter Isabelles Stuhl. „Das ist gut, denke ich."

Plötzlich machte Laura ein schmerzverzerrtes Gesicht und stöhnte laut.

„Das ist schon die nächste", flüsterte Marissa. „Sie kommen immer schneller."

Tapfer hielt Isabelle dem Mädchen die Hand, bis sich ihre Anspannung löste und sie wieder normal atmete.

„Ich glaube, ich muss auf die Toilette. Könnt ihr mir hochhelfen?"

„Natürlich", erwiderte Isabelle und wartete, bis Laura die Beine aus dem Bett schwang. Gemeinsam nahmen sie Laura je unter einen Arm und gingen in kleinen Schritten voran. Auf einmal blieb Laura abrupt stehen, beugte sich leicht vornüber und schrie auf.

„Was ist los? Wieder eine Wehe?", fragte Marissa.

Ängstlich schüttelte Laura den Kopf. „Nein, ich glaube, meine Fruchtblase ist geplatzt."

Isabelle warf einen Blick auf den Boden, wo sich um Lauras Füße eine Pfütze bildete. Wieder verzerrte sie das Gesicht und zog eine Hand frei, um sich den Bauch zu halten.

Jetzt wurde auch Isabelle nervös, denn es bestand kein Zweifel mehr: Das Kind war auf dem Weg. Und es kam eher früher als später.

Besorgt wandte sie sich an Marissa: „Kannst du Laura zum Bad begleiten? Ich wecke Ruth und bitte sie, die Hebamme anzurufen."

Etwa eine halbe Stunde später saßen Isabelle und Marissa bei Laura und versuchten, ihr so gut wie möglich durch die Schmerzen zu helfen. Vor wenigen Minuten war Ruth bei ihnen gewesen und hatte gesagt, dass Mrs Dinglemire gerade bei einer anderen Geburt half und deshalb nicht kommen konnte, sie aber Dr. Henshaw hergebeten habe.

„Bei ihm bist du in guten Händen", hatte Isabelle Laura beruhigt und betete, dass sie die Geburt mit Marks Hilfe gut durchstand.

Während sie auf ihn warteten, wurden die Wehen immer schneller und intensiver. Nach einer besonders schmerzvollen Kontraktion begann Lauras Kinn zu beben.

„Halte durch, Liebes. Der Arzt ist gleich hier."

Laura festigte den Druck auf Isabelles Hand. „Bitte geh nicht, wenn er kommt", bat sie und zwei dicke Tränen rannen über ihre Wange.

„Ich bleibe, solange wie Dr. Henshaw es erlaubt", versicherte sie ihr und tupfte ihr mit einem nassen Tuch über das Gesicht. „Es wird alles gut."

Jetzt klopfte es. „Ich bin's, Dr. Henshaw. Darf ich hereinkommen?"

Marissa, die die ganze Zeit über nervös durch das Zimmer getigert war, öffnete ihm die Tür.

„Hallo, Marissa. Ich bin für-" Abrupt hielt er inne, als er Isabelle erblickte. „Isabelle? Dich habe ich hier nicht erwartet."

Erleichtert stand sie auf. „Wir haben unser Bestes gegeben, um Laura durch die Wehen zu helfen. Und sie macht das wirklich gut bisher."

Mark schenkte ihr einen bedeutungsschweren Blick. „Danke", sagte er und wandte sich von Isabelle zu Marissa. „Aber am besten wäre, wenn ihr beiden uns jetzt allein lassen würdet. Ich übernehme." Er stellte seine Tasche ab und knöpfte seine Jacke auf.

„Ich möchte, dass Isabelle bei mir bleibt. Bitte, Dr. Henshaw", bat Laura.

Isabelle streichelte die Hand des Mädchens, sah in ihr ängstliches Gesicht und dann zu Mark. Wenn er es zuließ, würde sie bleiben und ihr weiterhin Mut zusprechen.

Nachdenklich zog Mark die Brauen zusammen, er schien seine Antwort abzuwägen. „Hm, es ist nicht üblich, dass unverheiratete Frauen bei einer Geburt dabei sind. Traust du dir das zu, Isabelle?"

Entschieden nickte sie. „Es kann sicher nicht schaden, mir ein Bild davon zu machen, was Marissa bald erwartet", sagte sie und sah mit einem Lächeln zu Marissa. Sie hingegen war aschfahl geworden und sah aus, als begriff sie jetzt erst, dass ihr in etwa vier Wochen das Gleiche bevorstand.

„Also gut", sagte er, während er sein Stethoskop und ein paar weitere Instrumente aus seiner Tasche holte. „Aber Marissa sollte besser woanders warten. Es ist nicht gut, sie so kurz vor der Geburt unnötig aufzuwühlen."

Unsicher knetete Marissa ihre Hände und sah zu ihrer Freundin.

„Ist schon in Ordnung, Marissa. Ich bin ja bei ihr", sagte Isabelle und legte eine Hand auf die Schulter ihrer Schwester. „Wenn du magst, kannst du dich in meinem Zimmer ausruhen."

Schließlich nickte Marissa und sagte: „Ich bete für dich, Laura."

Diese schaffte es gerade noch schwach zu lächeln, bevor die nächste Wehe einsetzte.

Unbeeindruckt holte Mark sich einen Stuhl ans Bett und sah kurz zu Isabelle. „Bitte warte kurz draußen, während ich Laura untersuche. Sobald ich weiß, wie die Dinge stehen, kannst du wieder hereinkommen."

Mit einem Lächeln drückte sie Lauras Hand. „Ich warte direkt vor der Tür. Mach dir keine Sorgen, es wird alles gut."

Einige Stunden später wischte Mark sich den Schweiß von der Stirn und begann sich zu entspannen. *Danke, Herr, für eine sichere Geburt.*

Einen Moment lang sah er der frisch gebackenen Mutter dabei zu, wie sie die ersten Augenblicke mit ihrem Baby genoss. Diese Glücksmomente machten seine Arbeit jede Mühe wert. Ein neues

Leben auf die Welt zu bringen, war wahrlich ein Geschenk. Eines, das er nie für selbstverständlich erachtete.

Langsam wanderte sein Blick zu Isabelle. Ihr Zopf lag über einer Schulter und ein paar Haarsträhnen hatten sich daraus gelöst. Kleine Tränen rannen über ihre Wangen, als sie über die Wange des Babys streichelte. „Er ist wunderschön, Laura. Ein Wunder."

Die ganze Nacht über war Isabelle eine unglaublich tatkräftige Hilfe gewesen. Sie hatte Laura sowohl beruhigt als auch, wenn die Kräfte schwanden, ermutigt weiterzumachen. Ihre Anwesenheit hatte Mark die Arbeit erheblich erleichtert.

„Isabelle, vielleicht möchtest du Marissa jetzt die frohe Botschaft überbringen?"

Freudestrahlend nickte sie und fragte: „Darf sie wiederkommen, wenn sie noch wach sein sollte?"

„Natürlich. Ich brauche noch etwa zwanzig Minuten, dann bin ich hier fertig."

Sanft gab Isabelle Laura einen Kuss auf die Stirn. „Du warst großartig, Laura. Herzlichen Glückwunsch", sagte sie und trat zur Tür hinaus.

Mark wollte Isabelle nicht ohne ein Dankeschön gehen lassen, da er nicht wusste, ob er sie heute Nacht noch wiedersehen würde. „Ich bin sofort wieder da, Laura", sagte er schnell und folgte ihr auf den Flur. „Isabelle? Warte kurz."

Überrascht drehte sie sich um.

Mark trat so nah an sie heran, dass ihm ihr blumiger Duft in die Nase stieg. „Ich wollte dir noch Danke sagen. Du warst so fürsorglich. Und auch mir warst du eine große Hilfe."

Ein breites Lächeln bildete sich auf ihren Lippen und ihre Augen strahlten. „Das freut mich. Es lässt einen staunen, wenn ein neues Leben auf die Welt kommt." Wärme erfüllte Marks Brust. Isabelle verstand, wie einzigartig eine Geburt war. Das gelang nicht jedem, vor allem nicht unverheirateten Frauen.

„Und du hast auch sehr gute Arbeit geleistet", erwiderte sie lächelnd. „Immer bist du ruhig geblieben und hast sie ermutigt. Hoffentlich kannst du auch Marissas Kind auf die Welt holen."

Normalerweise mischte Mark sich nicht in Mrs Dinglemires Aufgabenbereich ein, aber wenn es Isabelle so viel bedeutete, würde er es dieses Mal wagen. „Das sehen wir, wenn es so weit ist.“ Im Moment musste er sich auf das Neugeborene und seine Mutter konzentrieren.

Isabelle nickte. „In Ordnung. Gute Nacht, Mark. Ich hoffe, wir finden bald Zeit, um uns in Ruhe zu unterhalten.“ Ihr Blick zeigte Mark, dass auch sie die Anspannung zwischen ihnen spürte.

„Ganz bestimmt“, erwiderte er und ohne lange darüber nachzudenken, umschloss er zärtlich ihr Gesicht und küsste sie.

Mit einem Lächeln auf den Lippen kehrte er zu seiner Patientin zurück. Was für ein Segen, wenn er Isabelle zur Frau hätte!

Kapitel 36

Als Laura am nächsten Tag nach Isabelle rufen ließ, freute sie sich, den Kleinen wiedersehen zu dürfen. Vielleicht durfte sie ihn dieses Mal sogar halten.

Laura saß im Bett und wiegte das Kind, als Isabelle hereinkam.

„Guten Morgen. Oder ist es schon Nachmittag? Nachdem ich heute so spät aufgestanden bin, habe ich völlig das Zeitgefühl verloren", sagte Isabelle und lachte. Sie war gerade erst eingeschlafen, als die Sonne wieder aufgegangen war, und Ruth hatte ihr freundlicherweise vorgeschlagen, den Vormittag freizunehmen. „Wie geht es dir heute, Laura?"

„Wund und ausgelaugt", sagte sie, „aber überglücklich." Voller Liebe blickte sie auf ihren Sohn herab. Dann wurde ihr Gesicht wieder ernst. „Ich habe jetzt doch entschieden, ihn zu behalten, Isabelle. Ich kann ihn einfach nicht abgeben."

„Das ist sehr mutig von dir", erwiderte Isabelle vorsichtig und als sie auf das kleine Wesen in Lauras Armen sah, konnte sie sich nicht vorstellen, jemals eine so schwierige Entscheidung zu treffen.

„Kannst du vielleicht bei mir bleiben, wenn ich es Mrs Wilder sage? Sie sollte jeden Moment hier sein."

„Natürlich."

Während sie auf Mrs Wilder warteten, erzählte Laura ihr, dass sie den Kleinen John nennen wollte, nach ihrem Vater. Sie hoffte, ihn damit etwas milder zu stimmen.

Eine schöne Geste, wie Isabelle fand. Und sie beschloss, noch intensiver dafür zu beten, dass Lauras Familie sie und den Kleinen wieder bei sich aufnahm.

Als die Sozialarbeiterin in dem professionellen marineblauen Kostüm und der Aktentasche hereinkam, hatte Isabelle John gerade auf dem Arm. Der Anblick überraschte die Frau anscheinend. „Guten Morgen, mein Name ist Mrs Wilder. Und Sie sind? Eine Verwandte von Laura?"

„Nein, nur eine Freundin", erwiderte Isabelle und legte das Baby zurück in Lauras Arm, in der Hoffnung, dass die Geste für sich sprach.

„Ich habe Isabelle gebeten, bei unserem Gespräch dabei zu sein", erklärte Laura.

„Einverstanden", sagte Mrs Wilder, während sie die Tasche abstellte und einen Ordner mit einigen Formularen herausholte. „Ich nehme an, Sie sind bereit, das Baby heute abzugeben?"

„Eigentlich nicht. Ich habe mich doch noch einmal umentschieden", sagte Laura mit zitterndem Kinn, doch in ihrem Blick lag Entschlossenheit. „Ich möchte mein Kind behalten."

„Oh. Ich verstehe", erwiderte Mrs Wilder und legte die Papiere auf der Kommode ab. „Also haben sich Ihre Umstände geändert?"

„Eigentlich nicht", sagte Laura und drückte das Baby ein wenig enger an sich. „Außer dass die Frauen hier in Bennington Place mir ihre Hilfe angeboten haben. Ich darf bleiben, bis ich eine Arbeit und eine andere Unterkunft gefunden habe."

„Das könnte sich jedoch als deutlich schwieriger herausstellen, als es zunächst klingt", entgegnete Mrs Wilder vorsichtig.

„Schwierig, aber nicht unmöglich", warf Isabelle ein und trat einen Schritt vor. Sie hatte das starke Gefühl, die Entscheidung ihrer Freundin verteidigen zu müssen.

Mrs Wilder wandte sich zu Isabelle um. „Nun, ich gebe meinen Klientinnen gern einen ehrlichen Blick auf das, was ihnen bevorsteht, wenn sie so eine lebensverändernde Entscheidung treffen. Ich muss schließlich abschätzen, ob das Kind Gefahr läuft, nicht gut versorgt zu werden." Schnell hob sie die Hand. „Nicht absichtlich, sondern bloß aufgrund der Schwierigkeiten, die einer unverheirateten Mutter begegnen können."

Da Laura stillschwieg, hielt auch Isabelle sich zurück und wartete Mrs Wilders nächste Reaktion ab.

„Müttern in dieser Situation schlage ich normalerweise einen neuen Termin vor", fuhr sie fort, „in zwei oder drei Wochen. Dann können wir noch einmal gemeinsam alles überdenken. Und wenn

Sie vorher schon mit mir sprechen möchten, bitten Sie einfach Mrs Bennington, mich anzurufen."

„Einverstanden", sagte Laura mit leiser Stimme.

Ein freundlicher Blick machte Mrs Wilders Gesichtszüge etwas milder. „Bitte denken Sie nicht, dass ich bloß alles verkomplizieren möchte, Laura. Aber es ist meine Aufgabe, das Wohl der Kinder sicherzustellen. Wenn eine Mutter mir glaubhaft zeigt, wie sie das Kind gut versorgen kann, unterstütze ich das natürlich." Sie trat einen Schritt näher und blickte auf das schlafende Baby. „Ich hoffe, Sie finden einen Weg.

„Danke", flüsterte Laura.

Mrs Wilder sammelte die Papiere zusammen und verstaute sie wieder in der Tasche. „Gut. Vielleicht können Sie mir noch sagen, wo ich Marissa Wardrop finde? Sie ist mein nächster Termin."

Isabelles Herz zog sich zusammen. Hatte ihre Schwester diesen Termin ausgemacht oder gehörte das zur Routine? „Ich denke, sie ist unten im Salon."

„Danke sehr. Und auf Wiedersehen."

Isabelle folgte der Frau in den Flur.

Lächelnd drehte Mrs Wilder sich zu ihr um. „Oh, Sie müssen mir nicht den Weg zeigen, ich kenne das Haus bereits."

Einen Moment lang sahen die zwei Frauen sich in die Augen. Vielleicht hatte Marissa das Gefühl, sich schon entschieden zu haben, doch Isabelle würde nicht zulassen, dass diese Frau sie unnötig unter Druck setzte. Nein, sie wollte sich selbst davon überzeugen, ob Marissa tatsächlich bereit war, das Kind zur Adoption zu geben. „Wie es aussieht, begleite ich Sie auch zu Ihrem nächsten Termin, Mrs Wilder. Marissa ist meine Schwester."

Mit den Schecks der zwei neuen Geldgeber in den Händen stand Mark von seinem Stuhl in Ruths Büro auf. „Bitte danke deinen Freunden noch einmal für ihre großzügige Unterstützung. Sobald ich kann, schreibe ich ihnen auch eine persönliche Dankeskarte und lade sie natürlich zur Praxiseröffnung ein."

„Das würde sie sicher freuen. Und bis dahin gebe ich deinen Dank weiter", erwiderte Ruth mit einem Lächeln.

„Und dir möchte ich auch noch mal danken, Ruth", sagte er mit ernster Miene. „Ohne dich und deine Mühe gäbe es diese Praxis nicht."

„Sehr, sehr gern. Mein Herz freut sich, wenn ein junger Mann seinen Traum verwirklichen kann", erwiderte sie mit kleinen Lachfältchen um die Augen und tätschelte ihm den Arm.

„Also gut, dann lasse ich dich jetzt besser auch weitermachen", sagte Mark und verließ das Büro. Wenngleich er seinem nächsten Tagespunkt nicht besonders entgegenfieberte.

Natürlich sehnte er sich danach, wieder mehr Zeit mit Isabelle zu verbringen, doch das ihnen bevorstehende Gespräch trübte die Stimmung. Der Sommer war schon beinahe vorüber und bis zur Eröffnung hatte er noch so vieles zu erledigen. In den letzten Wochen hatten ihn die zahlreichen Polio-Fälle im Armenviertel und die Praxisarbeiten so beschäftigt gehalten, dass er sich noch nicht weiter mit der Vaterschaftsfrage von Marissas Kind befasst hatte. Bald aber käme Josh aus dem Norden zurück. Und sollte er tatsächlich nicht der Vater des Kindes sein, mussten sie das wissen. Das könnte Joshs Zukunft noch einmal völlig verändern.

„Falls du nach Isabelle suchst: Ich denke, du findest sie im Garten", hörte er Ruths leicht amüsierte Stimme hinter sich. „Sie isst gern draußen, wenn es das Wetter zulässt."

„Danke", erwiderte Mark und zeigte den Versuch eines Lächelns.

Mit widerstreitenden Gefühlen machte er sich auf die Suche nach ihr. Genau wie Ruth gesagt hatte, fand er sie auf einer Gartenbank umgeben von blühenden Büschen. Als er sich ihr näherte, hob sie den Kopf.

„Mark. Wie schön, dich zu sehen." Doch ihr Blick wirkte verschlossener als sonst. Vielleicht war ihr genauso mulmig zumute wie ihm. „Du siehst müde aus. Seid ihr mit der Praxis noch im Zeitplan?"

„Ja, wir können wie geplant eröffnen. Aber die Polio-Ausbrüche machen mir viel Arbeit. Das Virus verbreitet sich immer schneller."

„O weh. Umso dankbarer sollte ich sein, nun hier zu wohnen."

Er nickte und setzte sich neben sie auf die Bank. „Ich denke, es ist an der Zeit, dass wir reden."

„Ja, du hast recht", erwiderte sie und stellte den Teller mit dem nur halb gegessenen Brot auf dem Boden ab. „Es tut mir leid, falls du den Eindruck hattest, dass ich dir aus dem Weg gegangen bin. Ehrlich gesagt, wusste ich einfach nicht, wie ich dir von den Neuigkeiten erzählen sollte."

Marks Bauch verkrampfte sich. „Also ist Josh nicht der Vater, oder? Sondern dieser Henchley."

Traurig nickte Isabelle. „Ich kann es selbst kaum glauben."

Tief holte Mark Luft und atmete langsam wieder aus, um die Kontrolle über seine Gefühle zu behalten. Eigentlich sollte er erleichtert sein – immerhin bedeutete das, dass sein Bruder aus dem Schneider war. Trotzdem kam er nicht umhin, sich an Joshs Stelle betrogen zu fühlen. „Heißt das, Marissa hat Josh die ganze Zeit über angelogen?"

„Nein, natürlich nicht! Er wusste von Mr Henchley, von Anfang an", erwiderte Isabelle.

„Das verstehe ich nicht", sagte Mark, stand auf und ging auf dem Rasen auf und ab. „Wieso sollte Josh sich darauf einlassen? Für diese Täuschung hat er seinen Sommer aufgegeben – mehr noch, er wollte sogar seine ganze Zukunft an den Nagel hängen!"

Langsam stand Isabelle von der Bank auf. „Das war nicht Marissas Idee", sagte sie ruhig, aber bestimmt. „Sondern Joshs. Auch wenn es stimmt, dass sie ihn nicht davon abgehalten hat."

Wütend biss Mark die Zähne zusammen. Er glaubte ihr kein Wort. Zweifelsohne hatte Marissa ihm schöne Augen gemacht, vielleicht auch ein paar Tränen vorgetäuscht, und siehe da – schon war Josh bereit, alles für sie zu tun.

Gedankenverloren rupfte Isabelle eine Blüte aus dem Busch neben sich. „Sie hatten wohl beide ihren Grund, warum sie uns haben Glauben machen, dass Josh der Vater ist. Gründe, die jetzt keine Rolle mehr spielen." Langsam drehte Isabelle die Blüte zwischen den Fingern umher. Als sie den Blick wieder hob, war ihr Gesicht voller Sorge. „Du solltest auch wissen, dass Mr Henchley vor ein paar Tagen noch einmal hier war, um mit Marissa zu sprechen. Und dass sie seinen Heiratsantrag abgelehnt hat. Es war wohl offensichtlich, dass er sie gar nicht heiraten wollte und sie nur aus Pflichtgefühl gefragt hat. Inzwischen schwärmt sie scheinbar auch nicht mehr für ihn, Gott sei Dank." Sie hielt kurz inne. „Mr Henchley war aber auch der Meinung, dass eine Adoption der beste Weg wäre. Tatsächlich wirkte er sehr erleichtert, dass sie sich dafür entschieden hat."

Aufgebracht fuhr Mark mit den Fingern durchs Haar und bemühte sich, gegen den immer größer werdenden Ärger anzukämpfen. „Das ist ja schön und gut, aber was ist mit Josh?"

„Nun ja, Josh ist damit wieder ungebunden", sagte Isabelle mit einem traurigen Lächeln. Sie trat einen Schritt näher an Mark heran und legte eine Hand auf seinen Arm. „Marissa will ihm schreiben und alles erklären", sagte sie. Mit aufrichtigem Blick suchte sie den seinen. „Dann kann Josh im Herbst vielleicht ja doch noch an die Universität?"

Wie gern würde Mark jetzt einfach so tun, als könnte er alles unter den Teppich der Vergessenheit kehren und Isabelle versichern, dass er niemandem etwas übel nahm. Doch das war ausgeschlossen, in ihm kochte die Wut. „Ich bin mir ziemlich sicher, dass Josh seinen Platz aufgegeben hat, bevor er abgefahren ist. Er kann es frühestens im Winter noch mal probieren. Falls es noch Plätze gibt."

„Das alles tut mir so leid, Mark. Ich fühle mich schrecklich."

„Ich weiß ...", sagte er und sah in die Ferne. Ihren Blick konnte er im Moment unmöglich erwidern.

„Wenn Josh wieder hier ist, wird sich bestimmt alles ergeben."

„Mal sehen." Die Antwort klang selbst in seinen Ohren sehr rau, daher überraschte es Mark nicht, dass Isabelle zusammenzuckte. Wieder atmete er tief durch und fuhr sich durchs Haar. „Hör zu, Isabelle, ich weiß, dass das alles nicht deine Schuld ist. Aber im Moment kann ich nicht leugnen, wie sehr ich mich über deine Schwester ärgere."

Isabelle zog die Brauen zusammen. „Ich glaube nicht, dass Marissa ihm etwas Böses wollte. Sie hatte einfach nur Angst und hat Joshs Hilfe angenommen. Er bedeutet ihr sehr viel."

„Das ist ja eine interessante Art, das zum Ausdruck zu bringen."

Überrascht blieb Isabelle der Mund offen stehen. Sie fing sich aber schnell wieder. „Also ich denke, dass Josh und Marissa das ohne uns klären müssen", sagte sie und fügte mit ernstem Blick hinzu: „Und ohne unser Urteil."

Er wich ihrem Blick aus und ging rasch in Richtung eines Baumes, bevor er etwas sagte, das er nicht zurücknehmen konnte. „Ich … ich brauche etwas Zeit, um das alles zu verarbeiten. Und vor allem muss ich hören, was Josh dazu zu sagen hat."

„Tu das", erwiderte Isabelle nach einem kurzen Moment der Stille. Sie war verletzt. „Wenn du mich jetzt entschuldigen würdest, ich muss wieder an die Arbeit." Ohne einen weiteren Blick in seine Richtung marschierte sie über den Rasen zurück ins Haus.

Reue überkam Mark. Wenn er seine Wut Marissa gegenüber doch bloß von seinen Gefühlen für Isabelle trennen könnte! Doch im Moment hatte sich alles zu einem gefährlichen Gemisch vermengt. Sein Blick fiel auf Isabelles vergessenes Brot, das verkehrt herum auf dem Boden lag.

Genauso, wie auch das Leben der vier gerade kopfstand.

Kapitel 37

Ende August hatte Isabelle einen freien Tag und besuchte Tante Rosie. Sie wollte sich vergewissern, dass es der älteren Frau gut ging – und das war persönlich viel netter als über den Fernsprecher.

Mark gefiel solch ein Besuch sicher nicht. Doch soweit Isabelle wusste, hielt Rosie sich streng an alle Ratschläge, um eine Polio-Ansteckung zu vermeiden.

Rosie freute sich sehr – sie hieß Isabelle mit einer herzlichen Umarmung willkommen. „Es tut so gut, dich wiederzusehen. Komm doch herein. Ich habe uns einen frischen Tee gemacht."

Neugierig ließ Isabelle den Blick durch die Küche wandern und sog alle Eindrücke ein: der heiße Topf auf dem Herd, der Duft frisch gebackener Scones, die braune Teekanne mit den kleinen Macken. Wie sehr sie diese Kleinigkeiten lieben gelernt hatte.

Mit einem Kloß im Hals setzte sie sich an den gemütlichen Tisch.

„Wie geht es Marissa?", erkundigte sich Rosie, während sie beiden eine Tasse Tee einschenkte.

„Gesundheitlich ganz gut. Aber um ihren emotionalen Zustand mache ich mir ein wenig Sorgen", gestand Isabelle und gab einen Schuss Milch in ihren Tee. Dass sie Marissas Geheimnis für sich behalten würde, hatte sie schon vorab entschieden. Wer der Vater des Kindes war, ging schließlich niemanden etwas an.

„Hat sie sich nun endlich dazu entschieden, den jungen Henshaw zu heiraten?"

„Leider nein. Sie besteht immer noch darauf, ihm nicht im Weg stehen zu wollen", erklärte Isabelle und trank einen Schluck. „Stattdessen möchte sie das Kind nun zur Adoption freigeben."

„Oh", sagte Rosie und hielt in der Bewegung inne. „Aber … wenn ich ehrlich bin, ist es vielleicht das Beste für sie und das Kind."

War es das? Der sorgenvolle Blick in Marissas Gesicht sagte

Isabelle etwas anderes. Was, wenn sie nie darüber hinwegkam? Wenn es sie für den Rest ihres Lebens nicht mehr losließ?

„Oder siehst du das anders, Isabelle?"

„Ich bin mir nicht sicher. Ich habe das Gefühl, dass Marissa das Kind eigentlich behalten möchte. Und dass sie bloß keinen Weg sieht, wie das gehen soll. Was ich sehr schade finde, denn ich bin mir sicher, dass Josh sie liebt. Und sie liebt ihn. Wenn sie seinen Antrag doch bloß annehmen würde! Dann könnten die drei eine glückliche Familie werden."

Gerade wollte Rosie zu ein paar weiteren Gedanken ansetzen, da öffnete sich die Wohnungstür und Fiona kam hereingewirbelt.

Begeistert sprang Isabelle auf. „Fiona! Ich wusste ja gar nicht, dass du schon zurück bist", sagte sie und eilte ihr entgegen, um ihre Freundin zu umarmen.

Auch Rosie strahlte ihre Nichte an. „Fiona, Liebes. Wie wunderbar, dass du zurück bist. Komm und setz dich zu uns."

Fiona errötete und in ihren grünen Augen lag das vertraute Funkeln. „Ich bin ja so froh, dass du auch hier bist, Isabelle. Ich habe euch so viel zu erzählen."

„Ich bin schon gespannt auf deine Abenteuer", sagte Rosie und holte Fiona eine Tasse, während sie sich setzte.

„Das war der beste Sommer meines Lebens. Die Landschaft im Norden ist einfach herrlich. Das viele Grün erinnert mich sogar ein klein wenig an Irland. Und ich habe Segeln gelernt."

„Wie schön", sagte Isabelle und studierte Fionas Gesicht, denn ihre unbändige Freude kam ihr fast ein wenig merkwürdig vor. „Seid ihr jetzt endgültig zurück?"

„Nein, nur für wenige Wochen. Adam hat Geschäftliches zu erledigen, aber danach gehen wir vermutlich wieder zurück und bleiben bis Thanksgiving. Ich kann die herrlichen Herbstfarben kaum erwarten, er hat so viel davon geschwärmt."

„Adam also", hakte Rosie nach, als sie Fiona Tee einschenkte. „Ist das nicht ein wenig zu intim?"

Jetzt errötete Fiona umso mehr. „Ach, im Norden ist alles viel weniger formal", erklärte sie und fingerte am Henkel ihrer Tasse. „Und außerdem … Ich muss euch noch etwas anderes sagen."

„Na dann raus damit, Kindchen. Spann uns nicht unnötig auf die Folter."

Unsicher biss Fiona sich auf die Unterlippe und stützte sich auf dem Tisch ab. „Ich werde heiraten!"

Vor Überraschung fiel Rosie die Kinnlade herunter und sie stellte die Teekanne geräuschvoll ab.

Auch Isabelle blinzelte verblüfft. „Und wen?"

„Na Adam natürlich!"

„Adam Templeton?", hakte Isabelle verblüfft nach.

Fiona lachte. „Wie viele Adams gibt es denn sonst in meinem Leben?"

Vor lauter Fragen schwirrte Isabelle der Kopf. Unmöglich konnte sie sich vorstellen, wie Adam eines seiner Hausmädchen heiratete! Geschweige denn, dass seine Mutter solch einer Verbindung zustimmen würde. „Wie ist das denn passiert?"

Unschuldig zuckte Fiona mit den Schultern. „Na ja, das hat sich den Sommer über so entwickelt. Auf dem Land war Adam ganz anders, viel freier. Und gelassener. Er hat mich oft auf seinem Boot mitgenommen und er hat mir das Tennisspielen beigebracht. Wir waren auch gemeinsam wandern und angeln …" Mit einem glücklichen Seufzen schweiften ihre Gedanken ab. „Und dann, an meinem Geburtstag letzte Woche, hat er mir Blumen geschenkt. Und den hier …" Stolz streckte sie ihre linke Hand über den Tisch, an der nun ein großer Smaragd in goldener Fassung steckte. Verträumt lächelte sie.

„Du meine Güte!", rutschte es Rosie heraus und sie rückte etwas näher, um den Ring genauer zu betrachten. „Der ist wirklich schön." Besorgt sah sie zu ihrer Nichte. „Aber seine Familie … freuen sie sich denn auch?"

Das wagte Isabelle zu bezweifeln. Dass Adam außerhalb seines Standes heiratete, war in den Augen seiner Familie gewiss ein Eklat.

„Nun, nicht sofort", gestand Fiona ein wenig nüchterner. „Erst, als wir mehr Zeit miteinander verbracht haben. Adams Schwester und ich haben uns angefreundet und daraufhin ist auch seine Mutter etwas zugänglicher geworden. Wie es scheint, hat sie Verwandte in Irland, ganz in der Nähe unseres Heimatdorfes. Und na ja, letzten Endes sind sie einfach glücklich, dass Adam jemanden gefunden hat, der seine Liebe erwidert. Außerdem haben sie sich bei mir dafür bedankt, dass ich Adam davon abhalte, immer so viel zu arbeiten."

Neugierig lehnte Isabelle sich zu Fiona vor. „Aber wird es nicht merkwürdig sein, wenn du von einer Bediensteten plötzlich zur Dame des Hauses wirst? Wie werden es die anderen Bediensteten finden?"

„Auch dafür hat Adam schon eine Lösung gefunden", sagte sie lächelnd. „Um Probleme dieser Art zu umgehen, möchte er das große Anwesen seiner Mutter überlassen und sucht uns ein kleineres Haus. Dort wird er neue Bedienstete einstellen, die mich gar nicht anders kennen und mich deshalb ohne Weiteres akzeptieren werden."

„Wie ... nett von ihm", erwiderte Isabelle mit einem ungläubigen Kopfschütteln. Wenn Adam sich bereit erklärte, das elterliche Anwesen zu verlassen, musste er Fiona wirklich lieben.

„Ich gratuliere dir, Liebes", sagte Rosie. „Wenn irgendjemand solch ein Glück verdient, dann du."

„Danke, meine liebe Tante", erwiderte Fiona und schloss Rosie in die Arme. „Ehrlich gesagt fühlt es sich an wie ein Traum", gestand sie und lachte so laut, dass ihre Freude den ganzen Raum erfüllte.

„Ich habe Adam schon immer für einen guten Mann gehalten", sagte Isabelle. „Er wird dir sicher ein feiner Ehemann sein."

„Apropos gute Männer, Dr. Henshaw fällt auf jeden Fall auch in diese Kategorie", wechselte Rosie das Thema und faltete ein Blatt Papier auseinander, das sie aus der Tasche geholt hatte. „Die hier habe ich für ihn in der Nachbarschaft verteilt, um für seine neue Praxis Werbung zu machen."

Das Flugblatt rief leise Schuldgefühle in Isabelle wach. Nach ihrer gemeinsamen Streichaktion war sie nicht wieder dort gewesen. Und seit ihrem Streit war sie sich auch nicht mehr sicher, ob sie noch willkommen war. „Das wird bestimmt ein großer Erfolg."

„Das glaube ich auch", pflegte Rosie ihr bei und sah sie prüfend an. „Und wenn ich nicht völlig falschliege, hast du den gut aussehenden Doktor auch ganz in deinen Bann geschlagen, oder?"

Jetzt errötete auch Isabelle, antwortete aber nicht.

„Oh, wirklich?", rief Fiona und schlug begeistert die Hände zusammen. „Hast du uns also bald auch etwas zu erzählen?"

„Himmel, nein", wehrte Isabelle ab. „Dem steht im Moment noch viel zu viel im Weg. Vor allem was Josh und Marissa betrifft." Von ihrem Streit mit Mark mussten die beiden ja nicht unbedingt erfahren, darüber zu sprechen fiel ihr noch zu schwer. „Außerdem steht für Mark zurzeit die Praxis an erster Stelle."

Schnell hob sie ihre Tasse an die Lippen und wünschte sich, noch etwas länger in Fionas kleiner Glücksblase zu verweilen. Vielleicht könnte sie dann daran glauben, dass auch ihre Probleme sich lösen würden und dass die Liebesgeschichte, die sich zwischen ihr und Mark angebahnt hatte, noch kein Ende genommen hatte.

Tief in ihrem Innern befürchtete Isabelle jedoch, dass Mark das Gefühl hatte, sich zwischen ihr und Josh entscheiden zu müssen – und sie ahnte bereits, wer gewinnen würde.

Es war der erste September – Eröffnungstag. Mark schaute ein letztes Mal an der frisch polierten Theke vorbei, auf der im Moment zahlreiche Häppchen und Kuchen standen. Das Essen hatte Marks neuer Partner, Dr. Allen Axelrod, bei seiner Lieblingsbäckerei bestellt.

Leicht nervös warf Mark einen Blick auf die Uhr. Noch eine halbe Stunde und es war so weit. Er spürte die Anspannung in sich steigen. Was, wenn trotz all der Flugblätter und der Mundpropaganda niemand kam? Was, wenn die neue Praxis sich als schrecklicher Reinfall entpuppte? Bei dem Gedanken an das viele Geld, das

Ruths Investoren in die Praxis gesteckt hatten, ganz zu schweigen von seinem und Allens Anteil, wurde ihm mulmig zumute.

Nervös schickte er ein kurzes Gebet gen Himmel. Er musste einfach darauf vertrauen, dass Gott alles in der Hand hatte.

Zufrieden ließ er den Blick durch den Hauptraum wandern. Einfache Möbel, ein paar Topfpflanzen und hier und da ein schönes Bild an den mintgrünen Wänden – alles zusammen sehr harmonisch und einladend. Genauso, wie er es sich vorgestellt hatte.

Die Gesprächs- und Behandlungszimmer mit den walnussbraunen Schreibtischen, den weißen Behandlungstischen, Handdesinfektionsmitteln und der neuen Waage neben dem Waschbecken machten einen sehr professionellen Eindruck. In Gedanken lächelte Mark, als er sich an die kleine Lebensmittelwaage erinnerte, über die Isabelle gescherzt hatte.

Und dann kam Bedauern in ihm auf. Wie sehr Mark sich wünschte, dass es zwischen ihnen wieder so wäre wie an jenem Tag, als sie hier gemeinsam gestrichen hatten. Ohne eine Spur der merkwürdigen Anspannung, die nun zwischen ihnen herrschte.

Eine Hand auf seiner Schulter. „Mach dir nicht so viele Sorgen – bisher läuft doch alles nach Plan", ermutigte Allen ihn mit einem Funkeln in den grauen Augen.

„Woher nimmst du deine Zuversicht?"

„Jahrelange Erfahrung", sagte er und lachte. „Vertrau mir. Es dauert eine Weile, eine neue Praxis aus dem Boden zu stampfen. Und bis sich die Neuigkeit verbreitet hat. Aber eines steht fest: Ärzte werden immer gebraucht."

„Stimmt."

„Und du hast ja auch vor, deine Hausbesuche weiter wahrzunehmen, bis die Patienten hierherkommen. Da sie dir vertrauen, wird die Praxis sicher ein Erfolg."

„Hoffentlich behältst du recht." Wenn er sich nur endlich beruhigen würde! Dann könnte er wie Allen die Früchte seiner harten Arbeit genießen.

Ein Glockengeräusch erklang und kündigte an, dass jemand durch die Eingangstür getreten war.

„Los geht's!", sagte Allen und klopfte Mark auf dem Weg zu ihrem ersten Gast erneut mutmachend auf die Schulter.

Etwa eine Stunde später hatte Mark es endlich geschafft, sich ein wenig zu entspannen. Genau wie Allen es vorhergesagt hatte, war die Eröffnungsfeier gut besucht. Mindestens ein Dutzend Bewohner aus dem Armenviertel waren gekommen und darüber hinaus auch einige Geschäftsmänner, die vermutlich Ruths Einladung gefolgt waren.

Überrascht stellte Mark fest, dass sie selbst noch nicht hier war. Bei ihrem letzten Gespräch hatte Ruth ihm jedoch versichert zu kommen. Vielleicht war ihr etwas im Mütterheim dazwischengekommen.

Mark ging auf einen älteren Herrn zu, den er aus der Nachbarschaft wiedererkannte. Er trug einen abgewetzten alten Anzug, der ihm viel zu groß war, und hielt eine Kappe zwischen seinen knochigen Fingern. „Vielen Dank, dass Sie gekommen sind", sagte Mark. „Wie gefällt Ihnen die Praxis?"

„Sie ist ganz in Ordnung, denke ich", erwiderte er und zog die weißen Brauen zusammen. „Ich bin hier, um Rosie O'Grady einen Gefallen zu tun. Sie hat mich immer und immer wieder darauf angesprochen, beinahe bedrängt könnte man sagen, dass ich auch bloß komme."

Mark lachte. „Das sieht Rosie ähnlich."

Skeptisch betrachtete der ältere Mann Mark. „Und Sie sind auch sicher alt genug, um ein echter Arzt zu sein?"

„Ja, das bin ich. Falls Sie sich selbst davon überzeugen möchten: Mein Diplom hängt in einem der zwei hinteren Zimmer an der Wand", erklärte er mit einem Lächeln und streckte ihm die Hand entgegen. „Dr. Mark Henshaw."

„Henry Thatcher."

„Schön, Sie kennenzulernen, Henry. Und seien Sie unbesorgt – Sie können sich natürlich auch an Dr. Axelrod wenden, falls Ihnen sein Alter mehr zusagt."

Kurz sah es aus, als nähme Henry Mark diesen Kommentar übel, dann aber schüttelte er den Kopf und lächelte. Eine große Zahnlücke kam zum Vorschein.

Wieder öffnete sich die Tür und Ruth Bennington kam mit flatternden Federn herein. In ihrem lilafarbenen Kostüm, der weißen Federboa und dem passenden Hut erregte sie sofort jedermanns Aufmerksamkeit. Sie betrachtete den Raum und man erkannte, wie sehr sie der Anblick und die vielen Menschen erfreute.

„Bitte entschuldigen Sie mich, Henry", sagte Mark und ging auf Ruth zu. „Ruth. Gott sei Dank", grüßte er sie mit einem Kuss auf die Wange. „Ich hatte schon Sorge, dass es einen Notfall gab."

„Nun, nicht direkt. Aber wir haben eine neue Bewohnerin bekommen. Ich musste sie erst noch kurz willkommen heißen, bevor ich gehen konnte. Aber jetzt sind wir ja hier, und allein das zählt."

„Wir?"

Wie gerufen trat jemand hinter Ruth hervor. „Hallo, Mark. Herzlichen Glückwunsch zur eigenen Praxis. Es ist wirklich hübsch geworden hier."

Verdutzt starrte er Isabelle an. Nach ihrem Streit hatte er nicht damit gerechnet, dass sie kommen würde. Und doch, da war sie. In ihrem modischen blauen Gürtelkleid und dem kecken Hut, der schräg auf ihrem Kopf saß, sah sie besser aus denn je.

„Isabelle. Wie schön, dass du auch gekommen bist", sagte er und zögerte einen Moment, unsicher, ob er sie umarmen oder ihr die Hand geben sollte. Letztlich tat er keins von beidem.

„Und wer sind diese netten Damen?", ertönte Allens tiefe Stimme, als er sich zu ihnen gesellte.

„Dr. Axelrod, das ist Ruth Bennington. Ich glaube, ihr habt schon einmal miteinander telefoniert."

„Ah, das ist also die berühmt-berüchtigte Mrs Bennington. Die Frau, der ich zu verdanken habe, dass ich hier bin. Es ist mir eine Ehre, Ma'am."

„Ganz meinerseits, Dr. Axelrod", erwiderte sie mit einem Nicken.

„Und das ist eine Freundin von mir, Isabelle Wardrop", fuhr Mark fort. „Sie arbeitet wie Ruth in Bennington Place."

„Schön, Sie kennenzulernen", sagte Allen und verbeugte sich förmlich vor ihr.

„Und ich freue mich, Marks Partner kennenzulernen", erwiderte Isabelle mit einem breiten Lächeln. „Ich wünsche Ihnen beiden viel Erfolg für diese Unternehmung."

„Danke sehr. Ich kann den Montag kaum erwarten. Da werden wir unsere ersten Patienten willkommen heißen."

Mit neugierigem Blick wandte Isabelle sich wieder an Mark. „Ich würde gern sehen, was aus den hinteren Räumen geworden ist. Zeigst du sie mir?"

„Natürlich."

„Ich hatte meine Führung schon, also warte ich hier", sagte Ruth. „Vielleicht ist Dr. Axelrod ja so freundlich und zeigt mir die Getränke."

„Zu Ihren Diensten, Ma'am."

Während die beiden in die eine Richtung verschwanden, führte Mark Isabelle den Flur entlang. Zuerst zeigte er ihr sein Büro.

Der große Eichenschreibtisch mit den zwei Patientenstühlen nahm viel Platz im Raum ein. Außerdem gab es noch einen metallenen Aktenschrank in einer Ecke, der für die Arztberichte gedacht war.

Isabelle betrachtete Marks gerahmte Zertifikate. „Latein. Wie passend für einen Arzt." Mit bewunderndem Blick fuhr sie mit einem Finger den Schreibtisch entlang. „Es ist perfekt."

„Danke. Auch ich bin zufrieden." Dann führte er sie zu einem der zwei Behandlungszimmer. „Diese beiden wollen wir für die Untersuchungen nutzen, weil sie etwas privater sind." Freude und Stolz stieg in ihm auf, als er durch die erste Tür trat. So ging es ihm jedes Mal, wenn er den tadellosen Behandlungstisch und den emaillierten Medizinschrank an der gelben Wand sah. Noch konnte er gar nicht fassen, dass das seine eigene Praxis war.

„Das macht einen sehr professionellen Eindruck und doch hat es auch etwas Gemütliches. Hier werden sich die Patienten sicher wohlfühlen", bemerkte sie anerkennend und setzte damit einen Schwarm Schmetterlinge in seinem Bauch in Bewegung.

Wie sehr er Isabelle vermisst hatte! Die Art, wie ihre Augen ihr ganzes Gesicht zum Strahlen brachten. Und wie sie ihm das Gefühl gab, dass er zu allem fähig war. Gleichzeitig wurde sein Reuegefühl immer größer. „Isabelle, ich muss mich bei dir entschuldigen –"

Eilig schüttelte sie den Kopf. „Heute geht es nicht um Entschuldigungen oder Bedauern. Das hier ist eine Feier! Wir feiern deine harte Arbeit. Und dass du deinen Traum verwirklicht hast. Über alles andere können wir wann anders reden."

Mark spürte, wie eine riesige Last von ihm abfiel. „Danke, dass du immer so verständnisvoll bist", sagte er und trat näher an Isabelle heran. „Ich bin froh, dass du hier bist und ich diesen Moment mit dir teilen darf."

„Um nichts in der Welt hätte ich diesen Tag verpasst", versicherte sie ihm und ihre Blicke trafen sich.

Ein Knistern lag in der Luft. Sicherlich konnte Isabelle hören, wie laut und schnell sein Herz schlug.

„Können wir uns vielleicht morgen Nachmittag wiedersehen?", fragte er.

Sie nickte.

„Sehr gut. Ich komme nach dem Essen vorbei."

„Ich freue mich drauf", erwiderte sie, drückte kurz seine Hand und nahm wieder einen Schritt Abstand. „So, und jetzt würde ich gern sehen, was aus der Küche geworden ist."

Kapitel 38

Isabelle hing Wäsche auf, während sie am nächsten Tag auf Mark wartete. Sie war dankbar für die Arbeit, die sie beschäftigt hielt, solange er noch nicht da war. Inniglich betete sie, dass sie sich aussprechen konnten, denn das Leben ohne ihn fühlte sich schrecklich leer an.

Die großen Bettlaken flatterten im Wind – für September war es noch ungewöhnlich warm.

Jetzt nahm sie neben sich eine Bewegung wahr. Mark hielt einen Moment inne und betrachtete sie, bevor er auf sie zukam. „Hallo."

„Hallo", erwiderte sie und spürte die angespannte Stimmung zwischen ihnen. Würde es je wieder werden wie früher?

„Komm, ich helfe dir kurz", bot er an und noch bevor Isabelle etwas einwenden konnte, hatte Mark bereits das erste Laken in der Hand. Sie nahm das andere Ende und gemeinsam klammerten sie es an der Leine fest. In wenigen Minuten war alles aufgehängt.

„Danke. Das ging um einiges schneller mit deiner Hilfe."

„Gern geschehen." Er nahm den leeren Korb. „Sollen wir uns hier auf die Treppenstufe setzen oder lieber auf die Bank im Garten?"

Isabelle war nervös. Am einfachsten war es wahrscheinlich, wenn sie nebenher noch irgendeiner Aufgabe nachging. „Vielleicht können wir uns unterhalten, während ich etwas Gemüse ernte", schlug sie vor.

„Also gut." An der letzten Stufe stellte Mark den Weidenkorb ab, während Isabelle den großen Korb holte, den Mrs Neale immer für das Gemüse verwendete.

„Seid ihr mit dem gestrigen Tag zufrieden?", fragte sie, während sie über die Wiese zu den Beeten gingen.

„Sehr zufrieden. Dank Rosie durften wir viel mehr Besucher willkommen heißen als erhofft."

„Das ist gut", sagte Isabelle und kniete nieder. „Und Dr. Axelrod wirkt sehr sympathisch. Seine Berufserfahrung wird sicher von

Vorteil für euch sein", sagte sie und legte einige Stangen Lauch in den Korb.

„Ja. Ich glaube, wir sind ein gutes Team." Angestrengt zog er die Brauen zusammen. „Hör mal, Isabelle, ich möchte mich noch für letzte Woche bei dir entschuldigen. Ich hätte meinen Ärger auf keinen Fall an dir auslassen dürfen."

Sie wischte sich die Hände an ihrer Schürze ab. „Auch ich muss mich entschuldigen. Es war ganz schön kindisch von mir, einfach eingeschnappt davonzugehen. Schließlich hätte ich mir denken können, wie sich das aus deiner Perspektive angehört haben muss, und dass du dich über Marissa geärgert hast, war dein gutes Recht. Aber ich hoffe, dass wir es künftig besser schaffen, unsere Privatangelegenheiten und das Chaos unserer Geschwister auseinanderzuhalten."

Mark nickte. „Ich werde es auf jeden Fall versuchen, versprochen", sagte er und nahm ihre Hand. „Hoffentlich hast du etwas Geduld mit mir und ermahnst mich, wenn ich versehentlich in alte Gewohnheiten zurückfalle."

Sie lächelte. „Natürlich."

Ihm war anzusehen, wie sehr ihn das erleichterte und Isabelle ging es genauso. „Hast du noch mal etwas von Josh gehört?", fragte sie und widmete sich wieder dem Gemüse.

„Vor ein paar Tagen ist ein Brief von ihm gekommen. Er hat geschrieben, dass man ihm angeboten hat, noch ein paar Wochen zu bleiben – und er hat zugestimmt. Aber er hofft immer noch, rechtzeitig zur Geburt wieder zurück zu sein."

„Das ist doch schon in wenigen Wochen."

„Ich weiß", sagte Mark und hielt kurz inne. „Josh hat mir übrigens auch wegen der Vaterschaftsfrage geantwortet. Du hattest recht: Uns glauben zu lassen, er sei der Vater, war seine Idee gewesen, und er entschuldigt sich auch nicht dafür. Offensichtlich ist er immer noch fest entschlossen, Marissa zu heiraten."

Isabelle pflückte einen reifen Butternut-Kürbis und legte ihn in den Korb. „Weiß er, dass sie das Baby abgeben möchte?"

„Er hat nichts davon erwähnt, also glaube ich nicht."

Langsam stand Isabelle auf und sah ihn an. „Ich denke, dass er es auf jeden Fall wissen sollte. Vor allem, wenn er so lebensverändernde Entscheidungen trifft, die davon ausgehen, dass sie das Kind behält.“

„Da gebe ich dir recht.“

Gemeinsam gingen sie ein Stück weiter, zum Rosenkohlbeet.

„Denkst du, es wäre in Ordnung, wenn ich es ihm sage?“, fragte Mark zögerlich. „Ich möchte mich nicht zu sehr einmischen.“

Isabelle legte eine Handvoll der kleinen Röschen in den Korb und richtete sich auf. „Ehrlich gesagt hat Marissa reichlich Zeit gehabt, es ihm zu sagen. Und sie hat ja auch nie erwähnt, dass es ein Geheimnis wäre. Also ist das sicher kein Problem.“

„Gut. In meinem nächsten Brief spreche ich ihn darauf an“, sagte Mark und trat einen Schritt näher. Er legte seine Hände auf ihre Schultern und sah ihr tief in die Augen. „Ich habe dich vermisst, Isabelle.“

Ihr Bauch flatterte. „Ich dich auch.“

Ehe sie sich versah, spürte sie seine Lippen auf den ihren, zuerst ganz zärtlich, dann etwas fordernder und alles um sie herum rückte in den Hintergrund. Das Einzige, das sie noch wahrnahm, war die Wärme seines Mundes und das Kribbeln in ihrem Körper.

Dass sich die Küchentür öffnete, hörte sie kaum.

Ein Räuspern erklang und brachte sie in die Realität zurück. „Entschuldigt bitte, Isabelle, Dr. Henshaw.“

Isabelle zuckte zurück und richtete verlegen ihr Haar. „Ja, Georgia?“, sagte sie.

„Marissa fühlt sich nicht wohl. Sie hat mich gebeten, dich zu rufen.“

Alarmiert nickte Isabelle und setzte sich in Bewegung. „Ich komme.“

Mark hob den Gemüsekorb vom Boden. „Möchtest du, dass ich mitkomme? Vielleicht kann ich helfen.“

„Ja, bitte“, erwiderte sie und ging mit großen Schritten in Richtung Haus.

Bitte Herr, lass es noch nicht das Baby sein.

Mit leicht erhöhtem Puls holte Mark seinen Arztkoffer aus dem Wagen und folgte Isabelle auf Marissas Zimmer. Er betete, dass es sich bloß um ein wenig Unwohlsein handelte, nichts Außergewöhnliches in diesem Stadium der Schwangerschaft.

„Am besten rede ich zuerst mit ihr", sagte Isabelle, bevor sie das Zimmer betraten. „Und ich hole dich, wenn sie dich brauchen sollte."

„Gut, ich warte hier", erwiderte er und schenkte Isabelle einen aufmunternden Blick.

Wortlos ging sie hinein und schloss die Tür hinter sich. Er hörte nur ein leises Flüstern und wie Marissa ein paar Mal stöhnte, bevor Isabelle wiederkam. „Ich glaube, es könnten Wehen sein. Kannst du nach ihr sehen?"

Sofort betrat er das Zimmer, wo Marissa gekrümmt auf dem Bett lag, die Augen geschlossen. Er zog den Stuhl zu ihr heran und setzte sich. „Hast du Schmerzen im Bauch, Marissa?"

Sie nickte. „Und mein Rücken tut weh."

„Wie lange schon?"

„Seit heute Morgen. Ich dachte, es würde vielleicht besser werden, wenn ich mich hinlege. Aber es wurde immer schlimmer."

Besorgt holte Mark sein Stethoskop aus der Tasche und überprüfte den Herzschlag von Marissa und dem Kind. Abgesehen von Marissas leicht erhöhtem Puls, der in Anbetracht der Situation nicht außergewöhnlich war, schien alles in Ordnung zu sein.

Marissa versteifte sich und hielt die Hände an den Bauch. Auch Mark legte seine Hand an und musste ein Seufzen unterdrücken, als er spürte, wie hart er war. Das waren keine Probewehen! „Du musst durch die Wehe hindurchatmen, Marissa", sagte er ruhig, „und versuch deine Muskeln zu entspannen."

Schlagartig öffnete sie die Augen und starrte ihn an.

Auch Isabelle kam nun näher ans Bett. „Geht es doch schon los?"

„Ich fürchte ja", sagte er und zog nachdenklich die Brauen zusammen. „Wir beobachten jetzt, wie lange es dauert, bis die nächste Wehe einsetzt, und je nachdem, wie schnell sie kommt, würde ich vorschlagen, Marissa ins Krankenhaus zu bringen. Wenn sie die Wehen nicht stoppen können, braucht das Kind am Anfang vielleicht besondere medizinische Betreuung."

Tränen bildeten sich in Isabelles Augen und sie biss sich auf die Unterlippe. Mark nahm ihre Hand und drückte sie. „Bitte mach dir nicht zu viele Sorgen. Ein Schritt nach dem anderen. Und ich versichere dir, deine Schwester wird in guten Händen sein."

Marissa atmete lautstark aus und verkündete damit das Ende der Wehe. Mark sah auf die Uhr und notierte sich die Zeit. Anschließend wiederholte er in besonders sanftem Ton, was er zuvor zu Isabelle gesagt hatte.

Ängstlich riss Marissa die Augen auf. „Es ist doch noch viel zu früh."

„Das Krankenhaus ist sehr gut ausgestattet für solche Fälle. Es ist der beste Ort, um ein Kind auf die Welt zu bringen, das ein wenig zu früh kommt. Dort kann es sofort bestens versorgt werden und auch dich wird man im Auge behalten."

Marissas Lippen begannen zu beben.

„Und wenn meine Berechnungen stimmen, kommt es nur drei Wochen vor der Zeit – das ist nicht ideal, aber auch nicht kritisch", sagte er mit einem zuversichtlichen Lächeln. „Aber jetzt versuch erst einmal dich zu entspannen, während wir warten."

Isabelle setzte sich näher zu ihr und hielt Marissas Hand. Diese umklammerte sie so fest wie eine Rettungsleine.

Die nächsten Minuten saßen sie schweigend da und jede Sekunde zog sich dahin, bis Marissa schließlich laut die Luft einsog. „Es geht wieder los."

Acht Minuten. Mark beschloss, ihr noch durch diese Wehe hindurchzuhelfen und sie anschließend direkt ins Krankenhaus zu fahren. Je früher desto besser!

Zum hundertsten Mal lief Isabelle den Krankenhausflur auf und ab. Gefühlt war es schon eine Ewigkeit her, dass man sie aus dem Kreissaal geschickt hatte.

Vor der Durchgangstür blieb sie stehen und presste das Ohr daran, um etwas zu hören. Hatte Marissa Angst? Konnte sie die schrecklichen Schmerzen noch ertragen? Wenn sie doch nur bei ihr hätte bleiben können! Aber Mark und die Krankenschwestern hatten darauf bestanden, dass sie draußen wartete. Gott sei Dank kannte man Mark hier im Krankenhaus, so durfte wenigstens er bei ihr bleiben. Das war das Einzige, das Isabelle gerade ein wenig beruhigte.

Auf einmal spürte sie eine Hand auf der Schulter und zuckte überrascht zusammen.

Hinter ihr stand Olivia und lächelte mitfühlend. „Entschuldige bitte, ich wollte dich nicht erschrecken. Ich dachte nur, vielleicht hättest du gern etwas Gesellschaft, während du wartest."

„Woher weißt du, dass wir hier sind?", fragte Isabelle. Da heute Sonntag war, arbeitete Olivia nicht, diesen Tag verbrachte sie immer mit der Familie.

„Ruth hat mich angerufen. Und Darius hat angeboten, bei den Kindern zu bleiben. Er weiß ja, wie es ist, wenn man auf ein Baby wartet. Gesellschaft hilft."

Isabelle war gerührt. „Danke, Olivia. Allein hier draußen zu stehen und nichts tun zu können, ist schrecklich. Ich muss die ganze Zeit daran denken, was alles schiefgehen könnte."

Mitfühlend drückte Olivia ihr die Hand. „Wie lange ist es her, dass du zuletzt etwas von ihnen gehört hast?"

„Ein paar Stunden."

„Ah. Nun, aus Erfahrung kann ich dir sagen, dass es meist sehr lange dauert, bis das erste Kind kommt", sagte sie und sah den Flur entlang. „Wie wäre es, wenn wir uns ein Weilchen in den Wartebereich setzen? Dort können wir auch für Mark und Marissa beten."

„Das klingt auf jeden Fall sinnvoller, als hier auf und ab zu gehen", erwiderte Isabelle mit einem Lächeln und folgte Olivia. Sie war dankbar für den hingebungsvollen Arzt, der ihrer Schwester beistand, und für ihre neue Freundin, die sie in diesen nervenaufreibenden Stunden unterstützte.

Acht Stunden nach Ankunft in der Klinik war es endlich so weit: Mark wickelte ein laut schreiendes, winziges Baby in eine Decke und legte es in die Arme seiner Mutter.

„Herzlichen Glückwunsch, Marissa. Du hast ein wunderschönes kleines Mädchen zur Welt gebracht."

Kurz versicherte er sich, dass sie das Kind sicher in den Armen hielt, dann trat er zur Seite, um Marissa diesen unbeschreiblichen ersten Moment mit ihrem Kind erleben zu lassen. Viel zu oft übergaben Ärzte die Kleinen sofort in die Obhut der Schwestern, kaum dass sie es auf die Welt geschafft hatten – vor allem, wenn es um Kinder ging, die zur Adoption freigegeben werden sollten. Aber Mark fand, dass jede Mutter einen Moment der Ungestörtheit mit dem Kind verdiente, für das sie so viele Stunden gekämpft hatte.

Eine tiefe Erleichterung erfüllte ihn und seit Stunden konnte er zum ersten Mal wieder richtig durchatmen. *Danke, Herr, dass auch dieses Kind sicher auf die Welt kommen durfte.*

Zwei Schwestern kamen in den Kreissaal und bereiteten die Waage und das Maßband vor, das sie nun für die Untersuchung des Neugeborenen brauchten.

Voller Bewunderung bestaunte Marissa ihr Kind. Tränen vermengten sich mit Schweißperlen und liefen der jungen Mutter übers Gesicht. In ihren Armen hatte die Kleine gleich aufgehört zu schreien und öffnete nun die Augen.

„Sie ist das hübscheste kleine Ding, das ich je gesehen habe", sagte Marissa, während sie ihrer Tochter zärtlich über die Wange strich.

Mark warf einen Blick zu der Schwester, die sie während der letzten Etappe der Geburt unterstützt hatte. „Bitte geben Sie den beiden noch einen Moment."

„Natürlich, Herr Doktor."

Erst als die dienstältere Schwester die Kleine einige Minuten später zu sich geholt hatte, setzte Mark sich wieder auf den Stuhl vor das Bettende und bereitete die Nachgeburt vor. Dankbarerweise waren ihnen Komplikationen erspart geblieben und das Baby schien trotz der leicht verfrühten Geburt gesund und munter zu sein.

„Und, wie viel wiegt sie?", fragte Mark.

„2200 Gramm. Aber alle ihre Vitalzeichen liegen im Normalbereich."

„Wunderbar."

„Und was heißt das?", fragte Marissa nach.

„Es heißt, dass dein Baby gesund ist und vermutlich doch nicht in den Brutkasten muss. Trotzdem würde ich sie gern die nächsten vierundzwanzig Stunden auf die Frühchen-Station geben, nur um auf Nummer sicher zu gehen."

„Was immer du für das Beste hältst."

Mark trat ans Waschbecken und wusch sich die Hände. „Ich gehe kurz und erzähle Isabelle die frohe Botschaft."

„Darf sie auch hereinkommen und das Baby sehen?", fragte Marissa und sah zuerst zu den Schwestern, dann zu Mark.

Er nickte. „Ja, aber nur für ein paar Minuten."

Auf dem Weg zum Wartezimmer spürte Mark, wie erschöpft er war. Dafür, dass das kleine Mädchen ein Erstgeborenes war, war es in nur zwölf Stunden seit der ersten Wehe relativ schnell auf der Welt gewesen. Trotzdem fühlte Mark sich, als seien es vierundzwanzig Stunden gewesen.

Als er das Wartezimmer betrat, sprang Isabelle sofort vom Stuhl auf, Olivia tat es ihr gleich. „Wie geht es ihr?"

„Marissa geht es gut. Sie hat ein kleines Mädchen geboren."

„O Gott sei Dank!", sagte Isabelle. Tränen füllten ihre Augen und sie hielt die Hand an den Mund.

„Und wie geht es dem Kind?", erkundigte sich Olivia.

„Sie ist sehr klein, aber ansonsten kerngesund."

Jetzt liefen Isabelle die Tränen über die Wangen. Am liebsten hätte er sie in den Arm genommen, doch das ging nicht – nicht hier in der Klinik. Schließlich war er im Dienst und seine Patientin wartete auf ihn.

„Und wann kann ich sie sehen?“, fragte Isabelle.

„Gib uns noch eine Viertelstunde, dann sollten die beiden bereit sein. Du kannst aber nur kurz bei ihnen bleiben, weil Marissa dann auf die Station verlegt wird.“

„Danke, dass du dich so gut um sie gekümmert hast, Mark.“

Die tiefe Dankbarkeit, die ihr ins Gesicht geschrieben stand, berührte ihn so sehr, dass er nur kurz nicken konnte. „Ich bin einfach nur froh, dass beide wohlauf sind.“

Als er wieder zurück in den Kreissaal ging, musste er unweigerlich an Josh denken und fragte sich, wie es ihm wohl damit gehen würde, die Geburt verpasst zu haben.

Kapitel 39

Mit großen Augen betrat Isabelle das Krankenhauszimmer und betrachtete die Szene vor sich: Aufrecht saß Marissa im Bett, ein kleines Bündel in den Armen. Schiere Freude stand ihr ins Gesicht geschrieben und rief Isabelle neue Tränen in die Augen. Ihre kleine Schwester war jetzt eine Mutter. Wie war es nur dazu gekommen?

„Isabelle! Komm und lerne deine Nichte kennen", sagte Marissa mit einem Strahlen in den Augen, das heller leuchtete als die grelle Röhrenlampe.

Voller Erstaunen trat Isabelle an die beiden heran und bewunderte das süßeste Babygesicht, das sie je gesehen hatte. „Sie ist unglaublich schön, Rissa. Ein wahres Wunder."

„Ja, das ist sie", gab Marissa ihr recht und sah zu ihr auf. „Möchtest du sie mal halten?"

„Sehr gern", sagte Isabelle, zog sich den Stuhl ans Bett und setzte sich mit der Kleinen. Kurz rümpfte diese die Nase, als wollte sie niesen, aber es wurde nur ein kleiner Seufzer. Dann schmiegte sie sich wieder in die Decke. Wenn selbst Isabelles Herz vor Liebe für dieses kleine Mädchen beinahe überquoll, konnte sie sich nur zu gut vorstellen, was gerade in Marissa vorgehen musste. Wie konnte sie etwas so Wertvolles nur weggeben wollen? „Sie ist perfekt."

Mit einem Lächeln nickte Marissa und kleine Tränen liefen ihr über die Wangen. „Ja … niemals hätte ich gedacht, dass ich so viel Liebe für jemanden empfinden kann. Aber seit dem Augenblick, als Mark sie mir in die Arme gelegt hat, habe ich sie fest in mein Herz geschlossen."

Als Isabelle das nun schlafende Baby ansah, wusste sie tief in ihrem Inneren: Dieses Kind war Teil ihrer Familie. „Du kannst sie nicht weggeben, Rissa", flüsterte sie. „Sie gehört zu uns."

Einen Moment lang sah Marissa sie unverwandt an, dann begann sie zu schluchzen. „Ich hatte so gehofft, dass du das sagen würdest. Ich kann mir nicht mehr vorstellen, sie herzugeben. Schon jetzt liebe ich sie so sehr."

Tapfer blinzelte Isabelle die Tränen zurück. Zum ersten Mal seit etwa einem Jahr hatte Isabelle das Gefühl, dass die Fesseln um ihr Herz sich lösten. „Dann wäre das ja geklärt. Herzlich willkommen bei den Wardrops, Kleines", sagte sie, küsste das Baby auf die flaumige Wange und gab es Marissa wieder zurück.

Isabelle wusste, dass ihnen natürlich noch einige Hürden bevorstanden, aber im Moment jubelte ihre Seele. Von Herzen dankte sie Gott für dieses wunderbare kleine Wesen, das er ihnen geschenkt hatte.

In tiefer Verbundenheit legte sie ihre Stirn gegen die von Marissa. Gemeinsam würden sie es schaffen, dem Kind ein gutes Leben zu ermöglichen. Komme, was wolle.

Eine Woche nach der Entbindung holte Mark Josh an der Zugstation ab. Nach drei Monaten des Getrenntseins fieberte Mark diesem Moment so sehr entgegen, dass er nicht still stehen konnte. Ungeduldig ging er das Gleis auf und ab. Sobald Josh von der Geburt erfahren hatte, hatte er ein Ticket gekauft und Mark per Telegramm in Kenntnis gesetzt, dass er mit dem nächsten Zug nach Hause kommen würde.

Mark war ungewiss, was Josh bei seiner Wiederkehr erwarten würde. Offenbar hatte Marissa sich erneut umentschieden und wollte das Kind nun doch behalten. Was das für Josh bedeutete, wusste er allerdings nicht. Er konnte bloß für ihn da sein, unabhängig davon, was aus dem jungen Paar wurde.

Eine Vielzahl von Stechmücken schwirrte um die Außenlichter, als der Zug schließlich im Bahnhof einfuhr und die ersten Passagiere ausstiegen. Neugierig suchte Mark ihre Gesichter nach Josh ab, doch als dieser endlich auf den Bahnsteig trat, erkannte Mark ihn kaum wieder.

Sein Bruder war schon immer eher schmächtig, beinahe schlaksig gewesen. Jetzt aber war er so hager, dass Mark der Schreck durch die Glieder fuhr. War er in seiner Abwesenheit vielleicht krank gewesen?

Mit schnellen Schritten ging Mark auf ihn zu und schloss ihn in die Arme, dann klopfte er ihm auf die Schulter. „Wie schön, dich wiederzusehen, Josh. Wie geht es dir?"

„Müde. Aber sonst ganz gut."

Mark nahm ihm den Koffer ab und führte ihn zum Bahnhofsaufgang. „Das Auto steht gleich da vorne. Hast du Hunger?"

„O ja, ich bin hungrig wie ein Wolf", sagte Josh und lachte. „Das Essen im Lager war zwar gut, aber eher rar."

Fragend hob Mark eine Augenbraue. „Ein Nachschlag war also nicht drin?"

„Überhaupt nicht. Und die größten Portionen gingen auch immer nur an die besonders großen Männer. Mit denen sich auch niemand angelegt hat."

Aha, das war also der Grund für Joshs Gewichtsverlust.

„Wie gut, dass ich dir noch etwas Roastbeef aufbewahrt habe. Ich dachte mir schon, dass du sicher noch etwas essen möchtest", sagte Mark und schlang seinen freien Arm um Joshs Schultern. „Es ist wirklich schön, dich wieder hierzuhaben. Du hast mir gefehlt."

„Du mir auch."

Am Auto angekommen verstauten sie den Koffer im Kofferraum und stiegen ein.

Die ganze Fahrt über erzählte Josh Anekdoten aus dem Holzfällerlager. Zu Hause ging er als Erstes duschen, während Mark ihm ein Brot mit Käse- und Roastbeef-Scheiben belegte und ein großes Glas Milch einschenkte.

Es tat gut, sich wieder um jemanden kümmern zu können.

Wenige Minuten später kam Josh in die Küche und ließ sich mit einem Seufzen auf einen Stuhl fallen. „Es ist so gut, wieder hier zu sein und ich freue mich auch schon sehr auf mein Bett", sagte er und nahm einen großen Bissen.

„Ja, ohne dich war es hier viel zu ruhig", sagte Mark, der sich mit einem Tee zu Josh an den Tisch setzte. „Jetzt bin ich wenigstens nicht mehr allein."

„Wie läuft es mit deinen Patienten?", erkundigte sich Josh.

Die Frage überraschte Mark, zum ersten Mal klang Josh wirklich interessiert an seiner Arbeit. „Die Polio-Ausbrüche halten mich gut beschäftigt, vor allem im Armenviertel. Dort verbreitet sich das Virus wie ein Lauffeuer."

„Kannst du denn nichts dagegen unternehmen?"

Traurig schüttelte Mark den Kopf. „Das Abwassersystem und das verschmutzte Wasser in diesen Vierteln sind das Problem. Ich habe versucht, ein paar der Bewohner vom Umziehen zu überzeugen, aber das ist natürlich einfacher gesagt als getan. Sie können sich ja dort schon kaum die Miete leisten", erklärte Mark und stellte seine Tasse ab. „Also kann ich nicht mehr tun, als die Erkrankten von den anderen zu isolieren. Man muss sie so schnell wie möglich ins Krankenhaus bringen und auf das Beste hoffen."

„Ich bin froh, dass du Marissa und Isabelle von dort weggebracht hast", sagte Josh erleichtert, als er sich einen Rest Senf vom Mund wischte. „Und wie läuft es in der Praxis?"

„Es ist sehr langsam angelaufen, aber laut Dr. Axelrod ist das nicht ungewöhnlich. Viele meiner Patienten behandle ich noch bei ihnen zu Hause, aber ich versuche natürlich, sie davon zu überzeugen, in die Praxis zu kommen", berichtete Mark und leerte seinen Tee. „Aber genug von der Arbeit. Hast du schon Pläne für morgen?"

Zufrieden schob Josh den nun leeren Teller ein Stück von sich. „Also abgesehen davon, dass ich zwölf Stunden durchschlafen möchte, hoffe ich, Marissa besuchen zu können", sagte er und senkte langsam den Blick. „Ich fasse es immer noch nicht, dass ich es nicht zur Geburt geschafft habe."

„Das Kind kam auch drei Wochen zu früh. Das konnte ja niemand ahnen", erwiderte Mark und zögerte kurz, bevor er weitersprach. „Aber ich verstehe immer noch nicht so ganz, warum du uns alle hast glauben lassen, *du* wärst der Vater."

Josh straffte die Schultern. „Das habe ich dir doch schon in meinem Brief erklärt: um Henchley von Marissa fernzuhalten. Ich liebe sie und ich werde alles dafür tun, sie und das Kind zu beschützen", sagte er, stand auf und ging in Richtung Flur.

Eilig folgte Mark ihm. „Ich würde die ganze Geschichte gern einmal aus deiner Sicht hören. Wenn es dir nichts ausmacht", sagte er und gestikulierte zum Wohnzimmer.

Kurz betrachtete Josh ihn, dann nickte er und ging voraus. Doch anstatt sich zu setzen, stellte er sich ans Fenster und starrte in die dunkle Nacht.

Auch Mark blieb stehen und wartete, dass Josh anfing.

Schließlich seufzte Josh. „Ich wusste schon eine ganze Weile, dass Marissa für unseren Chorleiter geschwärmt hat. Zuerst war das alles auch noch harmlos – bis zum Tod ihrer Mutter. Ab dem Zeitpunkt hat sie sich sehr offensichtlich um Mr Henchleys Aufmerksamkeit bemüht", erklärte er und fuhr sich mit der Hand durchs Haar. „Ich habe mehrmals versucht, sie zu warnen, aber davon wollte sie nichts hören. Sie hatte sich so in ihrer Fantasie verrannt, dass sie nichts anderes akzeptieren konnte."

„Das war sicher nicht einfach für dich, wenn du zu der Zeit auch schon Gefühle für Marissa hattest", sagte Mark vorsichtig.

„Nein, überhaupt nicht. Vor allem nicht, als ich herausgefunden habe, wie weit das Ganze gegangen ist", gestand Josh und biss die Zähne zusammen.

Mark schwieg, unsicher, wie er reagieren sollte.

„Und als Marissa wusste, dass sie schwanger war, hatte sie zwar Angst, aber sie hat sich auch gefreut. Sie hat sich wirklich ausgemalt, wie Henchley sich freut, ihr seine Liebe gesteht und sie heiraten würden."

„Was offensichtlich nicht passiert ist."

„Nein. Als Marissa ihn mit einer anderen Frau im Probenraum gesehen hat, war sie so wütend, dass sie einfach wieder gegangen ist. Ohne es ihm zu sagen." Unruhig schob Josh seine Hände in die Hosentaschen und trat vom Fenster weg. „Und dann habt ihr uns in ihrem alten Haus gefunden. Eigentlich habe ich sie nur getröstet; ihr habt das Ganze falsch aufgefasst. Aber weil ich mir schon vorher überlegt hatte, allen zu erzählen, dass ich der Vater des Kindes wäre, habe ich das auch nicht richtiggestellt. Und den Rest der Geschichte kennst du bereits."

Mark nickte und ging in seinem Kopf noch einmal alles durch. Etwa eine Minute lang schritt er auf dem Teppich auf und ab, bis er vor Josh stehen blieb: „Ich weiß nicht, was ich sagen soll. Außer, dass ich unglaublich stolz auf dich bin. Nicht viele junge Männer hätten sich so ehrenhaft verhalten wie du."

„Wirklich?", hakte Josh ungläubig nach. „Ehrlich gesagt habe ich jetzt eine Moralpredigt erwartet. Wie ich nur so naiv gewesen sein konnte."

„Vor einem Jahr wäre das wahrscheinlich auch meine Reaktion gewesen. Aber auch ich habe in der letzten Zeit einiges gelernt", begann er und setzte sich aufs Sofa. Josh tat es ihm gleich. „Mein Ziel war es immer, dich zu einem verantwortungsvollen Menschen heranzuziehen. Jetzt sehe ich, dass mir das gelungen ist. Du kümmerst dich um andere und hast Mitgefühl und Anstand", sagte Mark mit einem Kloß im Hals. „Ich hoffe nur, dass ich nicht zu streng mit dir war."

Josh schüttelte den Kopf. „Nur so streng wie nötig", erwiderte er heiser. „Danke Mark. Für alles, das du für mich getan hast. Ich musste erst weggehen, um das zu erkennen und wertschätzen zu lernen. Aber ich werde dir immer dankbar dafür sein."

Mark fehlten die Worte, und so nahm er Josh bloß in den Arm. Als sie sich wieder voneinander lösten, räusperte Mark sich. „Aber sei gewappnet. Ich habe keine Ahnung, was Marissa zurzeit denkt."

Entschlossen fragte Josh: „Kannst du mich ins Krankenhaus schleusen, damit ich sie sehen kann?"

Mark lächelte. „Aber sicher. Sie soll morgen auch eigentlich entlassen werden. Wenn das stimmt, fahren wir einfach ins Mütterheim."

Behutsam legte Isabelle die Kleine in den Stubenwagen neben Marissas Bett und gab ihr einen Kuss auf die Stirn.

Was für ein Segen, Herr. Danke.

Am Morgen waren Marissa und das Baby entlassen worden und Isabelle hatte sie abgeholt. Sie war mit dem Bus ins Krankenhaus gefahren und hatte für den Rückweg ins Mütterheim ein Taxi für sie drei organisiert. Gespannt und vorfreudig erwarteten die anderen Bewohnerinnen Marissa im Salon und wollten alle das Baby kennenlernen. Doch schon bald war klar, dass Marissa noch sehr schwach war, daher schickte Isabelle sie wieder ins Bett.

Bereitwillig war Marissa hochgegangen und hatte sich unter die Decke gekuschelt. „Es fühlt sich so gut an, wieder in meinem eigenen Bett zu schlafen", sagte sie.

„Gut, schlaf ruhig, solange du möchtest. Ich kümmere mich um Lisette." Der Name, den Marissa ausgewählt hatte, gefiel Isabelle sehr gut. So hatte ihre Großmutter mütterlicherseits geheißen.

„Ich liebe es, ihren Namen zu hören", sagte Marissa. „Mama hat mir einmal gesagt, dass er ‚Gottes Versprechen' bedeutet."

„Es ist ein schöner Name. Aber die Zweitnamen gefallen mir fast noch besser", scherzte Isabelle. Marissa hatte sich für Monique und Isabelle entschieden.

„Du bist ihre Tante und wirst auch ihre Patin sein. Kein anderer Name hätte passender sein können."

Es klopfte an der Tür und Olivia schob ihren Kopf hindurch. „Tut mir leid, euch zu stören. Aber Joshua Henshaw ist da und möchte gern mit Marissa sprechen", sagte sie und sah von Isabelle zu Marissa. „Ich wusste nicht, was ich ihm sagen sollte."

„Eigentlich wollte Marissa gerade ein Schläfchen machen", erwiderte Isabelle.

„Ja, aber es ist schon in Ordnung. Wir müssen reden", sagte Marissa, schwang die Beine aus dem Bett und schlüpfte in die Hausschuhe. „Können wir uns irgendwo unter vier Augen unterhalten?"

Kurz zögerte Olivia. „Hm, Ruth ist gerade im Büro zugange. Ich schaue mal, wer im Wintergarten ist, und stelle sicher, dass euch dort niemand stört."

„Danke“, sagte Marissa und sah wieder zu Isabelle. „Behältst du Lisette solange im Auge?“

„Natürlich“, erwiderte sie und hielt die hundert Ratschläge zurück, die sie ihr gern noch mitgegeben hätte. Der traurige Ausdruck in Marissas Gesicht konnte nichts Gutes heißen, dachte Isabelle. Wenn Marissa Josh liebte, sollte sie sich dann nicht freuen, ihn wiederzusehen?

Unruhig tigerte Isabelle im Zimmer auf und ab und warf alle paar Minuten einen Blick in den Stubenwagen. Nach rund zwanzig Minuten öffnete sie die Zimmertür und lauschte in den Flur, in der Hoffnung, irgendetwas zu hören.

Wie dumm von ihr, denn selbst wenn die beiden sich noch unterhielten – der Wintergarten lag ein Stockwerk tiefer auf der anderen Seite des Hauses!

Irgendwann kam Marissa schließlich wieder. Wortlos schloss sie die Tür und ging geradewegs zurück ins Bett. „Jetzt möchte ich aber wirklich schlafen“, sagte sie. Sie hatte eine rote Nase und ihre Hände zitterten.

„Ist alles in Ordnung? Kann ich dir irgendetwas bringen?“

Langsam schüttelte Marissa den Kopf. „Nein, danke schön. Du kannst wieder gehen. Ich wache auf, wenn Lisette weinen sollte.“

„Bist du dir sicher?“

„Ja“, sagte Marissa knapp und zog die Decke bis fast übers Gesicht.

Nur mit Mühe gelang es Isabelle, ihre Schwester nicht mit Fragen zu löchern. Dafür war später noch genug Zeit. „Okay, ich schaue später wieder nach dir. Schlaf gut.“

Schon als Isabelle die Tür hinter sich zuzog, hörte sie ihr leises Schluchzen. Traurig und voller Mitgefühl für Marissa legte sie die Hand an die Tür. Offensichtlich war das Gespräch nicht gut gelaufen, doch da half nichts.

Außer etwas Zeit und Gottes Gnade.

Kapitel 40

Nachdenklich stand Mark vor Joshs geschlossener Zimmertür und wünschte sich, er wüsste, was gestern zwischen ihm und Marissa vorgefallen war. Was auch immer es gewesen war, Josh war völlig niedergeschlagen nach Hause gekommen. Und ganz gleich, wie vorsichtig Mark ihn darauf ansprach, Josh schwieg. Das Einzige, das er ihm verraten hatte, war, dass Marissa seinen Heiratsantrag erneut abgelehnt hatte.

In Mark kämpften sein Beschützerinstinkt gegen seine sonst so mitfühlende Art. Marissa war gerade erst Mutter geworden – jetzt war sicher nicht der richtige Moment für solch eine lebensverändernde Entscheidung!

Zweifelsohne war es herausfordernd genug, sich an die neue Aufgabe als Mutter zu gewöhnen. Trotzdem kochte tief in Mark die Wut – wie konnte sie nur so mit Joshs Gefühlen umgehen? Wenn sie nicht vorhatte, ihn zu heiraten, warum hatte sie dann zugelassen, dass er den Sommer über schuftete und Geld für sie ansparte? Das ergab doch alles keinen Sinn!

Es machte ihm schwer zu schaffen, wie sehr sein Bruder litt. Inniglich hoffte Mark, dass Marissa ihre Meinung änderte, sobald sie sich in ihre neue Rolle eingefunden hatte, und Josh entweder eine zweite Chance gab oder den Kontakt zu ihm endgültig abbrach. Damit auch sein Leben weitergehen konnte.

Mark warf einen Blick auf die Uhr: Er musste los!

Wenn es die Zeit erlaubte, wollte er in der Mittagspause noch mal nach Josh sehen.

Der Morgen verging wie im Flug. Es freute Mark, dass er zwei neue Patienten begrüßen durfte.

Marissas Zimmergenossin Laura hatte sich an der Rezeption als wahres Talent erwiesen – selbst mit dem schlafenden Kind in der Wiege neben ihr. Wieder einmal staunte Mark über Isabelles Idee genau zur rechten Zeit: Sie hatte vorgeschlagen, dass er Frauen aus dem Mütterheim für den Empfangsbereich anstellte – eine Idee, die allen Beteiligten gleichermaßen nutzte.

Kurz nach zwölf Uhr trat Mark an die Rezeption. „Falls jemand nach mir fragt: Ich gehe für etwa eine Stunde nach Hause."

„In Ordnung, Dr. Henshaw", sagte Laura und überprüfte noch einmal die Termine. „Ihre nächste Patientin ist Mrs Carberry um zwei Uhr."

„Gut. Bis dahin sollte ich schon lange wieder zurück sein."

Zehn Minuten später kam er zu Hause an. Als Erstes warf er einen Blick ins Wohnzimmer, das jedoch leer stand, danach ging er in die Küche. Auch hier gab es keine benutzten Teller oder Tassen. Lag Josh um diese Uhrzeit tatsächlich noch im Bett?

Auf dem Weg hoch in Joshs Zimmer wuchs das Unbehagen in Mark. Laut klopfte er an die Tür. „Josh? Ist alles in Ordnung?"

Keine Antwort.

Er klopfte noch einmal und öffnete dann die Tür. Leer. Das Bett war gemacht und gefühlt zum ersten Mal seit Jahren flog Joshs Kleidung nicht überall auf dem Boden herum. Vielleicht war er ja in der Stadt und suchte Arbeit? Oder er war noch einmal zu Marissa gefahren – auch das konnte Mark nicht ausschließen. Denn Josh war vor allem eins: beharrlich.

Langsam ließ Mark den Blick durch das Zimmer wandern. Plötzlich wurde ihm umso mulmiger zumute: Joshs Gitarre fehlte! Mit schnell klopfendem Herzen öffnete Mark den Kleiderschrank: bloß noch ein paar vereinzelte T-Shirts, sonst viele leere Bügel. Und die Reisetasche fehlte.

Josh war gegangen.

Wie in Trance überprüfte Mark als Nächstes den Schreibtisch. Mitten darauf lag ein Briefumschlag mit seinem Namen. Langsam nahm er den Umschlag in die Hand und starrte auf die schnell geschriebenen Worte. Als er ihn öffnete, zog sich sein Magen zusammen.

Lieber Mark,

es tut mir wirklich leid, aber im Moment kann ich einfach nicht bleiben. Ich muss endlich einsehen, dass Marissa ihre Meinung nicht ändern wird – egal, wie oft ich sie noch frage.

Über meinen nächsten Schritt habe ich lange nachgedacht. Er wird dir nicht gefallen, aber meine Entscheidung steht fest: Ich werde der Armee beitreten. Ich weiß nicht, wie lange dieser Krieg noch andauert, aber für mein Land zu kämpfen, hilft mir vielleicht, über Marissa hinwegzukommen. Auf jeden Fall brauche ich jetzt etwas Zeit und Abstand. Das verstehst du hoffentlich. Ich melde mich wieder, sobald ich kann.

Danke für alles. Josh

P.S. Der andere Brief ist für Marissa. Und bitte, mach dir keine Sorgen um mich.

Marks Brust verengte sich. Mit zitternden Knien ließ er sich auf den Stuhl fallen und starrte ungläubig an die Wand. Dass Josh das Gefühl hatte, die Stadt verlassen zu müssen, sah er noch ein – aber davonrennen und der Armee beitreten? War er denn wahnsinnig? Hatte er keine Angst um sein Leben?

Entschlossen machte Mark sich auf den Weg. Er musste Josh aufhalten! Aber wie?

Mit schnellen Schritten eilte er zum Fernsprecher in die Küche. Er rief in der Praxis an und bat Laura, den Termin mit Mrs Carberry zu verschieben. Danach erkundigte er sich über die Vermittlung nach den nächstgelegenen Rekrutierungsbüros und stürmte, mit drei Adressen bewaffnet, zu seinem Wagen. Mit etwas Glück befand Josh sich noch an einem dieser drei Orte, da er sicherlich zunächst eine Art medizinische Untersuchung durchlaufen musste.

Und sollte er ihn dort antreffen, fand er hoffentlich die richtigen Worte, um Josh umzustimmen.

Bei der ersten Adresse fand Mark ihn nicht, doch schon der zweite Versuch war erfolgreich.

„Ja, ich meine, vorhin hat sich hier ein junger Mann mit dem Namen Joshua Henshaw gemeldet. Ich schaue noch einmal kurz auf der Liste nach", sagte eine untersetzte Frau mit Brille, die einen Stapel Papiere vor sich durchsuchte. „Hier haben wir ihn", sagte sie und zeigte mit dem Stift auf seinen Namen.

„Und können Sie mir sagen, ob er noch hier ist?", fragte Mark und befeuchtete die trockenen Lippen. Hoffentlich wirkte er nicht so verzweifelt, wie er sich fühlte.

Skeptisch sah die Frau ihn an. „Wieso?"

Mark kramte rasch seinen Ausweis hervor. „Ich bin Dr. Henshaw, sein Bruder, und ich muss dringend mit ihm sprechen."

Einen Augenblick lang betrachtete die Frau ihn. „Das geht vermutlich in Ordnung. Ich nehme an, dass er gerade noch untersucht wird. Am Ende des Ganges rechts, dann das dritte Zimmer."

„Haben Sie vielen Dank, Ma'am!" Am liebsten hätte Mark der Frau einen Kuss verpasst. Bevor sie ihre Meinung ändern konnte, spurtete er den Gang entlang und zählte dabei die Türen. An der dritten angekommen, zögerte er kurz. Sollte er anklopfen oder einfach davor warten, bis jemand herauskäme?

Die Tür war einen kleinen Spaltbreit offen, sodass Mark sie unauffällig noch etwas weiter aufschieben und hineinlinsen konnte.

Ein Mann in einem weißen Kittel, vermutlich der Militärarzt, saß am Schreibtisch und notierte etwas auf einem Blatt Papier.

Links davon sah er Josh, der gerade sein Hemd zuknöpfte. „Was ist das Ergebnis, Doktor? Werde ich zugelassen?"

„Sie liegen ein bisschen unter dem Normalgewicht, aber ansonsten sind Sie in bester Form", sagte der Mann und stempelte das Dokument. „Tauglich."

„Danke, Sir."

„Melden Sie sich in Zimmer Nummer 103, wo Sie Ihre Uniform

und alle weiteren Informationen erhalten werden. Viel Glück, Junge."

Josh nahm die Papiere sowie seine Jacke und die Tasche und ging in Richtung Tür.

Mark spürte, wie sein Mund trocken wurde. *O Herr, bitte gib mir die richtigen Worte, um wirklich zu ihm durchzudringen.*

Joshua verließ das Behandlungszimmer mit gesenktem Blick und ging an Mark vorbei, ohne ihn zu bemerken.

„Josh", sprach er ihn an – mehr brachte er gerade nicht heraus.

Ungläubig drehte sein Bruder sich um. „Was machst du denn hier?"

Mark räusperte sich. „Ich konnte dich nicht einfach gehen lassen. Ich muss doch wenigstens versuchen, dich zur Vernunft zu bringen."

Verärgert runzelte Josh die Stirn. „Du verschwendest deine Zeit. Umstimmen kannst du mich nicht", antwortete er knapp und ging den Flur entlang.

„Jetzt warte doch mal", rief Mark und eilte ihm hinterher. „Was, wenn du verletzt wirst? Oder schlimmer noch – was, wenn du stirbst? Du bist mein einziger Verwandter! Die einzige Familie, die ich noch habe."

„Ich werde schon nicht sterben."

„Das kannst du nicht wissen."

Jetzt blieb Josh stehen und sah Mark direkt an. „Hör Mal, Mark, ich muss das machen. Für mein eigenes Wohl. Es tut mir leid, dass es dir nicht gefällt, aber ich gehe. Mit oder ohne deinen Segen."

Joshs Entschlossenheit und sein unnachgiebiger Blick raubten Mark jegliche Hoffnung. Auf überschäumenden Ärger oder anderes unreifes Verhalten wäre er vorbereitet gewesen, nicht aber auf die ruhige, unbeirrbare Entschiedenheit, hinter der Josh seinen Schmerz verbarg.

„Kannst du nicht irgendetwas anderes machen? Etwas weniger Gefährliches?", versuchte es Mark trotzdem weiter. „Ich will dich nicht auch noch verlieren, Josh", gestand er und musste schlucken.

„Du wirst mich nicht verlieren", erwiderte Josh mit finsterer Miene. „Dafür bete ich. Aber ich kann meine Entscheidungen nicht immer davon abhängig machen, ob sie dir gefallen oder nicht. Und für mich fühlt sich das im Moment einfach richtig an", erklärte er und nahm die Reisetasche von der Schulter.

Mark schluckte – Josh hatte recht, er musste seinen eigenen Weg gehen. Aber konnte er dabei keine Rücksicht auf Marks Meinung nehmen?

Frustriert atmete Mark aus. „Kannst du mir wenigstens versprechen, vorsichtig zu sein? Bitte überstürze nichts und versuche nicht, den Helden zu spielen."

Wütend starrte Josh ihn an. „Du hast wirklich überhaupt kein Vertrauen in mich, oder?"

„Das habe ich so nicht gemeint ..." Verzweifelt fuhr er sich mit der Hand durchs Haar und spürte, wie sich sein Herz zuschnürte. „Bitte." Es war kaum mehr als ein Krächzen. „Ich flehe dich an! Es gibt sicher einen anderen Weg, um mit Marissas Zurückweisung umzugehen."

Josh holte tief Luft und verzog das Gesicht.

„Du könntest doch wieder in den Norden fahren, zurück zum Holzfällerlager. Oder du erkundest den Westen und suchst dort nach Arbeit. So lernst du das Land ein bisschen kennen. Hast du nicht immer gesagt, du möchtest mal in die Rocky Mountains?" Es war ein verzweifelter Versuch, aber alles war besser, als in den Krieg zu ziehen.

„Dazu ist es jetzt zu spät", sagte Josh und straffte den Rücken. „Ich habe mich schon als Freiwilliger gemeldet und wurde als tauglich eingestuft. Die Entscheidung ist gefallen", erklärte er und suchte noch einmal Marks Blick. „Aber ich möchte nicht im Streit gehen. Kannst du nicht akzeptieren, dass ich das tun muss und mir alles Gute wünschen?"

Als die Wahrheit allmählich zu ihm durchsickerte, gab Mark sich geschlagen. Nichts, was er tun oder sagen würde, konnte Josh mehr umstimmen. Er rieb sich die Brust, um den Schmerz zu vertreiben. „Du lässt mir ja keine andere Wahl."

So sehr es Mark auch missfiel, seinen Bruder in den scheinbar endlosen Krieg ziehen zu lassen, wollte auch er nicht im Streit auseinandergehen. Niemals könnte er es sich verzeihen, wenn das seine letzten Worte wären. „Ich werde dich vermissen."

Joshs Gesicht wurde sanfter. „Ich dich auch, Mark. Aber wenn der Krieg vorüber ist, komme ich wieder nach Hause. Und dann wird alles besser, versprochen." Mit diesen Worten trat er langsam einen Schritt zurück. „Ich gehe jetzt besser. Sie erwarten mich schon."

„Es heißt also Abschied nehmen", erwiderte Mark und spürte, wie der Schmerz in seiner Brust sich immer tiefer bohrte. Die Ungewissheit, wann – oder ob – sie sich wiedersehen würden, war das Schlimmste. Zum vorerst letzten Mal schloss er seinen Bruder fest in die Arme. „Sei vorsichtig. Und pass auf dich auf."

„Das werde ich", erwiderte Josh mit Tränen in den Augen, als er sich aus der Umarmung löste.

In seinem Innern zog sich alles zusammen, dennoch bemühte Mark sich um so etwas wie ein Lächeln. „Ich werde für dich beten. Und vergiss nicht, mir zu schreiben, wenn möglich, damit ich weiß, wie es dir geht."

„Mache ich. Versprochen."

„Und wenn du irgendetwas brauchst –"

„Ich weiß, Mark. Danke." Wieder hängte Josh seine Reisetasche über die Schulter. „Hast du den Brief für Marissa gesehen?"

„Den habe ich gleich hier", sagte Mark und berührte seine Brusttasche. „Ich bringe ihn ihr später noch."

Josh nickte und neue Tränen glänzten in seinen Augen. „Danke. Das weiß ich zu schätzen. Und pass *du* bitte auf *sie* auf, okay?"

Tapfer biss Mark die Zähne zusammen und kämpfte gegen die Vielzahl an Emotionen, die drohten ihn zu übermannen. Er nickte kurz. „Ich gebe mein Bestes."

Kapitel 41

Anstatt direkt wieder in den Wagen zu steigen, marschierte Mark aufgewühlt den Gehweg entlang und versuchte sich zu beruhigen. Er hasste es, sich so hilflos zu fühlen, keine Kontrolle mehr zu haben. Wenn er an das vergangene Frühjahr zurückdachte, wo Joshs Fehlstunden seine größte Sorge gewesen waren, musste er beinahe lachen. Welch verrückte Bahnen das Leben seither eingeschlagen hatte! Und all das wegen Marissa Wardrop. Ihr Name hinterließ einen bitteren Geschmack in seinem Mund.

Genau wie befürchtet hatte ein Mädchen Josh den Kopf verdreht, ihn von seinem Studium abgebracht und war nun sogar verantwortlich dafür, dass er sein Leben riskierte.

Mark atmete schwer. An einen Zaun gelehnt beugte er sich vornüber und wartete, bis er wieder Luft bekam. Dann richtete er sich auf und trat wütend gegen eine leere Dose auf dem Bürgersteig. Ein Fußgänger blieb verwundert stehen und wechselte die Straßenseite. Vermutlich sah er aus wie ein Verrückter. Von sich selbst angewidert kehrte Mark zu seinem Wagen zurück.

Sein Blick landete auf dem Arztkoffer. So aufgewühlt wie er war, wusste er nicht, wie er all den Groll beiseiteschieben und seine professionelle Unvoreingenommenheit wiederfinden sollte. Vor allem nicht, wenn seine nächste Patientin der Grund dafür war.

Als er den Wagen startete und losfuhr, begann er zu beten.

Herr, ich brauche deine Hilfe! Ohne dich schaffe ich es nicht! Bitte hilf mir, Mitgefühl und Verständnis zu haben und dass mir meine persönlichen Gefühle nicht im Weg stehen.

Bevor er zurück zur Praxis fuhr, wollte er den Besuch im Mütterheim hinter sich bringen. So oder so stand noch eine Nachuntersuchung von Marissa bevor – das konnte er auch jetzt machen und ihr direkt Joshs Brief übergeben.

Als er im Mütterheim ankam, war Marissa gerade beim Stillen. Das klappte so problemlos, als hätte sie schon monatelange Erfahrung. Natürlich hatte er schon viele Mütter beim Stillen gesehen, doch jetzt gerade fühlte er sich fehl am Platz. Vielleicht war seine Beziehung zu Marissa bereits zu persönlich geworden. Obendrein sah sie auch noch so zufrieden aus – eine neue Welle der Wut brach sich in ihm Bahn. Hatte sie das Recht, so glücklich zu sein, wenn sie Josh tief unglücklich gemacht hatte?

Jetzt hob Marissa den Blick und sah Mark in der Tür stehen. „Hallo, Mark. Komm doch herein", sagte sie und legte ein dünnes Tuch diskret über das Gesicht des Kindes.

Widerwillig trat er ein und stellte die Tasche ab. „Wie war eure erste Nacht zu Hause?", fragte er. Klang seine Stimme so unnatürlich, wie es sich für ihn anfühlte?

„Nicht schlecht. Isabelle hat bei mir geschlafen und hat Lisette ein paar Mal übernommen, damit ich etwas schlafen konnte."

„Lisette?", wiederholte er, die Hand noch immer am Griff seiner Tasche.

„Ja. Ich habe mich entschieden, sie Lisette Monique Isabelle zu nennen."

„Also möchtest du sie doch behalten."

„Ja", erwiderte sie nüchtern. „Sobald ich sie das erste Mal in den Armen hatte, wusste ich, dass ich sie nicht hergeben kann."

Mit einem lauten Klacken öffnete er die Arzttasche. „Und wie hast du vor, für euch zu sorgen? Joshs Unterstützung hast du ja abgelehnt", sagte er und konnte den leicht verbitterten Tonfall nicht vermeiden.

Marissa hob Lisette über die Schulter und klopfte ihr sanft den Rücken. „Du hältst mich sicher für schrecklich kalt, aber ich tue das für ihn. Er verdient ein normales Leben. Ich möchte ihn nicht an uns binden."

„Nun, dein Plan ist wohl nach hinten losgegangen", erwiderte Mark und legte sich das Stethoskop um, als er auf das Bett zuging.

„Wie meinst du das?"

Nur mit Mühe hielt er den Vorwurf zurück, der ihm auf der Zunge lag. Stattdessen holte er den Umschlag aus seiner Brusttasche. „Den soll ich dir von ihm geben. Ich nehme an, darin erklärt er alles. Du kannst ihn lesen, während ich die Kleine untersuche."

Wortlos reichte sie ihm das Baby.

Er ging zum anderen Bett und legte die Kleine dort ab. Als er fertig war, hängte er sich das Stethoskop wieder um den Hals. Alles schien normal zu sein, das Kind war gesund. „Es geht ihr gut", sagte er, wickelte sie wieder in die Decke ein und drehte sich um. Bei Marissas Anblick erstarrte er.

Sie hielt die Hand vor dem Mund und weinte lautlos.

„Das hast du eben gemeint, oder?"

Mark nickte kurz und legte das Baby in den Stubenwagen.

Verzweifelt hielt sie eine Hand an die Stirn und sah zu Mark auf. „Das ist alles meine Schuld."

Der Abschiedsschmerz traf Mark erneut. „Ich nehme an, irgendwann ist ein bestimmter Punkt überschritten und jeder Mann gibt auf."

Marissa hielt den Brief an ihre Brust und noch mehr Tränen bahnten sich einen Weg. „Ich wünschte so sehr, es wäre alles anders gekommen ..."

Als Mark ihr verweintes Gesicht und die zitternden Hände sah, wusste er, dass es nicht fair war, ihr die ganze Schuld zu geben. Sie tat auch nur, was sie für richtig hielt. Trotzdem brachte er es nicht über sich, sie zu trösten oder sie von ihren Schuldgefühlen zu erlösen.

Behutsam faltete Marissa den Brief wieder zusammen und verstaute ihn unter dem Kissen. „Es tut mir wirklich leid, Mark. Und ich fühle mich schrecklich", sagte sie. „Aber im Moment ist meine Tochter meine Priorität. Nichts ist mir so wichtig wie Lisette."

Mit einem langen, ernsten Blick sah Mark sie an. „Ich vermute, dass Isabelle die Kleine zusammen mit dir aufziehen wird?"

Er spürte, wie dieser Gedanke ihn schmerzte. Anscheinend hatten die beiden Frauen sich hinsichtlich ihrer Zukunftspläne verbündet. Eine Zukunft, in der weder er noch sein Bruder Platz hatten.

„Ja. Sobald die Ersparnisse reichen, wollen wir uns eine eigene Wohnung mieten."

Die Worte trafen ihn. Um den Schmerz zu überspielen, räusperte er sich und legte sich das Stethoskop um. „Am besten untersuche ich dich jetzt schnell, bevor das Baby wieder aufwacht."

„Mark?"

Er hielt inne.

„Bitte lass das nicht an Isabelle aus. Ich weiß, dass sie dich wirklich gern hat", sagte Marissa und sah ihn flehend an. „Bestrafe nicht sie für meine Fehler."

Mark durfte nicht vergessen, dass Marissa – auch wenn sie jetzt Mutter war – gerade erst achtzehn geworden war. „Du sorgst dich am besten erst mal nur um dich und dein Baby", sagte er bestimmt. „Und den Rest wird die Zeit zeigen."

Mehr Mitgefühl konnte er im Moment nicht aufbringen. Vielleicht würde er ihr vergeben können, wenn er sein inneres Gleichgewicht wiedergefunden hatte.

Vergeben, dass sie seinen Bruder vergrämt hatte – und dass sie einen riesigen Keil zwischen ihn und Isabelle getrieben hatte.

Isabelles Mittagspause war beinahe vorbei, als sie Marks Stimme aus dem Treppenhaus hörte. Ihr Herz machte einen kleinen Satz und sie trat in den Flur, wo er sich gerade von Georgia verabschiedete.

„Bis zum nächsten Mal, Doktor", sagte Georgia und zwinkerte Isabelle zu, als sie an ihr vorbei in die Küche ging.

Mit der Arzttasche in der Hand sah Mark sie und blieb stehen. „Hallo, Isabelle."

„Hi, Mark", grüßte sie ihn mit einem Lächeln.

„Gut, dass ich dich sehe", sagte er, wenngleich er gar nicht erfreut wirkte und ihrem Blick scheinbar auswich. Auch das Funkeln in seinen Augen fehlte – war er verstimmt? „Können wir kurz reden?"

Isabelles Lächeln verschwand. Hatte er schlechte Nachrichten erhalten? Vielleicht wusste er mehr über das, was zwischen seinem Bruder und Marissa vorgefallen war. „Ja, einen Moment habe ich. Wo sollen wir hingehen?"

„Nur eine Straße weiter von hier gibt es einen Park. Dorthin vielleicht?", schlug er vor. Sein Tonfall beunruhigte sie.

„Ja, den kenne ich", sagte sie mit einem Nicken. Sie nahm die Jacke von der Garderobe und Mark half ihr hinein.

Gemeinsam verließen sie das Haus und gingen schweigend nebeneinanderher. Die Stille machte Isabelle umso nervöser, sodass sie kein unverfängliches Gespräch zustande brachte.

Sie betraten den Park und Mark hielt an der ersten Bank an. Sie nahmen Platz.

„Was ist denn los, Mark?", fiel Isabelle mit der Tür ins Haus. „Geht es um Josh?"

Er nickte, doch die Lippen hielt er weiter fest zusammengepresst.

Am liebsten hätte Isabelle seine Hand genommen, um die schreckliche Anspannung zwischen ihnen zu lösen – doch irgendetwas hielt sie zurück.

Schließlich gab Mark ein verzweifeltes Seufzen von sich und sagte: „Josh ist der Armee beigetreten."

„Wie bitte?" Ungläubig starrte sie ihn an. „Wann?"

„Heute Morgen. Er hat mir nur einen Brief dagelassen", erwiderte er knapp und es war deutlich, wie schmerzvoll das Ganze für ihn war.

„Das muss ein fürchterlicher Schreck gewesen sein."

„Ja, das war es. Zum Glück konnte ich ihn im Rekrutierungsbüro aufspüren."

„Und?"

„Er hat nicht mit sich reden lassen. Und ich hab zum ersten Mal so richtig verstanden, wie viel Schmerz er empfindet. Marissas zweite Zurückweisung hat das Fass wohl zum Überlaufen gebracht."

Bei Marks Tonfall zuckte Isabelle zusammen. Noch nie hatte er so barsch geklungen, geradezu herablassend.

„Das tut mir so leid, Mark“, sagte sie langsam. „Es ist wirklich hart.“ Es quälte sie, wie sehr Marissa Josh verletzt hatte – und dass Mark deshalb ebenfalls litt. Sicher machte er sich schreckliche Sorgen, was seinem Bruder alles zustoßen könnte und ob er es überhaupt lebend nach Hause schaffte. Wie sehr sie sich wünschte, die Zeit zurückdrehen zu können. „Wird man ihn sofort nach Übersee schicken?“

Marks Finger klammerten sich so fest um die Bank, dass die Knöchel weiß hervortraten. „Nein, aber die Ausbildung dauert nur wenige Wochen.“

Schweigend saßen sie nebeneinander und Isabelle versuchte, das Ausmaß dieser Entscheidung zu greifen. Nach all den Jahren, in denen Mark sich so aufopferungsvoll in seinen Bruder investiert hatte, waren seine Träume für Josh einer nach dem anderen geplatzt. Sicher war er am Boden zerstört.

Er richtete sich auf, sein Körper noch immer starr neben dem ihren. „Das Ganze hat mich vor eine schwierige Entscheidung gestellt“, begann er und atmete lange aus.

Als er sie ansah, hatte Isabelle eine böse Vorahnung.

„Trotz meiner Gefühle für dich, Isabelle, denke ich, dass es das Beste wäre, wenn wir einen Schritt zurückmachen“, sagte er und während er sprach, bildeten sich tiefe Furchen auf seiner Stirn.

Isabelle erstarrte. „Das verstehe ich nicht.“

„Ich denke, wir brauchen beide etwas Zeit, um uns über unsere Prioritäten klar zu werden.“

Bei seinem ernsten Tonfall schauderte sie. „Aber was meinst du damit?“

„Ich meine, dass ich mich jetzt auf die Praxis konzentrieren muss und du …“ Er holte tief Luft. „Du hast offensichtlich deine Schwester und ihr Kind zu deiner Priorität gemacht“, stellte er verletzt fest. „Und wenn ich ehrlich bin, fällt es mir im Moment unglaublich schwer, mich in Marissas Nähe aufzuhalten. Ich werde Mrs Dinglemire bitten, ihre Nachbetreuung für mich zu übernehmen.“

Isabelle blickte ihn schockiert an. Wer war dieser verbitterte

Mann, der nichts mit dem Mark gemein hatte, den sie kannte? „Willst du Marissa etwa allein die Schuld für all das geben?"

Sein Kopf schoss in die Höhe. „Wie sollte ich sie denn nicht beschuldigen? Seit Monaten behandelt sie meinen Bruder wie einen Bauern beim Schach! Und obwohl er bereit war, alles für sie zu opfern, hat sie ihn jetzt zum zweiten Mal abgewiesen." Wütend sprang er von der Bank auf. „Und jetzt setzt er sogar sein Leben aufs Spiel, nur um sich von seinem Liebeskummer abzulenken."

Jetzt kochte auch in Isabelle die Wut auf. Sie stellte sich direkt vor ihn. „Du tust ja gerade so, als hätte meine Schwester Josh wie eine Sirene ins Verderben gelockt. Ja, Marissa hat Fehler begangen. Aber auch Josh ist nicht ganz ohne Schuld. Schließlich war das Ganze immer noch seine Idee."

„Er wollte sie ja nur beschützen. Und das zu seinem Nachteil", konterte Mark und in seinen Augen funkelte der Zorn.

Enttäuscht trat Isabelle einen Schritt zurück. „Ich glaube es einfach nicht. Und ich habe in dir immer jemanden gesehen, der einen kühlen Kopf bewahrt. Habe gedacht, du wärst mitfühlend und freundlich. Aber das gilt wohl nur für Menschen, die deinem hohen Anspruch genügen!", warf sie ihm an den Kopf und begann vor lauter Wut am ganzen Körper zu zittern. „Du hast davon gesprochen, dass du Abstand brauchst: Nun, den kannst du haben. Bitte schön! Zum Glück habe ich dein wahres Ich noch kennengelernt, bevor wir uns auf etwas Festes eingelassen haben."

Schnell drehte sie sich um und marschierte davon, bevor ihre Tränen sie verrieten. Der kühle Herbstwind nahm zu, brachte das tote Laub zum Tanzen und sie zum Frösteln.

Nie zuvor hatte sie so eine Kälte verspürt.

Kapitel 42

Isabelle weinte, bis sie keine Tränen mehr übrig hatte. Dann besuchte sie Marissa, die gerade mit Lisette im Zimmer auf und ab ging, um sie in den Schlaf zu wiegen.

„Na, wie geht es denn unserer kleinen Prinzessin heute?“, fragte Isabelle und bemühte sich um ein kleines Lächeln.

Marissa hob den Blick. Tiefe Augenringe bewiesen ihren Schlafmangel. „Ein wenig quengelig, auch wenn ich nicht weiß, warum.“

„Soll ich sie dir kurz abnehmen?“

„O ja, gern. Danke“, erwiderte Marissa erleichtert. „Ich habe sie gerade erst gestillt und eine frische Windel hat sie auch. Warum sie nicht einschläft, kann ich mir nicht erklären.“

„Mach dir keine Sorgen. Ich nehme sie mit nach unten, vielleicht hilft die andere Umgebung ja. Und du kannst dich ein wenig ausruhen. Das wird dir guttun.“

Isabelle sah, wie ihrer Schwester die Tränen kamen. „Beschäftigt dich noch etwas anderes, Rissa?“

Sie biss sich auf die Unterlippe und nickte.

„Es geht um Josh, oder?“, fragte Isabelle. Das Baby in ihren Armen kam langsam zur Ruhe.

Dafür begann nun Marissas Kinn zu beben. „Er wird sicher umkommen im Krieg! Und das ist alles meine Schuld“, sagte sie, bevor die Tränen aus ihr herausbrachen.

„Ach, Liebes“, tröstete Isabelle sie und legte den freien Arm um ihre Schulter. Da sie die Situation jedoch nicht verändern konnte, blieb sie einfach bei ihr stehen und gab ihr den Raum zu weinen. Offensichtlich war heute einer dieser Tage, an denen ihnen beiden zum Weinen zumute war.

Einige Minuten später trat Marissa einen Schritt zurück und wischte sich über das tränenverschmierte Gesicht. „Wenn es doch bloß einen Weg gäbe, um ihn aufzuhalten! Und um ihm zu sagen …“

„Ihm was zu sagen? Dass du deine Meinung geändert hast?"

Marissa zog den Morgenmantel enger um sich. „Ja! Ich liebe Josh, schon die ganze Zeit. Ich habe ihn nur weggeschickt, weil ich wirklich dachte, es wäre das Beste für ihn! Damit er doch noch studieren kann oder sich eine Arbeit sucht, die ihm gefällt. Niemals hätte ich gedacht, dass er sich der Armee anschließt."

Isabelle dachte über die Worte ihrer Schwester nach und legte das Baby in den Stubenwagen, bevor sie sich zu Marissa ans Bett setzte. „Vielleicht ist das aber auch etwas, das Josh einfach tun muss, für sich selbst, meine ich. Ihr seid beide noch so jung und das ganze Leben steht euch bevor. Vielleicht seid ihr ja bereit für eine Beziehung, wenn er wiederkommt."

„Ich befürchte nur, dass Josh nie mehr zurückkehrt, wenn er wirklich nach Übersee aufbricht", gestand Marissa mit wieder neuen Tränen in den Augen.

Voller Mitgefühl wurde auch Isabelles Herz schwer. Wie würde es ihr gehen, wenn Mark sich plötzlich als Freiwilliger melden würde? So wütend sie auch gerade auf ihn war – sie wollte sich nicht ausmalen, wie es wäre, konstant um ihn besorgt zu sein. „Mark sagt, Josh sei fest entschlossen und nichts und niemand könne ihn davon abbringen. Seine Entscheidung gefällt uns vielleicht nicht, aber akzeptieren müssen wir sie trotzdem. Genau wie er deine akzeptiert hat."

Traurig ließ Marissa den Kopf hängen. „Wahrscheinlich hast du recht."

„Darf ich dir einen Vorschlag machen?", sagte Isabelle und legte eine Hand auf Marissas Schulter. „Nimm dir Zeit, bete intensiv um Gottes Führung und bitte ihn um Kraft, das annehmen zu können, was auch immer er in der Zukunft für euch bereithält. Und bis dahin konzentrierst du dich auf deine wunderschöne kleine Tochter."

Mit einem Seufzen umarmte Marissa sie. „Ja, du hast ja recht, Belle. Ich will versuchen, auf Gottes guten Plan zu vertrauen."

Die nächsten zwei Wochen vergingen wie im Flug. Während sich Marissa immer besser in ihre Mutterrolle einfand, versuchte Isabelle, einen Zukunftsplan zu schmieden. Vor allem brauchte sie Zeit, um genug Geld für eine eigene Wohnung ansparen zu können. Und sie musste wissen, wie lange Marissa und Lisette noch im Mütterheim wohnen konnten, ohne jemandem zur Last zu fallen.

Nach dem Mittagessen setzte sich Isabelle zu Ruth und Olivia an den Tisch. „Kann ich noch mal kurz mit euch sprechen?"

„Natürlich. Wir wollten gerade einen Kaffee trinken", sagte Olivia und reichte auch Isabelle eine Tasse. Dann drehte sie sich zur silbernen Kanne auf der Kommode um und schenkte ihnen ein.

„Danke", erwiderte Isabelle und nahm Platz.

„Was liegt dir auf dem Herzen?", fragte Olivia, während sie einen Schluck Milch in ihren Kaffee goss.

„Ich habe mich gefragt, wie lange eine junge Mutter eigentlich hier wohnen darf."

„Eine feste Regel gibt es nicht", antwortete Ruth. „Aber meistens dauert es etwa sechs Monate, bis die Frauen wissen, wie es weitergehen soll, und eine passende Arbeit gefunden haben. Obwohl man sagen muss, dass das nicht vielen gelingt. Die meisten geben das Kind dann doch zur Adoption frei."

Traurig seufzte Isabelle. „Wenn es für diese Frauen doch nur eine Art der Kinderbetreuung gäbe, damit sie arbeiten, die Kinder aber trotzdem behalten könnten."

„Da erzählst du uns nichts Neues ... Wir haben schon oft darüber nachgedacht, was wir tun könnten, um so etwas anzubieten. Leider haben wir hier im Haus keinen Platz dafür. Das heißt, es müssten zunächst einmal die passenden Räumlichkeiten her, sicher bräuchten wir auch eine Lizenz und zu guter Letzt ausgebildetes Personal. Solch eine Unternehmung müsste gut durchdacht sein."

„Ich wünschte, ich könnte etwas tun", sagte Isabelle mit gerunzelter Stirn und dachte an Eloise, Helen und Annie, die inzwischen alle ihre Kinder zur Welt gebracht und sie an die Children's Aid Society übergeben hatten. Nur Mary Beth gehörte zu den wenigen

Glücklichen, die mit dem Baby wieder bei ihren Eltern einziehen durfte.

„Mit den Teilzeitstellen für Laura und Georgia in Marks Praxis hast du schon eine Menge getan", versicherte Olivia ihr mit einem Lächeln. „Das war eine hervorragende Idee von dir."

„Ach, Mark ist derjenige, dem wir zu Dank verpflichtet sind." Nachdenklich sah Ruth sie an. „Isabelle, du hast ein großes Herz für Menschen in Not."

Sie lächelte. „Ja, kann sein. Schon früher habe ich meiner Mutter gern bei der Wohltätigkeitsarbeit geholfen. Aber denen, die wirklich Not leiden, direkt zur Seite zu stehen, ist noch viel erfüllender", erklärte sie. „Am liebsten würde ich Menschen helfen, ein zu Hause zu finden. So wie Fiona und Rosie O`Grady mir damals geholfen haben."

Ruth schürzte die Lippen und musterte Isabelle. „Wir haben dich sehr gern hier, Isabelle, und wissen deine Arbeit zu schätzen. Aber ist das wirklich, was du dir für deine Zukunft wünschst?"

Verblüfft sah sie die ältere Dame an. Dem Kommentar war eine deutliche Kritik zu entnehmen. „Was meinst du damit?" Ihr Leben im Mütterheim gefiel Isabelle sehr gut. Ruth war wie eine Großmutter für sie und Olivia wie eine große Schwester. Wieso sollte sie das infrage stellen?

Ruth nahm einen Schluck Kaffee, bevor sie zur einer Antwort ansetzte. „Hast du je darüber nachgedacht, dich weiterzubilden? Oder vielleicht ein Studium aufzunehmen?"

„Ja, das habe ich", sagte sie und seufzte. „Vielleicht später mal. Aber fürs Erste muss das wohl noch warten, fürchte ich."

„Und was, wenn nicht?", fragte Ruth erwartungsvoll.

Schnell glitt Isabelles Blick zu Olivia, doch die zuckte ahnungslos mit den Schultern.

„Es ergibt keinen Sinn, nach den Sternen zu greifen, wenn sie unendlich weit weg sind", antwortete Isabelle bestimmt. Genau das hatte sie sich auch in Bezug auf Mark immer wieder gesagt. „Ich habe weder Geld für die Studiengebühren noch Zeit zum Studieren – ich muss ja schließlich für uns aufkommen."

Entschieden nahm Ruth die Brille von der Nase – ein sicheres Zeichen dafür, dass nun eine kleine Ansprache folgte. „Immer, wenn ich jemandem mit viel Potenzial begegne, so wie bei Olivia oder Mark, fühle ich mich dazu verpflichtet, das zu teilen, was Gott mir im Leben geschenkt hat", sagte sie und stützte sich auf den Ellbogen ab. „Und im Gebet hatte ich in letzter Zeit den Eindruck, dass ich als Nächstes dich unterstützen sollte, Isabelle."

„Mich?" Isabelle wurde ganz nervös. „Aber du hast doch schon so viel für mich getan."

„Aber, aber. Es ist ja nicht so, als wärst du uns eine Last", stellte Olivia zurecht. „Im Gegenteil. Du tust weit mehr, als wir von dir erwarten. Vor allem Mrs Neale betont immer wieder, wie dankbar sie für deine Unterstützung ist."

Zustimmend nickte Ruth. „Und mehrere der Bewohnerinnen haben uns gegenüber erwähnt, wie gutherzig du bist. Du nimmst Menschen so an, wie sie sind, und unterstützt und ermutigst sie bedingungslos. Und zwar nicht nur deine Schwester, sondern auch die Frauen, die du gar nicht kennst. Das ist ein wahres Geschenk, Isabelle. Ein Geschenk, das du nicht verschwenden solltest."

„Danke, Ruth, das weiß ich sehr zu schätzen, aber wie –"

Mit erhobener Hand unterbrach Ruth sie. „Wenn du wirklich studieren möchtest, würde ich gern für deine Studiengebühren aufkommen."

Ungläubig starrte Isabelle Ruth an, sicher hatte sie sich gerade verhört. „Oh … Aber nein, das kann ich nicht annehmen."

„Und warum nicht?", fragte Ruth mit Nachdruck.

In Isabelles Kopf rasten die Gedanken nur so durcheinander. Wie konnte sie solch ein Angebot ablehnen, ohne Ruth zu beleidigen? „Das ist großzügig, aber solch eine … Wohltätigkeit … könnte ich niemals annehmen."

„Spricht da etwa der Stolz aus dir?", hakte Ruth mit hochgezogenen Brauen nach.

Isabelle errötete. Obwohl es das Letzte war, das sie wollte, schien sie die ältere Dame doch verstimmt zu haben. „Ja, vielleicht ist es stolz so zu reden", räumte sie ein. „Aber als Marissa und ich unser Zuhause verloren haben, habe ich mir geschworen, mich um sie zu kümmern. Und dass ich einen Weg finden werde, wie wir uns selbst durchschlagen."

„Bitte vergib mir, dass ich so direkt bin", sagte Ruth mit prüfendem Blick, „aber ich habe das Gefühl, dass du von Anfang an auf die Hilfe anderer angewiesen warst. Erst haben dich dein früheres Hausmädchen und ihre Tante bei sich aufgenommen, dann hat Dr. Henshaw dir eine Arbeit vermittelt und jetzt haben wir dir Arbeit und ein Dach über dem Kopf verschafft."

Ihre Worte trafen sie. Ruth hatte recht. Nichts von alledem konnte Isabelle sich selbst zuschreiben. Sie wäre sogar bereit gewesen, Elias Wheatherby zu heiraten, damit er für Marissa sorgte. Tränen brannten in ihren Augen. *Hochmut kommt vor dem Fall* hatte ihre Mutter früher immer gesagt.

Beruhigend tätschelte Ruth ihr den Arm. „Hilfe anzunehmen bedeutet nicht, dass man gescheitert ist, Liebes. Überhaupt nicht. Es zeugt sogar von großer Stärke."

Isabelles Kehle zog sich zusammen; für einen Moment war sie nicht in der Lage, auch nur irgendetwas zu antworten.

Olivia kam um den Tisch herum und legte eine Hand auf ihre Schulter. „Das stimmt. Mir ging es damals ganz genauso. Ich habe mich so gedemütigt gefühlt und konnte Ruths Großzügigkeit kaum annehmen. Doch als es mir wieder besser ging, durfte ich etwas von ihrer Großzügigkeit an andere Menschen weitergeben. Vielleicht gilt das ja auch für dich."

Isabelle brachte ein schiefes Lächeln zustande. „Danke. Euch beiden. Aber wenn es dir nichts ausmacht, würde ich gern noch etwas darüber nachdenken und beten."

„Natürlich", erwiderte Ruth. „Soweit ich weiß, geht das nächste Semester erst im Januar los. Es ist also noch reichlich Zeit. Und ganz allgemein gilt: Marissa und die Kleine sind hier so lange willkommen wie nötig."

Dankbarkeit erfüllte Isabelles Herz. Die beiden Frauen waren ihr und ihrer Schwester mit nichts als Güte begegnet. Olivias Rat würde sie auf jeden Fall beherzigen und versuchen, ihrem Beispiel zu folgen – komme, was wolle.

Nachdem Ruth das Zimmer verlassen hatte, saß Olivia noch eine Weile am Tisch. „Isabelle, bevor du auch gehst – darf ich dich etwas fragen?"

„Aber sicher. Was gibt es?"

„Ich mache mir Sorgen um Mark. Hast du in letzter Zeit mit ihm gesprochen?"

„Nein. Nicht, seit Josh fortgegangen ist", sagte Isabelle angespannt und zögerte. Nur ungern wollte sie preisgeben, was zwischen ihnen vorgefallen war. Aber Olivia war immer aufrichtig zu ihr gewesen, sie verdiente eine ehrliche Antwort. „In Marks Augen liegt die Schuld bei Marissa. Er brauche jetzt Abstand, um das alles zu verarbeiten", erklärte sie mit gesenktem Blick. „Seither habe ich nichts mehr von ihm gehört."

„Oh, Isabelle. Das tut mir so leid", sagte Olivia mitfühlend. „Das Ganze ist wirklich verzwickt. Aber mach dir keine Sorgen", fuhr sie fort und tätschelte ihr ermutigend den Arm. „Mark ist nie lange böse. Er fängt sich sicher bald wieder."

„Vielleicht", erwiderte Isabelle, wenngleich sie keine großen Hoffnungen hegte. Vor allem jetzt nicht, wo Joshs Schicksal so unklar war.

Nichtsdestotrotz betete sie, dass Gott ihm Frieden schenkte und Mark half, sich an den neuen Umstand zu gewöhnen. Ganz gleich, wie dieser aussah.

Kapitel 43

Zufrieden verließ Mark das Büro des Bürgermeisters. Er hatte einen Termin bei Bürgermeister Conboy gehabt, um die medizinische Notlage im Armenviertel zu thematisieren. Es war nicht das erste Mal gewesen, dass man dem Bürgermeister von den fürchterlichen Bedingungen dort berichtet hatte, aber dieses Mal versicherte er Mark, die Stadt sei bereits dabei, das Viertel umzustrukturieren und die Bewohner zu einem Umzug zu motivieren.

Innerhalb der nächsten fünf bis zehn Jahre sollten die Bauten völlig aus dem Stadtbild verschwunden sein, mehr gewerbliche Bauten sowie eine neue Stadthalle seien das angestrebte Ziel.

Mit dem Einwand, dass dies die aktuelle Situation nicht bessern würde, hatte Mark ihm wenigstens das Versprechen abnehmen können, die Überprüfung und Erneuerung des Abwassersystems zu veranlassen. Wenngleich die Polio-Ausbrüche einigermaßen eingedämmt worden waren, musste die Kanalisation in dem Viertel dringend überholt werden. Mark hoffte, dass dies bis zum nächsten Jahr geschehen würde, da die Krankheit vorwiegend im Sommer problematisch wurde. Nur so konnten sie eine erneute Epidemie verhindern.

Alles in allem verließ Mark das Stadtzentrum mit einem guten Gefühl. Doch schon auf dem Heimweg wanderten seine Gedanken wieder zu Isabelle – wenn er die guten Nachrichten doch bloß mit ihr teilen könnte … Aber bei der Erinnerung an ihr letztes Gespräch zog sich seine Brust noch immer schmerzlich zusammen. Zum wiederholten Mal hatte er mit seiner Wut gegen Marissa einen Keil zwischen sich und Isabelle getrieben. Dabei hätte er wissen müssen, dass sie ihre Schwester gegen jede Kritik verteidigen würde – für Josh hätte er schließlich das Gleiche getan.

In den letzten Tagen spürte Mark, wie der Widerstand in ihm abnahm und er mit dem Gedanken spielte, sich bei ihr zu melden. Die Angst aber hielt ihn zurück: Was, wenn sie es wieder miteinander versuchten, aber nichts daraus wurde? Dann würde es ihm noch schwerer fallen, sich von Isabelle zu trennen. Außerdem drehten sich fast all ihre Gedanken um Marissa und das Baby – was ihn zu der Frage brachte, wie viel er ihr überhaupt bedeutete.

Nein, wahrscheinlich wäre es im Moment für alle am besten, das Ganze auf sich beruhen zu lassen. So Gott wollte, dauerte dieser Krieg nicht mehr allzu lange an und wenn Josh wieder hier wäre, würden sie weitersehen. Vorerst aber lagen die Dinge in Gottes Hand.

Gedankenversunken bog Mark in seine Straße ein, parkte den Wagen und betrachtete eine Weile das leere Haus, bevor er hineinging. Die kalte, leblose Fassade war so wenig einladend wie eine Leichenhalle. Im Innern war es erdrückend still, sodass seine Stimmung ein neues Tief erreichte und er das Haus beinahe wieder verlassen hätte. Er stellte seine Tasche ab und bemühte sich, die Einsamkeit abzuschütteln. Sollte er sich vielleicht einen Hund zulegen? Dann wäre wenigstens jemand da, um ihn willkommen zu heißen.

Lustlos schleppte er sich in die Küche und suchte im Eisschrank vergeblich nach etwas Essbarem: Mehr als Butter, eine Flasche Milch und ein paar überreife Äpfeln gab es jedoch nicht. Mit einem Seufzen schloss er den Eisschrank wieder. Er hätte gestern einkaufen gehen müssen. Jetzt hatte er Glück, wenn er zum Abendessen noch eine Scheibe Brot ausfindig machen konnte.

Was würde er jetzt nur für etwas von Mrs Neales köstlichem Brathähnchen geben. Sie gab ihm häufig, wenn er erst abends mit seinen Untersuchungen im Mütterheim fertig wurde, eine Portion mit. Doch da er Bennington Place zurzeit mied, würde er wohl noch eine Weile auf das gute Essen verzichten müssen.

Schrill läutete jetzt die Türklingel in dem sonst ruhigen Haus. Wer mochte das sein?

Er malte sich aus, dass Isabelle hinter der Tür stand. Wieder einmal wurde ihm bewusst, wie sehr er sie vermisste, und all sein Bestreben, auf Abstand zu bleiben, löste sich in Luft auf. Wenn sie jetzt hier wäre, würde er Himmel und Erde in Bewegung setzen, damit sie ihm vergab.

Schwungvoll öffnete er die Tür und eine Welle der Enttäuschung überkam ihn. „Olivia."

„Hallo Mark. Darf ich hereinkommen?" Sie sah schick aus in ihrer kirschroten Jacke und den weißen Handschuhen.

„Ähm, ja, klar", erwiderte er. Er trat zur Seite, um sie hereinzulassen und nahm ihr die Jacke ab. „Was führt dich her?", fragte er auf dem Weg ins Wohnzimmer.

„Ach, nichts Besonderes", entgegnete sie, zog sich die Handschuhe aus und nahm auf dem Sofa Platz. „Ich wollte nur mal kurz bei dir reinschauen."

Skeptisch kniff Mark die Augen zusammen. „Und wieso?"

„Brauche ich dafür etwa einen Grund?", erwiderte sie mit einem unschuldigen Lächeln.

„Also ich habe das Gefühl, dass du nicht zufällig hier bist."

Olivia lachte laut. „Bin ich so leicht zu durschauen?"

Mit verschränkten Armen setzte sich Mark auf die Lehne des Ohrensessels und wartete darauf, dass Olivia den wahren Grund für ihren Besuch preisgab.

Tatsächlich wurde sie nun wieder ernst. „Ich mache mir Sorgen um dich, Mark. Es muss ziemlich hart sein, dass Josh wieder weg ist. Und mir ist auch nicht entgangen, dass du dich kaum mehr in Bennington Place sehen lässt. Da wollte ich sicherstellen, dass es dir gutgeht."

Das Bild seines leeren Eisschranks kam ihm ins Gedächtnis und er zuckte mit den Schultern. „Ich hatte schon bessere Zeiten", räumte er ein und schlenderte zum Kamin, wo er ein Bild von Josh ansah. „Für mich allein ist das Haus viel zu groß. Vielleicht brauche ich einen Hund, dann hätte ich wenigstens Gesellschaft."

„Klar, warum nicht. Oder vielleicht lieber eine Frau?"

Langsam drehte Mark sich zu Olivia. „Aha, deshalb bist du also hier."

„Jetzt zieh nicht so ein Gesicht", sagte sie und gesellte sich neben ihn. „Die Ehe ist ein wahrer Segen, ich spreche aus Erfahrung. Und das wäre sie auch für dich."

Leicht gereizt, aber auch amüsiert musste Mark lächeln. „Und du hast vermutlich auch schon die perfekte Kandidatin für mich?"

Gespielt nachdenklich legte sie den Finger auf die Lippen. „Ja, tatsächlich fällt mir da eine Frau ein, die perfekt zu dir passen würde. Es gibt nur ein Problem."

„Ach ja?"

„Ihr habt euch anscheinend gestritten. Und ich habe mich gefragt, was wir dagegen tun können."

„Ich möchte nicht über Isabelle sprechen." Mit einem strengen Blick untermauerte er seine Aussage, bis Olivia schließlich seufzte.

„Also gut, ich mische mich nicht weiter ein. Aber eines lass dir gesagt sein, Mark", begann sie und legte eine Hand auf seinen Arm. „Früher war dieses Haus ein Ort der Liebe. Bitte lass nicht zu, dass deine Sturheit dem im Weg steht. Das Glück ist zum Greifen nahe, du musst dich nur danach ausstrecken."

Olivias Worte trafen ihn mitten ins Herz. Schnell biss er die Zähne zusammen, um die Kontrolle über seine Gefühle zu behalten. Aber sie hatte recht. Mit diesem Haus verband Mark Zufriedenheit und Glück. Doch seit dem Tod seiner Eltern war es bloß noch ein Aufenthaltsort, sein Dach über dem Kopf. Mehr nicht.

Ging es Josh genauso? Falls ja, war es kein Wunder, dass er so erpicht darauf war, wieder zu gehen.

Kapitulierend sah Mark in Olivias braune Augen. „Du hast ja recht. Schon viel zu lange fühlt sich dieses Haus nicht mehr wie ein Zuhause an."

Traurig lächelte sie. „Es liegt in deiner Hand. Ich bete für dich – und für Josh. Und ich hoffe, dass du bis zu seiner Rückkehr weißt, was du wirklich von diesem Leben willst", sagte sie, stellte sich auf Zehenspitzen und gab ihm einen Kuss auf die Wange. „Und wenn du reden möchtest, kannst du mich jederzeit anrufen."

„Danke, Olivia – dafür, dass du für mich da bist und für deine lieben Worte."

„Aber natürlich. Als es mir vor ein paar Jahren so schlecht ging, bist du mir auch ein guter Freund gewesen."

Mit diesen Worten verabschiedete sie sich und Mark sah ihr

noch eine Weile nach. Ganz nebenbei fiel ihm auf, dass Olivia nicht einmal versucht hatte, ihm ihre Meinung aufzudrängen. Sie hatte ihn bloß an ein paar einfache Wahrheiten erinnert und ihm aufgezeigt, dass er sich gut überlegen sollte, was ihm wirklich wichtig war.

Nachdem Mark ein spärliches Abendessen eingenommen hatte, wanderte er rastlos durchs Haus. Zum Lesen oder Radiohören war er zu unruhig. Mit kritischem Auge betrachtete er das Wohnzimmer: ausgeblichene Wandtapeten, ein durchgesessenes Sofa und ein ausgefranster Teppich; sie alle hatten schon bessere Zeiten gesehen und sollten ausgetauscht werden. Und eine gründliche Reinigung könnte auch nicht schaden.

Um Marks Seele stand es ähnlich: Sie war abgenutzt und vernachlässigt. Erneuerungsbedürftig.

Anstatt für seine Fehler geradezustehen, hatte er Marissa zum Sündenbock erkoren. Dabei hatte *er* Josh mit seiner übergriffigen Art vertrieben.

Tiefe Scham überkam ihn. Für sein rücksichtsloses Verhalten musste er sich unbedingt bei den Wardrop-Schwestern entschuldigen, und zwar sobald wie möglich.

Er ging nach oben in Joshs Zimmer, schaltete das Licht ein und sah sich um. Auch hier hatte sich seit seinen Kindertagen eigentlich nichts geändert: dieselbe blaue Tapete, die gleiche Bettwäsche. Nicht nur das Erdgeschoss bedurfte einer Erneuerung. Alles in diesem Haus erweckte den Eindruck, als wäre die Zeit mit dem Unfall ihrer Eltern stehen geblieben.

Wieder ging Mark nach unten und betrat jetzt, zum ersten Mal seit fünf Jahren, das elterliche Schlafzimmer. Schon an der Tür kam ihm der zarte Duft von dem Parfüm seiner Mutter entgegen. Kurz schloss er die Augen, um Mut zu fassen, dann schaltete er das Licht ein. Das Ehebett, der Kleiderschrank und die Nachttische sahen unverändert aus, selbst die Lesebrille seines Vaters lag noch auf dem halb gelesenen Buch. So, als ob die beiden jeden Moment wiederkämen.

Mit einem Finger fuhr er über die staubige Schminkkommode. Was für ein Feigling war er doch gewesen, dass er diesen Raum über so lange Zeit vernachlässigt hatte. Schon längst hätte er hier alles einmal aussortieren müssen, die Kleidung hätte er spenden und den Wänden einen neuen Anstrich verpassen sollen.

Erst jetzt fiel ihm auf, dass er sich davor gefürchtet hatte und wie sehr ihn das die letzten Jahre über gelähmt hatte. Anstatt sich mit der Trauer auseinanderzusetzen, hatte er sich in seine Arbeit gestürzt und seinen Schmerz dahinter verborgen. Außerdem hatte er sich viel zu sehr auf seinen Bruder konzentriert und sich dabei selbst vergessen. Wie hatte er nur so blind sein können?

Schlagartig wurde ihm klar, dass er die Vergangenheit loslassen musste, um glücklich zu werden, und zwar ein für alle Mal.

Mit neuer Energie öffnete er die Tür zum Gästezimmer, das seiner Mutter als Nähzimmer gedient hatte. Es war größer als Marks eigenes Zimmer, für ein Paar viel besser geeignet. Mehrere Ideen schossen ihm durch den Kopf, was man hieraus machen könnte.

Mit einem Lächeln schloss er die Augen und rief sich ins Gedächtnis, wie damals Liebe und Kinderlachen dieses Haus erfüllt hatten. Das hätten sich seine Eltern für Mark und Josh gewünscht.

Was hatte Olivia ihm geraten? *„Bitte lass nicht zu, dass deine Sturheit dem im Weg steht. Das Glück ist zum Greifen nahe, du musst dich nur danach ausstrecken.“*

Blieb nur noch die Frage: Hatte er den Mut dazu?

Kapitel 44

Mit einem Lächeln überflog Ruth das Schild auf dem imposanten Steingebäude vor ihnen. „Hier scheinen wir richtig zu sein. Komm, gehen wir hinein."

Doch Isabelle war wie gelähmt. „Ich verstehe nicht, warum wir das unbedingt heute schon erledigen müssen. Wie du ganz richtig gesagt hast, geht das Semester doch erst im Januar los."

Aus irgendeinem Grund hatte Ruth darauf bestanden, dass Isabelle sie heute zum Universitätscampus begleitete. Sie wollte sich einen Überblick über die verschiedenen Möglichkeiten im Bereich der Sozialen Arbeit verschaffen und sich über die Einschreibebedingungen erkundigen. Dabei hatte Isabelle bisher kaum Zeit gehabt, sich überhaupt erst mal an den Gedanken zu gewöhnen, bald zu studieren.

„Wenn nicht jetzt, wann dann", erwiderte Ruth. „Außerdem holen wir ja nur erste Informationen ein. Du musst dich ja nicht gleich einschreiben, wenn du noch darüber nachdenken möchtest."

Einschreiben? Daran hatte sie erst recht noch nicht gedacht.

Doch Ruth sah sie mit einem Blick an, der keinen Spielraum für Diskussionen ließ. Wenn sie wollte, konnte die alte Dame sehr respekteinflößend sein.

Langsam folgte Isabelle ihr in das wenig beleuchtete Innere. Es roch nach alten Büchern und Putzmittel.

„Das Büro ist gleich da vorne", sagte Ruth und zeigte auf eine Milchglastür mit goldener Aufschrift.

Auf Zehenspitzen tastete Isabelle sich voran, denn sie wollte nicht, dass ihre Absätze an diesem ruhigen Ort Lärm machten. Rasch überprüfte sie, dass auch keine Strähne aus der aufwendig gedrehten Rolle über ihrer Stirn herausfiel, bevor sie Ruth folgte.

Eine lange Theke trennte sie von den Menschen, die dahinter an Schreibtischen arbeiteten. Jetzt stand eine der Frauen auf und begrüßte sie. „Guten Morgen, die Damen. Wie kann ich Ihnen helfen?"

„Guten Morgen. Mein Name ist Ruth Bennington und das ist Isabelle Wardrop."

Schlagartig weiteten sich die Augen der Frau. „Mrs Bennington! Wie schön, einen unserer Förderer persönlich kennenzulernen", sagte sie und stellte sich selbst vor. „Ich bin Beth Ingleman."

Beinahe musste Isabelle lachen. Es überraschte sie kaum, dass Ruth natürlich auch die Universität unterstützte.

„Danke sehr", erwiderte diese lächelnd. „Wir würden uns gern über Ihre Kurse informieren. Soweit ich weiß, gibt es ein zweijähriges Studium der Sozialen Arbeit, richtig?"

„Ganz genau. Diesen Studiengang kann ich wärmstens empfehlen", entgegnete Beth mit einem nervösen Lachen.

„Gut zu wissen. Miss Wardrop spielt mit dem Gedanken, sich für das nächste Semester einzuschreiben. Haben Sie vielleicht eine Übersicht über die Voraussetzungen sowie ein Anmeldeformular?"

„Natürlich. Einen kleinen Moment, ich stelle Ihnen alles zusammen", sagte Beth und wandte sich an Isabelle. „Ich nehme an, dass Sie die High School abgeschlossen haben?"

„Ja. Auch wenn das schon einige Jahre her ist. Ist das ein Problem?"

„Überhaupt nicht. Sie werden einfach als Späteinsteiger kategorisiert. Wenn Sie einen Moment hier warten, bringe ich Ihnen alles."

„Vielen Dank", erwiderte Ruth mit einem herzlichen Lächeln und drehte sich zu Isabelle. „Möchtest du dich nicht setzen? Ich geh mir mal kurz die Nase pudern."

Isabelle nickte und ließ sich erschöpft auf den Holzstuhl sinken. Das ging ihr alles viel zu schnell! Die Wahrheit war: Sie wusste nicht, ob sie sich überhaupt als Studentin eignete. Was, wenn sie die Prüfungen nicht bestand und Ruths Geld unnötig verschwendete?

„Da wären wir", erklang Beths Stimme. „Oh, wo ist Mrs Bennington denn hin?"

Isabelle trat an die Theke. „Sie sollte gleich wieder hier sein."

„Nun, da die Informationen ja letztlich für Sie sind, kann ich Sie auch einfach mit Ihnen durchgehen", sagte Beth und zeigte Isabelle die Info-Broschüren sowie das Anmeldeformular.

„Vielen Dank für Ihre Hilfe", bedankte sich Isabelle.

„Und vergessen Sie nicht: Die Anmeldefrist für das Wintersemester ist der fünfzehnte November."

„Werde ich nicht. Noch einmal vielen Dank", sagte sie und warf einen Blick zur Tür. Noch immer keine Spur von Ruth. „Ich sehe besser mal nach Mrs Bennington."

„Natürlich. Und richten Sie ihr aus: Sollte sie etwas brauchen, sind wir gern für sie da."

„Mache ich." Nachdenklich schritt Isabelle in den Flur. Was mochte Ruth nur so lange aufhalten?

Sie suchte den Korridor ab und kam sich wie ein Eindringling zwischen all den Studenten vor. Nur eine Handvoll Menschen standen im Gang, aber Ruth war keine von ihnen.

Hinter ihr räusperte sich jemand.

Neugierig drehte Isabelle sich um und traute ihren Augen nicht.

Vor ihr stand Mark, einen Strauß aus rosa und weißen Rosen in der Hand. Er trug einen dunklen Anzug, ein hellblaues Hemd und eine gestreifte Krawatte. Sein Bart sah sehr gepflegt aus und er hatte das Haar aus der Stirn gekämmt, was seine markanten Gesichtszüge betonte. „Hallo, Isabelle", grüßte er sie zaghaft.

Freude stieg in Isabelle auf, doch sie drängte sie zurück. Was war mit ihrer letzten unangenehmen Unterhaltung? Oder hatte Mark ihrer Schwester vergeben? Und falls ja, würde das irgendetwas ändern?

„Was machst du denn hier, Mark?"

Unschuldig zuckte er mit den Schultern. „Ein Vögelchen hat mir gezwitschert, dass du heute hier sein würdest." Mit einem zaghaften Lächeln hielt er ihr den Blumenstrauß hin. „Die sind für dich. Ein Zeichen meiner Entschuldigung."

Widerwillig nahm sie den Strauß entgegen. „Entschuldigung wofür genau?"

„Dafür, wie ich auf Joshs Verschwinden reagiert habe." In seinen Augen schimmerte aufrichtige Reue. „Damit bin ich überhaupt nicht gut umgegangen. In meiner Wut und Enttäuschung habe ich Marissa die Schuld für alles gegeben, aber jetzt sehe ich, wie ungerecht das war. Genauso ungerecht wie unsere Beziehung für etwas zu beenden, das zwischen unseren Geschwistern vorgefallen ist. Es tut mir ehrlich leid, Isabelle."

„Aha", erwiderte sie und während sie sich einen Moment nahm, um eine Antwort zu formulieren, schnupperte sie an den duftenden Blumen. „Und was hat dich zu dieser Erkenntnis gebracht?", fragte sie. Das klang vielleicht kühl, aber Isabelle konnte einfach noch nicht darüber hinwegsehen, wie sehr er sie verletzt und enttäuscht hatte. Und warum sollte sie ihm noch einmal vertrauen?

„Ehrlich gesagt ist eins zum anderen gekommen", sagte er mit einem zögerlichen Lächeln. „Als es mir letzte Woche nicht gut ging, hat Olivia mich besucht. Es war, als hätte sie gespürt, dass ich gerade einen Freund brauchte."

Sowohl Mitgefühl als auch Eifersucht stiegen in Isabelle auf. *Sie* wäre gern für Mark da gewesen. Stattdessen hatte ihm Olivia zur Seite gestanden.

„Sie hat mich daran erinnert, dass ich es verdiene, glücklich zu sein. Im Grunde ein einfacher Gedanke – aber erst da ist mir aufgegangen, dass ich schon lange nicht mehr richtig glücklich gewesen bin. Fast als konnte ich es nicht zulassen – als Strafe dafür, dass ich Josh und meine Eltern enttäuscht habe."

Immer mehr spürte Isabelle, wie ihre Schutzmauern einrissen. Sie wusste, wie einfach es war, sich fälschlicherweise verantwortlich zu fühlen. „Ach, Mark. Du hast niemanden enttäuscht."

„Ich glaube schon", räumte er mit leiser Stimme ein. „Ich war so sehr damit beschäftigt, Joshs Leben für ihn zu planen, dass ich ihm überhaupt keinen Freiraum gelassen habe", erklärte er und schob die Hände in die Hosentaschen. „Aber das ändert jetzt auch nichts mehr. Er hat seine Entscheidung getroffen und ich muss lernen, damit zu leben." Isabelle zögerte. „Und was ist mit Marissa? Kannst du ihr verzeihen?"

Eindringlich sah Mark sie an. „Ja, das habe ich schon. Ich hätte meinen Ärger nicht an ihr auslassen sollen, wo ich doch eigentlich auf mich selbst wütend war."

Sein aufrichtiger Blick ließ Isabelle glauben, dass es ihm ernst war und er das nicht bloß sagte, weil sie es hören wollte. Sie nickte. „Das freut mich. Marissa hat Fehler gemacht, ja, aber sie gibt sich große Mühe, nun das Beste daraus zu machen."

„Das weiß ich doch. In seinem letzten Brief hat Josh geschrieben, dass sie sich bei ihm gemeldet hat. Was genau sie geschrieben hat, weiß ich nicht, aber es hat ihm Hoffnung geschenkt. Dafür werde ich ihr immer dankbar sein. Ich glaube, dass er jetzt wieder ein Ziel vor Augen hat, einen Grund, nach Hause zurückzukommen."

„Das hoffe ich doch. Dir und Marissa zuliebe. Sie liebt ihn, weißt du."

„Ja. Aber … deshalb bin ich heute nicht hier", sagte Mark und kam ihr so nah, dass sie sein Rasierwasser riechen konnte. „Es war dumm von mir, auf Abstand zu gehen, Isabelle", sagte er mit heiserer Stimme. „Kannst du mir noch einmal vergeben und uns eine zweite Chance geben?"

Eine wohlige Wärme machte sich in ihrer Brust breit, doch gleichzeitig schwirrte ihr auch der Kopf. Konnte sie ihm ihr Herz erneut öffnen? „Und was, wenn Marissa Josh noch einmal verletzt? Welche Garantie habe ich, dass du mich nicht wieder zurückstößt?"

„Nur mein Wort", sagte er. „Ich habe mir geschworen, Josh sein Leben so leben zu lassen, wie er es möchte. Und was aus Marissa und Josh wird oder auch nicht wird, geht nur die beiden etwas an."

Isabelle zögerte. Sie wollte ihm vergeben, mehr als alles andere. Ihr Mund wurde trocken, als sie versuchte, ihr Gefühlschaos zu ordnen.

„Wenn du erst noch darüber nachdenken musst, kann ich das verstehen. Es ist sicher nicht leicht, mir wieder zu vertrauen", räumte er mit enttäuschtem Blick ein und trat einen Schritt zurück.

Das versetzte ihrem Herzen einen Stich. Ließ sie ihn jetzt wirklich ziehen?

„Nein, Mark. Warte. Ich …“, sie holte tief Luft. „Ich weiß ja, dass du eigentlich ganz anders bist, mitfühlend und bedacht. Und das schätze ich an dir“, sagte sie und atmete langsam aus. „Ich … ich vergebe dir.“

Seine Erleichterung war offensichtlich. „Danke, Isabelle. Das bedeutet mir die Welt.“ Er trat wieder näher an sie heran und nahm ihre Hand. „Es tut mir so leid, dass ich dich verletzt habe.“

Ihr Herz schlug schneller. „Und es tut mir leid, was ich dir an jenem Tag an den Kopf geworfen habe.“

„Heißt das, dass ich dich vielleicht zum Abendessen ausführen darf?“

„Jetzt gleich?“

„Wenn du Zeit hast?“

„Hm, also eigentlich warte ich gerade auf Ruth“, sagte sie mit gerunzelter Stirn. „Wir sind gemeinsam hergekommen und dann hat sie gesagt, sie müsse sich kurz die Nase pudern. Aber sie ist nie zurückgekehrt. Ich mache mir mittlerweile Sorgen.“

Mark lachte. „Das ist nicht nötig. Sie ist allein nach Hause gefahren.“

„Und woher weißt du das?“

„Das gehörte alles zu meinem Plan. Wenn du meine Entschuldigung nicht angenommen hättest, hätte ich dir ein Taxi bestellt“, erklärte er und streckte eine Hand aus. „Kommst du also mit, Isabelle?“ Er sah sie so hoffnungsvoll an, dass Isabelle die Einladung niemals hätte ablehnen können.

Mit einem schiefen Lächeln gab sie ihm die Hand. „Sehr gern.“

Unauffällig sah Mark von der Seite zu Isabelle, die neben ihm im Wagen saß, seinen Blumenstrauß in den Händen. Er konnte es kaum fassen, dass sie seiner Einladung zugestimmt hatte.

„Ruth hat erwähnt, dass du darüber nachdenkst, zu studieren. Hast du dich vorhin eingeschrieben?“

„Nein“, erwiderte Isabelle mit einem kleinen Seufzen. „Ich habe mich noch nicht ganz entschieden.“

„Was möchtest du denn studieren?“

„Soziale Arbeit, denke ich. Ich helfe gerne anderen Menschen, ihre Probleme zu lösen.“

„Das passt doch wunderbar. Und das kann ich mir sehr gut für dich vorstellen.“

„Wirklich?“

„Auf jeden Fall. Dein Umgang mit den Bewohnerinnen in Bennington Place spricht auch dafür. Laura kommt gar nicht mehr aus dem Schwärmen raus.“

Isabelle lachte und errötete leicht. „Ja, sie hat einen kleinen Narren an mir gefressen. Dabei habe ich doch eigentlich kaum etwas für sie getan.“

„Im Gegenteil, Isabelle. Du hast ihr Mut gemacht, ihren Sohn zu behalten, und ihr die Stelle als Rezeptionistin möglich gemacht. Du hast ihr ganzes Leben verändert – und das ihres Sohnes gleich mit.“

Isabelle dachte kurz nach, das Gesagte musste sie anscheinend erst einmal verarbeiten. „Ja … vermutlich hast du recht. Es tut so gut, anderen Menschen zu helfen. Aber das muss ich dir ja nicht sagen.“

Mark lächelte. Vor dem Royal York Hotel brachte er den Wagen zum Stehen. Nervosität überkam ihn und seine Hände fühlten sich verschwitzt an. Würde der restliche Abend verlaufen wie erhofft? Ganz gleich, wie er ausging: Auf keinen Fall wollte Mark Isabelle drängen oder sie abschrecken. Schließlich hatte sie ihm erst vor fünf Minuten wieder verziehen.

Er nahm sich vor, flexibel zu bleiben und zu schauen, was der Abend bringen würde. Und vor allem wollte er sich einfach daran freuen, wieder mit ihr zusammen zu sein. „Ich hoffe, du hast nichts gegen meine Wahl“, sagte er.

„Ich dachte, wir gehen essen?“, fragte sie verwirrt.

„Ja, tun wir. Keine Sorge.“

„Hier? Im Hotel?“

„Ganz genau", sagte er, stieg aus und öffnete ihr die Tür.

Langsam kräuselte sich ihre Stirn, während sie ausstieg und die Blumen noch immer fest in den Händen hielt.

„Vertraust du mir, Isabelle?"

„Ja."

„Gut. Dann erlaube mir bitte, dich heute mal zu verwöhnen", sagte er und führte sie an der Hand hinein.

Kurz vor dem Aufzug blieb Isabelle abrupt stehen. „Ich weiß nicht, ob ich den benutzen darf", sagte sie und sah verängstigt über die Schulter, als erwartete sie, festgenommen zu werden, weil sie nicht den Bedienstetenaufzug nutzte.

Sanft legte Mark eine Hand auf ihre Schulter. „Hey, das ist schon in Ordnung. Du arbeitest hier nicht mehr. Heute Abend bist du Gast. Ein ganz besonderer Gast, um genau zu sein."

Der Aufzug kam und sie fuhren in die vierzehnte Etage. Dort hatte Mark etwas ganz besonderes für sie reserviert.

„Das Garten-Penthouse?", fragte sie überrascht. „Ich fürchte, Sie erklären mir lieber, was Sie vorhaben, Dr. Henshaw."

Lachend schloss er die Tür auf. „Du hast doch gesagt, du vertraust mir, oder? Also, geh hinein und sieh selbst."

Vorsichtig und mit einem besorgten Blick betrat sie die Suite.

Mark folgte ihr und ließ die Tür offen, damit Isabelle sich nicht unwohl fühlte.

Mitten in der Suite blieb Isabelle stehen und bewunderte das elegante Innere: die hohen Wände, der Marmorkamin, zwei Samtsofas, Beistelltische aus Mahagoni-Holz und zwei Kristallleuchter.

Am anderen Ende des Raumes sah Mark einen kleinen Tisch vor dem Fenster, genau wie bestellt. Zwei Teller mit silbernen Speiseglocken warteten dort auf sie. Das musste die Vorspeise sein, die französische Zwiebelsuppe.

Vorsichtig legte Isabelle den Blumenstrauß auf einem der Beistelltische ab und schritt an die Glasfront, die einen herrlichen Blick auf den See bot. „Was für eine Aussicht – atemberaubend", sagte sie wie verzaubert. Dann aber wandte sie sich besorgt an

Mark. „Wie kannst du dir das leisten? Das muss doch sicherlich ein Vermögen kosten!"

„Eigentlich nicht. Du darfst nicht vergessen, dass der Hoteldirektor ein Freund von mir ist. Also ist mir Mr Johnson entgegengekommen", erklärte er und nahm ihre Hände in die seinen. „Ich wollte, dass du dir heute Abend ganz besonders vorkommst und dich rundum wohlfühlst – so wie ich, wenn ich bei dir bin."

„Oh, Mark", erwiderte Isabelle mit glänzenden Augen.

Gerade wollte er sie in die Arme schließen, als es zwei Mal leise an der Tür klopfte.

Nur wenige Sekunden darauf erschien ein Kellner, der einen Servierwagen mit vielen unterschiedlichen Flaschen hereinschob. „Guten Abend, Sir. Darf ich Ihnen und der Dame ein Glas Wein anbieten? Oder lieber einen Schaumwein?"

„Isabelle, was möchtest du lieber trinken?"

„Den Schaumwein, bitte."

„Für mich auch. Vielen Dank."

„Sehr gern, Sir", sagte der Kellner mit einer Verbeugung. Behände schenkte er ihnen zwei Gläser ein und zündete die Kerze auf dem Tisch an. „In etwa dreißig Minuten folgt der Hauptgang."

„Danke."

Wieder verbeugte der Kellner sich und verließ dann unauffällig das Zimmer.

Beschwingt nahm Mark die beiden Gläser vom Tisch. „Ich würde gern einen Toast aussprechen", sagte er. „Auf eine vielversprechende Zukunft."

Lächelnd nahm Isabelle ihr Glas entgegen und hielt es hoch. „Auf die Zukunft."

Mark stellte das Glas wieder ab. Sein Herz klopfte laut. Wenngleich er sich vorgenommen hatte, den perfekten Zeitpunkt abzuwarten – wenn die Sonne direkt über dem See unterging –, dachte er, dass es doch jetzt schon an der Zeit war, Isabelle zu sagen, was ihm auf dem Herzen lag.

„Ich habe dich so vermisst, Isabelle. Mehr, als ich es für möglich gehalten habe. Diese Zeit ohne dich hat mir erneut gezeigt, was mir wirklich wichtig ist." Sanft fuhr er mit seinem Daumen über ihre zarte Haut. „Ohne dich hat es sich angefühlt, als fehlte meiner Welt ein gewisser Glanz – als gäbe es nur noch Grautöne um mich herum." Er holte tief Luft. „Isabelle, ich liebe dich. Und ich wünsche mir, dass wir den Rest unseres Lebens zusammen verbringen."

Mit zitterndem Kinn nickte sie. „Ich liebe dich auch, Mark. Schon eine ganze Weile."

Freude erfüllte ihn. Eilig griff er in seine Jackettasche und holte eine kleine Schachtel hervor. „Ich möchte jeden Moment mit dir teilen, Isabelle, die guten wie die schlechten Tage und auch alle dazwischen. Ich möchte eine Familie mit dir gründen und Erinnerungen schaffen, die uns begleiten, bis wir alt sind", sagte er und ohne den Blick von ihr zu nehmen, öffnete er die Schachtel. „Willst du meine Frau werden?"

Isabelle stiegen die Tränen in die Augen. Überwältigt hob sie eine Hand an den Mund und betrachtete den Ring. Plötzlich wurde Mark klar, wie wenig eindrucksvoll er auf sie wirken musste – sie, eine junge Frau, die als Mädchen den größten Luxus gewohnt gewesen war.

„Wenn er dir nicht gefällt, können wir gern auch einen anderen kaufen. Aber das ist der Ring meiner Mutter und ich dachte –"

„Er ist wunderbar, Mark", unterbrach sie ihn unter Tränen lächelnd. „Wunderschön."

Mark hielt inne und suchte ihren Blick. „Heißt das, du sagst Ja?"

Isabelles Lippen bebten. Geschah das hier gerade wirklich? War sie mutig genug für diesen Schritt?

Lange sah sie ihm in die Augen, in denen so unendlich viel Liebe für sie lag, und da spürte sie die Antwort: „Ja, Mark, ich will."

Freudestrahlend zog er sie an seine Brust und gab ihr einen langen Kuss. Es war, als erwachte ihr Herz zu neuem Leben. Sie legte die Arme um ihn und erwiderte seinen Kuss mit unerwarteter Leidenschaft.

Nach einer Weile lösten sie sich wieder voneinander, beide trugen ein großes Strahlen auf dem Gesicht.

Überglücklich hielt Isabelle Mark ihre Hand entgegen und er zog ihr den Ring über den Finger. Sie schwenkte die Hand leicht, um den Diamanten im Licht funkeln zu lassen. Dass dieser Ring ein Erbstück war, machte ihn für Isabelle umso wertvoller. „Wie schön, dass ich den Ring deiner Mutter tragen darf. Ich werde ihn in Ehren halten."

„Oh, Isabelle", hauchte er ihren Namen leise und küsste sie noch einmal, diesmal beinahe ehrfürchtig. Als er danach einen Schritt zurücktrat, wirkte er nachdenklich.

„Was ist?", fragte sie.

„Ich denke, es ist nur gerecht, dich vorzuwarnen, was es bedeutet, einen Arzt zu heiraten. Meine Arbeitstage sind sehr lang. Und ich kann jederzeit, am Tag oder in der Nacht, zu einem Notfall gerufen werden. Das kann ganz schön herausfordernd sein."

Behutsam legte sie eine Hand auf seine Wange und genoss das feine Kribbeln seiner Bartstoppeln unter der Haut. „Aber genau das, dass du Arzt bist, macht dich doch aus, Mark. Deine Hingabe für deine Patienten, dein Mitgefühl und deine Güte – für all das liebe ich dich. Und das wird sich niemals ändern."

Wieder küsste er sie. „Gut", sagte er grinsend. „Wenn das also feststeht: Was hältst du davon, wenn wir jetzt essen?"

„Ja, bitte."

„Sehr gut", sagte er und schob ihr den Stuhl zurecht, bevor er sich selbst setzte. „Und danach kannst du die Einschreibung für die Uni ausfüllen." Langsam hob er die Haube von den Tellern und ein köstlicher Suppenduft erfüllte die Luft.

Doch Marks letzter Satz vertrieb Isabelles Hungergefühl. Stattdessen spürte sie Angst in sich aufsteigen. „Ich – ich weiß nicht, ob ich dafür bereit bin", entgegnete sie.

„Was hält dich denn zurück?"

Zögerlich biss sie sich auf die Lippe. „Nun ja, ich muss ja auch an Marissa und das Baby denken. Und ich muss erst noch herausfinden, ob mir neben der Arbeit überhaupt genug Zeit zum Studieren bleibt."

„Und was, wenn das keine Rolle spielen würde?", fragte Mark, während er ihre Hand nahm und sie eindringlich ansah. „Wir könnten noch vor Weihnachten heiraten und dann könntest du im Januar als Vollzeitstudentin anfangen."

„Weihnachten ist schon in zwei Monaten! So schnell können wir doch keine Hochzeit planen."

„Isabelle, ich möchte nicht noch mehr Zeit ohne dich verschwenden. Du, Marissa und das Baby, ihr zieht einfach bei mir ein – dann brauchst du nicht mehr zu arbeiten und kannst all deine Energie in dein Studium stecken." Grinsend hob er eine Augenbraue. „Na gut, vielleicht nicht ganz. Einen kleinen Teil hältst du hoffentlich für mich zurück."

Seinen Versuch, lustig zu sein, ignorierte Isabelle und blieb ernst. „Aber was ist, wenn Josh wiederkommt? Was, wenn es ganz merkwürdig ist zwischen den beiden?"

„Dann finden wir gemeinsam eine Lösung", sagte er und seine haselnussbraunen Augen funkelten. „Mir ist klar geworden, dass ich mein Leben nicht immer wieder für Josh auf Eis legen kann. Das habe ich schon viel zu lange getan. Jetzt ist es endlich an der Zeit, mich auf mein eigenes Glück zu konzentrieren."

Sie nickte und dachte einen Moment lang über alles nach. „Es würde dich nicht stören, wenn deine Frau auch einen Beruf hätte?"

„Überhaupt nicht."

„Und was, wenn wir Kinder haben wollen?"

Jetzt dachte Mark einen Moment lang nach. „Wenn es so weit ist, entscheiden wir noch mal neu, was das Beste für uns ist."

Wieder traten Isabelle Freudentränen in die Augen. Nicht eine Sekunde lang hatte er ihren Wunsch zu studieren und anschließend zu arbeiten infrage gestellt. Nicht viele Männer teilten solch moderne Ansichten.

„Na, was sagst du, Isabelle?", fragte er vorsichtig. „Heiraten wir an Weihnachten?"

Langsam schüttelte sie den Kopf. „Nein, ich glaube nicht."

Enttäuschung spiegelte sich in Marks Gesicht wider. „Oh. Dann … dann werde ich warten, bis du so weit bist."

Isabelle schürzte die Lippen. „Ich denke, Anfang Dezember passt noch besser. So steht unsere Hochzeit auch keiner Weihnachtsfeier im Weg. Und ich habe genug Zeit, bei dir einzuziehen, bevor … ", sie schluckte, „bevor ich an der Uni anfange."

„Meinst du das ernst?"

Isabelle holte tief Luft und atmete dann langsam wieder aus. „Ich glaube schon, ja."

Ein Strahlen erschien auf Marks Gesicht. „Ich weiß es jetzt schon zu schätzen, dass du mit beiden Beinen im Leben stehst."

Erleichtert lachte sie und spürte, wie das Gefühl von Freude ihren ganzen Körper durchströmte.

„So, jetzt essen wir aber besser. Sonst ist gleich alles kalt. Und der nächste Gang ist sicher auch jeden Moment hier."

Mit einem fröhlichen Seufzen breitete Isabelle die Serviette vor sich aus. „Ich möchte wirklich jede Sekunde dieses Abends genießen. Denn danach werde ich mich voll und ganz in die Hochzeitsvorbereitungen stürzen."

Ermahnend hob er einen Finger. „Und dich an der Universität einschreiben."

„Ja, das auch", sagte sie und musste erneut lachen. Nach all den Kämpfen der letzten Monate konnte sie kaum fassen, dass ihr Leben endlich nicht mehr Kopf stand. Das Schlimmste hatten sie und Marissa jetzt durchgestanden. Nun blickte sie in eine schöne Zukunft und durfte sich auf einen liebevollen Ehemann freuen.

Bei diesem Gedanken quoll ihr Herz beinahe über vor Freude und Dankbarkeit. Gott hatte sie selbst durch das tiefste Tal begleitet und wieder zurück ans Licht geführt.

Epilog

Mai 1946

Das Lachen eines kleinen Mädchens drang durch das Treppenhaus nach oben, wo Isabelle am Schreibtisch über den Büchern saß. Nur zu gut konnte sie sich vorstellen, wie Marissa die kleine Lisette auf der Schaukel anstieß, die Mark im Garten angebracht hatte. Wie gern wäre sie jetzt auch bei ihnen!

Es sollte ein Gesetz geben, das das Lernen bei herrlichem Wetter verbot – vor allem, wenn ihr Mann auch noch freihatte. Doch bald schon würde sie wieder Zeit für Vergnügungen haben. In wenigen Wochen standen die Abschlussprüfungen an und wenn Isabelle diese bestand, war sie ausgebildete Sozialarbeiterin. Bisher hatte sie ehrenamtlich unter Jane Wilders Aufsicht in der Children's Aid Society mitgearbeitet und jede Sekunde davon genossen. Am besten gefiel ihr, dass Jane ihren Vorschlag einer Kinderbetreuung ernst genommen hatte und sich nun überlegte, wie sie dies möglich machen konnte.

Nachdenklich ließ Isabelle den Blick durch Marks altes Schlafzimmer wandern, das er nach der Hochzeit für sie in ein Büro umgewandelt hatte. Dass sie einen Rückzugsort hatte, wo sie vor Unruhe und Unterbrechungen geschützt war und sich aufs Lernen konzentrieren konnte, war ihr eine große Hilfe gewesen. Es war ihr sogar gelungen, ein paar mehr Kurse zu belegen als gedacht, sodass sie das Studium schon ein Semester früher abschließen konnte.

Doch das Allerbeste an diesem Zimmer war der alte Schreibtisch im französischen Stil, der ihrer Mutter gehört hatte – Marks Hochzeitsgeschenk. Verträumt fuhr sie mit dem Finger über den innig geliebten Tisch und erinnerte sich an den Freudentag, als er hier eingezogen war.

Offensichtlich war Mark zum alten Wardrop-Anwesen gefahren und hatte von den neuen Besitzern erfahren, dass der Tisch existierte. Was genau er hatte tun müssen, damit sie ihn ihm verkauft hatten, hatte er ihr nicht erzählt. Doch sie war ihm ausgesprochen dankbar dafür. Jedes Mal, wenn sie daran arbeitete, stellte sie sich ihre lächelnde Mutter vor.

Kurz stand Isabelle auf und streckte sich. Was sie gerade las, wollte einfach nicht im Kopf bleiben. Sie versuchte es mit einem kleinen Happen zu essen und einem Tapetenwechsel. Vielleicht waren ein paar Minuten bei ihrer Familie an der frischen Luft jetzt genau das Richtige. Als sie gerade in der Küche ankam, kam auch ihre Schwester mit der kleinen Lisette auf der Hüfte hinein.

„Ich glaube, da hat noch jemand Hunger", sagte Marissa, während sie der Kleinen ein paar blonde Haarsträhnen aus dem Gesicht strich. „Mark jätet gerade noch Unkraut, aber er kommt sicher auch jeden Moment."

„Hallo, Mäuschen", summte Isabelle. „Möchtest du ein bisschen was mit deiner Tante essen?"

„Essen", wiederholte das Kind mit strahlendem Gesicht.

Isabelle öffnete den Kühlschrank, mit dem Mark den nicht mehr zeitgemäßen Eisschrank vor Kurzem ersetzt hatte. „Wie wäre es mit ein paar Apfelspalten?", fragte sie, nahm einen Apfel heraus und trug ihn zur Küchenzeile, während Marissa den Knirps in den hölzernen Hochstuhl setzte.

„Rosie hat vorhin angerufen", sagte sie. „Sie wollte wissen, wann deine Abschlussfeier ist, damit sie und Fiona den Abend freihalten können."

„Tatsächlich? Ich dachte, sie wären dann schon längst in Adams Sommerhaus." Kurz nach Fionas und Adams Hochzeit hatten die beiden sich ein kleineres Haus gekauft und Tante Rosie zu sich geholt. Im Gegenzug kochte diese für das Paar und stand bei den übrigen Haushaltstätigkeiten unterstützend zur Seite, um niemandem zur Last zu fallen. Es freute Isabelle sehr, dass Tante Rosie jetzt unter so viel besseren Bedingungen lebte.

„Anscheinend warten sie damit bis nach der Feier", sagte Marissa und stupste ihrer Tochter liebevoll auf die Nase, was die Kleine zum Kichern brachte.

Dass Isabelle so wunderbare Freundinnen hatte, erfüllte sie mit tiefer Dankbarkeit. Sobald sie mit dem Studium fertig wäre, würde sie sie alle zu einem feierlichen Essen einladen.

Jetzt hörten sie, wie jemand durch die Eingangstür ins Haus kam. Isabelle legte die Stirn in Falten. War Mark einmal ums Haus herumgegangen? Sie warf einen Blick zu Marissa, die genauso verunsichert schien. Schwere Schritte kamen näher.

„Wer ist da?“, rief Isabelle mit fester Stimme und nahm sicherheitshalber das Gemüsemesser zur Hand.

Plötzlich stand ein uniformierter Mann in der Tür und grinste. „So begrüßt ihr also einen Soldaten?“

Einen Moment lang schien es, als wäre die Zeit stehen geblieben. Als Nächstes gab Marissa einen Freudenschrei von sich und warf sich Josh in die Arme.

Er umarmte sie herzlich und hob sie leicht in die Höhe. Schluchzend begann Marissa am ganzen Körper zu zittern.

Überwältigt hielt Isabelle die Hand an den Mund und hatte ebenfalls Tränen in den Augen.

Josh ließ Marissa wieder herunter, nahm ihr Gesicht in seine Hände und küsste sie, lang und leidenschaftlich.

„Mama, Mama“, sagte Lisette, während sie protestierend mit ihren kleinen Fäusten auf das Holztischchen schlug, sodass das Paar sich voneinander löste.

„Ich bin ja da, Mäuschen“, sagte Marissa freudestrahlend und wischte sich die Tränen aus dem Gesicht.

„Herzlich willkommen zu Hause, Josh“, begrüßte Isabelle ihn mit einer festen Umarmung. „Mark wird so froh sein, dich wiederzusehen“, sagte sie und konnte kaum weitersprechen, während sie sich die Reaktion ihres Mannes vorstellte. Sein kleiner Bruder war endlich wieder zu Hause, in Sicherheit!

„Nicht so froh wie ich“, sagte er und sein Blick landete wieder auf Marissa. Er sah größer und muskulöser aus als zuvor und in seinem Blick lag eine neue Reife.

Über die Seitentür kam Mark in die Küche. „Ich glaube, ein Kaninchen hat sich über unseren Salat hergemacht", sagte er und erstarrte, als er den jungen Mann in der Küche stehen sah.

„Hallo, großer Bruder", sagte Josh grinsend. „Was ist denn los? Ich hätte mindestens einen Festzug zu Ehren meiner Rückkehr erwartet!"

Ohne ein Wort ging Mark auf Josh zu und schloss ihn in eine feste Umarmung. Mehrere Sekunden lang verharrten sie so und als sie sich schließlich wieder voneinander lösten, hatten sie Tränen in den Augen.

Auch Isabelle wischte sich über die feuchten Wangen. Endlich konnte Mark durchatmen – sein Bruder war unversehrt zurückgekommen!

Er räusperte sich. „Wie geht es dir? Wann bist du angekommen? Hast du Hunger?"

Josh lachte. „Mir geht's gut, danke. Ich bin erst seit wenigen Minuten hier. Und ja, ich könnte etwas zu essen vertragen, aber ..." Langsam ließ er den Blick wieder zu Marissa wandern, wo er verweilte.

„Wie wäre es, wenn Mark und ich Lissy füttern", schlug Isabelle vor, „und ihr beiden könnt euch kurz unterhalten?"

Durch die Tränen hindurch lächelte Marissa ihre Schwester an. „Das klingt großartig", sagte sie und streckte ihre Hand Josh entgegen, der sie sofort umschloss. Gemeinsam gingen sie in den Garten.

Isabelle stellte sich zu Mark und umarmte ihn. „Ihr habt später noch Zeit füreinander. Aber ich glaube, zuerst brauchen die beiden einen Moment für sich."

Mit einem kleinen Seufzen nickte er. „Ja, du hast recht. Wenn ich weg gewesen wäre, würde ich auch als Erstes zu dir wollen und die verlorene Zeit aufholen", sagte er und gab Isabelle einen Kuss. „Aber er sieht gut aus, findest du nicht auch?"

„Ja, absolut."

Quengelnd trat Lissy gegen den Hochstuhl.

Isabelle lachte. „Ist ja gut, Süße. Hier kommt dein Apfel."

Während sie die Frucht in Spalten schnitt, füllte sich ihr Herz mit Dankbarkeit. *„Danke, Herr, dass du Josh bewahrt hast und ihn zu seiner Familie zurückgebracht hast."*

Zwei Monate später

„Beeilt euch! Sie ist jeden Augenblick da", rief Olivia, als sie in den Salon des Mütterheims huschte und die anderen mit einer Handbewegung dazu aufforderte, ihre Plätze einzunehmen.

Isabelle ging einen Schritt zur Seite und fragte sich, wie es dreißig Gäste schaffen sollten, sich hinter Möbeln zu verstecken oder sich sonst irgendwie unsichtbar zu machen. Als ob das überhaupt möglich wäre!

Im nächsten Moment spürte sie Marks warme Hand auf der Schulter. „Du denkst vielleicht, dass du dich gerade versteckst. Aber ich wette mit dir, dass du mit dem Babybauch ebenso wenig zu übersehen bist wie ein bunter Hund."

Lachend sah sie zu ihm auf. „Hey, hör auf", flüsterte sie. „Man sieht doch noch kaum etwas." Sie wusste, dass er sie bloß necken wollte, schließlich war sie erst im vierten Monat.

Wie immer, bevor Mark sie küsste, wurde sein Blick ganz sanft. Seine Lippen verweilten ein paar Sekunden länger auf den ihren und entlockte ihr ein kleines, zufriedenes Seufzen. Nach eineinhalb Jahren Ehe schien das Leben zu zweit stets besser zu werden.

Hinter ihnen räusperte sich jemand. „Könnt ihr zwei Turteltauben euch vielleicht für ein paar Stunden zusammenreißen? Ist schon schlimm genug, dass ich das zu Hause ertragen muss."

Energisch drehte Isabelle sich um, um ihrer Schwester einen mahnenden Blick zuzuwerfen. Doch als sie Marissas glückliches Gesicht sah, und daneben Josh, der genauso frech grinste, verkniff sich Isabelle die sarkastische Bemerkung. Sie war von Herzen dankbar. Dass Marissa und Josh sich vertragen hatten, machte sie sehr froh – genau wie die geplante Hochzeit am Ende des Sommers.

Das Geräusch der sich öffnenden Eingangstür holte Isabelle wieder in die Gegenwart zurück.

„Ehrlich, Darius. Das war absolut nicht nötig“, hörte man Ruths Stimme im sonst sehr ruhigen Korridor. „Ich hätte auch einfach warten können, bis –“

„ÜBERRASCHUNG!“, ertönte es und überall sprangen Gäste aus ihren Verstecken hervor, sobald Ruth in der Tür erschien.

Jetzt stand die Frau, die normalerweise nichts überraschen konnte, verblüfft und mit offenem Mund da, hob die Hände an den Hals und lachte. „Himmel! So was könnt ihr doch nicht machen mit einer alten Frau.“

„Herzlichen Glückwunsch zum Geburtstag, liebste Ruth“, gratulierte Olivia ihr, als sie auf sie zuging und sie umarmte.

Rasch ließ Ruth den Blick über die vielen Gesichter gleiten, bevor sie sich wieder an Olivia wandte. „Hast du das etwa alles organisiert?“, fragte sie, den Tränen sichtbar nahe.

„Ja, aber nicht allein“, erwiderte Olivia und zeigte mit der Hand auf die Bewohnerinnen.

Mit erhobenem Finger drehte Ruth sich zu Olivias Ehemann um: „Jetzt ist mir auch klar, warum du unbedingt hier vorbeikommen wolltest, Darius Reed. Du bist vielleicht ein Schelm, du.“

„Ach, Sie werden ja auch nicht alle Tage fünfundsiebzig“, wandte Jane Wilder ein, als sie auf Ruth zutrat und ihr einen Umschlag in die Hand drückte. „Das hier ist eine kleine Geste der Wertschätzung von … nun ja, in Wahrheit von der ganzen Children’s Aid Society.“

Als neueste Mitarbeiterin der Organisation barst Isabelles Herz beinahe vor Stolz. Sie hatte Jane geholfen, Geld für Bennington Place zu sammeln. Lächelnd drückte Mark Isabelles Hand, als sie gespannt zusahen, wie Ruth den Umschlag öffnete.

Schnell las Ruth die Karte, die von allen Mitarbeitern der Children’s Aid und der Kinderbetreuung unterzeichnet worden war. Tränen traten der alten Frau in die Augen. Sie holte den Scheck hervor und ihre Augen weiteten sich. „Ach du liebe Zeit – was für eine großzügige Summe! Vielen lieben Dank, Janet und Garret."

Fröhlich legte Garret einen Arm um die Schulter seiner Frau. „Wir dachten, eine Spende an Bennington Place macht Ihnen sicher mehr Freude als ein persönliches Geschenk", sagte er erklärend. „Aber wir wollten Ihnen unbedingt zeigen, wie sehr wir Ihre Arbeit hier schätzen und wie wichtig uns die Partnerschaft mit Ihnen ist. So können wir uns gemeinsam um das Beste für die Bewohnerinnen und ihre Kinder bemühen."

„Ach, Sie rechnen mir das Ganze viel zu hoch an", wollte Ruth ihr Engagement herunterspielen, während sie sich die Tränen von den Wangen wischte.

„Nein, Ruth, das tun wir nicht", wandte Olivia ein. „Ohne dich wäre das alles hier niemals möglich gewesen. Danke, dass du an meinen Traum geglaubt und ihn mit mir in die Realität umgesetzt hast." Ruth fehlten die Worte. Gerührt schloss sie Olivia in eine feste Umarmung.

Isabelle musste sich Tränen von der Wange wischen und als sie hörte, wie Mark sich räusperte, nahm sie an, dass auch er mit seinen Gefühlen rang.

„Nanu, was sollen denn all die Tränen?", fragte Mrs Neale, die jetzt eine mehrstöckige Geburtstagstorte auf dem Servierwagen in den Salon schob. „Das soll doch eine Geburtstagsfeier sein", rügte die pummelige Frau die Anwesenden mit gespielt strengem Blick.

Lächelnd löste Olivia sich aus der Umarmung und wischte sich rasch über die Augen. „Oh, danke, Mrs Neale. Ich hoffe sehr, Sie bleiben noch eine Weile und feiern mit uns."

Die Köchin errötete. „Sehr gern."

„Wunderbar. Dann darfst du, Ruth, dir jetzt als Erste ein Stück Torte nehmen und dir etwas wünschen."

Mit einem Lächeln trat Ruth an den Servierwagen. „Ehrlich gesagt bin ich wunschlos glücklich. Ich habe alles, was ich mir gewünscht habe."

Glücklich summte Isabelle vor sich hin, während sie das dreckige Geschirr auf einem Tablett stapelte. Die meisten Gäste hatten sich bereits verabschiedet; Olivia und Jane halfen noch beim Aufräumen. Marissa und Josh waren bereits nach Hause gegangen, um ihre Nachbarin abzulösen, die sich den Abend über um die kleine Lisette gekümmert hatte. Darius und Mark brauchten einen Moment an der frischen Luft und Ruth stand im Foyer, wo sie die letzten Gäste verabschiedete.

Dass Olivia ihr half, hatte Isabelle nicht anders erwartet, aber weshalb Jane nicht mit ihrem Mann Garrett gefahren war, der ein paar der Frauen nach Hause brachte, wusste sie nicht. Sie hatte ihn einfach gebeten, sie im Anschluss hier abzuholen.

Gerade ging sie auf Olivia zu, die Kuchenkrümel vom Sofa kehrte. „Olivia", sagte Jane zögerlich. „Ich habe hier noch etwas für dich." Sie gab ihr einen weißen Briefumschlag.

Isabelle kannte Jane recht gut, seit sie zusammen arbeiteten, und sie spürte, wie angespannt sie plötzlich war. Aber weshalb?

Kurz blickte Jane zu Isabelle, der einzigen anderen Person im Raum und sagte: „Möchtest du ihn vielleicht woanders lesen, Olivia? Wo du ungestört bist?"

Sie richtete sich auf und schüttelte den Kopf. „Nein, ist schon in Ordnung. Ich habe keine Geheimnisse vor Isabelle."

Isabelle wurde warm ums Herz, sie war dankbar für das Geschenk ihrer Freundschaft. Zur Unterstützung stellte sie sich neben Olivia und betete, dass es sich nicht um schlechte Nachrichten handelte.

Ohne ein weiteres Wort öffnete Olivia den Umschlag. Mit zitternden Händen zog sie eine Schwarz-Weiß-Fotografie heraus.

Neugierig blickte Isabelle über die Schulter und sah einen kleinen Jungen mit schwarzen Haaren und großen, dunklen Augen. Sie verstand nicht ganz, warum ihrer Freundin der Atem stockte. Wie im Schock hob Olivia die Hand an den Mund, als sie sich auf das Sofa sinken ließ.

Isabelle setzte sich neben sie. „Ist alles in Ordnung, Liv?"

Olivia nickte, wenngleich ihr plötzlich Tränen über das Gesicht liefen.

„Es liegt auch ein Brief bei", sagte Jane mit ruhiger Stimme.

Gerade kam Ruth in den Salon und runzelte die Stirn, als sie die Szene vor sich sah. Sie hielt sich aber zurück und sah bloß zu, wie Olivia ein Blatt Papier mit ordentlicher Handschrift hervorholte. Sie las den kurzen Brief, dann ließ sie den Kopf sinken und weinte still.

Voller Fragen nahm Isabelle Olivia in die Arme und sah kurz zu Jane, überrascht, dass die sonst so stoische Frau auch Tränen in den Augen hatte. Plötzlich hatte Isabelle eine Ahnung, was dieser Brief und das Bild bedeutete und ihr Hals schnürte sich zu.

„Matteo", flüsterte Olivia. „Sie haben ihn nicht umbenannt."

„Ja, ich weiß", sagte Jane und wischte sich über die feuchten Wangen. „Es tut mir so leid, dass ich dir die ganze Zeit über nichts sagen konnte, Olivia. Das konnte ich erst, als seine Adoptivmutter mich aufgesucht hat und mich gebeten hat, dir den Brief zukommen zu lassen."

Ruth kam näher. „Oh, Olivia, Liebes. Das freut mich so für dich."

Wieder nahm Olivia das Bild in die Hand und fuhr langsam mit den Fingern über das kleine Gesicht. „Er ist so schön."

„Er sieht aus wie du", flüsterte Isabelle. Denn tatsächlich hatte der Junge Olivias dunkles Haar und ihre großen Augen – seine italienische Abstammung war nicht abzustreiten.

„Seine Mutter sagt, dass er jetzt in die erste Klasse geht. Und er spielt gerne Ball und liebt das Fahrradfahren", erzählte Olivia, hielt dann aber inne, unfähig weiterzusprechen.

Auch Isabelle musste hart schlucken. Durch die Schwangerschaft war sie viel emotionaler als für gewöhnlich.

Wieder sah Olivia auf den Brief. „Außerdem schreibt sie: ‚Danke, dass Sie den Mut hatten, Ihren Sohn abzugeben. Matteo ist das größte Geschenk für uns. Worte können unsere Dankbarkeit nicht ausdrücken'."

Zärtlich drückte Isabelle ihr die Schulter. „Das ist wirklich nett von ihr."

„Ja. Ich hatte aber leider nicht den Eindruck, dass Matteos Eltern schon für einen Besuch von dir bereit wären", sagte Jane. „Dennoch ist das hier ein wunderbarer erster Schritt."

Schniefend holte Olivia Luft. „Das ist mehr, als ich je erwartet hätte."

Just in diesem Moment ertönten Schritte. Darius kam herein und runzelte die Stirn. „Olivia? Was ist denn hier los?", fragte er mit Blick in Richtung Jane.

Eilig stand Olivia auf, Brief und Bild in der Hand, und warf sich in die Arme ihres Mannes. „Oh, Darius. Es geht um Matteo. Seine Mutter hat mir geschrieben", sagte sie und begann zu weinen.

Fest umarmte er sie und schloss die Augen. Als er sie wieder öffnete, glitzerten sie.

„Sieh mal", sagte Olivia schließlich und zeigte ihm die Fotografie. „Sieht er nicht gut aus?"

Neugierig betrachtete Darius das Bild und machte keinen Anstand, seine Gefühle zu verbergen.

„Das tut er, ganz wie seine Mutter", erwiderte er und gab ihr einen Kuss auf die Schläfe. Dann betete er laut: „Danke, Herr, dass du unser Gebet erhört und Olivia erlaubt hast, Frieden über Matteo zu finden. So, wie sie es sich gewünscht hat. Und bitte segne seine Adoptiveltern. Schenke ihnen Geduld und Liebe für ihn und hilf den beiden, Matteo in Ehrfurcht zu dir zu erziehen."

„Amen", flüsterte Olivia und wandte sich an Jane. „Danke, Jane. Das bedeutet mir sehr viel."

„Das freut mich", erwiderte sie und umarmte Olivia.

Gerade, als die beiden Frauen sich aus der Umarmung lösten, kamen Mark und Garrett in den Salon.

„Auch wenn ich diese Feier nur sehr ungern verlasse", sagte Garrett zu Jane, „fürchte ich, dass wir losmüssen. Die Kinder warten."

Isabelle legte Olivia eine Hand auf die Schulter. „Und ihr solltet euch jetzt auch besser auf den Weg machen, es ist schon spät. Ich kümmere mich um den Rest."

„Sicher?"

„Absolut."

Mit einem Grinsen stellte sich Mark neben Isabelle. „Ich werde sogar für dich abtrocknen, Olivia."

Nachdem sie die Reeds verabschiedet hatten, wandte sich Ruth

Isabelle und Mark mit bewegter Miene zu. „Vielen lieben Dank noch mal, ihr beiden. Das war ein wunderschöner Abend, der mir lange in Erinnerung bleiben wird."

„Das hören wir gern", erwiderte Mark und gab ihr einen Kuss auf die Wange.

„Ich habe es sehr genossen. Aber wenn es euch nichts ausmacht, würde ich jetzt auch in Richtung Bett gehen."

„Geh ruhig, Ruth. Wir räumen noch schnell die Küche auf und schließen mit dem Ersatzschlüssel ab", versicherte Mark ihr.

„Danke euch beiden", wiederholte sie zufrieden. „Das war der schönste Geburtstag, den ich je hatte." Mit einem letzten Lächeln stieg sie die Stufen empor.

Während Mark ihr noch nachsah, ging Isabelle bereits zurück in die Küche. Mrs Neale hatten sie in den Feierabend geschickt, gleich nachdem Ruth die Geschenke geöffnet hatte. Die gute Seele war bereits seit fünf Uhr morgens auf den Beinen gewesen.

Die Ruhe in der Küche umhüllte Isabelle wie eine warme Umarmung. Wieder hier zu sein, brachte gute Erinnerungen an die Zeiten zurück, in denen sie Mrs Neale zur Hand gegangen war. Für immer würde dieser Ort einen ganz besonderen Platz in Isabelles Herzen einnehmen. Hier war sie zum ersten Mal bedingungslos akzeptiert worden und hatte gelernt, was wahre Freundschaft ausmachte. Außerdem hatte sie hier ihre Berufung für sich erkannt.

Von hinten trat Mark an die Küchenzeile und schlang seine Arme um ihre Taille. „Na, mein Liebling, worüber denkst du nach?"

Lächelnd ließ sie den Kopf gegen seine Brust fallen. „Ich habe nur gerade gedacht, wie reich Gott mich gesegnet hat", sagte sie. „Vor allem mit dir."

Als er sie langsam umdrehte, sodass sie ihn direkt ansah, war sie überwältigt von den tiefen Gefühlen in seinem Blick. „Ich bin der Gesegnete", sagte er. „Noch immer kann ich kaum glauben, dass ich so eine unglaubliche Frau wie dich gefunden habe. Lange hatte ich nur einen Bruder, aber jetzt habe ich Josh, Marissa, die kleine Lisette, eine wunderschöne Ehefrau", sagte er und fuhr zärtlich mit der Hand über ihren Bauch, „und bald auch noch ein Kind mit dir. Gott ist wirklich gut zu uns."

Isabelle lächelte ihn an. „Als wir unser Elternhaus an die Bank verloren haben, hatte ich Angst, nie wieder ein Zuhause zu haben. Aber Gott hat mir meinen größten Herzenswunsch erfüllt."

Grinsend zog Mark eine Braue hoch. „Ich wusste gar nicht, dass mein Haus dein sehnlichster Wunsch war. Vor allem nicht nach dem, wie du aufgewachsen bist."

„Nicht das Haus, du Dummi. Du", sagte sie und legte eine Hand an seine Wange. „Du bist meine Heimat. Ich liebe dich von ganzem Herzen. Und ich bin unendlich dankbar, dass Gott uns zusammengeführt hat – auch wenn es einige Umwege gebraucht hat."

„Ich liebe dich auch, Mrs Henshaw. Mehr, als Worte es ausdrücken können", sagte er und küsste sie.

Isabelles Seele seufzte vor Glück. Sie hatte so viele Enttäuschungen erlebt und doch hatte sie durchgehalten und war dank Gottes Gnade umso stärker geworden. Eines wusste sie jetzt sicher: Ganz gleich, wie schlimm der Sturm oder wie groß die Herausforderungen auch waren – Gott blieb immer an ihrer Seite und mit ihm konnte sie alles schaffen.

„So gern ich auch hier stehen bleiben und dich die ganze Nacht küssen würde", sagte Mark schließlich, „wäre es wohl am besten, wenn wir die Küche fertig machen und dann heimfahren würden."

„Ja", sagte Isabelle zufrieden und zog ihn in eine letzte Umarmung. „Heim."

Nachwort

Liebe Leserinnen und Leser,
es war mir eine große Freude, Ihnen die verschiedenen Stadtteile Torontos in diesem Buch vorzustellen. Für eine lange Zeit war *St John's Ward* (das oft nur als *The Ward* bezeichnet wurde) ein sehr ärmliches Viertel, in dem überwiegend Einwanderer lebten. Die Umstände, unter denen die Menschen dort wohnen mussten, können wir uns heute kaum noch vorstellen. Deshalb hielt ich es für besonders spannend, Isabelle dort unterzubringen – wo sie doch zuvor ein so pompöses Leben gelebt hatte.

Ebenso viel Freude hatte ich bei der Recherche des bekannten Hotels *Royal York*! Mithilfe eines Artikels aus dem *Maclean's*-Magazin von 1944 habe ich mir ein gutes Bild vom Hotelinneren zur damaligen Zeit machen können. Ich lernte zum Beispiel, dass sie die Zimmerschlüssel dort selbst angefertigt haben, und was für ein aufwändiges Unterfangen die Einarbeitung an der Schalttafel war.

Das prächtige Hotel gibt es heute übrigens immer noch.

Ich hoffe sehr, dass Ihnen Mark und Isabelles Reise in diese Zeit und zu einer neuen Heimat gut gefallen hat.

Es grüßt Sie herzlich
Susan